考功集選评注

张绍棠题签

张志民

主编

李德埙
张志民

齊魯書社

《考功集选评注》
主编　李德埙　张志民
编委　李德埙　张志民　林开甲
　　　张建华　吕　枚　李正平

海内八大家濟南居其雙
前學推西樵繼往有漁洋
一門出四傑盡是新城王
去三百載千秋詩名揚

于希寧先生戊寅年秋日作詩讚先賢表此時值于老百歲誕辰紀念以誌夫子之英發揚齊魯鄉土文化 壬辰年初秋於歷下大舜故道

序　言

苗枫林

《考功集选评注》,是对清初诗坛名家王士禄作品所作的注释和评点。王士禄官至吏部考功司员外郎,其弟王士禛(渔洋山人)编定这个集子时,出于尊重起见,并以当时学界习俗名其书为《考功集选》。我以为,历史应当给王士禄著述以应有的学术地位,使他在诗坛上曾经发出的光芒,不致因三百年的时光间隔而折损。

王士禄被誉为清诗"海内八大家"之一,与其他七人:王士禛、曹尔堪、宋琬、施闰章、汪琬、程可则、沈荃,共同创造了明清中国颇具影响的诗作高峰。在近年开展的学术研讨中,我多有接触的是王士禛的文学思想。在王士禛故乡举行的王渔洋学术研讨会,我差不多都应邀出席,并以山东省有这样一位诗坛巨匠而感到自豪。而且,我还从人才史的角度,特别留意于鲁中孝妇河流域在17世纪中叶涌现出的三位文学巨人——现实主义诗人赵执信、短篇小说之王蒲松龄、神韵诗派领袖王渔洋,以及被称为"新城(今山东桓台)右族"的世代官宦人家的人才辈出的现象。在这个人才群落中,王士禄算得上是兄长。他是王士禛的同胞长兄。王士禛在回顾四兄弟同入一所人迹罕至、苔藓被阶、纸窗竹屋、灯火相映的家塾中十年苦读的情景时说:"长兄考功先生嗜为诗,故予兄弟皆好为诗。当岁莫(暮)大雪,夜集堂中置酒,酒半,出王、裴《辋川集》,约共和之。每一诗成,辄互赏激弹射。诗成酒尽,而雪不止。"(《带经堂诗话·家学类》)从这番描述中,颇看得出王士禄对诗的追求以及对三幼弟的深刻影响。在清诗“海内八大家”中，王士禄的诗成熟得较同侪诗友为早，故一时游于京都之文士，皆以不识西樵（王士禄）为耻。只是由于王士禄的早逝和历史的封尘，才与我们疏远。因此，校注评析出版《考功集选》，研究他的诗风，无疑是一件有意义的事情。

王士禄是一位感情色彩特别厚重的诗人。康熙二年，他出任河南乡试正考官，因事下狱。后虽平反昭雪，却丢了官。此时，其父母均随出任扬州推官的王士禛离开故里。王士禄出狱后，直奔扬州探望二老，一家劫后重逢，悲喜交加，情景可知。十年后，辗转变迁，王士禄得复官职，诗作也进入了他人生的高峰期。只是可惜，不久因母丧哀恸，又逢爱女夭折，他经受不住这种打击，以48岁的年龄辞世。王士禄情感深厚却寡于言表，独融于诗。他在出狱后奔扬州探亲，兄弟见面痛哭一场，只字不提患难之事，却是抱来大捆诗稿征询小弟意见。诗人的这种情感类型，表现在他的诗风上是以才情见长，状物则浑雄婉丽，写人则神气活脱，形成了自己独具感染特色的风格。

这部《考功集选评注》的编著，是由李德埙、张志民、林开甲、吕枚、张建华共同完成的。主持编著工作的李德埙教授，在中国文学史和美学理论方面颇有造诣。我与德埙教授交，始于编书，亦笃于编书。20世纪80年代末，他编著《历代题画诗类编》时，我们曾对这一领域的诸多学术问题作了畅谈。随后，我主持大型辞书《中国古代名物大典》编委会工作，德埙教授颇显知识渊博和治学谨严之风。直到现在，凡遇诗、书、画方面之疑难，我都求教于德埙教授。张志民早年即以诗书画印见长。参与本书编著的诸位学者，有见长诗词歌赋，有见长古籍文博，有见长语言文字。正是这样一个学术组合，使得本书能以深厚的学术功底与读者见面。故而，我对这一填补之作的出版，表示祝贺。

1998年6月19日于济南

前　言

王士禄(1626－1673)字伯受,一字子底,别字西樵山人,又号负苓子,清顺治乙未进士,官至礼部考功司员外郎。他是清代山东济南府新城县人,其先世为诸城人。他生于明熹宗天启六年,卒于清圣祖康熙十二年,享年四十八岁。

王氏世系

据《渔洋山人自撰年谱》及《王考功年谱》所记,王氏始祖名贵,"始自诸城徙新城,是为琅玡府君"。诸城古时是琅玡之地。据渔洋所述,他的始祖颇有一点尚武精神,"当元末白(一作'花')马军乱,公徂击之。杀一贼,度不能抗,乃避居新城之曹村,为某大姓佣作",又遇到避乱散失的诸城初氏女,主人为他们做主婚配。

二世祖名伍,"善行载邑志,是为植德府君"。王渔洋尊为琅玡公的王贵有五子,王伍最小,他勤俭治家,每岁所入,除了维持自家的生活外,皆赈济乡里,人们称他为"善人公"。据王渔洋说,他家"门前植槐一株,枝叶扶疏,乡人呼其家曰'大槐王氏善人'"。

三世祖名麟,"以贡士历官颍川王府教授,累赠柱国光禄大夫、少师兼太子太师、兵部尚书,是为颍川府君"。王麟是位明经,官做到颍川府教授,他是善人公的次子,从小颖悟,博学强记,受诗于毕文义,从此开辟了王家的诗书门第,十四岁就补了博士弟子员,堪称少年有为,"每试辄冠其群"。他初选官永平郡司训,又迁谕鹿邑,最后迁教授颍川王府。

高祖王重光，“嘉靖辛丑进士，历官贵州布政使司左参议。以平蛮采木死王事，赠太仆寺少卿，予祭葬，累赠柱国光禄大夫、少师兼太子太师、兵部尚书，是为忠勤府君”。他是颍川公的次子，生母沈夫人早亡，赖继母抚养遗孤，他的字是廷宣，嘉靖丁酉年中了举人，过了四年又中了进士，初授工部主事，以奉召入贵阳采木建三殿，身染重病，勤于王事以死，祭文上有“忠勤报国”之褒，因而尊为忠勤公。

曾祖王之垣，“嘉靖壬戌进士，历官户部左侍郎，赠户部尚书，累赠柱国光禄大夫、少师兼太子太师、兵部尚书，是为司徒府君”。之垣字尔式，里人称他为见峰先生，是太仆公的次子，年未冠，就补邑诸生，嘉靖戊午科举人，壬戌便中了进士。初授荆州府推官，后迁礼科都给事中。因为直言敢谏，忤旨请归，以后又起用，屡经升迁，后来做到户部右侍郎，奉命摄理京营戎政。明年又转左侍郎，总督仓场，上疏乞归，死后还诏赐祭葬，赠户部尚书。又因为太师公王象乾之贵，所以从颍川公王麟以下，“俱赠少师兼太子太师、兵部尚书”。

祖父王象晋，“万历甲辰进士，历官浙江布政使司右布政使，是为方伯府君”。象晋字子进，别字康宇，是司徒公王之垣的季子。他万历甲午年中了举人，十年后又中了进士，初授中书舍人，“以父兄官内阁及六卿者，子弟无得居言路”，例改翰林官，后迁礼部精膳司员外郎，历任河南按察使、浙江右布政使，行年七十致仕。他生平喜爱澹泊，治家极严，即盛夏炎暑，亦整衣冠危坐，读书不辍，力学为善，王氏家风以成。

父亲王与敕，“顺治乙酉贡士”，以子士禛累封国子监祭酒，赠刑部尚书。方伯公王象晋有四子，与敕是季子。其字钦文，性孝谨，精于经义。甲申之后，诏选真才，举为拔贡，有司以公名应诏，廷对后，因为父亲年老，请求归侍省亲，每岁时率子妇奉觞上寿，一门五世罗拜堂前。其四子：伯士禄，仲士禧，叔士祜，季士禛，除仲子廪贡监生，三子皆进士及第，《清史列传·文苑传》谓三人同在都门，时人推之有三王。王与敕少时工骈俪之文，中岁好为诗，吟后即弃去，自云“弦定音绝”，何必留之。

王与敕妻孙氏，敕封为宜人，生四子。

行状系年

明天启六年丙寅三月二十五日丑时,西樵降生。

天启七年丁卯,西樵二岁。仲弟王士禧生。

崇祯元年戊辰,西樵三岁。

崇祯二年己巳,西樵四岁。

崇祯三年庚午,西樵五岁。

崇祯四年辛未,西樵六岁。时大父方伯公以参政督苏、松、常、镇粮储,驻常熟,西樵与父母随侍官舍,始与仲弟礼吉入小学,从太仓逸休先生游,能日记千余言,不事嬉戏。

崇祯五年壬申,西樵七岁。三弟王士祜生。

崇祯六年癸酉,西樵八岁。

崇祯七年甲戌,西樵九岁。季弟王士禛生。时方伯公迁河南按察使,西樵等从侍在汴。

崇祯八年乙亥,西樵十岁。方伯公又迁浙江布政使,西樵等随从之杭州。

崇祯九年丙子,西樵十一岁。

崇祯十年丁丑,西樵十二岁。方伯公致其政归,西樵等同归。

崇祯十一年戊寅,西樵十三岁。读书家塾,厌时文,喜诵习《左传》、《国语》等诸家古文,探求六书之学,工古篆、分隶,正楷学欧阳询。

崇祯十二年己卯,西樵十四岁。

崇祯十三年庚辰,西樵十五岁。此年曾手植三株桐于读书之东堂,即后来西樵所谓"苦忆东堂堂外地,三株桐树最参差"之处。

崇祯十四年辛巳,西樵十六岁。出应童子试,补县学生员,腊月娶夫人邹平张氏。授季弟阮亭以唐诗,盛侍御珍示曰,渔洋"八岁能诗,西樵吏部授以王、裴诗法"。

崇祯十五年壬午冬,西樵十七岁。清兵陷济南府。

崇祯十六年癸未,西樵十八岁。随父依外家,避乱于长白山之鲁泉。西樵始为吟咏。是年又娶夫人淄川王氏。

清顺治元年甲申,西樵十九岁。避乱于长白山之柳庵。庵在山谷胜处,西樵常在佛阁写作,极尽林泉之乐。方伯公授以声律之学。

顺治二年乙酉，西樵二十岁。自山中归里，就有司试，省试落第，与诸名士结为晓社。

顺治三年丙戌，西樵二十一岁。诏令再行乡试，西樵复下第。高苑乱起，西樵奉亲避地邹平，依张氏。

顺治四年丁亥，西樵二十二岁。二月，子启演生。三月，自邹平归。岁试，为督学吴藩之拔为第一，聘入幕，以咯血辞归。

顺治五年戊子，西樵二十三岁。七月，夫人王氏卒。三应省试，秋举于乡，受知于桐城姚龙怀。十二月，子启沅生。《池北偶谈》曰："姚公闱中得西樵卷，异之曰：'他日必为风雅名家。'"

顺治六年己丑，西樵二十四岁。赴礼部会试下第，是岁始纂《然脂集》。此书共二百三十五卷，集成于乙巳。

顺治七年庚寅，西樵二十五岁。西樵时与弟读书谈艺甚乐。

顺治八年辛卯，西樵二十六岁。季弟王士禛举乡试，兄弟"同上公车，每停骖辍轭，辄相倡和，书之旗亭驿壁"(《渔洋山人自撰年谱》)。王丹麓云："尤悔庵侗道经燕、齐，见之……坐对移晷，不能去。"(《渔洋山人自撰年谱》)

顺治九年壬辰，西樵二十七岁。举礼部壬辰科进士，受知于胡此庵、成青坛。但以武陵之故，西樵等被罚停一科。五月，自京师归里。

顺治十年癸巳，西樵二十八岁。方伯公卒于里，年九十三，西樵极尽哀悼。

顺治十一年甲午，西樵二十九岁。与诸弟读书家塾，如未第时。

顺治十二年乙未，西樵三十岁。偕弟王士禛上京师，王士禛举礼部，西樵就殿试，三弟王士祜亦以太学生廷试入都，兄弟三人始与海内同人论文，三王之名始著。西樵又以武陵之故易置末甲，乞改教职，授莱州府学教授，九月归里，十二月赴任。

顺治十三年丙申，西樵三十一岁。正月自莱州归省。三月，携家赴莱。与莱人赵孝廉琨石等宴游吟咏。五月，王士禛至莱，与西樵同游。八月，戏作《反乞食诗》。

顺治十四年丁酉，西樵三十二岁。在莱州作《题杜集诗》等。王士禧来省视。以莱人诗若干卷为《涛音集》。

顺治十五年戊戌，西樵三十三岁。仍在莱州。季弟王士禛赴京殿试。西樵离群索居，诗笔甚少。

顺治十六年己亥，西樵三十四岁。八月，迁国子助教，便道归家省视。十一月，同二弟王士禧赴京。季弟王士禛得选扬州府推官，西樵送至天宁寺，赋诗而别。

顺治十七年庚子，西樵三十五岁。在京，与张应桂、程可则、刘体仁、杨继经、汪琬、曹尔堪、叶方蔼、梁熙、董文骥、周体观等以诗文会友。岁暮，作《忆莱杂诗》二十首。

顺治十八年辛丑，西樵三十六岁。清世祖崩。西樵作《挽诗》八章。五月，奉使山西。十月，过里省亲。这一年，自定出使之作，为《西辕集》。

康熙元年壬寅，西樵三十七岁。在京，治经史。三月，迁吏部考功主事。风操清峻，门径萧疏。六月，夫人张氏与子女至京。

康熙二年癸卯，西樵三十八岁。七月，迁稽勋员外郎，奉命主河南乡试。十一月，入京。名其书室为"缓斋"，汪琬为作《缓斋记》。西樵父母以诸子皆已授室，宜析居。西樵力劝之，父母感其言，乃止。

康熙三年甲辰，西樵三十九岁。三月，因考试诗文有疵被下刑部。作诗和东坡《狱中寄子由》诸诗，又作《长斋诗》，并赋绝句《百年》，以明其志。至十月，太皇太后寿诞，免官生还。出都门，又赋《屈指归期》诗。十一月，舟行至扬州，与王士禛相会，居广陵署中，兄弟夜必对床赋诗。是岁，作《拘幽集》一卷，《炊闻词》三卷，以后之诗别为《上浮集》，以甲乙为次，是岁称甲集。

康熙四年乙巳，西樵四十岁。二月，自广陵往京口。考焦山古鼎，得七十八字，赋长歌以记之。三月，赴杭。与故人宋琬、曹尔堪和《满江红》湖上。又适林铁崖罢官客武林，两人一见遂为莫逆，西樵遗之书千言相慰。七月，王士禛迁主客郎，西樵遂于广陵北归。十月，王士禛罢官，西樵视之京师。

康熙五年丙午，西樵四十一岁。二月，西樵与王士禛同归济南。三月，复游扬州。与故人孙枝蔚、陈维崧、汪懋麟、汪楫等游平山红桥间，曹尔堪有诗来，中有"各士为官休亦好，弟须荷蓑兄携杖"句，萧云从为此作图。

康熙六年丁未，西樵四十二岁。于坐中遇流落淮南之故人韩圣秋之侄,感慨今昔,作诗赠之。西樵之长女适邹平成氏者亡,西樵作哀辞悲之,是岁十月返里。

康熙七年戊申,西樵四十三岁。家居,侍奉父母,营建十笏草堂,并自题诗记之。读书为乐,不再仕进。

康熙八年己酉,西樵四十四岁。自作《西樵山人传》,叙其一生,自谓少慕孟襄阳志,并引元微之语"上士立德,其次立事,不遇立言"自况,并遗令其子书其坟碣为"西樵山人王君之墓"。

康熙九年庚戌,西樵四十五岁。正月,视王士禛于淮。三月,北归。四月,奉母命进京鸣冤。六月,还官。九月,补吏部考功司员外郎。十一月,王士禛至京探视。

康熙十年辛亥,西樵四十六岁。以忠信名重公卿,故人施闰章、宋荔裳、曹贞吉等海内名儒群集都下,一时游于京都之文士,皆以不识西樵为耻。是岁颇多诗歌赠答。

康熙十一年壬子,西樵四十七岁。正月,应宋荔裳、谢方山雪霁游西山。严绳孙为西樵写照,神致萧远;叶讱庵为之记。闰七月,都察院议吏部堂上官各降一级,西樵降三级。因知母命,欣然归里省亲。八月,母病逝,朝夕泣血,先后作《告母文》三篇。

康熙十二年癸丑,西樵四十八岁。居丧哀恸致疾,而第三女适长山王氏者又死,西樵病益重。五六月间稍愈,手定《然脂集》风雅五卷,著论说数篇。七月初九,忽又病重,二十二日酉时谢世。

诗风雅谈

西樵山人是清初学识渊博、工于诗文的大家,他与其弟王士禛以及曹尔堪、宋琬、施闰章、汪琬、程可则、沈荃,时有唱和,当时号称"海内八大家"。他和季弟王士禛并称山东"二王",也有加上叔弟王士祜称作"三王"的。清初的诗坛盟主遂有"南朱(彝尊)北王"之美誉。

西樵山人季弟王士禛称:"先兄考功,平生诗不减二千余篇。已刻者,曰《表余堂集》,曰《十笏草堂集》,曰《辛甲集》,曰《上浮集》。"王士禄驾驭中国古典诗歌这一文学形式,可谓已至登峰造极的地步。早在先秦《尚书·舜典》就说:"诗言志,歌永言,声依永,律和声。"《礼记·乐记》也把"言其志"放在诗的首要的地位。"言志",

就是表达诗人的思想情感。故《毛诗序》中说:“在心为志,发言为诗。”唐人白居易也说:“感人心者,莫先乎情,莫始乎言,莫切乎声,莫深乎义。”这种传统的对诗歌创作的认识,影响了中国历代的诗人,和王士禄同时代的著名诗人叶燮也认为:“诗是心声,不可违心而出,也不能违心而出。”西樵同样是按照这条诗歌创作的道路走过去的。在《十笏草堂集》诗序中,当时很负盛名的汪琬是这样赞誉王士禄的:“今观子底所作尤幽闲澹,极其性情之所止。”

作为清初南方诗家的代表人物朱彝尊十分赞赏西樵,他说:“先生诗空明超远,初之若浅易,讽吟数过,而旨愈深。”

王西樵的诗风,清雅放达,悠闲淡泊,颇似唐人孟浩然,如山谷幽泉,自心底自然流出,他的题孟浩然的诗“鱼鸟云沙见楚天,清诗句句果堪传。一从时世吟高唱,谁识襄阳孟浩然”,即表露了这种境地。题孟浩然的诗,不仅是他对孟浩然的崇拜,也是他的自题,表现了他和孟浩然作诗的共同意趣。他在其他诗文中也表达了这种思想。

王士禄的季弟王士禛,汲取了苏轼的用语来评价他的诗:“出新意于法度之中,寄妙理于豪放之外,证古论今,其亦无溢美尔矣。”这样的评语,为清代诸多诗人所共识。

王士禛最了解王西樵,这既是因为他二人诗风有许多共同之处,更重要的是王士禛受业于王西樵。王士禛的成就虽然超过了王西樵,但王士禛受教于王西樵颇多。没有王西樵,也就没有王士禛。所以王西樵先王士禛而去,最悲痛的也莫过于王士禛了。大哥逝世不久,四弟就编了这部诗歌选集,由于王士禛对王西樵了解甚深,其选诗之精当,当然也是无可比拟的了。

李德埙
1998 年春

例 言

一、本书是由山东省教育委员会、山东省古籍整理研究领导小组立项的古籍整理研究项目。在研究整理的过程中,得到省教委的资助与关怀,具体工作由山东艺术学院完成。

二、本书对由清初著名诗人王士禄所著、其弟王士禛编选并定名的《考功集选》进行校勘、注释、评析。全书分为四卷,由山东艺术学院古籍整理研究室收集整理,编著后定名为《考功集选评注》。

三、本书校注时根据的主要版本是山东省博物馆所藏的清康熙八年即1669年刊行的版木,参照山东省图书馆所藏善本手抄本王士禛评点的《考功集选》,参考山东大学图书馆、山东师范大学图书馆所藏的《考功集》、《考功集选》等版本,并参阅上述诸馆所藏的《王渔洋遗书》、《渔洋山人全集》、《渔洋山人诗集》、《渔洋菁华录》、《渔洋诗话》、《王考功年谱》,又据王士禛《刻考功集选序》中谓"先兄考功,平生诗不减二千余篇。已刻者,曰《表余堂集》,曰《十笏草堂集》,曰《辛甲集》,曰《上浮集》"之书目以及王士禛纪念馆的藏本进行校勘。

四、本书仍按原编选者王士禛所定的四卷本先后顺序排列,每首诗均有原诗、注释及评析三部分。注释排列于诗后。注释与评析力求简明扼要,一般不注音,个别生僻字采用注音的方式。

五、本书用简体字排印,标点亦按现行的标点符号点出。

六、为便于阅读,本书不避重出,诗中引用的典故、名言、警句大都注明其出处,地名也尽量注出。诗中有关当时的历史背景也尽量以《王考功年谱》为主参照有关著述注出。王士禛去世后，清人为避雍正讳改名士祯，本书不再避讳。但后人称士祯者也不再改为原名。

七、本书承山东艺术学院名誉院长、国画名家、诗人于希宁教授题诗。本书创作之初，中国清诗研究著名学者、苏州大学教授钱仲联先生虽年事已高，仍不辞辛劳，给予本书很多指导。山东诗词学会会长苗枫林教授为本书作序。在此一并感谢。

目　录

第二卷

第三卷

第四卷

附　录

第一卷

夏夜词[1]

高楼风面面，碧户夜盈盈[2]。
裳似六铢薄[3]，人如双玉清[4]。
摩诃池上月[5]，偏傍枕函明[6]。

[注释]

①此诗出自王士禄著《表余堂集》。

②碧户:为绿荫所掩映，碧色之户。张泌《碧户》诗:“碧户扃鱼锁，兰窗掩镜台。”盈盈:犹深深，沉沉。夜盈盈:谓夜色深沉。

③六铢:谓六铢衣也。六铢，原佛家语。《长阿含经》:“忉利天衣重六铢，炎摩天衣重三铢。”后六铢用以泛称轻薄之衣衫。唐宋之问《奉和幸大荐福寺》:“欲知皇劫远，初拂六铢衣。”

④双玉:谓成对之玉。世称竹为碧琅玗，美竹则称玉竹。笋，别名玉版师或玉版僧，笋之美称谓玉笋。苏轼《过建昌李野夫公择故居》诗:“何人修水上，种此一双玉。”故玉当指竹。

⑤摩诃池 :一名污池，在四川成都城内。南朝陈萧摩诃所置，以其水澈景妙而多入诗文。唐高骈《残春遣兴》诗:“画舸轻桡柳色新，摩诃池上醉青春。”

⑥枕函 :枕匣也。司空图《杨柳枝寿杯词》:“偶然楼上卷珠帘，往往长条拂枕函。”

[评析]

全诗写月光清澈，夜色深沉，竹树掩映，绿荫丛中景色宜人。诗人倚枕赏此月色，倍觉清新高洁。

新柳同贻上二首[①]

东风吹杨柳，袅袅发柔条[②]。
不尽三春色[③]，居然万里桥[④]。
汉南烟尚浅[⑤]，渭曲雨初消[⑥]。
讵似江潭树[⑦]，凄凄向晚凋[⑧]。

春水满清溪，春风吹大堤。
千条烟欲绿[⑨]，二月色初齐。
弱叶移鸟影[⑩]，疏阴散马蹄。
不堪金管发[⑪]，肠断渭城西[⑫]。

［注释］

①王士禛原有《咏新柳》诗，士禄用其弟题，成此二首。贻上：王士禛字子真，一字贻上。

②袅袅：谓杨柳条随风摆动之状。

③三春：春季三个月的总称。三春色，指春季三月之景色也。汉班固《终南山赋》："三春之季，孟夏之初。"指春季的第三个月，诗中亦有此意。

④万里桥：在四川成都市南，横跨锦江之上。三国时蜀费祎出使东吴，诸葛亮于此设宴送别，祎称："万里之行，始于此矣。"因以名桥。后泛指送别之桥。

⑤汉南：汉水之南，亦指荆州，亦泛指江南一带。刘禹锡《奉和淮南李相公早秋即事，寄成都武相公》诗："汉南趋节制，赵北赐山川。"杜牧《柳长句》诗："灞上汉南千万树，几人游宦别离中。"

⑥渭曲：渭水之弯曲处。用杜牧《和野人殷潜之题筹笔驿十四韵》诗"渭曲晚旌旗"意。汉南、渭曲，古人常以之入诗文，以寄离情别绪。

⑦江潭：江之深渊也。《楚辞·渔父》："屈原既放，游于江潭，行吟泽畔。"张若虚《春江花月夜》诗："江水流春去欲尽，江潭落月复西斜。"

⑧凄凄：寒凉也。《诗经·郑风·风雨》："风雨凄凄。"又，"凄凄"同"萋萋"，草木茂盛之貌。"讵知"两句，看似反诘，实为感叹，谓江潭之树晚凋早发，更平添了几分春色。

⑨千条烟：谓杨柳枝条之多。千条，白居易《杨柳枝》："可怜雨歇东风定，万树千条各自垂。"

⑩弱叶：嫩叶。左思《招隐》诗："弱叶栖霜雪，飞荣流余津。"诗中指柔细的柳叶。

⑪金管：铜制管乐器，奏时多悲壮之音。南朝梁江淹《萧被侍中敦劝表》："结象弭于前衡，奏金管于后阵。"

⑫渭城：在陕西省咸阳市东北二十里。本为秦孝公所都之咸阳，汉高祖元年改名新城，七年废。元鼎三年后置，因南临渭水，更名渭城。自唐王维《渭城曲》传世之后，诗文多以借指送别之处。

［评析］

此诗由渔洋转引陈伯玑语作为对士禄此两首诗的评语："陈伯玑以为六朝初唐，信然。"纵观此诗所写轻烟淡柳，离情别绪，情景交融，真切感人，朴实无华，格调清新，令人更信六朝至初唐的诗风之"绮丽不足珍"也。陈伯玑即陈允衡，伯玑是其字，江西建昌人，明季避乱芜江，杜门以诗自误，著有《爱琴馆集》。

赋得月出夜方浅[1]

佳夜当三五[2]，雕房璧月侵[3]。
澄泓明玉水[4]，罨蔼照芳林[5]。
暝色初栖鸟，清光欲半衾[6]。
那能怜好梦，幽思逐宵深。

［注释］

①题下王士禛批注："祖咏句。"唐祖咏原诗《家园夜坐寄郭微》："前阶微雨歇，开户散窥林。月出夜方浅，水凉池更深。余风生竹树，清露薄衣襟。遇物遂遥叹，怀人滋远心。依稀成梦想，影响绝徽音。谁念穷居者，明时嗟陆沉。"

②三五：谓旧历之十五日。纵观全诗，此句可能是写中秋八月十五明月之夜。

③璧月：谓月圆如璧也。沈炯《太极殿铭》："璧月宵悬，卿云昼聚。"裴夷直《同乐天中秋夜洛河玩月》诗："清洛半秋悬璧月，彩船当夕泛银河。"

④玉水：美水也。陶弘景《吴太极左仙公葛公碑》："碧坛自肃，玉水不穷。"王僧孺《朱鹭》："因风弄玉水，映日上金堤。"

⑤罨蔼：覆盖之云气。罨，掩覆也。蔼，通"霭"，云气也。

⑥清光：谓清明之月光也。李白《拟古》诗："明月看欲堕，当窗悬清光。"

[评析]

此诗结尾，王士禛评之为“清晖四照”。读之如入其境。面对三五明月，光照四方，夜幕初降，宿鸟归林，暮霭沉沉，清气逼人，不由引起无限遐思。

赠徐东痴[①]

遗世钦高躅，春风诵卜居[②]。
岩间堪种药，井底可藏书[③]。
柳恽多新咏[④]，陶潜有敝庐[⑤]。
小山丛桂远[⑥]，为尔重踌躇。

[注释]

①徐东痴：徐夜，字东痴，初名元善，字长公，因慕嵇叔夜，改名夜，字嵇庵，山东新城人，与士禄兄弟同里。壮年弃诸生，居东皋郑潢河上，掘土造为门室，绝迹城市，后游访江南诸名胜古迹，徘徊留诗而返。康熙中荐以“博学鸿儒”，以老辞，遂杜门不复出。其诗学陶潜，更似孟郊。王士禛赞为“涧松露鹤”，存诗百余篇，编为《东痴诗选》。

②卜居：《楚辞》篇名，多谓屈原所作。原哀悯当世之人习安邪佞，违背正直，不知二者之是非可否而以蓍龟决之。此处借指隐居。

③“岩间”两句：写隐士避世林泉之生活。

④柳恽：字文畅，南朝梁河东解州人。好学工诗，能音律，善弹琴，有令名，曾与沈约共定新律。梁武帝时累迁吴兴太守，为政清明。其父世隆亦精于琴，为士流第一。父卒，每奏其父曲，常感思，复变体备写古曲，制雅音，为新咏。有文集十二卷。

⑤陶潜：字渊明，一字元亮，晋浔阳柴桑人。著名田园诗人，诗风自然朴素，意味隽永。四十一岁弃官归隐，卒私谥“靖节”，人称靖节先生。作品有《陶渊明集》。敝庐：谓居舍之简陋。

⑥丛桂：丛生之桂也。唐王勃《夏日诸公见寻访》诗序：“丛桂幽兰，喜王孙之相对。”小山丛桂，取意北朝庾信《枯树赋》：“小山则丛桂留人。”

[评析]

此诗极赞徐东痴慕柳恽与陶潜之风。柳恽是著名弹琴高手；陶潜则常抚无弦琴，自谓“但识琴中趣，何劳弦上音”。徐东痴得陶柳意趣，遁迹林泉，琴诗自娱，超然脱俗，洁身自好。

八月十五夜

把酒邀明月①，清光遍薜萝②。

芙蓉秋水寂③，丛桂小山多④。

一雁归湘楚⑤，繁星点绛河⑥。

虚堂弦索静⑦，独和越人歌⑧。

［注释］

①首句：此句取意唐人李白《月下独酌》中之“举杯邀明月”以及苏轼《水调歌头》中“明月几时有？把酒问青天”意。

②薜萝：薜荔、女萝两种植物的连称。《楚辞·九歌·山鬼》：“若有人兮山之阿，被薜荔兮带女萝。”后常借以指隐者之服饰居舍。刘长卿《使回次杨柳过元八所居》诗：“薜萝诚可恋。”

③芙蓉：有水芙蓉与木芙蓉之分。水芙蓉即荷花，诗中用此意。

④丛桂：见《赠徐东痴》注⑥。

⑤湘楚：湘水楚山，借指湖南一带。此句取意秋雁南归。传雁飞至衡阳回雁峰不过，遇春而返回。

⑥绛河：银河。昔人观天以北极为标准，所仰视而见者，皆在于北极之南，故称之曰丹曰绛，称天曰丹霄，称河汉曰绛河，此借南之色以为喻也。庾信《道士步虚词》：“绛河应远别，黄鹄来相迎。”杜审言《七夕》诗：“白露含明月，青霞断绛河。”“点绛河”，《十笏草堂集》作“照绛河”。

⑦弦索：谓乐器之以丝为弦者。苏轼《老人行》诗：“美人如花弄弦索，只恨尊前明月落。”

⑧越人歌：古歌名。刘向《说苑·善说》记为“榜枻越人拥楫而歌”之歌，其辞多为越人方言，述谓春秋时楚王弟鄂君子皙泛舟奏乐，舟子操桨而歌，语多嘲鄂君子皙。鄂君不解，乃召越人译。今存歌辞，即其译文。

［评析］

此诗王士禛于诗尾批点赞云：“五、六五言极则。”是谓五、六两句已达五言诗之最高准则。极则，谓诗之最高准则。宋杨亿《景德传灯录·朗州大龙山智洪禅师》：“问：‘如何是微妙？’师曰：‘风送水声来枕畔，月移山影到床边。’问：‘如何是极则处？’师曰：‘懊恼三春月，不及九秋光。'"

此诗旨在赞颂隐居生活，题为"八月十五夜"，故从"月"字入手，抒写秋色，着笔于把酒邀月，共赏"芙蓉秋水"、"丛桂小山"、一雁南飞，极尽孤介清绝。

赋得丹凤城南秋夜长[①]

丹凤城南秋夜长，关河寒近落微霜[②]。
那须锦字论长恨[③]，自有清砧教断肠[④]。
破衲沙头鸿欲去[⑤]，拂云堆上草初黄[⑥]。
伤心不及城边月，犹照卢家玳瑁梁[⑦]。

[注释]

①谓以唐沈佺期"丹凤城南秋夜长"句，赋得诗一首。沈佺期为《古意》(或作《独不见》)："卢家少妇郁金堂('堂'一作'香')，海燕双栖玳瑁梁。九月寒砧催木叶('木'一作'下')，十年征戍忆辽阳。白狼河北音书断，丹凤城南秋夜长。谁为含愁独不见，更教明月照流黄。"丹凤城：在今陕西丹凤县。传秦穆公之女弄玉善吹箫，引来凤凰集于咸阳城下，后称京城为丹凤城。

②关河：函谷关与黄河。后用指争战要害之所。

③锦字：前秦安南将军窦滔，有宠姬赵阳台，置之别所，妻苏氏求而获焉，苦加挞辱。滔深恨之。滔镇襄阳，与阳台之任，绝苏氏音问。苏悔恨自伤，因织锦文，题诗二百余首，计八百余字，纵横反覆皆为文章，名《璇玑图》，遣苍头赍至襄阳。滔览锦字，感其妙绝，因具车从迎苏氏。后常以谓妇之书信，李白《秋浦寄内》诗："开鱼得锦字，归问我何如。"

④"自有"句：写征人远戍，思妇捣衣石上，无限悲愁。

⑤破衲：极言衣衫之褴褛。衲，缝补多处之衣。

⑥拂云堆：塞外地名。堆上有祠。唐时突厥入寇，必先祀祠。

⑦卢家：卢家少妇，名莫愁，是梁武帝诗中的人物，后用作少妇代称。萧衍《河中之水歌》曰："河中之水向东流，洛阳女儿名莫愁……十五嫁为卢家妇，十六生儿字阿侯。卢家兰室桂为梁，中有郁金苏合香。"玳瑁梁：用玳瑁装饰之画栋雕梁。此句用沈佺期诗《古意》起首两句。

[评析]

此诗拟沈佺期乐府古题《古意》诗意，写出征夫远戍，思妇"伤心而不得”之离情，写来笔调委婉缠绵，回肠荡气，极尽悲愁之状。

临淄道中[①]

猺山云嶅迥[②]，逶迤朝气鲜。
晴雪眩阳景，明灭开层峦。
我行感遗迹，为咏遭猺篇[③]。
缅邈几千载，雄风仍飒然。
驱车一回首，西盼康浪渊[④]。
不见饭牛人[⑤]，白石犹烂烂。
栖身牛口下，狂歌夜火间。
一朝蹑卿相，通国称其贤。
牧羊或上林[⑥]，牧豕或菑川[⑦]。
比迹略已似[⑧]，高誉何能肩。
此来悲物役[⑨]，况复当穷年。
悠悠思古人，茫茫集百端。
浩歌一翘首[⑩]，凉风吹古原。

［注释］

①临淄：又作“临菑”，古邑名，春秋齐都，在今山东省淄博东北，以城临淄水得名。

②猺山：山名。在春秋时临淄之南。《诗经·齐风·还》：“子之还兮，遭我乎猺之间兮。”

③遭猺篇：指《诗经·齐风·还》。此诗《毛诗正义》释谓：“《还》，刺荒也。哀公好田猎，从禽兽而无厌，国人化之，遂成风俗。习于田猎谓之贤，闲（娴）于驰逐谓之好焉。”现代研究者多以为此诗仅描写齐俗以弋猎相矜尚，并无讽刺之意。

④康浪：水名。《水经注》卷二六：“巨洋水又东北合康浪水，水发（剧）县西南峿山……北流，注于巨洋。”《三齐略》记谓：“康浪水在齐城西南十五里康衢侧，宁戚叩牛角歌于此。”

⑤饭牛人：指春秋齐人宁戚。宁戚未逢明主，饲牛，桓公夜出近舍，宁戚击牛角高歌曰：“南山石干，白石烂，生不遭尧与舜禅……”桓公闻之与语，以为大夫。

⑥上林：秦时为苑名，汉武帝增而广之。汉司马相如有《上林赋》，极言其

富丽。故址在今陕西西安市西及周至、户县一带。东汉时置苑于洛阳西。

⑦菑川:古地名,为汉菑川王国,汉文帝时分齐为菑川国,都剧。在今山东寿光境内。

⑧比迹:比拟其德行事迹。《后汉书·邓皇后纪》:"齐踪虞妃,比迹任姒。"

⑨物役:犹言为物所役也。谢瞻《答康乐秋霁诗》:"独夜无物役,寝者亦云宁。"

⑩浩歌:谓高歌也。《楚辞·九歌·少司命》:"望美人兮未来,临风怳兮浩歌。"李白《送张承祖之东都序》:"清谈浩歌,雄笔丽藻。"

［评析］

此诗所写为诗人行于临淄道中,经古代齐贤臣宁戚饭牛叩角而歌之处,古人因遇明主而得展骥足,感怀遗迹,抚今追昔,乃作诗以自遣之。

次巨蔑河大雨雪①

驱车季月寒河冰②，穷途意气仍凭凌③。
元龙未忘床上下④，易牙漫辨味淄渑⑤。
畸人守玄征白凤⑥，下士大笑薨苍蝇⑦。
余发种种犹为尔，身事茫茫安可凭。
僻句张登复李贺⑧，艳章庾信还徐陵⑨。
词场跃冶讵为厉⑩，世路韦脂安足能⑪。
那缘五斗增俯仰⑫，聊复一石成烘腾⑬。
他时自命天下士⑭，此来宛如香火僧⑮。
转思木落寒溪雪，岸帻衡门支野藤⑯。

［注释］

①巨蔑河:水名,即巨洋,一名具水,今名弥河,俗称盐河。源出山东临朐南沂山西麓,东北流经临朐东寿光界,由弥河口入海。据《水经注·巨洋水》:"巨洋水,即《国语》所谓具水矣,袁宏谓之巨昧,王韶之以为巨蔑,亦或曰朐弥,皆一水也。"

②季月:四时之末月也。为旧历三月、六月、九月、十二月之称。诗中所指为腊月。

③凭凌：犹言侵陵。李华《吊古战场文》："当此苦寒，天假强胡，凭陵（'凭陵'即'凭凌'）杀气，以相翦屠。"

④元龙：陈登之字。东汉末年登举孝廉，建安中为广陵太守，以诛吕布加伏波将军。许汜曾与刘备共论人物。许汜曰："元龙湖海之士，豪气不除。"备问故，汜曰："昔过下邳，见元龙无主客礼，自上大床卧，使客卧下床。"

⑤易牙：春秋齐大夫。易牙善知味，淄渑二水之合，易牙尝而知之。《列子·说符》："孔子曰：'淄渑之合，易牙尝而知之。'"

⑥畸人：谓乖异人伦，不耦于俗之人。不耦于人，谓阙于礼教者也。白凤：白凤凰也。北朝庾信《象戏赋》："白凤遥临，黄云高映。"此句谓畸人守玄而欲征得白凤。

⑦下士：指下愚之士。《老子》："上士闻道，勤而行之。""下士闻道，大笑之。"薨：死亡也。古以天子死曰崩，诸侯曰薨。此句谓下愚之人不识大道，竟以苍蝇之死为薨。

⑧张登：唐德宗时南阳人，官至漳州刺史，性刚洁。《新唐书·艺文志》记其著有文集六卷。李贺（790－816）字长吉，唐宗室，福昌（今河南宜阳西）人，工诗，见知于韩愈。善于熔铸词采，新奇瑰丽。其诗多表现他的不得志，情调沉郁。有时语言过于雕琢。此句谓张登、李贺喜用生僻之词句。

⑨庾信（513－581）：字子山，小字兰成，南北朝南阳新野人，仕梁至右卫将军，封武康县侯，元帝时使周被留不遣，明帝、武帝厚礼之，累迁骠骑将军，开府仪同三司。诗风清丽。徐陵（507－583）：字孝穆，南北朝东海郯人。初为梁武帝东宫学士，后以散骑常侍使魏，又使齐，为北齐拘留，后入陈，后主时为太子少傅，卒谥曰章。诗风新丽。陵与信文皆绮丽，时称徐庾体，为世所重。此句谓庾信、徐陵皆以词章艳丽著称。

⑩跃冶：喻人不安分而好自炫也。语出《庄子·大宗师》。宋范仲淹《金在镕赋》："昔丽水而隐晦，今跃冶而光亨。"

⑪韦脂：即脂韦，以喻柔弱委曲也。《楚辞·卜居》："如脂如韦，以絜楹乎。"韩愈《送区弘南归》："行行正直慎脂韦。"

⑫五斗：《晋书·陶潜传》："郡遣督邮至县，吏白应束带见之，潜叹曰：'吾不能为五斗米折腰，拳拳事乡里小人耶！'义熙二年，解印去县，乃赋《归去来》。"俯仰：低头仰首，借指起居动作或时间之短暂。此处有送往迎来"折腰"之意。

⑬一石：古用一石指酒器容量，此处借以指酒。《后汉书·卢植传》："性刚毅，有大节，常怀济世志，不好辞赋，能饮酒一石。"

⑭天下士：才高出众之士。《史记·鲁仲连邹阳列传》："吾乃今日知先生为天下之士也。"高适《咏史》："不知天下士，犹作布衣看。"

⑮香火僧：寺庙中司香火之僧。香火，佛家语，谓烧香点燃灯烛等佛家之事。

⑯岸帻：巾高露额也。《晋书·谢奕传》："岸帻笑咏，无异常日。"李白《醉后》："日暮岸帻归，传呼隘阡陌。"衡门：横木为门，言浅陋也，引申为隐者之居。《诗经·陈风·衡门》："衡门之下，可以栖迟。"杜甫《东屯月夜》："春农亲异俗，岁月在衡门。"

［评析］

此诗写诗人行经巨蔑河，抚今追昔，谈古喻今，自叹虽在穷途，意气未消，世事茫茫，不为五斗米折腰，情愿归隐林泉，诗酒自遣，度其清高自赏之岁月。

雪发巨蔑夜抵昌乐赠吕山人[①]

暝色群崖会[②]，歧涂夜火凭[③]。
寒冰坚巨蔑，大雪压营陵[④]。
寂历荒城柝[⑤]，青荧野店灯[⑥]。
爱君"鸡唱"句[⑦]，乞与续"枯藤"[⑧]。

［注释］

①巨蔑：巨蔑河。见前注。昌乐：今山东昌乐。吕山人：诗人，隐者。

②首句：谓暮色降临，群山连成一片。

③歧涂：犹歧路。

④营陵：即古之营丘，汉时为营陵县。在今山东昌乐境内。

⑤"寂历"句：谓寂寞之荒城中，传来守夜者击柝之声。寂历，犹寂寞。韩偓《曲江晚思》："云物阴寂历，竹木寒青苍。"

⑥青荧：灯火之光也。《诚斋杂记》："东坡云：'岁行尽矣，风雨凄然，纸窗竹屋，灯火青荧，时于此间，得少佳趣。'"

⑦"爱君"句：谓诗人爱吕山人所得之佳句"鸡唱留余梦"。

⑧末句：谓乞求仍以续吕之"枯藤"旧句。此诗篇末有王士禛原注："吕梦中得'鸡唱留余梦'之句。'枯藤'用吕徽之句。"

[评析]

此诗写诗人虽在寒冬山乡野居，但冰雪之志愈坚，书以赠吕山人，并表达诗人和山人共同的山居清幽的生活情趣和坚贞旷达的胸怀。

别离曲

为惜红颜好[1]，悠悠怅别离。
丁宁镜神圣[2]，嫉妒鸟雄雌。
春泪桃花落[3]，秋怀梧子知[4]。
怕看昨来信，迢递说归期[5]。

[注释]

①红颜：谓青春容颜美好。骆宾王《帝京篇》："红颜宿昔白头新，脱粟布衣轻故人。"白居易《后宫词》："红颜未老恩先断。"

②丁宁：谓再三嘱告。镜：照形取影，以镜考察也。

③"春泪"句：谓春日见桃花之谢而伤心落泪。

④"秋怀"句：谓见梧叶而感知秋至，悲时间消逝之快。李白《秋登宣城谢朓北楼》："人烟塞橘柚，秋色老梧桐。"朱熹《偶成》："未觉池塘春草梦，阶前梧叶已秋声。"

⑤迢递：谓路途之遥远也。孟浩然《赴京途中遇雪》："迢递秦京道，苍茫岁暮天。"

[评析]

此诗王士禛篇末评曰："驱使乐府入妙。"此诗诗人自叙离情别绪，写来情真意切，声情并茂，扣人心弦。

裁衣曲

初罢清砧响，还劳素腕舒[1]。
残灯金粟尺[2]，远道玉关书[3]。
白纻缝仍涩[4]，红绵怨有余[5]。
流黄明月路[6]，何处逐轻车[7]。

[注释]

①砧:捣衣石也。杜甫《捣衣》:“秋至拭清砧。”起首两句谓闺人捣衣才罢,又舒素手缝剪征衣。

②金粟尺:金粟,桂花之雅称。金粟尺,富贵人家以金粟为饰之尺。杜甫《白丝行》:“缫丝须长不须白,越罗蜀锦金粟尺。”

③玉关:玉门关也。李白《子夜吴歌》:“秋风吹不尽,总是玉关情。”玉关书,谓寄往边关之书。

④白纻:细而洁白之夏布。白纻出吴地,故吴地有白纻舞歌。李白《白纻辞》:“且吟《白纻》停《绿水》,长袖拂面为君起。”

⑤红绵:“绵”与“棉”通。《正字通》:“绵,木棉。”红绵,谓木棉也。木棉开红花,故称红绵。

⑥流黄:黄茧之丝也。一云绢。沈佺期《古意》:“谁为含愁独不见,更教明月照流黄。”

⑦轻车:古之战车也。《后汉书·舆服志》:“轻车,古之战车也……藏在武库。”

[评析]

此诗取意李白《子夜吴歌》,写出闺人心念边关,为征人裁剪征衣,寄寓无限离情别绪。

秋塞曲①

落日照军旄②,凉风吹古壕。
黄榆疏故垒③,白麦熟新醪④。
月色临关苦,星芒映帐高⑤。
更闻笳吹急⑥,愁思满临洮⑦。

[注释]

①秋塞:秋季之边塞。

②军旄:军中之旗帜也。旄,旗上之装饰。《说文通训定声》释谓旗竿之饰,“本用犛牛尾置于旗之竿首”。

③黄榆:指黄榆岭,在河北邢台西北,岭上有关。故垒:指旧时城垒。

④“白麦”句:下有王士禛批注:“陇西记诸州采白麦酿酒。”

⑤“月色”两句:写秋夜星月映照边关军帐,表现凄清苦寂之情景。

⑥笳：即胡笳，乐器也。胡人卷芦叶而吹之。

⑦临洮：在今之甘肃兰州。秦时蒙恬筑长城，以此为起点，止于辽东。诗中常以指边关。

[评析]

此首之末有王士禛批点云："间气《御览集》中绝调。"《御览集》，唐宪宗敕撰，令狐楚编次。又名《唐御览诗》、《元和御览》，选三十人，二百八十九首，其诗惟取近体，无一古体，即用乐府题者，亦皆律诗。王士禛意谓此诗有《御览集》之风，蕴含谐雅清新之绝调。

此诗描摹秋日边塞景象，写出了军营的肃杀气象，表现了戍边之苦，写来情景交融，意味深长。

食生菜

泱泱暮雨草堂寒①，瓦缶翛然晚进餐②。
新甲几时开雪圃③，细茎已见袅春盘④。
山中此物宜蝉腹⑤，世路何人竞马肝⑥。
便欲荷锄从老圃，断壶剪韮未应难⑦。

[注释]

①泱泱：云气盛起貌，或作"英英"。《文选·潘岳〈射雉赋〉》："天泱泱以垂云，泉涓涓而吐溜。"句中以状雨雾弥漫。

②翛然：忽然也，又无心而自尔之谓也。

③新甲：新生之蔬菜草木。雪圃：积雪之圃也。韦庄《立春》诗："雪圃乍开红菜甲。"

④春盘：立春日唐人做春饼、生菜，号春盘。《宋史·礼志》："立春赐春盘。"《岁时广记》："立春日，食芦菔、春饼、生菜，号春盘。"

⑤蝉腹：蝉之腹，以喻空腹也。陆游《斋居书事》诗："平生风露充蝉腹，到处云山寄鹤躯。"

⑥马肝：马之肝也，旧时传说食之能杀人。《史记·封禅书》："文成食马肝死耳。"故《史记·儒林列传》云："食肉不食马肝。"

⑦壶：瓜属。"壶"与"瓠"古通用。《诗经·豳风·七月》："八月断壶。"

[评析]

此诗自述居尚节俭，蔬食自甘，表现出诗人清淡、朴素、自然的生活情趣。

鹰

天路盘双翼[①],云霄耸一拳[②]。

掣绦能自上[③],应是鄙风鸢。

[注释]

①天路:天上之路,谓其遥远也。汉武帝《思奉车子侯歌》:"天路远兮无期,不觉涕下兮沾裳。"枚乘《古诗》:"美人在云端,天路隔无期。"

②一拳:又作"一卷",一块石,取意拳大之石,亦称一拳石,《中庸》:"今夫山,一卷石之多。"

③掣绦:牵引丝绳也。

[评析]

此诗以风鸢须牵引而上为陪衬,写出雄鹰耸身拳石,一飞冲天凌云,表现了诗人愤世嫉俗及希冀鹏程万里的高尚志趣。

古风二首[①]

(一)

我怀竹林士[②],玩世或谓狂。

礼俗讵能拘[③],饮酒以自藏。

终古缅遗风[④],龙鹄中天翔[⑤]。

颇怪向子期[⑥],入计称郡良。

抗言非巢由[⑦],贡谀称陶唐[⑧]。

山阳闻笛悲,千载惭嵇康[⑨]。

延年咏五君[⑩],胡乃削山王[⑪]。

(二)

孤鹤称仙骥,矫翮青云中。

圆吭应清商[⑫],丹顶耀霞容。

遥遥积灵祀[⑬],肉疏毛以丰。

徘徊顿修趾[⑭],目营天帝宫[⑮]。

谓将入寥廓，还雨而去风。

渠知溷喧卑，羁栖嗟遇穷。

我闻相鹤经，作自浮丘公[16]。

以传缑岭人[17]，藏在嵩高峰。

奈何九皋禽[18]，顾影伤氋氃[19]。

[注释]

①古风：古体诗。唐以后专指区别于近体诗（律诗、绝句）的一种诗体。此题下注选自《十笏草堂集》。

②竹林士：谓竹林七贤。晋阮籍、嵇康、山涛、向秀、刘伶、王戎、阮咸七人，崇尚老庄虚无之学，轻礼法，避尘俗，常会饮于竹林之下，世称竹林七贤。

③讵能：犹岂能、怎能。此句意谓不拘礼俗。

④缅遗风：追念往昔传留下来的风气。

⑤龙鹄：龙与鹄也。相传二者皆能升腾九霄。《拾遗记》："莎萝草，细大如发，一茎百寻，柔软香滑，群仙以为龙、鹄之眷。"

⑥"颇怪"以下六句本《晋书·向秀传》："向秀字子期，河内怀人也……康善锻，秀为之佐，相对欣然，傍若无人。又共吕安灌园于山阳。康既被诛，秀应本郡计入洛。文帝问曰：'闻有箕山之志，何以在此？'秀曰：'以为巢许狷介之士，未达尧心，岂足多慕。'帝甚悦。秀乃自此役，作《思旧赋》云：'余与嵇康、吕安居止接近，其人并有不羁之才。嵇意远而疏，吕心旷而放，其后并以事见法。嵇博综伎艺，于丝竹特妙，临当就命，顾视日影，索琴而弹之。逝将西迈，经其旧庐。于时日薄虞泉，寒冰凄然。邻人有吹笛者，发声寥亮。追想曩昔游宴之好，感音而叹，故作赋曰……'"

⑦抗言：抗辩、反驳也。巢由：巢父与许由，皆尧时隐居之高士。巢父，陶唐高士，山居不出，年老以树为巢，而寝其上，故号巢父。尧以天下让之不受。又让许由，由以告。巢父曰："汝何不隐汝形，藏汝光，若非吾友也。"许由，阳城隗里人，字武仲，隐居沛泽中。尧让以天下不受，遁居于颍水之阳，箕山之下。又召为九州长，由不欲闻，洗耳于颍水之滨。

⑧贡谀：颠倒是非，淆乱视听。陶唐：指尧。尧始居于陶丘（今山东定陶西南），后徙于唐（今河北唐县），故称陶唐氏。

⑨嵇康：三国魏谯郡铚人，字叔夜。与魏宗室婚，拜中散大夫。入晋不仕，与阮籍等七人游，为竹林七贤之一。后山涛出仕荐康，康即与涛绝交。因与钟会有私怨，会藉事谗诸司马昭。康将刑东市，太学生三千人请以为师，弗许。

⑩五君：指嵇康、阮籍、阮咸、向秀、刘伶五人。

⑪山王：山涛与王戎，皆竹林七贤中人。王戎，晋琅邪临沂人，字濬冲，初隐竹林，晋惠帝时官至司徒。《南史·颜延之传》："出为永嘉太守，延之甚怨愤，乃作《五君咏》以述竹林七贤，山涛、王戎以贵显被黜。"苏轼《叔弼云履常不饮故不作诗劝履常饮》诗："他年《五君咏》，山、王一时数。"周权《夏日访黄府尹席上次黄德厚韵》诗："千篇已羡奴岛可，五君未许余山王。"

⑫清商：五音之一。《后汉书·仲长统传》："发清商之妙曲。"《楚辞·贾谊〈惜誓〉》："余因称乎清商。"

⑬灵祀：谓祭祀神灵也。《文选·鲍照〈舞鹤赋〉》："践神区其既远，积灵祀而方多。"

⑭修趾：指仙鹤之长足也。修，长也。趾，足也。

⑮目营：以目谋求也。

⑯浮丘公：传说中古之仙人，或谓黄帝时人，或谓即《列子》所称之壶丘子。据《太平府志》谓周灵王时人，尝与王子晋吹笙骑鹤游嵩山。《巢县志》谓姓李，尝以《相鹤经》授王子晋，藏于嵩山，淮南王采药得之，遂传于世。《江西通志》谓浮丘先生姓氏世代不详，或曰黄帝时人，与容成子游，或曰即《列子》所称壶丘子，或曰即《汉书》浮丘伯，楚元王申公所从受诗者。《文选·谢灵运〈登临海峤初发强中作与从弟惠连见羊何共和之〉》诗："傥遇浮丘公，长绝子徽音。"

⑰缑岭人：指王子乔。王子乔本周灵王太子，名晋，故原姓姬，以直谏废为庶人。一说晋好吹笙作凤鸣，游伊洛之间，道士浮丘生接晋上嵩山，三十余年，后见桓良。谓曰："告我家，七月七日候我于缑氏山头。"至期，果乘白鹤驻山头，可望不可到，举手谢时人，数日方去，后立祠缑氏山下。此事见于《陔余丛考》等书。

⑱九皋禽：谓鹤也。本于《诗经·小雅·鹤鸣》："鹤鸣于九皋，声闻于野。"皋，泽中水溢出所为坎，自外敷至九，喻深远也。李远《失鹤》诗："秋风吹却九皋禽，一片闲云万里心。"

⑲氋氃：犹云氃氋。氃氋，毛散貌。《世说新语·排调》："羊叔子有鹤善舞，尝向客称之，客试使驱来，氃氋而不肯舞。"

［评析］

此诗上、下两首皆讴歌清高遁世、出尘拔俗之风。上首追忆"竹林七贤"的胸襟放达，博学多才，爱酒任性，鄙弃礼法，不为时世所容，颂扬了"五君"，谴责了山、王的晚节不终。下首抒写仙鹤的清高拔俗，超脱尘世，以鸣人间之不平。这两首诗都是借古喻今，以表白自己的清贞高洁。

反乞食[①]

鄗人爱斟酌[②]，名酒夙所耽。
既契阮公兴[③]，时逃苏生禅[④]。
三雅与五经[⑤]，相须良难捐。
纵复酒价高，肯使口流涎。
往往沽一斗，辄损十千钱。
臣髡石乃醉[⑥]，薄俸竭一酣。
朝来瓶粟罄，废突绝炊烟[⑦]。
叉手草堂步[⑧]，何以谋晨餐。
缅怀陶柴桑[⑨]，乞食有遗篇[⑩]。
业已为饥驱，谁能辞叩门[⑪]。
所嗟硁硁怀[⑫]，欲去仍踆踆[⑬]。
视舌虽未敝，言发赪双颧[⑭]。
曾闻辟谷方[⑮]，其秘今不传。
欲寻餐霞流[⑯]，尘俗难腾骞[⑰]。
踌躇奚所从，移时乃翛然[⑱]。
吾腹可使饥，宁使甲吾颜。
三旬九食人[⑲]，流风犹可攀。
释虑卧匡床[⑳]，歌发金石宣。
坐让持钵翁[㉑]，遗韵千年传。

［注释］

①此诗题下有王渔洋批注："诙嘲玩世，往往绝倒。"题意反陶潜《乞食》诗也。

②斟酌：酌酒也。陶潜《移居》诗："过门更相呼，有酒斟酌之。"杜甫《羌村》："如今足斟酌，且用慰迟暮。"

③阮公：指晋阮籍。《文选·颜延之〈五君咏·阮步兵〉》："阮公虽沦迹，识

密鉴亦洞。”《世说新语·任诞》:“步兵校尉缺,厨中有贮酒数百斛。阮籍乃求为步兵校尉。”阮公兴,指嗜酒。

④苏生:指唐苏晋,先天中为中书舍人,官终太子左庶子。杜甫《饮中八仙歌》:“苏晋长斋绣佛前,醉中往往爱逃禅。”逃禅,醉酒而悖其教也。

⑤三雅:池名,在四川雅安。梁昭明太子《七契》:“百味交驰,三雅间出。”《春渚纪闻》:“古有修此池者,得三铜器,状如酒杯,各有二篆:曰伯雅、仲雅、季雅。或谓刘表二子好酒,尝制三爵:大曰伯雅,受一斗;次曰仲雅,受七升;小曰季雅,受五升。盖此池,因三爵得名也。”五经:五经书也。其说不一。《白虎通·五经》:“五经何谓? 谓《易》、《尚书》、《诗》、《礼》、《春秋》。”

⑥臣髡:臣,古时男子之贱称。髡,古时受剪发刑之罪人。

⑦“朝来”两句:谓无米断炊。瓶,炊器也。突,烟囱也。

⑧叉手:拱手也。《增韵》:“叉,俗呼拱手曰叉手。”

⑨陶柴桑:即陶潜,又名渊明,字元亮,浔阳柴桑人。志趣高洁,不慕荣利,诗文雅淡,后人称其为古今隐逸诗人之宗。曾为彭泽令,在官八十余日,以不为五斗米折腰,弃官归里。义熙末征著作郎不就,居以家贫,曾求食于人。

⑩“乞食”句:谓晋陶潜《乞食》诗:“饥来驱我去,不知竟何之。行行至斯里,叩门拙言辞。主人解余意,遗赠副虚期。谈谐终日夕,觞至辄倾杯。情欣新知欢,言咏遂赋诗。感子漂母惠,愧我非韩才。衔戢知何谢,冥报以相贻。”

⑪“业已”两句:用陶潜《乞食》诗前四句意,谓因饥饿而不得不叩门求食。

⑫硁硁:小人鄙贱貌。《论语·子路》:“硁硁然小人哉。”又《论语·宪问》:“鄙哉,硁硁乎!”

⑬踆踆:行走貌。踆,退也。

⑭“视舌”两句:谓虽非舌敝唇焦,但出言即已面红耳赤了。“赪”同“赪”,赤也。

⑮辟谷方:谓摒除谷食成仙之方法。王维《春日上方即事》诗:“好读高僧传,时看辟谷方。”

⑯餐霞:食霞也,道家修炼之术。颜延之《五君咏》诗:“中散不偶世,本自餐霞人。”

⑰腾骞:犹腾飞也。骞,飞也。

⑱翾然:意定也。

⑲三旬九食:言得食之难也。陶潜《拟古诗》(其五):“三旬九遇食,十年著一冠。”

⑳匡床:安床也,一谓方正之床。《商君书·画策》:“人主处匡床之上,听

丝竹之声而天下治。”

㉑持钵：佛家语，犹言托钵也。

［评析］

陶潜《乞食》诗向有托言诗和记事诗两说。此诗名为《反乞食》，并非一反陶诗原意，其实质还是嘲讽世事，赞扬了“三旬九食人”的安贫乐道，并为古来贤者之不遇鸣不平。

读杜集竟怃然有作书卷尾[①]

杜陵诗人宗[②]，词场纵高步。
健笔掞天藻[③]，高山复榀具[④]。
携友登吹台[⑤]，风云发指顾[⑥]。
应诏咸京来，闳音奏韶頀[⑦]。
跌荡排天阊[⑧]，高衢见牴牾[⑨]。
突兀延恩匦[⑩]，匍訇三礼赋[⑪]。
卒府寄逍遥[⑫]，未协同时慕。
䍦矣渔阳尘[⑬]，艰哉凤翔赴[⑭]。
甫升鸳鹭班[⑮]，旋背雕鹗路[⑯]。
玉女虽可寻，朱凤岂堪妬[⑰]。
浪迹入西南[⑱]，浩歌荡情愫。
间关青羌坂[⑲]，差池下牢戍[⑳]。
故人纷旌麾[㉑]，一老飒飘寓[㉒]。
扁舟乱衡湘，苍茫向迟暮[㉓]。
错杂离骚词，隐约咏怀句[㉔]。
万古祝融峰[㉕]，鸾龙隐烟雾。
萧条稷卨期[㉖]，支离楚蜀遇。
独余草堂碑[㉗]，千秋启遐晤[㉘]。

［注释］

①怃然：犹怅然也，失意貌。

②杜陵：古地名，在今陕西西安，乃古杜伯国，本名杜原，秦置杜县，因汉宣

帝葬此，故名杜陵。东南又有小山，称为少陵，陵西即杜甫的旧宅，故杜甫自称“杜陵布衣”、“少陵野老”。诗中用指杜甫。

③掞天藻：掞天与掞藻也。掞天，谓光芒照耀天地，比喻才华俊杰。庾肩吾《侍宴宣猷堂应令》诗：“副君德将圣，陈王才掞天。”宋之问《扈从登封途中作》诗：“扈从良可赋，终乏掞天才。”掞藻，谓发舒文藻。《梁书·昭明太子传》：“摛文掞藻，飞觞泛醉。”

④櫑具：古长剑名。木柄上有玉饰如莲花初生。《汉书·隽不疑传》：“不疑冠进贤冠，带櫑具剑。”注引晋灼曰：“古长剑，首以玉作井鹿卢形，上刻木作山形，如莲花初生未敷时。”后以櫑具作为学官的典故。苏轼《次韵钱舍人病起》诗：“殿门明日逢王傅，櫑具争先看不疑。”

⑤吹台：台名。在河南开封东南，俗称禹王台。传为春秋时晋国乐师师旷奏乐的地方。后来梁王在此增筑吹台。相传大禹治水时曾住在此台上，故又名禹王台。大殿东侧有三贤祠，祀唐代诗人李白、杜甫、高适，后又增祀李梦阳、何景明，后又增高子业，合称“六贤祠”。

⑥风云：喻风采光华之盛事。沈约《齐太尉王俭碑》：“矖瞩接其光景，风云溢乎帷席。”又喻人之才气豪迈。徐陵《与李那书》：“才壮风云，义深渊海。”指顾：谓手指而目顾，极言其迅捷也。王勃《龙怀寺碑》：“起雷霆于指顾。”

⑦闳音：谓音量之洪亮。闳，宏大也。韶頀：商汤乐名。《左传·襄公二十九年》：“见舞韶頀者。”疏：“以其防頀下民，故称頀也。……韶亦绍也，言其能绍继大禹也。”《文选·司马相如〈上林赋〉》：“韶頀武、象之乐，阴淫案衍之音。”

⑧跌荡：抑扬顿挫也。韩愈《岳阳楼别窦司直》诗：“鬼神非人世，节奏颇跌踼。”天阊：犹阊阖，传说中之天门。屈原《离骚》：“吾令帝阍开关兮，倚阊阖而望予。”

⑨高衢：指天路。《文选·袁宏〈三国名臣序赞〉》：“整辔高衢，骧首天路。”杜甫《行次昭陵》诗：“风云随绝足，日月继高衢。”牴牾：抵触也。

⑩思匦：指匦院。唐武后垂拱元年，置铜匦一个分涂青、丹、白、黑四色，陈列于朝廷中，凡臣民有冤情或匡正补过、进献赋颂的，都可将奏状分别投匦，时称匦院。杜甫曾向唐玄宗三次献赋。

⑪三礼赋：天宝十年杜甫曾向唐玄宗进献《三大礼赋》。杜甫虽不遇于时，但对这段生活颇留恋。自谓：“忆献《三赋》蓬莱宫，自怪一日声辉赫。集贤学士如堵墙，观我落笔中书堂。”

⑫率府：杜甫在长安困处将近十载，始谋得一个管理军械库房的小官——右卫率府胄曹参军。率府即指此。

⑬轇:轇轕,杂乱交错也。渔阳:在今河北蓟县、平谷一带,为安史之乱起兵之处。渔阳尘即指安史之乱。白居易《长恨歌》:“渔阳鼙鼓动地来,惊破霓裳羽衣曲。”

⑭“艰哉”句:唐肃宗至德元年秋,杜甫自鄜州去灵武投奔肃宗平叛,途中被安史叛军俘获,带到沦陷了的长安。至德二年四月,杜甫乘隙逃出长安,投奔时在凤翔的肃宗,历经苦难终于抵达,并被授予左拾遗官职。此句即叙此事。

⑮鸳鹭:比喻朝官的班列。杜甫《暮春题瀼西新赁草屋》诗:“未息豺虎斗,空惭鸳鹭行。”

⑯雕鹗:雕和鹗均为善飞的鸷鸟,常以比喻人雄放劲健的才力。杜甫《奉赠严八阁老》诗:“蛟龙得云雨,雕鹗在秋天。”

⑰笯:盛鸟之笼也。《楚辞·九章·怀沙》:“凤凰在笯兮,鸡鹜翔舞。”

⑱“浪迹”句:唐肃宗乾元二年(759)十二月一日,杜甫举家从同谷出发,年底抵达成都。流寓西南近十载,唐代宗大历三年(768)正月,举家从夔州出三峡,浪迹江陵、公安等地。

⑲间关:指崎岖辗转,历尽道途的艰险。《后汉书·马援传》:“拔自西州,钦慕圣义,间关险难,触冒万死。”青羌:古代羌族的一支,居西方,在今川陕一带。杜甫《戏作俳谐体遣闷》诗:“西历青羌坂,南留白帝城。”

⑳差池:犹差错失误也。

㉑旌麾:统帅的旗帜。杜甫流寓蜀中,故人中有不少为将帅的。诸如彭州刺史高适、巴州刺史后又镇蜀为剑南节度使的严武、汉州刺史房琯以及成都尹裴冕。

㉒“一老”句:此句王士禛于诗后批云:“‘一老飒飘寓’似杜语。”此句有如杜甫晚岁《旅夜书怀》中之“飘飘何所似?天地一沙鸥”及《登岳阳楼》中之“亲朋无一字,老病有孤舟”等句。

㉓“扁舟”两句:写杜甫晚年漂泊湘江。

㉔“错杂”两句:句下王士禛批注:“公诗纪时事者,语多隐约,夔府以还,更多错杂,故以屈、阮为比。”此言杜甫晚年所作之诗有屈原《离骚》及阮籍《咏怀诗》之风。阮籍《咏怀诗》现存五言八十二首,四言十三首。其诗为阮籍思想情感的总汇。

㉕祝融峰:山名,为南岳衡山之最高峰。在湖南衡山西北,上有青玉坛及望日、望月二台,又有祝融墓。朱熹《醉下祝融峰》诗:“我来万里驾长风,绝壑层云许荡胸。浊酒三杯豪气发,朗吟飞下祝融峰。”

㉖稷卨:“卨”同“禼”,“稷卨”即“稷契”,皆舜时臣。《汉书·王褒传》:

"若尧舜禹汤文武之君，获稷契皋陶伊尹吕望。"杜甫《自京赴奉先县咏怀五百字》："许身一何愚，窃比稷与契。"杜甫《有事于南郊赋》："盖九五之后，人人自以遭唐虞；四十年来，家家自以为稷契。"

㉗草堂：旧时文人隐居林下自乐之所之称。杜甫在成都有两草堂：一在万里桥之西，一在浣花溪之北，皆见于诗。高适《人日寄杜二拾遗》诗："人日题诗寄草堂，遥怜故人思故乡。"杜甫《夜宴左氏庄》诗："暗水流花径，春星带草堂。"

㉘末句：谓千秋万代将引发出对杜甫的无限思念。

[评析]

诗人在读杜甫诗集后，怅然有感，作诗跋于书后。此诗赞赏了杜甫的才华，颂扬了其诗的博大精深，并对其遭遇寄予了深切的同情，也流露出对自身不遇于时的感慨。

游道士谷先天观[1]

经时怀胜地，兹日成清游。
入谷静闻见，曲折缘溪流。
活活溪流声[2]，遥答山蝉秋。
石路穿寒松，日午风飕飗[3]。
中天琼瑶台[4]，北悬青嶂幽。
绛节护高居[5]，灏气环飞楼[6]。
策杖践灵境[7]，嵚岑衣屡抠[8]。
南顾瑱珠峰，仙屏俨未收。
仰眺玄灵崖，窅与云霞糅。
崷崒接天咫[9]，攀跻绝缘由。
向西三桓碑，翠螭郁相纠。
上言餐霞人[10]，当年此夷犹[11]。
羽翰生白日[12]，遗迹空山陬[13]。
丹灶亦已湮[14]，石枰杳难求[15]。
俯仰念古今[16]，人代良悠悠。
仙人不我俟，鬓丝欻已稠。

岁月销风尘，无乃非良谋。

暮雨理归屐，三叹辞岩丘。

何当饵神砂，羽驾骖双蚪⑰。

［注释］

①道士谷：山谷名，在今掖县（现称莱州市）东十公里之大基山中，谷成圆形，长宽各1.5公里，谷中崖壁间有历代摩崖石刻三十余处，其中传为北魏书法家郑道昭所书者十五处。金元时此间为道家所居，建有太清宫、灵虚宫、先天观等，今仅存灵虚宫，有殿宇十余间。

②活活：水流声。《诗经·卫风·硕人》："河水洋洋，北流活活。"

③飔飔：风声。李白《明堂赋》："飒萧寥以飔飔，窅阴郁以栉密。"

④中天：天空中央也。杜甫《后出塞》诗："中天悬明月，令严夜寂寥。"琼瑶：美玉也。《诗经·卫风·木瓜》："投我以木桃，报之以琼瑶。"

⑤绛节：汉使者所持之赤色符节也。杜甫《玉台观》诗："中天积翠玉台遥，上帝高居绛节朝。"

⑥灏气：正大刚直之气。又谓天上清净之气。柳宗元《始得西山宴游记》："悠悠乎与灏气俱。"

⑦灵境：谓有神妙气氛之境地也。亦称奉祀神佛之场所。孙逖《酬万八贺九云门下归溪中作》诗："晚从灵境出，林壑曙云飞。"

⑧嵚岑：山高险也。

⑨嶠崒：山长而高。

⑩餐霞：食霞也，道家修炼之术。《文选·颜延之〈五君咏〉》诗："中散不偶世，本自餐霞人。"餐霞人，谓仙人。

⑪夷犹：犹豫不决也。《楚辞》曰："君不行兮夷犹。"夷犹，迟疑不行也。此句下王士禛批注："碑云，北魏郑道昭、元刘长生，皆于此仙蜕。"

⑫羽翰：羽翼也。鲍照《咏双燕》诗："双燕戏云崖，羽翰始差池。"

⑬山陬：山隅也。张说《喜度岭》诗："洄沿炎海畔，登降闽山陬。"

⑭丹灶：方术之士炼丹之灶。李隆基《过老子庙诗》："流沙丹灶没，关路紫烟沉。"

⑮石枰：石棋盘也。隐者道人之流，常于此对弈。

⑯"俯仰"两句：谓俯仰之间，抚今追昔，顿觉迩来人世已苍茫悠远。

⑰末两句：写出诗人向往服食丹砂，乘龙升天，羽化登仙。

[评析]

此诗抒写诗人游览道士谷先天观,描绘了山景的幽雅宁静,引发了诗人脱尘拔俗,避世隐居,学道求仙的遐思。

碧云寺[①]

十年怀碧云,兹游至其地[②]。
寺门双老松,苍然惬梦寐。
石磴郁岧嶤[③],莲宫启闳闼[④]。
入门闻泉声,涓涓出幽邃[⑤]。
庭除有跻攀[⑥],杖屐不得肆。
杰阁入霄汉[⑦],金碧眩空翠。
处处引山光,墀牖及床第[⑧]。
最爱泉上亭,旷然得位置。
洞深夏无暑,岩幽晚多悸。
麋鹿时一出,蔽岩若有伺。
众山如扆负[⑨],晴晦各殊致。
三日此坐卧,读书与酣睡。
向夕发清吟[⑩],山雨飒然至。

[注释]

①碧云寺:寺名,在北京海淀区香山公园北侧。元至顺二年(1331)建,原称碧云庵。明正德十一年(1516),太监于经在寺后建生圹并重修寺院,始称碧云寺。寺坐西朝东,依山势从山门至寺顶,层层殿堂,依山迭起,松柏参天,浓荫蔽日。院内小桥流水,泉声淙淙。其山水之清幽,为西山诸寺之冠。

②起首两句:写十年来畅游碧云寺之夙愿,今日始得实现。

③岧嶤:高峻貌。曹植《九愁赋》:"践蹊隧之危阻,登岧嶤之高岑。"

④莲宫:诸佛之宫殿。佛居于净土世界,遍地生莲,故莲界、莲座、莲台、莲龛等均为佛家用语。闳闼:关闭之门。

⑤"入门"两句:摹写水泉院之景象。碧云寺北跨院称水泉院。清泉从山石中流出,淙淙有声,集聚池中。

⑥跻攀:跻升攀登。杜甫《早起》:"一丘藏曲折,缓步有跻攀。"韩愈《听颖

师弹琴》诗:“跻攀分寸不可上,失势一落千丈强。”

⑦杰阁:高耸的楼阁。韩愈《记梦》:“隆楼杰阁磊嵬高,天风飘飘吹我过。”

⑧墀牖:墀,殿前之地。牖,即窗也,在墙曰牖,在屋曰窗。

⑨“众山”句:谓殿前众山如屏风一般。扆,户牖之间的屏风。《荀子·儒效》:“负扆而坐。”

⑩向夕:犹向晚也,谓天将暮也。

[评析]

此诗写诗人畅游碧云寺莲界净土,描绘了山寺的风光,景色宜人,表现了诗人向往清幽、超世脱俗的闲适心情。

香山寺[1]

信宿碧云寺[2],幽意良已适。
遥遥望香山,树杪见檐槅[3]。
丹楼涌绝壑[4],缥缈架虹霓。
晨兴命屐往,香林露犹滴。
微风翼凉襟,石路净如涤。
山泉环寺门,逶迤间松枥[5]。
来青最轩豁[6],凭眺意凌轹[7]。
却顾山下径,曲折见所历。
中楹四榜书,再拜获恭觌[8]。
群山拱几席,空翠照瓴甓[9]。
静境绝众嚣,天籁自吹激[10]。
深林伐木声,跫然发空寂[11]。
回思车马劳,怃矣中心戚。
何当谢尘鞅[12],长此卧云壁。

[注释]

①香山寺:寺名,遗址在今北京市香山公园内蟾蜍峰北。寺建于金大定二十六年(1186),金世宗赐名大永安寺,又称甘露寺。元皇庆元年(1312)重修。清康熙皇帝在此建行宫。《清一统志》谓寺“依岩架壑,为殿五层,金碧辉映”,

可见规模之大，为香山诸寺之首，静宜园二十八景之一。后遭英法联军及八国联军焚毁，仅存石阶、石坊柱、石屏等遗迹，唯寺内的“听法松”依然屹立。

②信宿：再宿曰信，一宿曰舍。《诗经·豳风·九罭》：“公归不复，于女信宿。”

③檐楠：屋檐及雨水所滴处。楠：即屋宇，屋之四垂也。

④丹楼：红楼。王勃《临高台》：“紫阁丹楼纷照耀，璧房锦殿相玲珑。”

⑤松枥：松与枥，皆为树木之名。韩愈《山石》：“山红涧碧纷烂熳，时见松枥皆十围。”

⑥轩豁：开朗之义。韩愈《南海神庙碑》：“乾端坤倪，轩豁呈露。”王禹偁《月波楼诗》：“兹楼最轩豁，旷望西北陬。”

⑦凌轹：欺压之义。诗中用为凌驾其上，气势迫人。

⑧“中楹”两句：谓中间一列寺院，其柱上有御书两对木制楹联，诗人再拜恭读。

⑨空翠：草木叶绿欲滴也。又谓高木绿色也。谢灵运《过白岸亭》诗：“空翠难强名，渔钓易为曲。”王维《山中》诗：“山路元无雨，空翠湿人衣。”瓴甓：砖也。《文选·司马相如〈长门赋〉》：“致错石之瓴甓兮，象玳瑁之文章。”

⑩天籁：自然之音响。杜甫《寄张十二山人彪》诗：“鼓角凌天籁，关山倚月轮。”

⑪跫然：脚步声。诗中谓山中伐木之声有如人之脚步声。

⑫尘鞅：谓羁绊于尘俗之事也。白居易《登香炉峰诗》：“纷吾何屑屑，未能脱尘鞅。”

［评析］

此诗描绘了香山寺及周围山泉林木空翠绝壁的清静幽雅、拔尘脱俗的景象，表现了诗人超然出世、隐居林泉的思想。

寄季弟贻上①

离居足忧端②，忽忽苦无怿③。
睽违感至今④，提携念在昔⑤。
执手既未卜⑥，所愿眠食适。
顷者家邮至，言汝资药石⑦。
置书坐沉吟，茫茫中怀迫⑧。

移时取竟读[9]，书言颇详核[10]。
比当发使时，汝体业已泽[11]。
恐为虚见慰，此意苦难逆。
丛杂缄牍末[12]，最后得手迹。
把读语良符，笔势更奕奕。
终苦魂梦肴，连宵役精魄[13]。
翘首望南云，安得双羽翮。
送我置汝傍，睹汝肥与瘠[14]。

［注释］

①题后王士禛批注："先生生平孝友至性过人，存此可见其概。"王士禛，字贻上。

②忧端：忧愁之心绪也。谢灵运《长歌行》："览物起悲绪，顾已识忧端。"

③无怿：不悦也。怿，欢喜，悦乐。

④睽违：乖隔，分别。

⑤提携：牵手扶持。《礼记·曲礼上》："长者与之提携，则两手奉长者之手。"王士禛诸弟皆由兄士禄提携扶植成才。

⑥执手：握手不忍分离。《诗经·邶风·击鼓》："执子之手，与子偕老。"

⑦资药石：依靠医药治病。资，凭借也。药石，药物也。

⑧中怀：心中的情意，犹云内心也。《文选·苏武〈诗四首〉》："幸有弦歌曲，可以喻中怀。"陶潜《游斜川》："念之动中怀，及辰为兹游。"

⑨竟读：全部读完。此句谓诗人读至其弟有病即将信搁置，过了一会儿才读毕。

⑩详核：详察事实。核，考核事实。

⑪"比当"两句：谓正当信使准备上路时，季弟王士禛身体发汗转好。

⑫丛杂：繁杂也。马融《长笛赋》："繁会丛杂，何其富也。""丛杂"以下四句谓于信函之末，又得王士禛手书数语，符合信使所言，且笔势强劲有力，似觉病情转好。

⑬"终苦"两句：谓自接季弟书后，常于夜晚神思恍惚，梦魂纷扰。

⑭末四句：谓思念季弟心切，恨不腋生双翮，飞至季弟身旁，一睹胖瘦究竟。

［评析］

此诗写诗人自接家书后得悉季弟王士禛卧病枕席，日夜悬念，心中极为焦急，乃作诗以寄之。诗中表现了诗人的手足情深，忧心忡忡。

游云峰山歌[1]

秋日寻幽横短策[2]，越岭穿溪度荒陌。
逶迤十里到云峰，危峦矗起坡陀脊[3]。
数折乃及山之坳，双阙巉巉巨灵坼[4]。
苍壁苔侵翡翠斑，丹崖日射珊瑚赤。
传闻郑公昔此栖[5]，至今岩壑多遗迹。
黛画蚴蟉鬼物呵[6]，白云窅渺神灵宅[7]。
吁嗟此事愈千载，剥藓披榛感畴昔。
穿阙而南西北上，蝘曲螺盘径逾窄。
抠衣展转历嵚岑，习习天风吹两腋。
传闻上有九仙踪[8]，题名犹泐岩间石。
为忆云霞翟霱时，黄鹄青鸾飞几只。
莽苍大海决眦入，夕阳半壁波涛白[9]。
鱼龙质赑缠漻泬[10]，天吴紫凤纷腾掷[11]。
眺远裴回意不尽，耽奇踯躅情仍剧[12]。
暮随栖鸟下巑岏[13]，芙蕖一朵烟中碧[14]。

[注释]

①云峰山：山名，在山东莱州东南约十华里处，又名文峰山，俗称笔架山。山多摩崖石刻。石刻多在突出岩石的侧面，大小不一，形态各异，或矗立，或斜依，或偃卧，由山麓至极顶零星分布，共三十余处，均为北魏书法家郑道昭手书。据《魏书》记载：郑道昭字僖伯，少而好学，博览群书，为一代文宗，曾任国子祭酒及光州（今莱州市）刺史，"政务宽厚，不任威刑，为吏民所爱"。考之石刻下款记年当是他在光州任内所刻。著名的《荥阳郑文公之碑》高 3.4 米，宽 4.65 米，为山中诸石刻之冠。碑文记其父郑羲生前事略，达 1244 字。

②短策：短杖也，犹今之手杖。

③坡陀：倾斜不平之貌。韩愈《记梦》："石坛坡陀可坐卧，我手承颏肘拄座。"

④巨灵擘:为河神所擘裂。巨灵,河神也。《文选·张衡〈西京赋〉》:“缀以二华,巨灵赑屃,高掌远蹠,以流河曲。”

⑤句后王士禛批注:“郑道昭北魏人。”

⑥蚴蟉:谓龙爬行之状,用以形容字体之笔势飞扬。句下有王士禛批注:“石壁上有郑公碑诗。”

⑦窅渺:深远渺茫。

⑧九仙踪:云峰山与寒同山、高望山等九峰合称九仙山,山上颇多传说。

⑨“莽苍”两句:写夕阳西下,登高凝目,东望大海,白波汹涌,眼前一片莽莽苍苍,烟波浩渺,令人目不转睛,惊叹不已。决眦入,用杜甫《望岳》“决眦入归鸟”意。

⑩屃赑:或作“赑屃”,传说中之灵龟,力大无比,旧时大石碑之座,皆雕作屃赑,以为负荷。漻:水清而深也。泬:水从孔穴疾流而出也。

⑪天吴:海神名。《山海经·海外东经》:“朝阳之谷,神曰天吴,是为水伯……其为兽也,八首人面,八足八尾,皆青黄。”

⑫裴回:同“徘徊”。耽奇:倾心于奇妙之事物。

⑬巑岏:谓山之尖锐竦列者。《文选·宋玉〈高唐赋〉》:“盘岸巑岏。”

⑭芙蕖:荷花也。《文选·曹植〈洛神赋〉》:“迫而察之,灼若芙蕖出绿波。”

[评析]

此诗描绘了云峰山的胜景,昔人的遗迹,表现了诗人的心旷神怡、眷恋山林的情怀。

杖藜

经年不向故山去,梦中迷却故山路。
如何一夜东堂边[①],叉手寒梅对芳树。
拈须仲弟当我前[②],叔也跂脚短榻眠[③]。
阿季倚几就新咏[④],振衣掷笔吟清圆。
相看似惜别离久,解指双桐落如帚。
顿失籧篨道左颜[⑤],居然啸傲林间叟[⑥]。
残宵无赖汝南鸡[⑦],胶胶角角星中啼[⑧]。
晓来何处散愁思,红日射檐还杖藜。

［注释］

①东堂：正寝东侧之堂也。

②仲弟：二弟也。王士禧，字礼吉，清岁贡生，著有《抡山集选》。

③叔：指三弟也。王士祜，字子侧，号东亭，康熙进士，未任而卒，季弟士禛辑其诗文为《古钵山人遗集》。

④阿季：指季弟王士禛，字贻上，号阮亭，别号渔洋山人，顺治进士，累官刑部尚书，为清初一代诗坛宗匠，著述富赡，有《王渔洋遗书》等。

⑤籧篨：本为粗竹席，喻观人颜色而说话行事之人。如身围粗竹席，只能观人颜面，不能俯身，即柔口巧言之人。《尔雅·释训》："籧篨，口柔也。"

⑥林间叟：隐居山林之叟。

⑦汝南鸡：汝南所出产之长鸣鸡。诗词中多用为唤醒离人，黎明将至、即将分别的象征。《乐府诗集·佚名〈鸡鸣歌〉》："东方欲明星烂烂，汝南晨鸡登坛唤。"徐陵《乌栖曲》："唯憎无赖汝南鸡，天河未落犹争啼。"

⑧胶胶：象声词，禽类鸣声。《诗经·郑风·风雨》："风雨潇潇，鸡鸣胶胶。"角角：象声词，鸡雉鸣声。韩愈《此日足可惜赠张籍》："百里不逢人，角角雄雉鸣。"

［评析］

此诗颇有杜甫《恨别》"思家步月清宵立，忆弟看云白日眠"之风，写其梦中思念家乡，策杖故山，与兄弟共叙天伦之乐，反映了诗人清高自励、守正不阿的高尚情操。

寓堂醉歌

草堂十笏堪独寤①，客子羁栖此焉寓。
逼窄虽违疏豁期②，苗茨颇惬沧洲趣③。
短扉蔽雨复蔽风，隙地种瓜兼种芋。
壁间妙迹移家图，箧里新诗乞食句④。
旅餐无恙且高吟⑤，庭谒有期聊一赴⑥。
白氍轻衫懒恒著⑦，乌皮隐几差能具⑧。
虫响悠悠杞菊丛，豆蔓盘盘木瓜树。
五斗何堪换二毛⑨，一酌还能散千虑。

谢客终朝埽轨眠⑩，怀乡几夜巡檐步⑪。

栖栖恰似杜陵人⑫，白盐赤甲经年住⑬。

［注释］

①草堂十笏：指“十笏草堂”，乃王士禄之室名。十笏，谓容十笏之宽也。笏为束带时插于腰者。《礼记·玉藻》谓笏度二尺六寸，中博三寸，其杀六分去一。《隋唐嘉话》谓：“有维摩居士石室，以手板纵横量之，得十笏。”邓云霄《漱玉斋赋》：“窥之止存四壁，量之不满十笏。”

②逼窄：犹逼仄也。促迫窄小之义。疏豁：犹云疏朗，通畅明亮也。

③苗茨：以草茅盖之也。《洛阳伽蓝记》：“柰林南有石碑一所，魏明帝所立也，题云‘苗茨之碑’，高祖于碑北作苗茨堂……”沧洲：犹言水滨，以称隐者所居之地。沧洲趣，谓隐者之志趣。

④乞食句：指诗人所撰之《反乞食》诗。

⑤旅餐：犹云旅食，谓作客他乡而食也。

⑥庭谒：谓去朝廷谒见也。

⑦白氎：白色棉布之一种，亦称白叠。苏轼《纸帐》诗：“洁似僧巾白叠布，暖于蛮帐紫茸毡。”

⑧乌皮：黑皮也。《新唐书·车服志》：“乌纱帽者，视事及燕见宾客之服也。白裙、襦，乌皮履。”乌皮几，黑皮之几。谢朓《同咏坐上玩器·乌皮隐几》诗：“蟠木生附枝，刻削岂无施。”杜甫《将赴成都草堂途中有作先寄严郑公》诗：“锦官城西生事微，乌皮几在还思归。”司马光《次韵和冲卿中秋胧月》诗：“乌皮几稳风侵鬓，白玉楼高冷透肌。”

⑨五斗：谓五斗米之俸禄。《晋书·陶潜传》：陶潜“为彭泽令，郡遣督邮至。吏白应束带见之。潜叹曰：‘吾不能为五斗米折腰，拳拳事乡里小人邪！’解印去县，乃赋《归去来》”。二毛：鬓发斑白者之谓，以其头有白毛与黑毛也。苏轼《八月七日初入赣过惶恐滩》诗：“七千里外二毛人，十八滩头一叶身。”

⑩埽轨：扫除辙迹，以示不与人交往也。《后汉书·杜密传》：“闭门埽轨，无所干及。”

⑪巡檐：巡沿屋檐而行也。邵亨贞《贞溪初夏次南金韵》诗：“巡檐燕子掠晴丝，隔水茶烟出院迟。”

⑫杜陵人：杜甫也。

⑬白盐赤甲：皆山名，在四川奉节东。《读史方舆纪要》：“白盐山，府东十七里，岩壁高峻，色若白盐。”《水经注》云：“渊北有白盐崖，高可千余丈，俯临神

渊。”刘禹锡《竹枝词》：“白帝城头春草生，白盐山下蜀江清。”赤甲，又名赤岬。《读史方舆纪要》谓“山不生草木，土石皆赤”。

[评析]

此诗抒写诗人幽居十笏草堂，退隐林泉，耕食自给的乐趣，表达了他不求仕进、怡然自足的旷达胸怀。

洪光寺磴道二首

(一)

抱岩磴道入寺深[①]，下盘到壑上到岑。
曲折随松蔽复映，参差寒碧生衣襟。
五步十步一盘礴[②]，坐石倚松皆不恶。
仰面忽疑山雨来，松涛声中松子落。

(二)

寻幽往复洪光路[③]，俯瞩回看各成趣。
野僧送客不出门，山鼠窥人深抱树。
行吟坐憩依长松，松风谡谡松阴浓[④]。
爱此流连不忍去，忽忽前溪来夕钟[⑤]。

[注释]

①抱岩：抱持岩石也，喻山路之下不易攀登。蹬道：山中石路也。岑参《与高适薛据同登兹恩寺浮图》诗：“登临出世界，蹬道盘虚空。”

②盘礴：回旋起伏也。

③往复：犹云往来、往返、往还也。

④谡谡：松涛声，以状风声之威厉。赵孟頫《题西溪图赠鲜于伯几》诗：“长松谡谡含苍烟，平川茫茫际层巘。”

⑤忽忽：迅疾也。犹云匆匆，倏忽也。夕钟：犹晚钟也。沈约《豫章行》：“卧闻夕钟急，坐阅朝光亟。”

[评析]

此诗描写了诗人去洪光寺途中的山势险峻，山路崎岖，宁静幽雅。山中之自然风光，令人流连不舍，不禁神往，表达了诗人向往山林之志。

诏罢高丽贡鹰歌①

真人御极临八荒②，百蛮九译皆享王③。
西旅之獒越裳雉④，贡物各各因其方。
海东俊鸟好毛质，铁爪金眸猛无匹⑤。
丸都作贡来天家⑥，特受韝鏇佐罘罼⑦。
晾鹰台上秋天高⑧，刈兰驱兽行搜苗⑨。
羽骑骖驔翠华至⑩，星旂云罕纷周遭⑪。
蒙鹖射熊未足羡，跋犀殪兕劳遮邀⑫。
是时摘絛试一纵，万人昂首瞻青霄。
飞鸟狡兔失巢窟，委身洒血填君庖。
至尊往往动颜色⑬，玉虬回辔鸣萧萧⑭。
柔远犹然勤睿旨⑮，诏罢奇毛自今始。
行苇兼存践履慈⑯，茁葭漫赋春田美⑰。
圣神举动殊寻常，此事悠悠古谁比。
君不见虬髯天子英雄人，佳鹞犹遣怀中死⑱。

[注释]

①高丽：古国名，又称高句丽，即今之朝鲜。

②真人：谓贤人也。御极：天子即位曰御极。《文心雕龙·时序》："明帝秉哲，雅好文会；升储御极，孳孳讲艺。"八荒：犹八方也。荒谓荒远之地也。《史记·秦始皇本纪》："（秦孝公）有席卷天下、包举宇内、囊括四海之意，并吞八荒之心。"

③百蛮：南方蛮族之总称也。又指与华夏对称之诸少数民族。《文选·班固〈两都赋〉》："内抚诸夏，外绥百蛮。"九译：道远之国，与本国语言不通，须经多次之翻译也。《史记·大宛列传》："重九译，致殊俗。"

④西旅：旧称西方蛮夷之国。獒：体巨大而聪敏之猛犬。越裳：古国名。古地当在今越南之南部。《后汉书·南蛮传》记周公居摄六年献白雉。柳宗元《游南亭夜还序志七十韵》诗："重来越裳雉，再返西旅獒。"

⑤"海东"两句：写出高丽进贡之鹰俊美凶猛。俊鸟：超群之鸟也。孙楚《鹰赋》："有金刚之俊鸟，生井陉之岩阻。"

⑥丸都：地名，为古高句丽王都。故城在今吉林集安西北。公元209年，高

句丽自国内城移都于丸都城。公元427年,又迁都于今北朝鲜之平壤。此处用指高丽国都。天家:尊称大清国。

⑦鞲:射箭时保护左臂之皮套,调教鹰时亦用此种袖套。罘:捕兔之网。罼:亦作“毕”,捕鸟和兔的长柄网。此句谓进贡之鹰经过训练可辅佐其他捕鸟兽之工具。

⑧晾鹰台:元代王室的游猎场所,又名呼鹰台,在今北京市永定门外南海子内,面积约一顷,台高十数丈。

⑨搜苗:春猎与夏猎也。《尔雅·释天》:“春猎为搜,夏猎为苗,秋猎为狝,冬猎为狩。”

⑩骖驔:以驔为骖也。骖,谓三马驾一车也。驔,马之黑色而脊黄者。崔液《上元夜》其四:“骖驔始散东城曲,倏忽还来南陌头。”

⑪星旃:赤色饰以星文之旗。云罕:旌旗之别名。梁简文帝《南郊颂序》:“云罕徐回,鸣骁韵响。”周遭:周匝之义。刘禹锡《石头城》诗:“山围故国周遭在,潮打空城寂寞回。”

⑫“蒙鹖”两句:意谓拥有此鹰,即使本来就能扑杀野禽猛兽,也未足羡慕,何况还须费力阻拦截击。鹖,鸟名,大于雉,勇健善斗,虽死不止。跋,跌倒颠扑。殪,死亡。兕,兽名。似野牛,皮坚,可制甲,常与犀对称。或云雌犀称兕。《诗经·小雅·吉日》:“发彼小豝,殪此大兕。”遮邀,拦截阻击。

⑬至尊:最为尊贵。后世都以称帝王。《汉书·礼乐志》:“舞人无乐者,将至至尊之前,不敢以乐也。”

⑭玉虬:虬龙,借指饰有玉勒的马。《史记·司马相如列传》:“天子校猎,乘镂象,六玉虬。”

⑮睿旨:犹圣旨。睿,圣明也,用以称颂帝王。

⑯行苇:道路两旁的芦苇。《诗经·大雅·行苇》:“敦彼行苇,牛羊勿践履。”后以“行苇”为施政仁厚、泽及草木之意。

⑰茁葭:《诗经·召南·驺虞》:“彼茁者葭。”疏云:“言彼茁茁然出而始生者,葭草也。”春田:春日之田猎。《礼记·曲礼下》:“国君春田不围泽。”

⑱佳鹞:良禽也。《资治通鉴·唐纪九》:“上尝得佳鹞,自臂之,望见征来,匿怀中。”末两句以唐太宗与清圣祖相比。

此诗后附有王士禛评点:“才气纵横,绝有衔勒。”衔勒,马勒口也。《颜氏家训·文章》:“当以衔勒制之。”

[评析]

此诗描写了高丽进贡之鹰雄健俊拔,歌颂了清皇朝的国力强盛，清圣祖的俊圣睿哲。

蠡勺亭观海同贻上弟四首[1]

（一）

何处堪舒目，临高台以轩。
杂光摇岛屿，一黛划天根[2]。
澜汗蛟龙没[3]，洪濛气象吞。
横襟寥廓外，差得健吟魂[4]。

（二）

乘高舒远眺，波浪接之罘[5]。
紫贝光时见[6]，清瑶浩自流[7]。
灵居千蜃结[8]，孤屿一杯浮。
疑逐成连去，洪涛见刺舟[9]。

（三）

黏天郁远势，云物共苍然。
千里横双目，三山荡一拳[10]。
波涛缠赑屃[11]，光气抱蜿蜒。
思更诠灵怪，玄虚赋已传。

（四）

海国神灵窟，遗踪杳尚存。
八祠荒汉祀[12]，一石泐秦樽。
波路通殊域，仙人号羡门[13]。
悠然怀古意，慷慨向乾坤。

［注释］

①蠡勺亭：亭名，不详在何处，据诗意当在今烟台市芝罘岛一带。

②一黛：谓一点青黑之色。

③澜汗：水势浩大貌。《文选·木华〈海赋〉》："洪涛澜汗，万里无际。"

④健吟：善于吟咏也。

⑤之罘：即烟台市芝罘岛。在市北九公里处。秦始皇两度登此岛，刻石纪

功分立两端，俗称两观石刻，石已堕海。汉武帝太始三年亦登此岛。岛四面环水，其南沙埌一道接烟台，传为始皇至芝罘时之辇道。

⑥紫贝：传河伯之居处，即紫贝阙也。《文选·陆倕〈石阙铭〉》："海岳黄金，河庭紫贝。"

⑦清瑶：谓水也。《事物异名录·坤舆·水》："《竹坡诗话》：渊明读《山海经》云：'落落清瑶流。'清瑶，谓水也。"

⑧灵居：传为众仙之居处也。《文选·木华〈海赋〉》："吐云霓，含龙鱼，隐鲲鳞，潜灵居。"

⑨刺舟：犹刺船。刺，棹舟也。《史记·陈平世家》："刺舟而去。"《淮南子·原道训》："短袂攘卷，以便刺舟。"

⑩一拳：一拳石也，犹云一块石。陈造《龙眼矶》诗："谁谓石一拳，不作江流碍。"

⑪赑屃：有力貌。

⑫八祠：谓主宰宇宙之八神也。即天主、地主、兵主、阴主、阳主、月主、日主、四时主。《史记·封禅书》："始皇遂东游海上，行礼祠名山大川及八神。求仙人羡门之属，八神将自古而有之，或曰太公以来作之。"

⑬羡门：复姓。古仙人羡门名子高。《史记·秦始皇本纪》："始皇之碣石，使燕人卢生求羡门、高誓。"

［评析］

此诗描述了诗人对其弟王士禛登高观海所见的洪濛景象，抚今追昔，表现了对古代神话传说的向往。

同开来、琨石登赤霞小平远阁四首[①]

（一）

颇据云山胜，真于眺览宜[②]。
野人初蹑屐，太守旧题诗[③]。
晴日山榹折[④]，春泉垅麦滋。
挥卮对风物[⑤]，烂醉不须辞。

（二）

胜赏情方洽，淹留殊未归[⑥]。

烟岚供远目，丝竹送清晖。
花鸟亲巾舄[⑦]，山川静羽旂[⑧]。
讵言幽讨迹[⑨]，真向折腰稀[⑩]。

（三）

轩窗惬疏豁[⑪]，延伫得幽偏[⑫]。
古广双龙圻，春山百雉连。
管弦安石屐[⑬]，书画米家船[⑭]。
落拓陪清赏，从知五马贤[⑮]。

（四）

延欢消永日，余兴罢登台。
落照衔杯尽[⑯]，孤城骑马回。
杨林归宿鸟，沙路净春苔。
不厌疏狂客，还能策杖来。

［注释］

①开来：万代尚，字开来。山西人，莱州府知府（太守）。《王考功年谱》记有顺治十三年"与莱人赵孝廉琨石（士完）、润州守赤霞（士冕）兄弟游处尤善。赵氏有别业滨掖水，有阁曰'小平远'，颇擅一州之胜"。此诗作于是年。

②起首两句：谓处于小平远阁，颇宜眺览云山之胜。据，处于。

③"野人"两句：谓登上山阁，即见太守旧时题诗。万开来曾任太守。

④榹：榹桃也，又称山桃、毛桃，似桃而小。拆，裂开。

⑤卮：盛酒之大杯。《玉篇》："卮，酒浆器也，受四升。"

⑥淹留：久留也。《尔雅·释诂》："淹留，久也。"

⑦巾舄：巾与履也。金实《方竹轩赋》："明月入户，凉在巾舄。"

⑧羽旂：饰羽之旂。句下有王士禛注："时胶西兵初归。"

⑨幽讨：犹云寻幽探胜也。杜甫《赠李白》诗："李侯金闺彦，脱身事幽讨。"苏轼《送邓宗古还乡》诗："涧溪有幽讨，蘋芷真嘉蔬。"

⑩折腰：鞠躬拜谒，喻指屈身事人。详见《反乞食》篇注释。

⑪疏豁：通爽广阔也。杜甫《戏寄崔苏韦》诗："高楼忆疏豁，秋兴坐氤氲。"陆游《新堂》诗："湖上新堂气疏豁，三面岚光翠如泼。"

⑫延伫：久立以待也。屈原《离骚》："延伫乎吾将反。"

⑬安石屐：谓谢安之足迹也。谢安，字安石，晋阳夏人，风度秀澈，神识沉敏，少有重名，征辟不就，隐居会稽之东山，以声色自娱。后为征讨大都督，破苻坚秦军百万于淝水。谥文靖，赠太傅，世称谢太傅。

⑭“书画”句：赞赤霞山人之画可与米芾媲美。《韵语阳秋》卷十四：“米元章书画奇绝，从人借古本自临拓，临竟，并与临本、真本还其家，令自择其一，而其家不能辨也。以此得人古书画甚多……山谷亦有戏赠云：‘沧江静夜虹贯月，定是米家书画船。’”此句之后，有王士禛批注：“阁下赤霞读书处榜曰：‘书画船’。”

⑮五马：古以称太守。因太守出行时皆御五马，故名。《汉官仪》：“四马载车，此常礼也。惟太守出，则增一马，故称五马。”

⑯落照：落日余晖也。卢纶《长安春望》诗：“川原缭绕浮云外，宫阙参差落照间。”

［评析］

此诗描绘了诗人偕友登赤霞山平远阁所见的景象，写出了风景秀丽，雅淡幽静，赞扬了赤霞山人的品格修养，表现了诗人放达的胸怀。

偕诸公游东海庙遇雨憩满家亭子过饮公咸别业二首①

（一）

人意淡宜修，平冈风物幽②。
溪流濯老鹳，潭影媚潜蚪。
数折衡门出③，一樽山雨留。
冲泥骑马去，晚岫泄云收④。

（二）

暮色接城闉⑤，丹楼隔晚津⑥。
清沙骑马路，微雨过桥人。
莱子鱼龙国⑦，吾曹蓑笠身。
幽寻如可继，那复怅风尘。

［注释］

①别业：正屋之外，建于他处之田园，又称别墅、别庄、别宅。

②平冈:山脊之平坦处。沈约《宿东园》诗:"茅栋啸愁鸱,平冈走寒兔。"

③衡门:横木为门,言其居处浅陋。引申为隐者之居。《集韵》:"衡门,横木为门。"《诗经·陈风·衡门》:"衡门之下,可以栖迟。"陶潜《与从弟敬远诗》:"寝迹衡门下,邈与世相绝。"

④"晚岫"句:谓天色已晚,岫云归云。古以云早从岫出,入晚收归。

⑤城闉:城内之重门也。鲍照《行药至城东桥》:"延瞰历城闉。"

⑥丹楼:红楼也。王勃《临高台》:"紫阁丹楼纷照耀,璧房锦殿相玲珑。"

⑦"莱子"句:表达秋夜思亲之情。莱子,古莱夷地,春秋为莱子国。鱼龙国,取杜甫《秋兴》诗意:"鱼龙寂寞秋江冷,故国平居有所思。"

[评析]

此诗写山间雨中暮色降临之景,雅淡宜人,遂有幽居林下、飘然出世之思。

和万开来太守悼鹤

为怜三叠后,应节已成非[①]。
玄翮千年化[②],朱方几日归[③]。
荒苔当砌合,清唳出皋微[④]。
惆怅闲云外,空疑片羽飞[⑤]。

[注释]

①三叠:诗歌之三节。《新唐书·王维传》:"客有以《按乐图》示者,无题识,维徐云:'此《霓裳》第三叠最初拍也。'"王维之《阳关三叠》乃千古之绝唱。起首两句,写与鹤永别之情。

②玄翮:黑羽也。《古今注·鸟兽》:"鹤千岁则变苍,又二千岁则变黑,所谓玄鹤也。"故云"玄翮千年化"。

③朱方:春秋时吴地名,在今江苏镇江。《左传·昭公四年》:"吴伐楚,入棘、栎、麻,以报朱方之役。"《文选·谢灵运〈卢陵王墓下作〉》诗:"晓日发云阳,落日次朱方。"

④"清唳"句:谓鹤之鸣声,初从湖沼传出,其音较微。皋,湖沼水泽之处。

⑤末两句:谓心中惆怅,见浮云飘动,疑是鹤展翅飞来。

[评析]

鹤以其在众禽之中独立超群，常喻为人之才华出众，世间怀才不遇者常以鹤寄托情思。此诗为和友人莱州太守之作，悼鹤夭折，亦自伤不遇于时也。

午睡起偶作

卓午回余梦[①]，遥情乍慨慷[②]。
乱余人代速，客久旅情荒[③]。
差不忧饥馁，胡然逐稻粱[④]。
会须掉头去，高卧拟柴桑[⑤]。

[注释]

①卓午：正午也。李白《戏赠杜甫》诗："饭颗山头逢杜甫，头戴笠子日卓午。"

②遥情：对远方之情怀。

③"乱余"两句：谓乱世岁月易逝，易代更迭之快；客居时久，亦不以为意。荒，废也，与"忘"通。

④胡然：随便也。

⑤末两句：谓拟学陶潜掉头归去，高卧草堂，隐居不仕。柴桑，指陶潜，以陶潜是柴桑人。

[评析]

此诗写诗人午睡初起，偶有感触，悲客居异乡，时光易逝，不禁有陶潜归隐之思。

登大泽西峰至观音岩宿[①]

西岩寻胜去，啸侣策孤筇[②]。
横叠峰千仞，盘回路几重。
洞门阴白日，磴道偃青松。
一榻禅灯夜，悠然物外踪[③]。

[注释]

①大泽：山名，古称九青山，在山东平度城北三十五公里处，海拔八百米，

"群山环抱而易出泉,遂汇为大泽",因易现名。岗阜绵亘蟠结,苍松怪石遍山,名胜古迹甚多。游人常于西麓登山,两崖刻有"渐入佳境"、"月挂石帆"等摩崖大字。

②"西岩"两句:自谓从西麓登山寻胜,兴致勃勃,策杖先行,招呼其侣,跟随其行。

③末两句:谓夜宿山寺,禅灯伴眠,悠然自得,恍如身在物外。

[评析]

此诗写诗人登大泽山寻幽探胜,描绘了沿途的风景,夜宿禅寺,怡然自乐,恍如隔世。

西峰眺望①

西岩最高处,突兀近青天②。
玄鹤有时至③,沧波忽渺然。
横襟千嶂外,植杖二桥边④。
一笏云峰峻⑤,回看日杪悬⑥。

[注释]

①西峰:指山东平度大泽山西峰。大泽山之极顶为北峰,自西麓登,经"飞鸟渡"、"上云梯"、"鬼见愁"、"哈呼哈"、"八步紧"、"鹞子翻身"等险处即抵。

②起首两句:谓西岩最高之处突兀而起,高耸天空。

③玄鹤:见《和万开来太守悼鹤》注。"玄鹤"两句:王士禛评点:"三四渐近自然。"

④二桥:大泽山西有飞来峰,于峭壁断崖间有一石板相连,名为仙人桥。二桥当指此桥之两边。

⑤一笏:一笏之长,即二尺六寸。常以喻小。诗中以指远山。

⑥杪悬:渺小而悬于空中。杪,小也。

[评析]

此诗描绘了大泽山西岩的高耸峻拔,表现了大自然的奇丽隽秀。

拟登宝案摩云不果①

旧闻东岭上,景物最奇幽。

日夕松杉路[②],时逢麋鹿游[③]。
孤筇迟独往,片碣矗清秋[④]。
且订霜枫约[⑤],山中难久留。

[注释]

①摩云:谓高及于云也。摩,迫近也。

②松杉:二树木名,松树与杉木。刘禹锡《虎丘寺路宴》诗:“虎啸崖谷寒,猿鸣松杉暮。”杨万里《游定林寺即荆公读书处》诗:“穿尽松杉行尽石,一庵犹隔白云岑。”

③麋鹿:谓麋与鹿也。麋,似鹿而色青黑,大如小牛,亦鹿之属。苏轼《前赤壁赋》:“渔樵于江渚之上,侣鱼虾而友麋鹿。”

④片碣:谓片断之石碣。片,偏也,半也。此句下有王士禛批注:“上有石碑镌‘观日出’三字。”

⑤霜枫约:谓约于枫叶红时,霜降季节。

[评析]

大泽山东有日观峰,可观旭日东升。此诗写诗人策杖独往,欲登东岭,未果而返,写途中风景,并志其事。

送琨石历山之江南[①]

萧晨垂柳色[②],班马度骎骎[③]。
遥识分携意[④],兼愁迟暮心[⑤]。
羁人望扬子[⑥],秋驿足枫林。
南去扁舟路,寒潮日夜深。

[注释]

①历山:旧时历山,即今之山东济南南郊之千佛山。传说古帝舜曾耕于此,故又称舜耕山。隋开皇间,因岩石镌佛,遍布山崖,遂改称千佛山。

②萧晨:谓秋晨萧瑟也。殷仲文诗:“哲匠感萧晨。”

③班马:离队之马,又还马也。班,还也。李白《送友人》诗:“挥手自兹去,萧萧班马鸣。”骎骎:马疾行貌。《诗经·小雅·四牡》:“驾彼四骆,载骤骎骎。”

④分携:谓别离也。犹云分手,分袂也。李商隐《饮席戏赠同舍》诗:“洞中屐响省分携,不是花迷客自迷。”

⑤迟暮:暮年也,晚年也。乃以日暮喻人之衰老也。张说《幽州夜饮》:“正

有高堂宴,能忘迟暮心。”

⑥羁人:羁旅之人。扬子:指扬子江,即长江。

[评析]

此诗抒写诗人送别琨石自济南下江南时之离情别愁。

愁

不知愁所在,行坐失端倪①。

白日频搔首,青天只杖藜②。

葠苓支妇病③,芋栗慰儿啼。

徒有归来意,吾庐耏水西④。

[注释]

①端倪:头绪,事物之本末始终。《庄子·大宗师》:“反覆终始,不知端倪。”

②杖藜:以藜为杖,泛指拄杖而行。杜甫《漫兴》诗:“肠断春江欲尽头,杖藜徐步立芳洲。”

③葠苓:皆中草药名。葠,同“参”,即人参也。苓,茯苓,谓千年松脂所成。二者皆名贵之中药。

④耏水:古水名,即今山东淄博市临淄区的时水,其水色黑,故又称黑水,当地人名之为乌河。

[评析]

此诗写诗人因不遇于时而愁情满怀,欲归故里而又不能,致使心情焦灼不安,无法自遣。

食笋

江笋大如臂①,千钱市一茎。

禅初参玉版②,厨未列朱樱③。

山蕨无劳采④,湖莼空复情⑤。

讵须千亩尽,聊使野肠清。

[注释]

①江笋:江南竹笋也。江南竹是竹类中最大者,其笋大且发生期甚早,可供

食用。日本谓之孟宗竹。

②玉版:笋片之别名。《冷斋夜话》:“子瞻邀刘器之参玉版和尚,至帘景寺,烧笋食之。器之觉笋味殊佳,问何名。子瞻曰:‘玉版也,此老师善说法,要令君得禅悦之味。’器之始悟其戏。”

③朱樱:樱桃熟时深红者。王维《敕赐百官樱桃》诗:“芙蓉阙下会千官,紫禁朱樱出上兰。”

④山蕨:山中之蕨菜也。郑谷《咏怀》诗:“溪莺喧午寝,山蕨止春饥。”

⑤湖莼:湖中之莼菜也。莼菜产于江南之江河湖泊,嫩叶可供食用,做汤鲜美。

[评析]

此诗赞蔬食佳品江南笋,其味胜山蕨湖莼,食之且能修身养性。

以扇乞龠山作大泽西岩图①

秋别西岩胜,经时梦寐殷②。

石梁虚窈窕③,幽涧日氤氲。

狡狯君能作④,烟霞我欲分⑤。

悠然怀袖里,讵数敬亭云⑥。

[注释]

①龠山:方文(1612-1669)字尔止,一字尔子,号龠山,安徽桐城人,清初著名诗人,不就博士弟子试,好结交四方名士,专心著述以终,有《龠山集》五十卷。大泽:山东平度境内大泽山。方文比西樵年长。

②起首两句:谓自秋后一别大泽西岩胜景,梦寐之中时时思念。

③石梁:用石板所建之桥。王安石《初夏即事》:“石梁茅屋有弯碕,流水溅溅度两陂。”

④狡狯:嬉戏也。作画称墨戏。

⑤烟霞:谓山水之景色也。江淹《杂诗》序:“待罪三载,究识烟霞之状。”

⑥敬亭云:敬亭山之云。李白《独坐敬亭山》:“众鸟高飞尽,孤云独去闲。”

[评析]

此为题画诗,赞大泽西岩山水幽雅,景色宜人。诗人写来有孤寂之感。

杨六谦饷劳山崖蜜[①]

洞壑仙饴闷，双瓻愧远将。
松黄分万蕋[②]，崖壁铲千房[③]。
虚拟金茎贵[④]，如闻石髓香[⑤]。
烟霞纷在眼，早晚欲休粮。

[注释]

①杨六谦：杨还吉，字六谦，清即墨人，贡生，能书工诗，康熙时举鸿博未遇。劳山，又作崂山、牢山，旧属即墨县境，现在崂山县境内，青岛市区东部，海拔一千一百余米，颇多名胜古迹，风景秀丽。崖蜜：谓蜂蜜之酿于高山岩石间，亦称岩蜜、石蜜。

②松黄：松树花上所附之黄粉。《本草纲目·松》："松花别名松黄。"

③千房：指蜜蜂之巢。

④金茎：花名。《杜阳杂编》："有金茎花，如蝶，每微风至，则摇荡如飞，妇人竞采之，以为首饰。且有语曰：'不戴金茎花，不得在仙家。'"

⑤石髓：石钟乳之别名。传说为仙人所服。仙经记云，神仙五百年一开石髓出，服之长生。刘禹锡《桃源行》："筵羞石髓劝客餐，灯爇松脂留客宿。"

[评析]

此诗记友人杨六谦所赠崂山崖上所产蜂蜜之珍贵，反映了王、杨之间的深厚友情。

晚　晴

鸣雨作还止[①]，萧然开晚晴。
雄风凉大壑，雌霓贯秋城[②]。
台送遥山碧，窗添夕照明[③]。
支筇闻一雁，怊怅故园声[④]。

[注释]

①鸣雨：有声之雨。

②"雄风"两句：写雨过天晴，秋风阵阵，霓虹贯天，城乡一片凉意。雌霓，《说文通训定声》："霓，雨与日相薄而成光，有雌雄，鲜者为雄虹，暗者为雌霓。"王士禛评此两句："颔联可谓奇特。"

③"台送"两句:谓因登台之故,远山碧色,如在近前。窗前又平添了夕阳斜照。

④末两句:诗人策杖而行,听到天空的秋雁鸣声,不禁怅然若失,引起思乡之忧。怊怅:失意而悲。《文选·宋玉〈高唐赋〉》:"悠悠忽忽,怊怅自失。"

[评析]

此诗写窗外晚晴,秋风萧瑟,在清凉悲壮中透出思乡之忧,绘景抒情,融为一体,意境深远,耐人寻味。

述意二首

(一)

小草吾元误,孤篷迹转疑[1]。
途穷多汩没[2],身贱易瑕疵[3]。
白蜃工为幻[4],青猿讵益悲[5]。
朝来揽清镜,萧飒几茎丝。

(二)

白日空骚屑,清秋尚滞淫[6]。
杖藜销世态,行药散幽襟[7]。
已罢鸣甄乐[8],徒怀蹑向禽。
羁栖心易感[9],试为掩疏砧。

[注释]

①孤篷:孤独之飞篷,以喻漂泊无定之孤客。李白《送友人》诗:"此地一为别,孤篷万里征。"

②汩没:犹沉沦也。常以为隐没不再出世之喻。

③瑕疵:谓过失也。韩愈《进学解》:"忘己量之所称,指前人之瑕疵。"

④白蜃:蛤壳烧之为粉,古人用以饰墙御湿,谓之蜃炭,以其色白,故又谓之白蜃。

⑤青猿:青色之猿,其啼声悲。李白《寻山僧不遇作》诗:"已有空乐好,况闻青猿哀。"

⑥滞淫:犹留滞谓顿废久困也。滞,废也;淫,久也。《文选·王粲〈七哀

诗〉》:“荆蛮非吾乡,何为久滞淫。”

⑦行药:晋及南北朝时人,好服五石散,服后须散步以资宣泄,谓之行药,唐时犹然,诗中常有提及,如元稹诗:“行药步墙阴。”

⑧甄:《集韵·震韵》:“甄,掉也,钟病声。”《周礼·春官·典同》:“薄声甄,厚声石。”郑玄注:“甄犹提也。钟微薄则声掉也。”

⑨羁栖:犹云羁旅,寄栖他乡也。杜甫《春日梓州登楼》诗:“身无却少壮,迹有但羁栖。”

[评析]

此诗二首为诗人旅外述怀之作,写出其感叹不遇于世、时光易逝、客居漂泊、孤寂悲凉的心情。

次答季弟秋日寄怀①

散发卧高秋,书来讯远游。
祝鸡应类隐②,洗马欲言愁③。
暮色归双鬓④,狂情寄两眸。
不堪离索日⑤,萧槭对蓬丘⑥。

[注释]

①季弟:指王士禛。

②祝鸡:谓祝鸡翁之故事。《搜神记》载:祝鸡翁,古之善养鸡者,汉洛阳人,居户乡北山下,养鸡百余年,鸡至千余头,皆有名字,欲取,呼之名则至,后入吴山,莫知所终。

③洗马:洗刷马匹也。杜甫《与任城许主簿游南池》诗:“晚凉看洗马,森木乱鸣蝉。”亦官职名。《韩非子·喻老》:“勾践入宦于吴,身执干戈,为吴王洗马。”

④“暮色”两句:谓晚年可见于双鬓之白,狂情可见于两目之光。

⑤离索:离群索居之省称。范仲淹《送黄灏员外》诗:“追陪未久还离索,早晚轩车重见寻。”

⑥萧槭:草木枯凋。蓬丘:即蓬莱山。见《海内十洲记》。李白《越中秋怀》诗:“何必探禹穴,逝将归蓬丘。”

[评析]

此诗为诗人答季弟王士禛述其胸怀,写出了诗人仕途不遇,客居寂寞，愤世嫉俗，思归林泉的心情。

次答令子四兄历下见寄[1]

几年幸台侧，日日忆明湖[2]。
远梦凭龟策[3]，悲歌按鹿卢[4]。
旅怀三径渺[5]，乡月一筇孤。
预计归来事，惊心指鬓须[6]。

［注释］

①令子：王士誉(1613－1675)，字令子，号笔山，清山东新城人。屏居东南铁山下，更号铁岩樵人。顺治八年举人。兴至泼墨，不名一家，有倪黄遗意，间作花鸟，肆力于诗古文，胸怀磊落，豪迈自喜。士誉为士禄从兄。历下：地名。在今济南历下区。

②起首两句：自谓几年来在朝为官，时时思念大明湖。台，旧时谓朝廷禁省为台。明湖，今称大明湖，在今山东济南历下区境内。

③龟策：卜筮之具，谓占卜也。屈原《卜居》："用君之心，行君之意。龟策诚不能知此事。"

④鹿卢：有鹿卢形玉饰之剑也。《古乐府·陌上桑》："腰间鹿卢剑，可值千万余。"

⑤三径：三条小径。西汉末兖州刺史蒋诩因王莽专政而退隐，于家园辟三径，与求仲、羊仲游，后泛指隐士居所或家园。《三辅决录·逃名》："蒋诩归乡里，荆棘塞门，舍中有三径，不出，唯求仲、羊仲从之游。"陶潜《归去来兮辞》："三径就荒，松菊犹存。"

⑥末句：谓自指鬓须而觉已已老，令人惊心。

［评析］

此诗缅怀古人，抒思乡之情，有致仕归里、隐居林下之念。

除　道[1]

啬夫晓除道[2]，闻待猎回中。
豹尾才人侍[3]，龙斿骑士雄[4]。
伾如临渭上[5]，应有赋河东。

七萃休风雪[⑥]，悬知睿意同[⑦]。

［注释］

①除道：修治整理开通道路也。《汉书·朱买臣传》："发民除道。"

②啬夫：犹云田夫、穑夫、穑人。又诸侯王公陵园置啬夫，主管祭祀、收租等事。

③豹尾：指用豹尾装饰的车和旗等，如豹尾幡、豹尾车。《后汉书·舆服志》："大驾属车八十一乘……最后一车悬豹尾。"

④龙斿：天子之旗帜。斿，旌的下垂饰物。

⑤"俨如"句：谓此行有如周文王之猎于渭水之上，遇吕尚钓于渭滨，太公得用。

⑥七萃：周代之禁卫军七队。黄佐《南征词》："云屯七萃甲，风递九关符。"喻指帝王随从卫士。

⑦睿意：尊称君主之意。

［评析］

此诗写君主出猎之壮观，并以文王出猎遇吕尚为喻，表达了诗人对君主选贤举能、振兴社稷的愿望。

除夕三诗

和杜公《杜位宅守岁》[①]

坚坐残更烛，无聊只作花。
逡巡消瓮蚁[②]，即次起林鸦。
逝景惊心屡[③]，初风入鬓斜。
不须求烂醉，终是觉天涯。

和戴叔伦《除夜宿石桥馆》[④]

残烛乌皮几[⑤]，萧条影独亲。
他乡除夕酒，歧路倦游人[⑥]。
云水同僧迹，莺花笑客身。
愁持潦倒意，历乱向青春[⑦]。

和罗隐《除夜》[8]

膝下屠苏酒[9]，他时次第倾。
离居愁独酌，不寐耐残更。
故国渺何极[10]，中心兀未平。
凌朝又骑马，逐队谒承明[11]。

［注释］

①杜公：唐诗人杜甫。杜位：《全唐诗》注："位出襄阳房。官考功员外郎、湖州刺史。后因李林甫诸婿，贬新州。"位，甫之从弟。《杜位宅守岁》："守岁阿戎家，椒盘已颂花。盍簪喧枥马，列炬散林鸦。四十明朝过，飞腾暮景斜。谁能更拘束，烂醉是生涯。"

②"逡巡"句：谓已犹为瓮中之蚁，来回在瓮壁逡巡。

③逝景：逝去之景物。《文选·王僧达〈答颜延年诗〉》："欢此乘日暇，忽忘逝景侵。"

④戴叔伦（732－789）：字幼公，一作次公，唐金坛（今属江苏）人。曾官抚州刺史，容管经略使。诗多隐逸、闲适情趣。著有《戴叔伦集》。《除夜宿石桥馆》（又作《除夜宿石头驿》）："旅馆谁相问，寒灯独可亲。一年将尽夜，万里未归人。寥落悲前事，支离笑此身。愁颜与衰鬓，明日又逢春。"

⑤乌皮几：黑皮之几也。

⑥歧路：歧道也，分歧之路。王勃《送杜少府之任蜀州》诗："无为在歧路，儿女共沾巾。"

⑦历乱：杂乱无序。鲍照《绍古辞》："忧来无行伍，历乱如覃葛。"

⑧罗隐（833－909）：字昭谏，唐杭州新城（今浙江富阳西南）人。十举进士不第，入钱镠幕，后迁节度判官、给事中等职。诗多讽喻，著有《甲乙集》等。《除夜》（一名《岁除夜》）："官历行将尽，村醪强自倾。厌寒思暖律，畏老惜残更。岁月已如此，寇戎犹未平。儿童不谙事，歌吹待天明。"

⑨屠苏酒：酒名，以肉桂、山椒、白术、桔梗、防风等调成。又称屠酥、酴酥。旧时风俗以农历正月初一是三元之日，长幼悉正衣冠，自少及老饮屠苏酒以辟邪。

⑩故国：故乡也。杜甫《解闷》诗："一辞故国十经秋，每见秋瓜忆故丘。"又《上白帝城》诗："取醉他乡客，相逢故国人。"

⑪承明：天子左右的路寝。因承接明堂之后而得名。梁元帝《去丹阳尹荆州》诗："骖驾乘驷马，谒帝朝承明。"

[评析]

此诗三首写诗人客中寂寞，又逢除夕，一年已尽，万里未归，寒夜孤灯，佳节思亲，乃和唐人除夕之夜所作的名篇。虽然诗人与古人相隔近千载，但遭际不无相同之处，苦境相同，愁情不减，所以表达的情思也颇相似。

题梁苍岩大司马水心精舍图[1]

闻道平泉墅，孤亭水木环[2]。
斜阳维一艇[3]，空翠沓千山。
曲径遥塍接，盘涡浴鹭闲[4]。
画图遗韵在，仿佛得追攀。

[注释]

①梁苍岩：梁清标（1620－1691）字玉立，号棠村、蕉林、苍岩，清直棣真定（今河北正定）人，明崇祯进士。降清拜编修，迁户部尚书至保和殿大学士，入相。著有《蕉林诗文集》等，又善书法，喜收藏。

②“孤亭”句：王士禛批注：“亭为少保公之旧。”

③“斜阳”两句：写出夕阳之下，水边系一小艇，山峦重重，皆青翠欲滴。

④盘涡：旋流也。杜甫《愁》诗：“盘涡鹭浴底心性，独树花发自分明。”

[评析]

此诗为梁清标藏画所题，写出了画中的景色秀丽清幽，引人入胜，表达了诗人向往清静幽居生活的情怀。

喜　雨

旱魃今年剧，炎炎三夏迟[1]。
枫窗夜来雨，远梦生西陂[2]。
青屿带云没，沧波进艇宜[3]。
何时白龙窟，重与渔人期[4]。

[注释]

①起首两句：写旱情之严重。旱魃，传说中引起旱灾之怪物。三夏，谓夏季之三个月孟夏、仲夏、季夏。

②“枫窗”两句：写出对农事之关心。闻窗外雨声，即梦见西陂庄稼久旱逢甘雨。

③“青屿”两句：写雨后山水。

④末两句：期望雨情之复至。句尾有王士禛注“似岑”两字。

［评析］

此诗抒写久旱逢甘雨之喜悦心情。先写旱情，又写夜雨，再写雨后，层层叠进，着笔紧扣心情。

移居复得乙未旧邸怃然题壁[①]

白板双扉静，清秋几月居[②]。

重来仍旧宇，高枕又吾庐[③]。

鸿爪还堪认[④]，鸥情信所如[⑤]。

晴窗怀小谢[⑥]，曾此对摊书。

［注释］

①乙未：顺治十二年。据《王考功年谱》，是年春西樵赴京师就殿试，九月归里，十二月赴莱州府学教授。次年春正月自莱暂归省觐三月，携家赴莱。

②起首两句：描述旧居，虽已离此三月，清秋时节离去，今日重返此屋，愈觉双扉静谧，朴素雅淡使人恋念。

③高枕：高枕而卧，喻无忧无虑。《楚辞·宋玉〈七辩〉》：“尧舜皆有所举任兮，故高枕而自适。”

④鸿爪：鸿鸟的爪印，比喻往事的痕迹。犹云雪泥鸿爪。苏轼《和子由渑池怀旧》诗：“人生到处知何似，应似飞鸿踏雪泥。泥上偶然留指爪，鸿飞那复计东西。”

⑤鸥情：鸥鸟往来水上无忧无虑，以喻隐者生活之悠闲自在。

⑥小谢：本指谢灵运的族弟谢惠连。钟嵘在《诗品》中赞曰：“小谢才思敏捷……秋怀、捣衣之作，虽复灵运锐思，亦何以加焉。”借以指诗人之弟。

［评析］

此诗写诗人去岁自京师归里省亲小住后赴任，今又重返旧居，睹物思情，回忆往事，不胜感慨。

忆莱子杂诗八首[1]

（一）

时复寻春郭，烟光纵目宽。
山姿浓大泽[2]，潮势汩三韩[3]。
小立抛藤杖，微吟侧箨冠[4]。
一樽石冻酒[5]，未厌海风寒。

（二）

委巷柴门接[6]，闲情习野农。
御寒收海带[7]，供爨斧山松。
露曲清春酿，沙秔净晚香。
家家资网筏，处处狎鱼龙[8]。

（三）

风土看真异，图经载未周[9]。
海飙常北至，河水尽西流[10]。
甃石璠玙似[11]，场盐玉雪侔[12]。
居人论井味，中划定何由[13]。

（四）

老饕饕餮久[14]，思续异鱼图[15]。
丝脆烧乌贼，羹腴煮白姑。
尝新时竞早，索隐注应粗[16]。
琐细兼蛏蛤[17]，纷纭饫仆奴[18]。

（五）

赵氏小平远[19]，幽寻兴不违。
时缘看竹去，兼作听蝉归[20]。
屡涉春沙转，孤吟细雨霏。
最怜九峰碧[21]，朝夕对书帏。

（六）

风物惟吾稔，山川信此嘉。

涛光浮睥睨[22]，峰势秀阛阇[23]。
旅食还营稻，居人半种瓜。
朱樱四月熟，烂熳胜春葩。

（七）

龙溪重五到[24]，崖壁最萧疏。
潭影一泓黑，松阴万顷挐[25]。
日车却亭午[26]，风磴入阶除。
莫漫轻衣袷，凉飔浸葛裾。

（八）

未学任公子[27]，垂纶问海潴[28]。
疏慵真自惯，七箸不曾虚。
饱饭兼鱼蛋[29]，清樽点蟹胥[30]。
波人铲石鳆[31]，此事最怜渠[32]。

［注释］

①据《王考功年谱》，此诗作于顺治十七年。莱子：古莱子国，即当时之莱州。王士禛批注："忆莱诗本二十首，取其八以资抵掌，备故实。"

②大泽：谓平度之大泽山。

③三韩：汉时朝鲜南部分为"马韩"、"辰韩"、"弁韩"三国，合称三韩。《三国志·魏书·东夷传》："韩在带方之南，东西以海为限，南与倭接，方可四千里。有三种：一曰马韩，二曰辰韩，三曰弁韩。"杜甫《奉赠太常张卿均》诗："方丈三韩外，昆仑万国西。"后人多指三韩为朝鲜，亦又以指辽东者。王士禛批注："第四句汪钝翁取入诗话。"汪钝翁即汪琬，清初古文三大家之一。《王考功年谱》谓："汪氏《说铃》云：王西樵作《忆莱杂诗》，有'潮势汩三韩'之句，形容颇极雄浑，或疑'汩'字无来历，予应之曰，亦子美'吴楚东南坼'之类耳！'汩'字、'坼'字，皆以独造见奇。"

④箨冠：以竹皮作成之冠也。陆龟蒙《奉和袭美夏景冲澹偶作次韵二首》诗："蝉雀参差在扇纱，竹襟轻利箨冠斜。"

⑤石冻：石冻春，酒名，《国史补》："酒有……富平之石冻春，剑南之烧春。"郑谷《赠富平李宰》诗："易得连宵醉，千缸石冻春。"

⑥委巷：曲折的小巷，泛指民间。《礼记·檀弓上》："小功不为位也者，是

委巷之礼也。”原注云:“委巷犹衖里。”

⑦“御寒”句:王士禛批注:“莱人冬闲多以海带当腊。”

⑧“处处”句:王士禛批注:“结句妙。”

⑨图经:指在文字之外附有图画的书籍。多为地理志书或医书。例如《隋书·经籍志二》有《冀州图经》。《通志·艺文略·地理类》有“图经”一门。陆游《戏咏山阴风物》诗:“图经草草常堪恨,好事它年采此诗。”

⑩“河水”句:下有王士禛批注:“莱水皆西,少东流者。”

⑪甃石:以砖石砌物。白居易《官舍内新凿小池》诗:“中底铺白沙,四隅甃青石。”璠玙:鲁国的美玉。《说文》:“璠,璠与,鲁之宝玉。”句下王士禛批注:“莱奇石可为器,居人多以甃墙。”

⑫“场盐”句:下有王士禛批注:“莱西出场盐,最细白。”

⑬“居人”两句:下有王士禛批注 :“莱城井水中判,东甘西苦。”

⑭老饕:贪吃的人。苏轼《老饕赋》:“盖聚物之夭美,以养吾之老饕。”饕餮:本为传说中古代贪食的恶兽,古时钟鼎彝器,多刻其头为饰。《吕氏春秋·先识》:“周鼎著饕餮,有首无身。”诗中用作动词,贪吃的意思。

⑮异鱼图:书名。《异鱼图赞》四卷,明杨慎撰,另有《异鱼图赞补》与《异鱼图赞笺》皆为清胡世安撰,以补杨慎及己著之不足。以上之书皆为记录非常见之鱼。诗中即指此类书。

⑯索隐:阐发隐微之事理。

⑰琐细:谓细小之物。苏轼《种松》诗:“初移一寸根,琐细如插秧。”蛏蛤:皆介物,蚌类,肉可食,味美。

⑱“纷纭”句:谓众多美食,皆赐给奴仆。饫,赐也。《广韵》:“饫……赐也。”

⑲小平远:赵氏阁名。

⑳“时缘”两句:写出诗人之 闲适心情。听蝉,取王维“临风听暮蝉”诗意。

㉑九峰:谓云峰山九峰。

㉒睥睨:斜视也。诗中以摹状波光斜照。

㉓闉阇:城墙上之楼台,用以泛指城门。《诗经·郑风·出其东门》:“出其闉阇,有女如荼。”白居易《和微之春日投简阳明洞天》诗:“瑰奇填市井,佳丽溢闉阇。”

㉔重五:农历五月五日,即端午节,亦称重五。

㉕挐:纠缠也。《楚辞·宋玉〈九辨〉》:“叶菸邑而无色兮,枝烦挐而交横。”

㉖亭午:正午,中午。

㉗任公子：传为先秦人，善钓大鱼者，又作任子、任父。见《庄子·外物》。李贺《苦昼短》诗："谁似任公子，云中骑碧驴。"

㉘海獝：谓任公子所钓之大鱼也。

㉙鱼蛋：王士禛批注："海错最重乌贼蛋。"

㉚蟹胥：酱状的蟹肉。《释名·释饮食》："蟹胥，取蟹藏之，使骨肉解之，胥胥然也。"张载《登成都楼》诗："黑子过龙醢，果馔逾蟹蝑。"

㉛波人：谓出入水波上之渔人。石鳆：指鳆鱼，又名石决明、鲍鱼。鳆若蛤，偏著石，故称石鳆，肉味鲜美。

㉜末句：王士禛批注："海上取鳆鱼，隆冬赤脚，凌寒澌而人。"

[评析]

此诗为西樵莱州教授任内之作，共选八首，写莱州之风土人情，景物观感，生活气息极浓，读之令人心向往之。

寄季弟四首[1]

（一）

吾弟江湖外，相思意每惊。
如何僻文史，恰使困将迎。
南雁他时返，孤云迥自征[2]。
无聊眠白昼，吟望一含情。

（二）

闻道汝兄去，提携慰寂寥。
灯花开几许，稚子喜应饶。
共试南泠水[3]，同看北斗杓[4]。
何时如意舞，一破广陵潮[5]。

（三）

他日连床语，名山志向禽。
何当五斗累[6]，徒抱一丘心[7]。
城阙吾羁絷[8]，江关尔滞淫[9]。
诗成难再读，惆怅白头吟[10]。

（四）

一载京华住[11]，襟情欲尔闻。

文章苦拘忌，冠盖只纷纭[12]。

残烛当危坐，明星照半醺。

吟成徒自把，时复意征君[13]。

［注释］

①此诗作于顺治十七年，时王士禛在扬州府做推官。

②孤云：一片云，以喻贫士也。陶潜《咏贫士》诗："万族各有托，孤云独无依。"孤云无所依，以喻贫士。

③南泠：谓扬子江之南泠水。其水最宜煎茶。《采茶记》："李季卿至扬州，遇陆鸿渐，曰：'陆君别茶，闻扬子南泠水又殊绝。'"《煎茶水记》："较水之与茶宜者凡七等，扬子江南泠水第一，淮水最下。"

④北斗杓：北斗共七星，一至四为斗魁，五至七为斗杓，亦称斗柄。

⑤广陵：旧郡名。《读史方舆纪要》卷二三："广陵城……后汉为广陵郡治。""广陵城，在府城东北旧楚县。"诗中用指扬州。

⑥五斗：五斗米之俸，谓作小官也。

⑦一丘：一小山也，常喻指隐者所栖之所。张华《赠挚仲治》诗："君子有逸志，栖迟于一丘。"

⑧羁絷：比喻受到牵制束缚。

⑨滞淫：久困淹留也。《文选·王粲〈七哀诗〉》："荆蛮非我乡，何为久滞淫。"

⑩白头吟：乐府楚调曲名，本为卓文君所作，后宋鲍照、陈张正见、唐虞世南诸作皆为自伤清直芬馥而遭铄金玷玉之谤者，诗人亦用此意。

⑪京华：京师为文物所萃，因谓京师曰京华。骆宾王《帝京篇》："倡家桃李自芳菲，京华游侠盛轻肥。"

⑫冠盖：官吏的服饰和车乘，指仕宦的人或显贵的人。杜甫《梦李白》诗："冠盖满京华，斯人独憔悴。"

⑬征君：犹云征士，古代有学问而才德高的人，经朝廷下诏书征召而不仕者，称征士，也尊称为征君。

［评析］

此诗怀念其季弟王士禛。两人虽关山远隔，然话旧联新，写出了兄弟友爱，手足情深，并表现了他耿介拔俗、清贞自重的胸怀和向往林泉的生活情趣。

咏 史

汉家共数茂陵贤①,大略雄才讵偶然。
封禅疑踪牵犬事②,巡游豪举射蛟年③。
东方厌次饥欲死④,公孙平津佞可怜⑤。
况受鼎书如左券⑥,何妨且战且求仙。

[注释]

①茂陵:汉武帝之陵寝,在陕西兴平东北。此处指汉武帝。

②封禅:古代帝王祭天地的仪式。古以泰山为高,故于泰山上堆土为坛祭天,称为封。又于泰山下的梁父山上筑坛扫地祭地,称为禅。元封元年春,武帝东巡,行封禅于泰山梁父。牵犬:《史记·封禅书》:"公孙卿持节常先行候名山,至东莱,言夜见大人,长数丈,就之则不见,见其迹甚大,类禽兽云。群臣有言见一老父牵狗,言'吾欲见巨公(武帝)',已忽不见。"

③射蛟:射杀水中蛟龙,用来称颂帝王的勇武。《汉书·武帝纪》载:元封五年,"自寻阳浮江,亲射蛟江中,获之"。

④东方厌次:谓东方朔也。东方朔,汉厌次(今山东惠民)人,字曼倩,长于文辞,诙谐滑稽。武帝时累官侍中,时以滑稽之谈,寓讽谏之意,帝常为所感悟。《史记》谓"时诏赐之食于前。饭已,尽怀其余肉持去,衣尽污"。

⑤公孙平津:谓公孙弘也。公孙弘,汉薛人,字季。少为狱吏,有罪罢免。家贫,牧豕海上。年四十余,乃学春秋杂说。武帝初为博士,诏征文学,弘复对策,擢第一,累迁丞相,封平津侯,开东阁以延士,俸禄所入,尽为宾客。性外宽内深,阳善阴恶,杀主父偃,徙董仲舒于胶西,皆弘所为。

⑥鼎书:《汉书》记汉武帝元鼎元年夏五月"得鼎汾水上",因改元元鼎,大赦天下。《史记》记:其夏六月中,"汾阴巫锦为民祠魏脽后土营旁,见地如钩状,掊视得鼎"。并谓黄帝与禹皆铸鼎,传至周沦失,武帝得之。其秋又得齐人公孙卿所献昔齐人申公所遗之鼎书。左券:古代契约分割为左右两片,债权人收执左片,后用以比喻对事情有把握。《史记·田敬仲完世家》:"公常执左券,以责于秦韩。"

[评析]

此诗咏汉武帝之文治武功,雄才大略,但任人贤佞不分,且欲求仙长生，致使荒于国事，诗人对此深表惋惜。

闲　居[1]

草堂雪尽日初杲，屋脊鸠鸣春复深。
花覆晴光如静女[2]，人怀好梦似幽林。
龙蛇岁往愁堪逝[3]，斥鷃枌栖乐不禁[4]。
况是鹿门朋旧在[5]，褰裳时复答高吟[6]。

[注释]

①诗后王士禛评点："起妙，亦从杜出。"

②静女：不轻佻的女子。《诗经·邶风·静女》："静女其姝，俟我于城隅。"孟郊《静女吟》："艳女皆妒色，静女独检踪。"

③龙蛇：比喻怀才潜隐，隐退。《汉书·扬雄传》："以为君子得时则大行，不得时则龙蛇。"

④斥鷃：即鹌鹑，飞不高远之小鸟。在《庄子·逍遥游》中，以与鲲鹏相对而言，常喻智力浅薄之人。《淮南子·精神训》："凤凰不能与之俪，而况斥鷃乎。"

⑤鹿门：山名，在湖北襄阳东南，唐孟浩然隐于此。鹿门朋旧，指隐士。

⑥褰裳：提起衣裳。《诗经·郑风·褰裳》："子惠思我，褰裳涉溱。"

[评析]

此诗写诗人幽居草堂，吟诗自娱，悠然自乐的闲适心情，表达了他退隐林泉的愿望。

同青丘玉笈观海

沙州如月啮千波[1]，幽侣招携得共过。
日幻涛光明翡翠，风催浪势拥鼋鼍。
蜉蝣字岛乘流见[2]，蛛蟱为餐挂席多[3]。
闻道蓬莱东去接，几时躧屐蹑嵯峨。

[注释]

①首句谓海边沙洲洁白如洗，犹如月光紧咬千层波浪。

②"蜉蝣"句：下有王士禛批注："芙蓉岛亦名蜉蝣岛。"

③蛛蝛：贝名。似蛤长而扁平，肉可食，有谓即蛏。挂席：舟行扬帆也。高适《东平路中遇大水》诗："指涂适汶阳，挂席经芦州。"王士禛批注："第六句用董咸辇事。"

［评析］

此诗写海边景色，颇具生活情趣。

琨石招饮西园复集北池[①]

西园凉雨一樽携，过雨平沙屐齿齐[②]。
背郭蝉声销永昼，入门荷叶压清溪[③]。
主人布席还依竹，客子余酣欲杖藜。
不道腐儒真落拓，相看仍有醉如泥[④]。

［注释］

①莱州仕人赵琨石招饮西樵等于西园北池旁。

②起首两句：谓夏日雨后，西园开宴，宾客行走于沙上，呈现排排脚印。

③"背郭"两句：谓城外蝉鸣阵阵，园内荷叶满溪，一片夏日景色。

④末两句：自嘲书生醉态。

［评析］

此诗写盛夏雨后，应友人相招欢宴西园，尽情酣饮，神态毕肖，怡然自乐，表达了闲适的心情。

秋日谒故莱守朱公祠敬赋[①]

青简睢阳碎齿忠[②]，成仁取义远相同。
拼将一死明臣节，讵止千秋作鬼雄[③]。
旧国余恩留血食[④]，居人残泪洒遗宫。
我来瞻仰须眉在，一荐椒蘋野色中。

［注释］

①朱公祠：为掖县祀典八祠之一。《掖县志·碑记·朱公祠记》："吾莱故太守朱公讳万年，以殉难全成，诏赠太常寺卿，建坊立祠，春秋致祭……公之被执也，骂不绝口，身撄锋刃，面血淋漓，犹回顾城头曰：'我百姓尽力守城，我必死为厉鬼以报国。'公死之后，一月而救兵至，三月而寇亡。"

②青简：竹简色青，古以竹简为书，后人因沿称图籍曰青简。睢阳：指唐安史之乱时张巡守睢阳。《旧唐书·张巡传》："巡神气慷慨，每与贼战，大呼誓师，眦裂血流，齿牙皆碎"，及城陷，"视其齿存者不过三数"。

③鬼雄：鬼中之英雄。李清照《夏日绝句》："生当作人杰，死亦为鬼雄。"

④血食：谓鬼神受牲牢之享祭也。《史记·封禅书》："周兴而邑郃，立后稷之祠，至今血食天下。"

[评析]

此诗写秋日悼念已故莱州太守朱万年坚守城垣、抵御敌兵、誓死报国、杀身成仁的事迹，表明诗人和朱公对清皇朝的忠贞。

大雪偶为拗体二首[1]

(一)

草堂雪气宥岭嵤[2]，晓起一尺堆荒庭。
蓬蒿小径全欲没，松竹老梢微辨青。
乌鹊叫树亦惨淡，鱼龙搅波应渺冥。
夜来支足不得卧，破寒炙酒搜空瓶。

(二)

北风飒飒悲寒凉，如笠雪花飞复飏。
十斛玉尘太汗漫[3]，三春柳絮非颠狂[4]。
抱衾似缩入蚕茧，入地应消千尺蝗。
准拟天晴足佳兴，卧听檐角声郎当[5]。

[注释]

①拗体：诗体之一，律诗绝句之平仄，不依常格者，谓之拗体诗。拗体专为律绝而设，凡一诗全体皆拗者，谓之拗体诗，律诗中间一联拗者谓之拗句格。

②岭嵤：深邃无崖之貌。《文选·扬雄〈甘泉赋〉》："岭嵤嶙峋，洞亡崖兮。"

③玉尘：雪之别名。白居易《酬皇甫十早春对雪见赠》诗："漠漠复雾雾，东风散玉尘。"汗漫：广泛而无边际。《淮南子·道应训》："吾与汗漫期于九垓之外，吾不可以久驻。"

④三春：春季分孟春、仲春、季春，合称三春。诗中泛指春天。

⑤郎当：乱七八糟的样子。

［评析］

此诗写雪天草堂夜不成寐，晓起温酒御寒，寒风萧瑟，景色惨淡，一片悲凉意味，但想到大雪能灭蝗害，又稍觉宽慰。

代闺人①

经年长自笑双星②，近日郎踪亦水萍③。
下杜城边分驿路④，上兰门外足长亭⑤。
书缘远道难频数⑥，酒入离肠易醉醒。
那得西风吹却去，坐郎衣畔似秋萤。

［注释］

①此诗王士禛评点："玉台香奁，绝妙之作。"

②双星：谓牵牛星与织女星。旧历七月七日人称双星节。杜甫《奉酬薛十二丈判官见赠》诗："相如才调逸，银汉会双星。"

③水萍：即萍水，谓如萍在水上，漂浮不定，偶然相遇。

④下杜：城名。在陕西长安县南，春秋为杜伯国，秦为杜县地。汉宣帝微时，乐游杜鄠之间，常在下杜，即此。

⑤上兰：观名。在陕西长安县西。汉代上林苑中有上兰观。班固《西都赋》："历上兰，六师发逐。"长亭：古代每十里置驿站，称长亭，五里称短亭。长亭常作为送别的地方。王褒《送别裴仪同》诗："河桥望行旅，长亭送故人。"

⑥"书缘"句：谓因道远而书信往返，很难屈指而待。

［评析］

此诗为代闺人而作。抒写夫妇相隔两地，离情别绪，相思之苦。亦反映了他自己的情愫。

黄虎溪遗石耳①

二劳岩壑日氤氲②，石耳盈筐远见分。
劚处远疑冲涧雨，到来犹似带山云③。
漫夸乌头甑中蕨，不数青泥坊底芹。
何胤旧曾耽肉食④，缘君陡欲断膻荤。

[注释]

①石耳：植物名，地衣类。《本草纲目·石耳》释名灵芝。石耳生天台、四明、黄山等山崖中，远望如烟。皮日休《过云居院玄福上人旧居》诗："龛上已生新石耳，壁间空带旧茶烟。"

②二劳：指崂山，在山东青岛境内。劳山亦名崂山，有大劳山、小劳山之分，两山相连。《齐记》有"泰山虽云高，不如东海劳"之说，自古称"神仙之宅，灵异之府"。

③"劚处"两句：谓遥望远山缺处似涧水直下如雨，近看却是云山如带。

④何胤：字子季，南朝梁处士。齐永明间，曾官至中书令。建武初，隐居会稽山，后累征不仕，梁中大通三年卒。注《毛诗》、《周易》、《礼记》等多种。

[评析]

此诗赞劳山石耳，不仅在蔬食中出类拔萃，且食之能使人厌弃肉食，表现了诗人对隐居生活的向往。

送人之官广东市舶二首

（一）

南下湟流指粤关[①]，朱方炎裔路漫漫[②]。
天围鲸浪来番舶[③]，地尽龙编设榷官[④]。
茉莉花随溪缆发，荔枝实映客衣丹[⑤]。
维舟倘问沉香浦[⑥]，太守风流尚未残[⑦]。

（二）

闻道罗浮三十六[⑧]，朱明门户此中开。
仙踪复有鲍姑井[⑨]，霸迹非徒赵尉台[⑩]。
钟乳丹砂随处足[⑪]，璇房瑶室不须猜[⑫]。
三山亦是神灵窟[⑬]，伫尔还骖鸾鹤来[⑭]。

[注释]

①湟流：谓水向下处流也。湟，下处。

②朱方：春秋时吴地名，在今江苏丹徒。吴楚朱方之役处。《文选·谢灵运〈卢陵王墓下作〉》："晓月发云阳，落日次朱方。"炎裔：南方边远之地。孟浩然《将适天台留别临安李主簿》诗："念离当夏首，漂泊指炎裔。"

③鲸浪：犹云鲸波，谓鲸鱼翻起的波浪，指巨浪。番舶：外国船也。

④龙编：县名，汉置，在安南北部。《汉书·地理志下》载交趾郡辖县十，龙编其一。摧官，疑为“推官”之误，推官，郡佐也。

⑤“茉莉”两句：写岭南风物，茉莉花与荔枝，随处可遇。

⑥沉香浦：浦名，在广东番禺西北之石门。《明一统志》：“沉香浦在广州府城西，即晋吴隐之投沉香处，旧有亭。”

⑦太守风流：谓晋广州刺史吴隐之，为政清廉，其地有“贪泉”，饮者皆怀贪欲，独吴隐之不改其节。至番禺，其妻刘氏赍沉香一斤，隐之见之，投入湖亭之水。

⑧罗浮：山名。地跨博罗、增城、龙门三县，传云罗山本已有之，浮山自东海浮来，罗浮二山由铁桥峰相连。《读史方舆纪要·广东名山》谓：“其山袤直五百里，高三千六百丈，峰峦四百三十有二。”名胜古迹颇多。相传鲍靓为南海太守，曾来此求仙学道。

⑨鲍姑井：古迹。鲍姑为鲍靓之女，葛洪之妻，多行灸于南海。《南海山水人物古迹记》：“越井岗，在南海南。一曰赵佗井，一曰鲍姑井。”

⑩赵尉台：古迹。赵佗，汉真定人，始皇时为南海龙井令，南海尉死，赵摄行其事。秦亡，并桂林、象郡，自立为南越武王。汉高后时自尊南越武帝，后去号为藩。

⑪钟乳：石钟乳，生于石灰洞顶的结晶质碳酸钙，自上而下，有如下垂冰柱。丹砂：药名，即朱砂，传能点化成金。钟乳、丹砂，皆为道家所重。

⑫璇房瑶室：指以美玉建造装饰之宫室，为道家所居处。

⑬三山：传说中的三座仙山，一曰方丈，二曰蓬莱，三曰瀛洲，皆神仙居处。

⑭鸾鹤：鸾鸟与仙鹤，皆为仙人出游所驾驭者。

［评析］

此诗二首，皆为送行赠答之作，出行者将舟行赴任广东，故列举南海名胜古迹，加以赞扬，以志祝贺。

题绿玉堂[1]

何令大书此堂额[2]，曾传映户千琅玕[3]。
我来不复听疏响，远思空然怀暮寒[4]。
员丘一节杳莫致[5]，由衙累尺殊非难[6]。
劚藓会须种万个，抽梢看过青云端[7]。

[注释]

①绿玉:竹之别名。白居易《履道新居》诗:"篱菊黄金合,窗筠绿玉稠。"

②首句:下有王士禛批注:"额是旧高密何令书。"

③琅玕:本为玉名,用作美竹之别名。元稹《寺院新竹》诗:"宝地琉璃坼,紫苞琅玕踊。"

④"我来"两句:下有王士禛批注:"三四可拟少陵,幸不折来,若为,看去一联。"

⑤员丘:仙人之居处,有不死之树及不老之泉。

⑥由衙:竹名。《竹谱》:"篃与由衙,厥体俱洪。围或累尺,篃实衙空。南越之居,梁柱是供。"

⑦末两句:谓挖掘薜石可得竹鞭育种万个,他日植后抽梢而上,又得直扫青云。

[评析]

此诗所记绿玉堂乃以竹取名,故着重描写庭院之竹。碧玉清琅,排云横空,满堂生辉,清幽宜人。

忆东堂三桐树遥示诸弟①

苦忆东堂堂外地,三株桐树最参差。
白花长夏缘衣落,碧藓幽墀过雨滋。
午夜围棋还对酒,清晨晞发一题诗②。
何时共汝浓阴里,石几匡床话昔时③。

[注释]

①王士禛于此诗后评点云:"清空一气,章法最高。"考之《王考功年谱》:"崇祯十三年庚辰,先生年十五岁。是岁手植三桐于读书之东堂,后先生宦游,屡致意焉。所谓'苦忆东堂堂外地,三株桐树最参差'者是也。"

②二、三两联:皆为回忆昔年与兄弟共处时之景象,先写庭院之清幽,后叙兄弟之游乐。

③末两句:盼望能有一日与兄弟再叙,纳凉话旧。匡床,安床,方正之床。《淮南子·主术训》:"匡床蒻席,非不宁也。"

[评析]

此诗写诗人宦游在外,怀念昔时与诸弟共处故园,诗酒相娱,表现了诗人兄弟友爱,手足情深。

憔 悴

憔悴羁人抚逝阴[1]，萧骚病客听宵砧。
杜陵醉偶耽巴曲[2]，庆舄愁还激越吟[3]。
海国波涛秋迸泪[4]，故园松菊日关心[5]。
莫疑怀土情偏切，倦鸟由来恋旧林[6]。

[注释]

①羁人：羁旅之人。宋树谷《盆梅》诗："数枝也复影横斜，惹得羁人乡梦赊。"

②杜陵：指杜陵布衣，唐杜甫也。

③庄舄：战国越人。仕楚，病中思越而吟越声。《史记·张仪列传》附《陈轸传》："越人庄舄，仕楚执珪，有顷而病。楚王曰：'舄故越之鄙细人也……亦思越不？'中谢对曰：'凡人之思故，在其病也。彼思越则越声，不思越则楚声。'使人往听之，犹尚越声也。"《文选·王粲〈登楼赋〉》："钟仪幽而楚奏兮，庄舄显而越吟。"

④海国：滨海之国也。此处指莱州。时西樵任莱州府学教授。

⑤故园：往日所居处也，犹云故乡。杜甫《秋兴》诗："丛菊两开他日泪，孤舟一系故园心。"

⑥末两句：抒写恋念故土之情。前句正写，后句以倦鸟恋旧林为喻。

[评析]

此诗写诗人形容憔悴，总因客居出仕，终日恋念故乡之故。在思乡之中，表露出致仕归里之情。

无题拟李义山[1]

王阶金戺阆风西[2]，十二层楼宛转迷[3]。
明下童来骄赭白[4]，云中君去驾虹蜺[5]。
沙虫物化情难测[6]，簇蝶形销事不齐[7]。
却首耆阇崛岭路[8]，迦陵鸟语冀宗提[9]。

[注释]

①李义山：即李商隐，以作《无题》诗擅名。他作无题，常以抒写主人公之心理活动为主，场景描写则不求一定的时空次序。

②陀：阶两旁之斜石也。阆风：山名。神仙所居，在昆仑之巅。《海内十洲记》："昆仑上有三角，其一角正北，名曰阆风巅。"《楚辞·离骚》："登阆风而绁马。"

③十二层楼：《史记·封禅书》："黄帝时为五城十二楼。"传云昆仑、玄圃五城十二楼，仙人之所常居。

④明：日月也。《管子·内业》："视于大明。"注云："大明，日月也。"《荀子·劝学》："天见其明。"注云："明谓日月。"赭白：骏马之名。《文选》载有颜延之《赭白马赋》。

⑤云中君：云神也。指传说中之云师丰隆，又称屏翳。《楚辞·屈原〈九歌·云中君〉》题注："云神丰隆也，一曰屏翳。"《汉书·郊祀志》："晋巫祠五帝：东君、云中君、巫社、巫祠、族人炊之属。"虹蜺：虹有雌雄之别，色鲜为雄，色淡为雌。雄者为虹，即内虹，雌者为蜺，即外虹。

⑥沙虫：毒虫名。《抱朴子》："周穆王南征，一军尽化，君子为猿为鹤，小人为沙为虫。"

⑦簇蝶：花名，玉蝴蝶，其状似蝴蝶。《云麓漫钞》："李卫公《草木记》，有永嘉之簇蝶，晏元献有《玉蝴蝶诗》，苏子由又有《万蝴蝶花诗》，皆簇蝶之异名也。"

⑧耆阇崛：佛家语，山名，释尊者说法之地。《水经注·河水》："释氏《西域记》云，耆阇崛山在何耨达王舍城东北，西望其山，有两峰双立，相去二、三里，中道鹫鸟常居其岭，土人号曰耆阇崛山，胡语耆阇，鹫也。"

⑨迦陵：佛家语，鸟名，一作迦陵频加。《正法念经》："山谷旷野，多有迦陵频伽，出妙声音，若天若人，紧那罗等无能及者。"《楞严经》："迦陵仙音，遍十方界。"

［评析］

此诗所写皆释道仙佛中事，实是反映了诗人的思想境界，表现他的空旷玄虚、超尘出世的思想感情。

秋柳次季弟贻上韵二首①

（一）

明河瑟瑟落微霜②，黄入千丝乱晓塘③。
苍荚天清秋在水④，红藤寒重夜开箱⑤。
郢中菸邑堪悲宋⑥，邺下扶疏旧赋王⑦。

最是羁栖伤岁序[8]，不堪重出碧鸡坊[9]。

（二）

千条万缕最堪怜，夜带栖鸟晓带烟。

天畔星光仍皙皙，风前笛思转绵绵。

折来玉手曾三月，种向金城更几年。

是处经秋总怊怅[10]，伤心不独渭桥边[11]。

［注释］

①诗人和别人诗作时，仿照原诗用韵的次序作诗，称次韵或步韵。所和原诗乃四弟王士禛所作。

②明河：即银河、天河、天汉也。宋之问《明河篇》："明河可望不可亲，愿得乘槎一问津。"欧阳修《秋声赋》："明河在天，四无人声。"

③黄入千丝：谓秋色已至，柳条开始呈现黄色。

④苍菼：青色之苇荻。菼，似苇而小，即荻也。《诗经·卫风·硕人》："葭菼揭揭。"

⑤红藤：藤之一种，《本草》称省藤，常以作杖。白居易《红藤杖》诗："南诏红藤杖，西江白首人。"李洞《赠王山人》诗："红藤一柱脚常轻，日日缘溪入谷行。"

⑥郢中：楚都郢中之人善歌，郢中流行之歌称郢中歌。《文选·张协〈杂诗〉》："不见郢中歌，能否居然别。"菸邑：伤坏也，枯萎也。《楚辞·宋玉〈九辩〉》："叶菸邑而无色兮，枝烦挐而交横。"

⑦邺下：犹云邺中，指邺京也。三国时魏都，在今河南临漳西。《北齐书·文苑传》："邺京之下，烟霏雾集。"作者于此句下原注："王粲有柳赋，余与贻上旧曾为新柳诗各数章。"

⑧岁序：时令，一年的时序，泛指时间。王勃《春思赋》："君度山川成白首，应知岁序歇红颜。"

⑨碧鸡坊：地名，在今四川成都。古时成都有一百二十坊，碧鸡坊为第四坊。杜甫《西郊》诗："时出碧鸡坊，西郊向草堂。"

⑩怊怅：失意怨恨之意。

⑪渭桥：桥名。在今陕西咸阳境内，古人常于此送别，折柳赠行。诗后有王士禛评注："和者盈二千首，如此五六殊不多得。"

［评析］

此诗借秋柳寄慨，抒发了羁情别绪。

和陈壶山驾幸西山诏修前朝陵墓之作[①]

曾闻佳气寝园开[②]，坏道崩湍石马摧[③]。
虚拟灵衣腾玉匣[④]，唯余享殿上荒苔[⑤]。
望陵忽见回雕辇，置户真堪慰草莱。
从此樵苏应永绝[⑥]，金凫银雁莫深哀[⑦]。

［注释］

①明十三陵在北京昌平，顺治元年诏修明毅宗（思宗）朱由检陵墓，称思陵。对前朝陵墓，清王朝续有整修。

②佳气：吉祥之气。《白虎通·封禅》："佳气时喜。"寝园：即陵园。

③崩湍：水流湍急。柳宗元《惩咎赋》："攒峦奔以纡委兮，束汹涌之崩湍。"

④灵衣：死者穿着的衣服。《文选·潘岳〈寡妇赋〉》："仰神宇之寥寥兮，瞻灵衣之披披。"玉匣：汉代皇帝王侯的葬服，又名玉甲。形如铠甲，用金线将玉块连缀而成。因所用金属线不同，有金缕衣、银缕衣之别。汉人以为将死人盛人玉匣中，可以再生或永生。

⑤享殿：帝王供奉祖宗神佛之所，以其为祭享所在，故曰享殿。

⑥樵苏：砍柴刈草。《史记·淮阴侯列传》："臣闻千里馈粮，士有饥色，樵苏后爨，师不宿饱。"

⑦金凫银雁：金银所制之炉具，其状如凫雁，用以焚香。李白《襄阳歌》："谁能忧彼身后事，金凫银鸭葬死灰。"

［评析］

此诗通过描写清王朝对前代帝王陵墓的大举整修，赞扬了清统治者的宽宏大度，卓识远见。

送吕培祉同年奉使宁夏[①]

持节当春出未央[②]，贺兰西指意苍凉[③]。
恩纶自异唐羌诏[④]，使橐羞称陆贾装[⑤]。

路过白羊荒徼远，地连花马塞天长[6]。

周咨定裕筹边策，天子由来念朔方[7]。

［注释］

①同年：同一年中举者，互称同年。西樵于顺治九年举进士。

②未央：未及一半，又未央为汉宫名。诗中借以作中华本土。

③贺兰：山名。在宁夏西部，其脉东北行，经阿拉善部界，尽于黄河西岸。

④恩纶：犹云恩诏，谓帝王恩赐之诏书。苏轼《被命南迁途中寄定武同僚》诗："适见恩纶临定武。"

⑤陆贾：汉楚人，有辩才，以客从高祖定天下，使南越，诏谕南越尉赵佗，还拜太中大夫，后为陈平划策除诸吕。佗叛称帝，复拜贾为太中大夫，使南越，令佗去帝制，比诸侯，皆如意旨。

⑥花马：池名，在宁夏盐池西，池东有花马池城，即今盐池县城。《读史方舆纪要·陕西宁夏后卫》："花马池，在卫城西，旧属庆阳府，去府城五百余里，池周回四十里。"

⑦朔方：古郡名，治在今内蒙古杭锦旗北。辖境相当今内蒙古河套西北部及后套地区。东汉时匈奴南单于分部众屯此，助汉守边。东汉末废，并入并州，后续有兴废。

［评析］

此诗为贺同年吕培祉奉旨出使宁夏，赞扬了他的外交才华，并讴歌清帝国的威力。

送魏子存司李成都同茗文周量舍弟贻上赋二首[1]

（一）

极目云霄栈阁悬[2]，骊驹西去草芊芊[3]。

荒村凄响闻山狖[4]，江路幽花杂木绵。

扬子亭空传载酒[5]，卫公楼在记筹边。

知君俯仰千秋意，到处临风一慨然。

（二）

碧鸡祠畔草痕生[6]，白鹿山边按部行。

织罽僰人传好句[7]，当垆少妇避前旌[8]。

新开邛笮通蛮徼[9]，旧种芙蓉号锦城[10]。

此地宦游良不恶，况逢沔汉已销兵[11]。

［注释］

①魏子存：魏学渠，字子存，号青城，清浙江嘉善人，顺治五年（1648）举人。有诗才，工四六，兼善书法。官至湖西道。司李：又称司理，官名，掌刑狱。《文献通考·职官考·录事参军·司理》："五代以来，诸州皆有马步狱，以牙校充马步都虞候，掌刑法，谓之马步院。宋太祖虑其任私，高下其手。开宝六年，始置诸州司寇参军，以新进士及选人为之。后改为司理，掌狱讼勘鞫之事，不兼他职。"

②栈阁：即栈道。《后汉书·隗嚣传》："白水险阻，栈阁绝败。"注云："栈阁者，山路悬险，栈木为阁道。"

③芊芊：草木茂盛的样子。韦庄《长安清明诗》："早是伤春梦雨天，可堪芳草更芊芊。"

④山狖：山中之猿。

⑤扬子：扬云，字子云，亦尊称扬子。汉成都人，著名赋家。

⑥碧鸡祠：祭祀碧鸡神之祠。碧鸡，神名。《汉书·郊祀志》："或言益州有金马碧鸡之神，可醮祭而致，于是遣谏大夫王褒使持节而求之。"《文选·左思〈蜀都赋〉》："金马骋光而绝景，碧鸡倏忽而曜仪。"

⑦织罽僰人：谓织网之僰族人。罽，鱼网也。或织毛类物。僰，种族名，在今四川、贵州一带。

⑧当垆：指卓文君当垆事。汉卓王孙之女卓文君好音新寡，司马相如以琴挑之，乃与共奔。《史记·司马相如列传》："相如与俱之临邛，尽卖其车骑，买一酒舍酤酒，而令文君当炉，相如身自着犊鼻裈，与保庸杂作，涤器于市中。"炉，通垆。

⑨邛笮：西南夷国名。《后汉书·公孙述传》："邛笮君长，皆来贡献。"邛笮又称邛都、邛筰。

⑩锦城：地名，又称锦里、锦官城。本在四川成都市南，后人又以锦城为成都之别称。《益州记》："益州城，张仪所筑，锦城在州南，蜀时故宫也，其处号锦里。"《水经注·江水》："言锦工织锦，则濯之江流，而锦至鲜明，濯以他江，则锦色弱矣，遂命之为锦里也。"

⑪沔汉：沔水与汉水，两水之名。沔汉本一水，古代通称沔汉为沔水，据《水经注》云，北源出自今陕西留坝西，一句沮水者为沔，西源出自今宁强北者为汉，

二源合流通称沔水。汉水又称汉江。

［评析］

此诗为送行魏子存赴任司理成都时赠别之作。诗中列叙了锦城史事古迹，风物地貌，以示不虚此行。

题曹顾庵同年陆舫二首[①]

（一）

菰芦风景渺愁余[②]，因卜张融岸上居[③]。
雨过文窗开窈窕[④]，月明琴幌鉴清虚[⑤]。
浮家有意聊成寄，择胜名亭转不如。
如此陆沉殊自可[⑥]，相逢何必羡樵渔。

（二）

茶烟竹雨日修修，高枕疏棂事事幽[⑦]。
便拟沿洄拾海月[⑧]，宛然樵爨倚滩舟。
静中阅世如吹蜃，席上逢人欲狎鸥[⑨]。
寄语乞湖狂贺监[⑩]，江湖今在凤池头[⑪]。

［注释］

①曹顾庵：即曹尔堪（1617－1679），字子顾，号顾庵，清浙江嘉善人，生于明万历四十五年，清顺治九年进士。历官翰林院编修，迁侍讲学士，因事罢归田园。工于诗，与士禄、士禛、宋琬、汪琬、施闰章、程可则、沈荃唱和，时称"海内八大家"。陆舫：陆上之舫。

②菰芦：水生植物名。菰，蒋也；芦，芦苇。陆游《闻新雁有感》诗："新雁南来片影孤，冷云深处宿菰芦。"

③张融（444－479）：字思光，吴郡吴人。早有文才，后浮海至交州，于海中作《海赋》，文辞诡激，为南齐高帝赏识，累官太子中庶子，司徒左长史。著有《玉海集》十卷、《大泽集》十卷、《金波集》六十卷。

④文窗：窗之饰有文彩者。

⑤琴幌：琴上之饰物。清虚：清高淡泊。

⑥陆沉：谓人中之隐者。《史记·滑稽列传·东方朔》："据地歌曰：'陆沉于俗，避世金马门。宫殿中可以避世全身，何必深山之中，蒿庐之下。'"

⑦高枕：高枕无忧，喻无忧无虑。《楚辞·宋玉〈九辩〉》："尧舜皆有所举任兮，故高枕而自适。"疏棂：疏通朗爽之窗棂。杨万里《烧香》诗："小阁疏棂春昼长，沉烟半穗弄轻黄。"

⑧沿洄：顺流或逆流。李白《淮阴书怀寄王宋城》诗："沿洄且不定，飘忽怅徂征。"

⑨狎鸥：相亲昵之鸥鸟。杜甫《倚仗》诗："狎鸥轻白浪，归雁喜青天。"

⑩贺监：贺知章(659－744)，字季真，唐越州永兴人。工于诗文，证圣进士。开元中累擢礼部侍郎兼集贤院学士，迁太子宾客，授秘书监，故称贺监。晚放诞，自号四明狂客。天宝初，请为道士，以宅为千秋观，乞放生池，诏赐镜湖剡川一曲，既行，帝赐诗，皇太子百官送行。

⑪凤池：禁中池名凤凰池，转谓中书省等官。李白《经乱离后天恩流夜郎忆旧游书怀赠江夏韦太守良宰》诗："君登凤池去，忽弃贾生才。"

[评析]

此诗题诗人同年曹顾庵之陆舫，以明其身在禁中，仍不忘浮家泛宅，渔樵江上之志，以显其清雅高洁、超尘脱俗之思。

赠同年程周量舍人[①]

临云高阁接枫宸[②]，掌诰初看著作新[③]。
玉署夜铃催草制[④]，銮坡晴霭待宣纶[⑤]。
内家解识元才子[⑥]，大手群推贾舍人[⑦]。
独有刘桢愁限隔[⑧]，时题诗句问情亲。

[注释]

①程周量：程可则(1673年后不久去世)，字周量，一字湟溱，号石臞，清广东南海人，顺治九年会试第一，以磨勘不得与殿试，益沉酣经史。十七年春应阁试，授内阁撰文中书，累迁郎中，出知广西桂林府，以敏干称，不久卒于官。可则为"岭南七子"及"海内八家"之一。著有《海日堂诗文集》、《遥集楼诗草》、《萍花草》等。舍人：周以来的官名，历代职不一，清废，后用作对贵介子弟之尊称。

②枫宸：谓帝居也。汉代宫廷多枫树。宸者，北宸所居，指帝王的宫殿。故有枫宸之称。苏轼《次韵韶倅李通直》诗："回首天涯一惆怅，却登梅岭望枫宸。"

③掌诰：执掌撰写帝王发布之文告。

④玉署:指翰林院。吴融《闻李翰林游池上有寄》诗:“花飞絮落水和流,玉署词臣奉诏游。”

⑤銮坡:翰林院的别称。《称谓录·翰林院·銮坡》:“俗称翰林学士为銮坡,盖唐德宗时,尝移学士院于金銮上,故称銮坡。”王安石《送郓州知府宋谏议》诗:“纶掖清光注,銮坡茂渥需。”

⑥内家:皇宫。古时皇宫称大内,也称内家。王建《宫词》:“尽送春来出内家,记巡传把一枝花。”

⑦大手:犹云大手笔,杰出的著作。多指帝王诏书号令,或指写朝廷诏令文章闻名的作家。

⑧刘桢(?—217):字公干,汉东平人,文学家“建安七子”之一,曾任丞相掾。有文才,长于五言诗,有《毛诗义问》,集四卷。

[评析]

此诗为诗人赠同年程可则之作,盛赞其才识卓绝,文采焕发。西樵、可则同为“海内八家”,意气相投。

赠唐将军二首[①]

(一)

将军甲第禁城斜,柳径藤阶阅岁华[②]。
旧赐战袍蜀僰锦[③],新裁伎服越溪纱[④]。
闲来白马仍嘶枥,老去青门好种瓜[⑤]。
最是逸情耽翰墨,隐囊终日对莺花[⑥]。

(二)

十指为山岳势分[⑦],围亭曲沼日沄沄[⑧]。
衣闲氍毹眠残雨[⑨],刀挂琉球醉夕曛[⑩]。
晚岁姬人怨服散[⑪],家风稚子总能文。
鄂公白首思方外[⑫],懒说当年旧战勋。

[注释]

①诗末有王士禛评注:“二首似徐文长。”

②起首两句:写唐将军之家宅,位于紫禁城内,已经历了不少岁月。甲第,谓古代世家贵族之宅第。《史记·孝武本纪》:“赐列侯甲第,僮千人。”阅岁华,

经历年月。

③蜀僰锦：蜀地僰人所织之锦。

④伎服：歌者之服。伎，女乐也。

⑤青门：汉长安之东南门。本名霸城门，因城门为青色而得此名。诗中用指京城之门。

⑥隐囊：靠背的软垫子。《资治通鉴·陈纪·长城公至德二年》："上倚隐囊。"注云："隐囊者，为囊实以细软，置诸坐侧，坐倦则侧身曲肱以隐之。"

⑦"十指"句：作者原注："亭前小山，将军手成。"

⑧沄沄：水流回转的样子。《楚辞·王逸〈九思·哀岁〉》："窥见兮溪涧，流水兮沄沄。"

⑨氍毹：地毯之类的毛绒织物。

⑩琉球：古国名，今群岛名，地在台湾东北。

⑪姬人：妾也。王僧孺《何生姬人有怨》诗："逐臣与弃妾，零落心可知。"

⑫方外：世外，世俗之外，指佛道之门。《文选·曹植〈七启〉》："雍容暇豫，娱志方外。"

[评析]

此诗为赠京都唐将军之作。诗中追叙了将军昔年之功绩，赞扬了将军今日怡神养性，放逸旷达，表现了诗人和他相同的情趣。

昨夕代友人作

昨夕盘塘遇，他时洛浦俦[①]。
乍从灯畔见，忽惬意中求。
惆惆迟通语，依依怯举头。
娇多如有避，态敛讵关愁。
含笑时回脸，疑羞一送眸。
频辞还病酒，不认解藏钩[②]。
火凤虚称艳[③]，铜龙祇恨遒[④]。
曲能歌宛转，乡是号温柔[⑤]。
花拥申胡子，诗裁沈隐侯。
初衔红绶带，缓倚绿筠篝。

玉菽更衣秘，冰荷贴幔幽。
寒多云发近，香昵夜情稠。
偷眼怜窗曙，销魂惜会悠。
真成花解语[6]，那信草忘忧[7]。
漫拟藏金屋[8]，谁能信石邮[9]。
伯劳栖更只[10]，飞鸟去仍留。
结柳曾相慕，寻樗可自由。
门连双井掩，桥涨一河流。
髻记宵阑拥，思从别后抽。
还同怀珮失，徒意弄珠游。

［注释］

①洛浦：洛水水边。相传为洛神经常出没之处。《文选·张衡〈思玄赋〉》："载太华之玉女兮，召洛浦之宓妃。"

②藏钩：古代的一种游戏。《汉武故事》："钩弋夫人，少时手拳。帝披其手，得一玉钩，手得展，故因为藏钩之戏，后人效之。"李白《宫中行乐辞》："更怜花月夜，宫女笑藏钩。"

③火凤：凤凰的一种。《乐府诗集·北齐文武舞歌》："金人降泛，火凤来巢。"元稹《筝诗》："火凤有凰求不得，春莺无伴啭空长。"又火凤，乐曲名。

④铜龙：铜制龙形之喷器、漏器。戴叔伦《日芒词》："大家为欢莫延伫，顷刻铜龙报天曙。"遒，尽也。此句谓夜漏将尽。

⑤"乡是"句：谓温柔乡也。温柔乡，比喻美色迷人之境。后人称迷恋女色为眷恋温柔乡。《飞燕外传》："是夜进合德，帝大悦，以辅属体，无所不靡，谓为温柔乡。谓嫕曰：'吾老是乡矣，不能效武皇帝，求白云乡也。'"

⑥花解语：犹云解语花。能通解语言之花，以喻美人。《开元天宝遗事》："太液池千叶莲开，明皇与妃子共赏，指妃子，谓左右曰：'何如此解语花耶？'"

⑦草忘忧：犹云忘忧草，能使人忘忧之草，萱草之别名。《述异记》："萱草，又称忘忧草，吴中呼为疗愁花。"诗中用以衬托美人。意谓美人才堪称"忘忧"。

⑧藏金屋：谓金屋藏娇也。《汉武故事》载汉陈婴曾孙女名阿娇，其母为武帝姑馆陶长公主。武帝幼时，长公主抱置膝上，问："儿欲得阿娇为妇否？"武帝云："若得此妇，当以金屋藏之。"帝即位，果立阿娇为皇后。后称男子营筑华屋供所爱女子住为"金屋藏娇"。

⑨石邮：即石尤风，逆风也，也作石邮风。相传古时石氏女嫁尤郎。尤经商远行，妻思念成病，临亡叹道："吾恨不能阻其行，以至于此。今凡有商旅远行，吾当作大风，为天下妇人阻之。"后商旅舟行遇逆风，皆称"石尤风"。宋武帝《丁都护歌》："愿作石尤风，四面断行旅。"李商隐《拟意诗》："去梦随川后，来风贮石邮。"

⑩伯劳：鸟名，一名鵙。《尔雅·释鸟》："鵙，伯劳也。"《诗经·豳风·七月》："七月鸣鵙，八月载绩。"

[评析]

此诗为西樵代友人所写艳情之作，反映了旧时代仕人的生活。

第二卷

洞门纳姬[1]

玉台晓日静秋光[2]，忆梦慵梳闹扫妆[3]。
姊妹一花分逞艳[4]，鸳鸯双鸟作成行。
避人昵语愁鹦鹉，向夜酡颜直鹔鹴。
身入蕊宫知也未[5]，锦衾寒减漏新长。

［注释］

①洞门：谓壮丽的宫室、深邃的宅第。《汉书·董贤传》："重殿洞门，木土之功穷极技巧。"纳姬：谓娶姬妾也。

②玉台：指镜台。王昌龄《朝来曲》："盘龙玉台镜，唯待画眉人。"

③扫妆：画眉化妆。扫，画也。

④"姊妹"句：西樵自注："姊妹二人，一时得配。"

⑤蕊宫：蕊珠宫之简称，相传为道家神仙所居住的天宫。又谓香草繁盛之宫殿。

［评析］

此诗亦为旧时艳情之作。

无题二首

（一）

锦水鸳期也子虚[1]，文园病令意何如[2]？
相随常日同叙凤，不寐连宵似钥鱼[3]。

梦恨避风台未筑[4]，人疑奔月会全疏[5]。
陇西上计怜秦掾，犹得芳音启阿徐。

（二）

乌龙声寂已更阑[6]，桦烛霞收独上关[7]。
作客辞家长鹿鹿[8]，怀人听漏只鳏鳏[9]。
风琴自和孤吟苦，月蚌如滋别泪斑。
虚幌夜来愁不寐，玉轮何计映刀环[10]。

[注释]

①子虚：汉司马相如有《子虚赋》，借子虚、乌有先生、亡是公三人为辞。子虚者，虚言也；乌有者，乌有此事；亡是公者，亡其人。后称虚有其事为子虚乌有。

②文园：本汉孝文帝之陵园。司马相如曾任孝文园令，后人因称司马相如为文园。《西京杂记》记司马相如将聘茂陵人女为妾，卓文君作《白头吟》以自绝。杜牧《为人题赠》："文园终病渴，休咏白头吟。"

③钥鱼：钥同鱼样之略称。钥之形与鱼同。《芝田录》："门钥必以鱼，取其不瞑目守夜之义。"《故事成语考·器用》："钥同鱼样，取鱼目之常醒。"

④避风台：台名，汉成帝为赵飞燕避风所筑。相传赵飞燕身轻不胜风，成帝恐其身轻飘扬，故为造七宝避风台。

⑤奔月：羿妻嫦娥奔月之故事。《淮南子·览冥训》："羿请不死之药于西王母，姮娥窃以奔月。"

⑥乌龙：谓犬也。《本草纲目·狗》："俗又讳之以龙，称狗有乌龙、白龙之号。"白居易《和梦游春诗一百韵》诗："乌龙卧不惊，青鸟飞相逐。"

⑦桦烛：谓以桦皮所卷之烛。苏轼《至真州再和诗》："小院檀槽闹，空庭桦烛烟。"

⑧鹿鹿：犹云碌碌，平凡庸碌之意。《汉书·萧何曹参传赞》："当时录录，未有奇节。"注云："录录犹鹿鹿，言在凡庶之中也。"

⑨鳏鳏：因愁思而无法闭目成眠。因鱼目恒不闭，因称愁思不眠为鳏鱼或鳏鳏。李商隐《宿晋昌亭闻惊禽》诗："羁绪鳏鳏夜景侵，高窗不掩见惊禽。"

⑩玉轮：比喻月亮。骆宾王《在江南赠宋五之问》诗："玉轮涵地开，剑阁连星起。"元稹《月三十韵》："绛河冰鉴朗，黄道玉轮巍。"刀环：刀头的环。"环"、"还"同意，故以隐喻还意。王昌龄《从军行》："惟闻汉史还，独向刀环泣。"

［评析］

此诗写诗人在外宦游，终日碌碌，夜不成寐，念及远离家人，孤身独处，不胜惆怅，遂作以寄情思。

为开来使君题署壁上画石二首[①]

（一）

五岳起胸中[②]，一卷生腕底[③]。
当其振笔时，奇绝想颠米[④]。

（二）

大苏磊落人[⑤]，创作怪石供。
何如笔墨间，林壑欲飞动[⑥]。

［注释］

①开来使君：莱州太守万开来。使君：东汉以后对州郡长官的尊称，西汉时只称刺史为太守。

②五岳：指五大名山。东岳泰山，西岳华山，南岳衡山，北岳恒山，中岳嵩山。分布于黄淮平原的外缘，大多为花岗岩高峰。

③“一卷”句：谓画家作画时，胸有成竹，画卷迅疾从腕底写出。

④颠米：谓宋米芾（1051－1107），字元章，号鹿门居士、襄阳漫士、海岳外史，世称米南宫。著名山水画家。无为州有巨石奇丑，芾见大喜，具衣冠拜之，呼之为兄，世号米颠。

⑤大苏：苏轼（1037－1101），字子瞻，号东坡居士，诗、文、书、画皆成大家，画善山水竹石。苏轼曾与李伯时合作《竹石牧牛图》，子瞻画丛竹怪石，山谷有“石吾甚爱之”句。又，东坡作《古木怪石图》，为世所珍。

⑥末句：赞所画山水笔墨飞舞传神，林壑极有生趣。

［评析］

此诗题画山水，盛赞妙笔传神，有北宋米家山水、大苏怪石之遗风。

惆怅词

银甲弹筝低复萦[①]，昵人情思倍盈盈[②]。

十三弦上雏莺语[3]，一一春风惆怅声。

［注释］

①银甲：银制的指甲套，供弹弦乐器用。杜甫《陪郑广文游何将军山林》诗："银甲弹筝用，金鱼换酒来。"

②昵人：亲近之人。

③十三弦：筝有五弦、十二弦、十三弦等。《说文通训定声》："筝古五弦，施于竹，如筑。秦蒙恬改为十二弦，变形如瑟，易竹以木。唐以后加十三弦。"雏莺：幼莺，也喻指幼龄的歌妓。苏轼《循守临行出小鬟，复用前韵》诗："学语雏莺在柳阴，临行呼出翠帷深。"

［评析］

此诗写诗人听歌妓弹筝，触动情思，客居寂寞，倍增惆怅不安。

寓堂桃花

寓堂墙北一花开[1]，倚仗看花日几回。
忽忆故山春涧上[2]，风光寥落野人杯[3]。

［注释］

①寓堂：谓所寓居之草堂。寓，寄居也。

②故山：谓故乡之山。

③寥落：凄凉空旷。白居易《池上》诗："若为寥落境，仍值酒初醒。"野人：乡里农间质朴之人。

［评析］

此诗写诗人于寓堂庭院观赏桃花时，回忆故乡之情。

检校近作戏成[1]

疏懒先生自性成[2]，高眠清昼一身轻。
幸无心计妨吟啸[3]，且与时时唱渭城[4]。

［注释］

①检校：考查校核。诗后王士禛评点一"佳"字。

②疏懒先生：诗人自况。

③吟啸：吟咏长歌。《晋书·谢安传》："尝与孙绰等泛海，风起浪涌，诸人

并惧,安吟啸自若。”

④渭城:《渭城曲》,唐王维撰,又名《阳关曲》、《送元二使安西》。其诗云:“渭城朝雨浥轻尘,客舍青青柳色新。劝君更尽一杯酒,西出阳关无故人。”《阳关曲》为千古送别之绝唱,刘禹锡《与歌者何戡》诗:“旧人唯有何戡在,更与殷勤唱渭城。”末句叙离情。

[评析]

此诗为诗人自况自遣,自我评鉴所作。虽说心无挂碍,但离情别绪,仍萦绕心怀。

游仙词六首[①]

(一)

漫窥朱鸟侍斋宫[②],宠比侏儒奈此翁[③]。
自有岁星知不得[④],何须重问大王公。

(二)

握玺乘鸿事不同[⑤],斗中玉籍几人通。
王乔抛却储皇重[⑥],甫得仙家作侍中。

(三)

碧玉装车驾盗骊[⑦],觞残翠凤返西池[⑧]。
化人万里来同日[⑨],却见君王哭盛姬[⑩]。

(四)

莫怅墉城道路长[⑪],秋河氾处隐红墙[⑫]。
纵教擘尽青麟脯,争及新橙沁手香。

(五)

上清梦罢辟金堂[⑬],厌说神仙服玉方。
衹忆张家宵宴半,醉眸斜睨杜兰香[⑭]。

(六)

绿袍崑脚已升天[⑮],巾几萧然弟子传。
垂涕却辞丹甑去[⑯],嵩云洛日照华年[⑰]。

[注释]

①诗后王士禛评点:“不惟脱去曹唐俗调,亦不肯染步虚习气,此谓大雅。”游仙词:亦称游仙诗,借描述灵异仙境以寄托作者思想感情的一种诗。梁萧统《文选》列为诗的一类。魏曹植始作,晋嵇康、张华、成公绥、何劭、张协、郭璞等皆作之,唐曹唐有《游仙》与《小游仙》之作。其中郭璞《游仙》诗十四首,最为著称。

②朱鸟:朱雀,赤色之鸟雀,传说中南方之神。《太平御览》谓南宫赤帝,其精为朱鸟。斋宫:古时帝王斋戒的宫殿。

③侏儒:表演杂技或滑稽动作供人笑乐的矮人。

④岁星:木星也。古人以其岁行一次,十二岁而一周天,故以纪年也。古人察岁星之象而推知人间祸福吉凶。

⑤握玺乘鸿:谓人主掌握玉玺与仙人乘鸿鹄升天。

⑥王乔:即仙人王子乔。周灵王太子,名晋。好吹笙,作凤鸣,在嵩山修炼二十年,乘鹤仙去。

⑦盗骊:骏马名。浅黑色,是周穆王“八骏”之一。《列子·周穆王》:“右服渠黄而左逾轮,左骖盗骊而右山子。”

⑧西池:西王母之瑶池。传周穆王与西王母宴于瑶池。

⑨化人:能幻化之人。苏轼《同正辅表兄游白水山》诗:“因随化人履巨迹,得与仙兄蹑飞鞚。”

⑩盛姬:周人盛氏,穆王之妃,盛伯之子。天子赐之盛姬之长,是曰盛门。郑樵《通志·三王纪》:“穆王即位……宠盛伯之女盛姬,为之筑重璧之台。”

⑪墉城:传说中神仙之居。又称墉宫。《水经注·河水》:“昆仑山有墉城,金台玉楼,相似如一。”杜光庭《墉城集仙录序》:“女仙以金母为尊,金母以墉城为治。”

⑫秋河:天上银河。《文选·谢朓〈暂使下都夜发新林至京邑赠西府同僚〉》诗:“秋河曙耿耿,寒渚夜苍苍。”

⑬上清:道家语,指三清仙境的一种。《灵宝本元经》:“四人天外曰三清境,玉清、太清、上清。”白居易《梦仙》诗:“人有梦仙者,梦身升上清。”

⑭杜兰香:后汉南阳人。有渔父于湘江洞庭之岸,闻儿啼,四顾惟一三岁女孩,收养至十余岁,天资奇丽。忽有青童灵人,自空而下,携女去,临升,谓其父曰:“我仙女杜兰香也,有过谪人间,今去矣!”其后又降于洞庭包山张硕家,传以道,硕亦仙去。

⑮天:原书为“矢”字,考为“天”字之误。

⑯丹甑:赤甑,丰年所出之瑞物。《毛诗正义·周颂谱》:“地生醴泉,银瓮

丹甑金玉。"《宋史·符瑞志》:"丹甑,五谷半熟则出。"

⑰嵩云洛日:嵩山之云与洛水之日,以喻旷远。刘禹锡《酬思黯见示小饮四韵》诗:"兵符相印无心恋,洛水嵩云恣意看。"

[评析]

此诗运用神话、传说、典故以抒怀明志,表现了诗人心情沉郁,不遇于时,厌倦仕途,超尘出世的思想境界。

得黎小翼同年书①

一从落魄栖穷海,故友何人念索居②。

独有临川交义在③,春风还寄数行书④。

[注释]

①同年:科举考试中同榜录取者之间的互相称呼。

②起首两句:诗人自谓中举后任莱州教授,僻处海滨,感谢故人关心挂念索居之人。

③临川:地名。古为临川郡,在今江西临川境内。临川交义,指黎小翼与西樵之交谊。

④春风:喻恩惠之深。《宋书·乐志》:"威厉秋霜,惠过春风。"

[评析]

此诗赠答同年黎小翼,写出了王、黎之间的友谊,反映了诗人怀才不遇,宣泄了他受压抑的心情。

挽赵伯浚隐君二首①

(一)

挥手西山猿鹤群②,松楸萝月几纷纷③。

海潮日向秦桥咽,似为山灵哭隐君。

(二)

鼎湖往事足沾衣④,皋羽西台泪几挥⑤。

纵使魂兮化朱鸟⑥,也应独食首山薇⑦。

[注释]

①隐君:遁世之隐士。刘克庄《北山作》:"骨法枯闲甚,惟堪作隐君。"

②首句:谓挥手告别西山猿鹤仙逝。

③松椒:原注:“松椒,隐君卜隐地名。”

④鼎湖:黄帝乘龙飞去处,汉宫阙名,常以喻指帝王。吴伟业《圆圆曲》:“鼎湖当日弃人间。”鼎湖往事,喻指宋代帝王升天逝去。

⑤皋羽:宋谢翱(1249－1295)字皋羽,与文天祥共同抗元,为咨议参军,后别去,闻天祥死节,乃适严陵钓台祭奠天祥,作《西台恸哭记》,卒葬钓台南。西台:指《西台恸哭记》。

⑥朱鸟:南方之神。

⑦首山薇:首阳山之薇。《史记·伯夷列传》记殷时孤竹国君两子伯夷与叔齐,在武王伐纣时曾叩马进谏,殷亡后,耻食周粟,隐首阳山采薇而食,后饿死。赵伯浚即赵士喆,明末遗民,后逃隐山林。

[评析]

此诗通过历史人物的壮烈事迹,赞隐士赵伯浚的气节,宣扬忠君爱国。

北池晚归[1]

北池暇日一樽来,怀抱经时祇乍开。

醉罢萧条感陈迹[2],残阳牢落慕容台[3]。

[注释]

①北池:位于北方之池,古代文人常于诗中提及。如鲍照有“种杏北池中”句,杜甫有《陪郑公秋晚北池临眺》诗。

②陈迹:犹云旧迹,过去的事迹。王羲之《兰亭集序》:“向之所欣,俯仰之间,已为陈迹。”

③牢落:稀疏也。韩愈《天星送杨凝郎中贺正》诗:“天星牢落鸡喔咿,仆夫起餐车载脂。”慕容台:当指燕昭王所设之黄金台而言。五胡十六国时慕容氏拥有古幽州之地,故将幽州台称为慕容台。

[评析]

此诗写出诗人疏散悠闲、不遇于时的生活,表现出深沉的自我感慨。

琼楼石[①]

劖青削碧势凌虚[②],双阙琼台定不如[③]。

莫怪神工太奇绝[④],由来仙子好楼居。

[注释]

①琼楼:神话中所记月中宫殿。苏轼《水调歌头》:“我欲乘风归去,又恐琼楼玉宇,高处不胜寒。”

②劖:断,凿。凌虚:凌驾天空。曹植《节游赋》:“建三台于前处,飘飞陛以凌虚。”

③双阙:宫门两侧之楼观。曹植《五游咏》:“阊阖启丹扉,双阙曜朱光。”《水经注·溱水》:“利水出(曲江)县之韶石北山,南流迳韶石下,其石高百仞,广圆五里,两石对峙,相去一里,小大略均,似双阙,名曰韶石。”琼台:夏帝癸所建的玉台,后泛指华美的玉台。杜甫《金华山观》诗:“上有蔚蓝天,垂光抱琼台。”

④神工:神奇的工夫,精巧绝伦。苏轼《登州海市》诗:“心知所见皆幻影,敢以耳目烦神工。”

[评析]

此诗赞美琼楼山石之峻秀奇巧,神工鬼斧,仙台楼阁,非人间所有。

观音岩晚眺[①]

柴栅阴阴带夕晖[②],下方钟磬远微微[③]。

凭高俯瞰一千仞[④],山鹊凌风松顶飞。

[注释]

①观音岩:在今山东莱州云峰山。

②夕晖:夕阳。

③“下方”句:谓山下寺庙中之钟磬声远远传送而来。

④仞:古以周尺八尺为仞。千仞,以喻地势之高。

[评析]

此诗写观音岩居高临下,山势险峻,实为形胜之地。

九日寄诸弟

忆共东园醉小山，疏篁斜日亦开颜①。

弟兄二载仍离索②，鸿雁经秋自往还③。

[注释]

①疏篁：稀疏之篁竹。篁竹，丛生之竹。柳宗元《清水驿丛竹天水赵云余手种一十二茎》诗："檐下疏篁十二茎，襄阳从事寄幽情。"

②离索：离群索居之简称。意谓离开群体，独自生活。《礼记·檀弓上》："吾离群而索居，亦已久矣。"

③鸿雁：鸟名，两者俱为水鸟，故常连称，其形相似，大者鸿，小者雁。古有雁足传书事，后常以"鸿雁"代替书信。

[评析]

此诗为思念诸弟之作。诗人远离兄弟独处一隅，回忆昔年团聚一起时之欢乐，慨叹今日离群索居，音信往来不便，反映了西樵手足情深。

自　喻

三年容易舍烟萝①，回首青山失计多。

莫道顾荣冢须掘②，由来我辈足蹉跎。

[注释]

①烟萝：雾中之藤萝，传说中之仙人名烟萝子。李白《同族侄评事黯游昌禅师山池二首》其二："惜去爱佳景，烟萝欲暝时。"苏轼《游张山人园》诗："壁间一轴烟萝子，盆里千枝锦被堆。"

②顾荣(？－312)：字彦先，吴郡吴县人，仕吴为黄门侍郎，与吴平、陆机同入洛，时号三俊。晋元帝镇江东，以为军司，加散骑常侍，卒谥元，后又追封为公。荣素好琴，死后置琴灵前，吴郡张翰哭之恸，上床鼓琴数曲，叹而去。有文集五卷传世。

[评析]

此诗旨在自我检点，诗人自叹光阴易逝，岁月蹉跎，出仕三载，未能施展抱负，引以为憾。

送朱广文还德平[1]

离亭樽酒对题襟[2]，回首归鸿没远岑。
他日门生重按笛[3]，相思应似武溪深[4]。

［注释］

①德平：旧山东县名，在山东西北部，后为德平镇。

②离亭：谓饯别之亭。宋之问《送沙门泓景道俊玄奘还荆州应制》："就日离亭近，弥天别路长。"岑参《送柳录事赴梁州》诗："英掾柳家郎，离亭酒瓮香。"

③按笛：取山阳闻笛之故事。晋向秀经山阳旧居，闻笛声而作《思旧赋》。诗取思旧之义。

④武溪：一名武水，源出湖南乾城西武山。又江西庐山东林寺虎溪亦称武溪。

［评析］

此诗为临别时之赠诗，反映出诗人极重友谊，对故人朱广文依依惜别之情。

听陆咸一同年弹琴[1]

泠泠轩户泛清音[2]，陆子闲房弃玉琴。
不是从君闻绝调，谁知羊体与嵇心[3]。

［注释］

①陆咸一：陆求可（1617－1679）字咸一，号密庵，清江苏山阳人，顺治进士，授河南裕州知州，入为刑部员外郎，著有《密庵文集》二十卷，诗集八卷。

②泠泠：形容声音清脆悦耳。《文选·陆机〈文赋〉》："文徽徽以溢目，音泠泠而盈耳。"

③羊体与嵇心：谓晋羊祜之善体人意及嵇康豁达大度。羊祜（221－278）字叔子，泰山南城人，仕晋官至尚书左仆射，卒赠太傅，谥成。祜都督荆州时与吴陆抗相友善，抗称祜之德。及抗有疾，祜馈之药，抗服之不疑，云："羊祜岂酖人者！"及祜卒，襄阳满城皆哀，吴守边将士亦哭。后人为之立碑，望其碑者皆流泪，因名"堕泪碑"。嵇康（223－262）字叔夜，谯郡铚人，"竹林七贤"之一，仕魏为中散大夫。入晋为钟会挟嫌陷害，临刑时索琴弹之，太学生三千请以为师，海内之士莫不痛之。

［评析］

此诗赠同年陆咸一，赞其琴声悦耳，情趣高雅，借古喻今，以示知音。

调刘公勇同年[①]

风流文采信吾徒，谈侠朝朝溷酒胡[②]。

莫漫逢人矜马矟[③]，琴中双琐似君无[④]。

[注释]

①调：调笑戏谑之意。刘公勇：刘体仁，河南颍川卫人，顺治进士，累官刑部郎中，与王士禛等有十才子之称，善鼓琴，工诗文，精画，有诗文集十四卷。

②溷酒胡：混迹于酒胡之中。酒胡，酒席中饮酒用之戏具。《墨庄漫录》："饮席刻木为人，而锐其下，置之盘中，左右欹侧，僛僛然如舞状，久之力尽乃倒。视其传筹所至，酬之以杯，谓之劝酒胡。"元稹《酬孝甫见赠》："野诗良辅偏怜假，长借金鞍迓酒胡。"

③马矟：马上所用之长矛。《释名·释兵》："矛长丈八尺曰矟，马上所持。"此句有王士禛评注："公勇好谈剑术，故云然。汪钝翁亦云：'他年若得登三事，但取萧郎作骑兵。'盖吾辈一时调笑，风流如此。"

④双琐：犹云琐琐，诵经声。《海录碎事·道释》："《道经》云：'合口诵经声琐琐。'"

[评析]

此诗为诗人戏赠同年刘体仁之作，全诗四句，分写文武琴酒，赞其多才多艺。

题闺秀李是庵画二首[①]

（一）

寒入金塘花叶孤[②]，非烟非雨态模糊。

姚家女子丹青绝[③]，写作芙蓉匹鸟图。

（二）

秋向鹅溪见水涯，曹夫人笔有烟霞[④]。

禅心总似参寥子[⑤]，也解临平咏藕花[⑥]。

[注释]

①李是庵：李因（1610－1685）字今是，又字今生，号是庵，又号龛山逸史，清钱塘人。海宁葛征奇妾。画得陈淳法，多用水墨，苍老无闺阁气，亦工芦雁。其

夫常为题跋,曾云:“花鸟我不如姬,山水姬不如我。”著有《竹笑轩吟草》。

②金塘:池塘之美者。白居易《禁中月》诗:“净落金塘水,明浮玉砌霜。”

③姚家女子:似指清初姚淑,别号钟山秀才,金陵人,明遗民李长祥之继室,善丹青,论者谓“烟墨离离,深秀不可言”,为女界“逸品第一”。

④曹夫人:北宋女画家,善丹青,所画皆得之于游览,见江湖山川之胜,便集于毫端。诗僧道潜题其《临平藕花图》云:“临平山下藕花洲,旁引官河一带流。两棹风帆有无处,笔端须与细冥搜。”

⑤参寥子:宋僧道潜之号,卓锡杭州智果寺,工诗,有《参寥子集》凡十二卷。苏轼在黄州梦与赋诗,后守杭州访之,作《应梦记》。

⑥临平:山名,在浙江杭州东北,唐置临平监于山下,后改临平镇。

[评析]

此诗赞清初女画家李因所藏之画两幅,超逸绝尘,虽是闺中手笔,但颇有林下之风,实是参悟自然所得。

别街西宅

经年惆怅此婆娑[1],梦罢幽思醉罢歌[2]。

后夜窗边孤月影,无情有恨奈君何[3]。

[注释]

①婆娑:疏落、阑珊、衰息之意。《晋书·殷仲文传》:“府中有老槐树,顾之良久而叹曰:‘此树婆娑,无复生意。’”庾信《枯树赋》:“此树婆娑,生意尽矣。”

②“梦罢”句:诗人自谓,梦后陷入沉思,酒醉放声而歌。

③“后夜”两句:写夜不成寐,午夜之后,仍望月兴叹,别恨未消,徒唤奈何。

[评析]

此诗为诗人生活的自我写照,反映出孤寂凄清、不遇于时的心情。

夜读西昆诗偶成[1]

冷抱羁人不自温,一编当烛永西昆。

玉溪怨瑟声声好[2],只爱星河压故园[3]。

[注释]

①此诗王士禛评点:“偶尔会心,千古绝唱。”西昆诗:北宋初期诗的风格流

派之一，即西昆体，简称昆体。宋初杨亿、刘筠、钱惟演等诗家，彼此唱和，有《西昆酬唱集》行世。后人称这种诗体为"西昆体"，其特点是专从形式上模拟李商隐，追求辞藻，堆砌典故。欧阳修《六一诗话》谓："盖自杨、刘唱和，《西昆集》行，后进学者争效之，风雅一变，为之昆体。"

②玉溪：玉溪生，唐李商隐之别号。李商隐著有《樊南甲集》二十卷，《樊南乙集》二十卷，《玉溪生诗》三卷。怨瑟声：指李商隐诗《锦瑟》："锦瑟无端五十弦，一弦一柱思华年。庄生晓梦迷糊蝶，望帝春心托杜鹃。沧海月明珠有泪，蓝田日暖玉生烟。此情可待成追忆，只是当时已惘然。"

③末句：作者自注："'星河压故园'，义山词《明禅师院酬从兄见寄》诗中语也。"李商隐诗共五言八句，此为第六句。"星河压故园"一作"星河堕故园"。

［评析］

此诗为诗人夜读《西昆酬唱集》，有感于唐人李商隐《锦瑟》等诗而作。李商隐一生坎坷，不遇于时，《锦瑟》为其代表之作。西樵远离故园，触动心弦，抒写出清怨孤寂，怅惘之怀。

云景曲代友人作①

梨花春梦日氤氲，漏月随风只忆君②。

识得楚山真影子，苏家枉却号朝云③。

［注释］

①云景：谓云之景色也。元好问《跋紫微刘尊师所画山水秋江待渡》："笔头云景性中天，谁似仙舟有静缘。"

②漏月：谓漏夜之月。

③朝云：宋钱塘歌舞女，苏轼之妾名。苏轼《朝云诗序》："予家有数妾，四五年相继辞去。独朝云者，随予南迁，因读《乐天集》，戏作此诗。朝云姓王氏，钱塘人，尝有子曰干儿，未期而夭云。"苏轼另有《悼朝云诗序》，谓朝云始不识字，后学书，并与比丘尼学佛。《乐府诗集》有《朝云曲》写楚襄王与神女之事。

［评析］

此诗名为代人之作，实则诉男女相思之情。

晨发获鹿抵井陉周览百里间岩壑因书即目[1]

一入土门口[2],渐觉千山重。
周视耳目变,颇使心神融。
是时日向晨,朝曦甫在东[3]。
光景一以被,翕赩开诸容[4]。
近岭既昭晰,远岫犹微濛。
乘凌出垠崿[5],罨蔼历硔礲[6]。
车回碍石角,径转开蒙茸[7]。
有时陟绝栈[8],飒沓来天风[9]。
下瞰见墟落,相倚如巢蜂。
因塍互钩带,溪谷间衡纵。
万态骋一眴[10],豁达明心胸。
更爱绵河水,数曲山根逢[11]。
乍为回岭蔽,忽向前林通。
两涉乃相违,出溪山亦穷。
却从平楚外,又睹天边峰。

[注释]

①此诗王士禛注谓采自《辛甲集》。获鹿:县名。井陉:县名。两县均在今河北省西部,石太铁路穿越境内。清时属直隶正定府。

②土门:土门关,又名井陉关。故地在今河北井陉山上。又县西有故关,乃井陉西出之口。《吕氏春秋·有始览》以此为九塞之一。公元前229年秦王翦伐赵,出兵井陉,公元396年拓跋魏伐后燕,出井陉直趋中山,皆指此。此亦太行山进入华北平原的隘口,为"太行八陉"之一。

③朝曦:犹云晨曦,早上之阳光。李德裕《柳柏赋》:"含轻烟于夕景,泫零露于朝曦。"

④翕赩:光色充盛的样子。《文选·嵇康〈琴赋〉》:"珍怪琅玕,瑶瑾翕赩。"

⑤乘凌:乘登超越也。宋玉《风赋》:"乘凌高城,入于深宫。"垠崿:同"垠锷",边界、边际之意。《文选·张衡〈西京赋〉》:"在彼灵囿之中,前后无有垠锷。"

⑥罨蔼：彩色之云霭。蔼，通"霭"。硔礲：深山大谷也。苏轼诗句："余流滑无声，快泻双石硔（硔）。"

⑦蒙茸：草木杂乱的样子。苏轼《后赤壁赋》："履巉岩，披蒙茸。"

⑧陟绝栈：登上高峻险绝之栈道。

⑨飒沓：众盛群飞之貌。李颀《宿莹公禅房闻梵》诗："萧条已入寒空静，飒沓仍随秋雨飞。"

⑩一眴：犹云一瞬，谓一转瞬之间。眴，转动眼睛，目摇神迷。

⑪数曲：谓诸多河流弯曲之处。

［评析］

此诗描写自获鹿至井陉间山川之险峻雄伟壮丽，表现了诗人投身于大自然的怀抱，心旷神怡，百念俱消。

发井陉次故关作①

凌晨发山郭，渡溪指山隧。
稍稍历原隰②，忽忽入幽邃。
天阴岚气重，草树弥蓊荟③。
石路多蜿蜒，悬崖递亏蔽④。
山横望若绝，崖转径仍遂。
略无十步直，大抵两壁对。
行行近关侧，岩巘尤奇怪。
撑者或如拒，掠者或如坠。
庞疑蛮象伏，怒俨虓虎嬰⑤。
千折势不穷，各各殊状类。
睥睨界其上⑥，高与青暝会⑦。
谓此信天险，飞鸟讵得越。
他时戎马蹴，何无一丸闭⑧。
俯仰意慷慨，指顾伤厄塞⑨。
安得凌绝顶，一览八荒外⑩。

[注释]

①此诗王士禛评点:“名章迥句,往往警遒。”次故关:谓止宿于故井陉关。故关在县西,井陉山西口。

②原隰:高平曰原,低湿曰隰。《诗经·小雅·皇皇者华》:“于彼原隰。”

③蓊荟:草木茂盛,可以屏蔽之处。清钮琇《觚賸·塔影》:“园中楼榭参差,桂竹蓊荟。”

④亏蔽:亏缺隐蔽也。骆宾王《艳情代郭氏答卢照邻》诗:“也知京洛多佳丽,也知山岫遥亏蔽。”

⑤“庞疑”二句:谓山石庞大,如蛮方所进之象伏也,其形又俨然怒吼之虎。虓,虎怒而鸣。奰:不醉而怒。《说文》:“奰,壮大也。”谓其字三目会意,从大,壮大也。

⑥睥睨:斜视也,傲慢轻视之意。诗中写山石之神志。

⑦青暝:犹云青冥。暝,同“冥”。青冥,谓青天苍冥也。张九龄《将至岳阳有怀赵二》诗:“湘岸多深林,青冥昼结阴。”

⑧一丸:指一丸泥。谓封闭关隘所用之一块泥土也。《后汉书·隗嚣传》:“元请以一丸泥,为大王东封函谷关,此万世一时也。”张说《奉和圣制潼关口号应制》:“不将千里隔,何用一丸泥。”

⑨厄塞:“厄”,通“阨”,险要之地。贾谊《过秦论》:“秦虽小邑,伐并大城,得厄塞而守之。”

⑩八荒:犹云八方。荒谓荒远之地。《史记·秦始皇本纪》:“秦孝公有席卷天下,包举宇内,囊括四海之志,并吞八荒之心。”《汉书·扬雄传》:“陟西岳以望八荒。”

[评析]

此诗以夸张的手法,竭力描写井陉山之高峻险要,以喻世道艰难,并决意攀登绝顶之心。此诗颇有李白《蜀道难》之风。

和谢康乐拟徐伟长诗韵[①](有序)

日来无事,颇取《文选》读之,至康乐拟邺中集诗[②],其徐干一篇小序云:“少无宦情,有箕颍之心事”,于鄙志诚有合焉,因次韵[③]。

夙龄齐台下[④],玄心契萧瑟[⑤]。

每苦近市嚣，未厌长林密。

持此事琴咏，良愿谓永毕。

中间历艰虞[6]，身世滋凛栗[7]。

束躬玷缨绥[8]，黾勉乖素质[9]。

骑马怀十洲[10]，拄笏跂二室[11]。

揆迹虽已缅[12]，秉尚良若一[13]。

牵丝屡弥载[14]，返服会有日。

傥策尘外驾[15]，宁乏山中匹[16]。

迟暮忽以乘[17]，早计讵当失。

［注释］

①谢康乐：谢灵运(385－433)，小名客儿，袭封康乐公，晋陈郡阳夏人。晋时为刘裕太尉参军，入宋迁太子左卫率，出为永嘉太守。性好山水，既不得志，遨游狂放。后为临川内史，游放如故。有司言其谋反，灵运兴兵反抗，被执，于广州弃市。灵运工诗文书画，有诗文集百余卷。徐伟长：徐干(170－217)，字伟长，汉末北海人，建安七子之一。为曹操幕府，司空军谋祭酒，五官将文学，深得器重。有诗文数十篇，曹丕赞其"辞义典雅，足传于后"。

②谢康乐之诗题为《拟魏太子邺中集诗八首并序》，分咏八人。其八人为除孔融外的建安七子，再加曹丕、曹植。所咏徐干为第四首，前有小序云："少无宦情，有箕颍之心事，故仕世多素辞。"箕颍：尧让天下于许由，由不受，于是遁耕于箕山之下，颍水之阳。后人因以"箕颍"称隐者。

③次韵：犹云和韵，和原诗之韵而作。灵运诗："伊昔家临淄，提携弄齐瑟。置酒饮胶东，淹留憩高密。此欢谓可终，外物始难毕。摇荡箕濮情，穷年迫忧栗。末涂幸休明，栖集建薄质。已免负薪苦，仍游椒兰室。清论事究万，美话信非一。行觞奏悲歌，永夜系白日。华屋非蓬居，时髦岂余匹？中饮顾昔心，怅焉若有失。"

④夙龄：年少之称也。沈约《早发定山》："夙龄爱远壑，晚莅见奇山。"

⑤玄心：悟道之心。

⑥艰虞：艰难忧患，多指灾荒战乱。庾信《哀江南赋》："逮永嘉之艰虞，始中原之乏主。"

⑦凛栗：因寒冷而颤抖，诗中转指身世。

⑧缨绥：指显贵之士。缨是系冠的丝绳，绥：是冠绳结头下的饰物。《文

选·蔡邕〈郭有道碑文〉》:“于时缨緌之徒,绅佩之徒,望形表而影附,聆嘉声而响和者,犹百川之归巨海,鳞介之宗龟龙也。”

⑨黾勉:勉力从事。以上两句谓卑身以事则玷污官职,勉力而为则背离自身的素志。

⑩十洲:神话中仙人居处。《海内十洲记》载:汉武帝听王母说,巨海之中有祖、瀛、玄、炎、长、元、流、生、凤鳞、聚窟十洲,是仙人所居人迹不到处。

⑪二室:道家所云二简陋之室。《庄子·让王》:“瓮牖二室,褐以为塞,上漏下湿。”释谓夫妻各居一室,以褐衣塞牖。王维《戏赠张五弟諲三首》:“闭门二室下,隐居十年余。”

⑫揆迹:揆度陈迹。

⑬秉尚:秉性及所崇尚。

⑭牵丝:执引印绶,用指初仕。丝,指绂绶。《文选·谢灵运〈初去郡〉》:“牵丝及元兴,解龟在景平。”

⑮尘外:世俗之外。《晋书·谢安传》:“文靖始居尘外,高谢人间,啸咏山林,浮泛江海。”

⑯“宁乏”句:有杜门谢客意,取陶弘景《诏问山中何所有赋诗以答》诗:“山中何所有,岭上多白云。只可自怡悦,不堪持赠君。”

⑰迟暮:喻衰老、晚年。

[评析]

此诗写徐干少有终隐故园、箕颍之志,但未能如愿以偿,此事西樵引起同感,表现了诗人和徐干一样不求仕进、超尘脱俗、隐居山林的愿望。

望绵上忌坂作[①]

南望介休郭[②],青山郁相向。
为问斯何山,云是古绵上[③]。
子推从亡返,托迹此岩嶂。
公子讵乌喙[④],斯人自遐尚[⑤]。
既殊少伯逃[⑥],复异灵均放[⑦]。
焚林良已奇,抱树或过当。
畴知志士心[⑧],未易恒情量。

谁代歌龙蛇[9]，其迹类有望。
栖隐傥不终，惧为高人谤。
田光齿利剑[10]，濑女没清浪[11]。
所贵明一心，何能畏死丧。
嗟彼苟且人，浮沉讵为旷[12]。

[注释]

①此诗王士禛评点："高论合作。"绵上：地名。春秋晋地。在今山西省介休县东南。晋介子推从文公出亡十九年，文公还国为君，推不言禄，禄亦不及推。推奉母隐于绵山，其后文公求之不出。文公复焚山以逼之，推竟抱木死。文公以绵上之地作为其祭田。《左传·僖公二十四年》："晋侯求之不获，以绵上为之田。"

②介休郭：山西省介休县之城郭。

③古绵上：在今之绵山，一称介山，地处介休县东南。

④乌喙：毒草名，即附子，也称乌头，形似乌嘴。常以指人嘴尖或贪婪。

⑤遐尚：远大高尚。

⑥少伯：春秋越大夫范蠡之字。传说范蠡辅佐勾践后，与西施同泛五湖逃隐。

⑦灵均：楚爱国诗人屈原之字。屈原《离骚》："肇赐余以嘉名，名余曰正则，字余曰灵均。"屈原"忠而被谤，信而见疑"，两次被楚王放逐。

⑧畴知：犹云谁知。畴，谁也。

⑨龙蛇：比喻怀才潜隐，即隐退之士。《汉书·扬雄传》："以为君子得时则大行，不得时则龙蛇。"

⑩田光：战国燕人，为人深沉多智。燕丹与谋刺秦王事，光辞以年老，转荐荆轲，为激励荆轲，免人疑心，自刎而死。

⑪濑女：春秋投濑水之女。濑水在江苏溧阳，注入太湖。相传伍子胥自楚逃吴，乞食于此，得一女子相助，后女恐露形迹，投水而死，子胥既贵，投百金于濑水以报。

⑫浮沉：随俗上下，与时俯仰。

[评析]

此诗悼念介之推，赞其功成身退，不图官禄，反映了诗人不求仕进、退隐山林的思想。

望霍太山[1]

兹山维中镇，标形竦旁魄[2]。
帝资云雨施，功名亚五岳[3]。
典礼领秩宗[4]，报祀凛虔恪[5]。
国家有大事，于此陈牲爵[6]。
顷者新天子[7]，即祚嗣鸿业[8]。
临轩选卿贰[9]，岳渎遍昭告[10]。
曰霍奠并冀[11]，其往荐琮珏[12]。
将命实李公，燔瘗向岩壑[13]。
余也辅车使[14]，取道亦灵霍。
谁谓名岳远，一舍距山脚[15]。
开径事颇奇，授书理堪愕。
管涔与滈池[16]，信知非诡托。
纷纭擅神怪，斯诚灵异宅。
惜哉牵行役[17]，未获理齿屩[18]。
旦日陟前冈，云阴未解驳[19]。
灏气弥太虚[20]，数峰辨约略。
宛如银涛盘[21]，稍见青螺角[22]。
平生丘壑心[23]，长吟寄寥廓。

[注释]

①霍太山：山名，一名霍山，在山西霍县东南，即古之太岳。《读史方舆纪要·山西·山名》："霍山，在平阳府霍州东南三十里，亦曰太岳，亦曰霍太山。"

②旁魄：广博也。或作"旁薄"、"磅礴"、"旁礴"。魄，作者自注："旁各切。"

③亚五岳：于五岳相亚。五岳指东岳太山、南岳衡山、西岳华山、北岳恒山、中岳嵩山。

④秩宗：官名。掌郊庙之事者。秩，叙也。宗，祖庙也。秩宗，主叙次百神之官，而专以秩宗名之者，盖以宗庙为主也。周礼谓之宗伯。

⑤虔恪：恭敬。蔡邕《朱公叔鼎铭》："虔恪机任，守死善道。"

⑥牲爵：祭祀用之牺牲及酒爵。

⑦新天子：指清圣祖爱新觉罗·玄烨。

⑧鸿业：大业，古时都用以指帝王的功业。《汉书·成帝纪》："朕承太祖鸿业，奉宗庙二十五年。"业，作者自注："逆约切。"

⑨卿贰：皆官职名。卿指执政之大臣。古有六卿、九卿之说，皆为内阁大臣。贰，副职也，犹侍郎。

⑩岳渎：岳，高大的山，也可指代五岳。渎，泛指河川，也可指代四渎。四渎者，江、淮、河、济，皆注入海。

⑪并冀：并州与冀州。大禹治水，将中国分为九州，冀并在今山西、河北等地。

⑫琮珏：玉器，祭祀天地用。

⑬燔瘗：谓祭天与地也。燔，燔柴也，祭天之礼。积柴焚之，令其烟气上达于天，故祭天称燔柴。《尔雅·释天》："祭天曰燔柴。"瘗，瘗埋也，祭地也。《史记·封禅书》："黄犊羔各四，珪币各有数，皆生瘗埋。"

⑭輶车：轻车也。《文选·颜延之〈三月三日曲水诗序〉》："輶车朱轩，怀荒振远之使，论德于外。"

⑮一舍：三十里。古人行军一日三十里而止宿。

⑯管涔：山名。在今山西北部，为阴山系支脉，自静乐跨宁武、岢岚、朔等县，周数百里，称管涔山脉，山上多菅草，《寰宇记》谓之菅山。滈池：指滈池君之故事。《史记·秦始皇本纪》："使者从关东夜过华阴平舒道，有人持璧遮使者曰：'为吾遗滈池君。'因言曰：'今年祖龙死。'"

⑰行役：因公务或在外奔波跋涉。《诗经·魏风·陟岵》："父曰：嗟！予子行役，夙夜无已。"

⑱齿屐：屐，轻便可远行之。齿，登山鞋底前后所装之齿。

⑲解驳：脱去驳杂之色。

⑳灏气：充塞于天地间之大气。柳宗元《始得西山宴游记》："悠悠乎与灏气俱，而莫得其涯。"太虚：天空也。《文选·孙绰〈游天台山赋〉》："太虚辽廓而无阂，运自然之妙有。"

㉑银涛：银白色的波浪。杨万里《已至湖尾望见西山》诗："好风稳送五湖船，万顷银涛半霎间。"

㉒青螺：即青螺髻，比喻峰峦之形状。皮日休《缥缈峰》诗："似将青螺髻，撒在明月中。"

㉓丘壑心：隐居山林之思。丘壑，隐者所居的深山幽谷。《晋书·简文帝

纪》："孰与自足山水，栖迟丘壑。"

［评析］

此诗写太岳之形胜、故实、祭祀、典礼，表现了诗人志在丘壑，向往林泉的理想。

古风五首[①]

（一）

曳尾乐泥涂[②]，避樊乐原野[③]。
君子审卷舒[④]，岂伊岩墙下[⑤]。
缅彼楚老言[⑥]，名高道已寡。
受豢非真龙，恋豆即凡马。
浩歌思哲人[⑦]，悠悠泪盈把。

（二）

薏苡非明珠[⑧]，君子尤其似。
无妇挝妇翁，勿乃为诞耳。
端冕十二旒[⑨]，故不乱朱紫[⑩]。
圣人绝小察[⑪]，天下歌如砥。

（三）

志士轻死丧，贵以昭令名[⑫]。
所以漆室女[⑬]，以死殉其贞。
若乃灵曜光[⑭]，孰则垢其明。
涂炭讵足辱[⑮]，盛饰讵足荣。
公冶陷缧绁[⑯]，因之显生平。

（四）

红尘暗九逵[⑰]，扰扰长安道。
来者各有营，车马任潦倒。
日月苦匆遽，凉暄亦草草。
拘幽谢迎谒[⑱]，始觉秋光好。

老树莹古苔，白云卷晴昊[19]。
负手咏斜阳，烦襟净如扫。

（五）

炎冷不同候，造化有机括。
弱茑趋高松[20]，物性固莫夺。
翟公署门言[21]，勿乃非为达。
今雨复旧雨[22]，何用滋咄咄。
戢影谢禯襶[23]，耳目益疏豁。

[注释]

①古风：犹云古诗，以别于唐以后的近体格律诗。

②曳尾：即曳尾涂中。谓宁全身远害，同泥龟之曳尾，不欲毁身灭性，取贵于庙堂之上也。《三国志·蜀书·郤正传》："曳尾于途中，秽浊世之休誉。"

③"避樊"句：谓飞鸟之躲避樊笼，乐于在原野自由飞翔也。

④卷舒：犹屈伸也。《文选·江淹〈谢仆射混游览〉》："卷舒虽万绪，动复归有静。"又指做事之缓急也，所谓卷舒之节。

⑤岩墙下：墙之高峻而将覆者。《孟子·尽心上》："是故知命者不立于岩墙之下。"

⑥楚老：谓老子也。《史记·老子韩非列传》："老子者，楚苦县厉乡曲仁里人也，姓李氏，名耳，字聃，周守藏室之史也。"

⑦浩歌：长歌，放声歌唱。《楚辞·屈原〈九歌·少司命〉》："望美人兮不来，临风怳而浩歌。"

⑧薏苡：草本植物，果实椭圆形，其仁灰白色，供食用及药用，俗呼薏仁米。传鲧妻吞神珠薏苡而生夏禹。

⑨端冕：古代官员上朝时所穿之礼服。端，玄端；冕，大冠。《礼记·乐记》："吾端冕而听古乐，则唯恐卧。"《国语·楚语下》："圣王正端冕，以其不违心。"

⑩朱紫：比喻正邪、是非、优劣等相对的两面。《论语·阳货》："恶紫之夺朱也。"《后汉书·陈元传》："夫明者独见，不惑于朱紫；聪者独闻，不谬于清浊。"

⑪小察：谓小见小明，或苛求细碎琐屑之事。《北史·韦粲传》："何用小察以伤大道。"《吕氏春秋·贵公》："处大官者，不欲小察。"

⑫令名：犹云美名、好评，美好之名声。《后汉书·袁绍传》："令名显达。"

⑬漆室：春秋鲁邑名。漆室邑仅七家。《后汉书·卢植传》："漆室有倚楹之戚。"注谓：《琴操》曰，鲁漆室女倚柱悲吟而啸，邻人问其有欲嫁之念乎？漆室女叹其无知，自谓吾忧国伤人，心悲而啸，岂欲嫁哉。自伤怀结而为人疑，乃自到而死。

⑭灵曜：谓天也，一说谓天地。《文选·蔡邕〈陈太丘碑文〉》："禀岳渎之精，苞灵曜之纯。"

⑮涂炭：泥土与炭火也，谓陷于泥中，坠于火中。喻困苦也。《文选·潘岳〈西征赋〉》："赴涂炭而不移。"

⑯公冶：公冶长，孔子弟子。孔子谓其贤，以女妻之。《史记·仲尼弟子列传》："公冶长，齐人，字子长。孔子曰：'长可妻也，虽在缧绁之中，非其罪也。'以其子妻之。"

⑰九逵：九达之道也。《三辅决录》："长安城，面三门，四面十二门，皆通达九逵，以相经纬。"何逊《拟轻薄篇》："长安九逵上，青槐荫道植。"

⑱拘幽：取《乐府诗集·琴曲歌辞·拘幽操》题意。拘幽操，文王拘于羑里所作，抒幽闲之苦。

⑲晴昊：晴天也。杜甫《苏端薛复筵简薛华醉歌》："安得健步移远梅，乱插繁花向晴昊。"

⑳弱茑：谓柔弱之茑萝，茑萝又名游龙草、茑松。《说文》："茑，寄生草也。"茑萝寄附松柏，以喻攀附贵族。

㉑翟公：指翟汝文（1076－1141），字公巽，宋丹阳人。举进士，徽宗时除中书舍人，外制典雅，一时称之。绍兴初，为参知政事，刚正不阿，与秦桧对案相诟，罢去，卒，私谥忠惠。著有文集三十卷。

㉒"今雨"句：谓新交与旧交也。俗谓新交之友为今雨，故交之友为旧雨。杜甫《秋述》序："卧病长安旅次，多雨生鱼，青苔及榻，常时车马之客，旧雨来，今雨不来。"范成《题清息斋》诗："冷暖旧雨今雨，是非一波万波。"

㉓戢影：谓息影休居也。褦襶：谓不晓事者。程晓《伏日》诗："今世褦襶子，触热到人家。主人闻客来，颦蹙奈此何。"

［评析］

此诗古风五首，诗人吸取古往今来立身处世之道，自抒胸臆，表现了他洁身自好，保全名节，韬光养晦，退隐山林的愿望。

次贻上用坡公《东府雨中别子由》韵见寄[①]（有序）

客秋自汴上省觐维扬[②]，贻上被檄，将有秣陵之行[③]，仅对床一宿，乃与同舟至真州南郭而别[④]。比余北还，贻上尚未毕役归也[⑤]。今年春贻上用坡公《东府别子由》韵，作诗见寄，读之凄然，未及和答[⑥]。比在幽系，言念聚散，感慨不能已已。遂次韵寄之，并示礼吉叔子[⑦]。

白沙洲畔树[⑧]，年时记别汝。
岁晚江城阴[⑨]，风凄如欲雨。
去当南雁时，不待雁同归[⑩]。
离居复多难，徒尔思前期。
叹息重叹息，兄弟等过客[⑪]。
几番约连床，欻若湘灵瑟[⑫]。
秋来雁又飞，题诗附尔行。
晨风零雨外，脉脉十年情。

［注释］

①此诗王士禛评点："短歌微吟不能长。"贻上：王士禛字贻上，号阮亭，自号渔洋山人。坡公：苏轼，字子瞻，别号东坡居士。东府：东晋、南朝时扬州刺史的治所。子由：苏轼弟苏辙之字。次……韵：和诗之一种，谓和其原韵，先后次第皆因之也。《东府雨中别子由》：苏东坡诗题，其诗云："庭下梧桐树，三年三见汝。前年适汝阴，见汝鸣秋雨。去年秋雨时，我自广陵归。今年中山去，白首归无期。客去莫叹息，主人亦是客。对床定悠悠，夜雨空萧瑟。起折梧桐枝，赠汝千里行。重来知健否？莫忘此时情。"

②客秋：客，指过去。客秋即去秋，也即是康熙二年（1663）秋天。这年七月王士禄以礼部稽勋员外郎奉命主持河南乡试。汴：水名，亦称汴水、汴河，流经河南开封等地。开封旧称汴州、汴京、汴梁，河南省亦称汴省。省觐：省视觐见，对君亲探视之敬称。据《王考功年谱》："康熙二年癸卯"，"是秋……先生自汴取道扬州省礼部公太夫人于士禛官舍"。所以王士禄是在河南乡试主考官任内到扬州去探望母亲的。维扬：扬州的别称。《尚书·禹贡》有"淮海维扬州"句，后人因称扬州为维扬。又据《王考功年谱》："比至甫一日而士禛以分较武闱被

檄赴江宁,先生怅然同舟送至真州而别。”西樵在扬州只住一天。

③秣陵:在今江苏南京市江宁境内。秦始皇改金陵为秣陵,汉末改为建业,后多有更改,至宋又称秣陵,属江宁府管辖。诗中指南京。

④真州:今江苏仪征。宋真宗大中祥符六年,以铸真宗像成改建安军为真州。明洪武二年废。

⑤“比余”二句:等我回到北方之时,贻上尚未办完事而自南京回扬州。

⑥此数句意谓:今年(康熙三年,公元1664年)春天接到贻上用苏轼《东府雨中别子由》原韵所写之诗,读后凄然,没有及时和诗回答。查《渔洋山人诗集》及其全集,均未见王士禛此诗。王士禛诗的“甲辰稿”中有怀念西樵兄长的诗共八首,其中《真州有怀家兄西樵》诗,有“曾与坡公吟赏地,对床风雨恋真州”句,即怀念去秋与西樵同来真州事。西樵与渔洋情同子瞻与子由,所以二王诗中常引用大苏与小苏之故事,以显兄弟情深。

⑦“比在”数句:幽系,坐牢。康熙三年,西樵在主考河南乡试中,因搜集试文语句,被指为弊端,三月下吏部,五月移刑部。直至十月太皇太后万岁节,才免官生还。礼吉,王士禧,字礼吉,王士禄之仲弟,明天启七年生,比士禄小一岁。叔子,王士祜,字子侧,一字叔子,号东亭,又号古钵山人,王士禄之三弟。清康熙九年进士。士禄、士祜、士禛兄弟三人同在都门,时称“三王”。

⑧白沙州:在今江苏仪征境内。

⑨江城:临江的城镇。杜甫《上白帝城》诗:“江城含变态,一上一回新。”

⑩“去当”两句:谓离去真州时正是秋雁南归时节,今日又已逢春,雁已归来,却未见季弟回北方。

⑪过客:喻时光消逝。李白《春夜宴从弟桃李园序》:“夫天地者,万物之逆旅也,光阴者,百代之过客也。”

⑫“几番”二句:谓多次兄弟联床,倏忽如湘水中之沈怨。湘灵,湘水之神。《楚辞·屈原〈远游〉》:“使湘灵鼓瑟兮,令海若舞冯夷。”

[评析]

此诗据《王考功年谱》所述西樵康熙三年在狱中曾“取东坡《西台诗案》、《狱中寄子由》诸诗,悉和之”,当为因科场事囚于刑部监狱时所作。全诗以东坡兄弟之谊,着意抒写西樵与渔洋孝悌之情,也透露出诗人因“试文语句”无端被絷的哀怨之情,也可看出清廷文字狱中之另一角,西樵与东坡、屈原均有共鸣之处。

次韵酬东痴见慰之作[①]

十年尘壒内，时时思遂初。
忽忽逐鸡栖[②]，负此薄笨车[③]。
君子重明义，奖我以诗书。
逌然鸾凤音[④]，久矣闻此疏。
譬子犹蒙庄[⑤]，我则梁间鱼[⑥]。
倘得违祸罗，返我田中庐。
永为鹿门期[⑦]，衡宇相连居[⑧]。
晨出事耦耕[⑨]，暮归还趁墟[⑩]。
庶几带索歌[⑪]，以慰忧患余。

［注释］

①东痴：徐夜（1611－1683）字东痴，更字嵇庵，初名元善，字长公，清山东新城人，年二十九弃诸生，居东皋郑潢河上，掘门土室，绝迹城市，久乃出，游钱塘林逋故居，登桐庐严光钓台。有司举博学鸿儒，以疾辞，王士禛目为"涧松露鹤"。工诗，存百余篇。

②鸡栖：鸡之止息。《诗经·王风·君子于役》："鸡栖于埘，日之夕矣，羊牛下来。"

③薄笨车：柴车之类的俗称。因其构造粗简笨重而得名。《南史·隐逸传·刘凝之》："妻亦能不慕荣华，与凝之共安俭苦。夫妻共乘薄笨车，出市买易，周用之外，辄以施人。"

④"逌然"句：谓读徐夜所赠诗，悠闲自在，如闻鸾鸟凤凰之鸣声。逌然，悠闲安适，和颜悦色。

⑤蒙庄：谓庄子也。庄周，宋国蒙人，为蒙漆园吏。隐于南华山，为道家学说创始人之一，著有《庄子》，现存三十三篇。

⑥梁间鱼：谓《庄子·秋水》所谓之鱼。"庄子与惠子游于濠梁之上。庄子曰：'鲦鱼出游从容，是鱼之乐也。'惠子曰：'子非鱼，安知鱼之乐？'庄子曰：'子非我，安知我不知鱼之乐？'"以上两句，上句以庄周比徐夜，下句以鱼比诗人。

⑦鹿门：山名。在湖北襄阳东南。汉末庞德公入鹿门山取药不还。唐孟浩然亦隐于此。诗中用指归隐。

⑧衡宇：谓简陋的屋宇。陶潜《归去来辞》："乃瞻衡宇，载欣载奔。"

⑨耦耕：两人并力一起耕种，为古代犁田的一种方式。《论语·微子》："长

沮、桀溺耦而耕。”

⑩趁墟：犹云赶集，赶市。《南部新书》：“端州以南，三日一市，谓之趁墟。”

⑪带索：以绳索为带，喻身卑贱也。《列子·天瑞》：“鹿裘带索，鼓琴而歌。”

［评析］

此诗为酬答徐夜而和，赞扬了东痴洁身自爱、清高脱俗与隐逸之风，表现了西樵与东痴思想上的共鸣。

长斋诗[①]

我从忧患来，每食唯茹素。
敢希次道佛，此事盖有故。
念我与四生[②]，值如恶叉聚[③]。
虽复殊胎卵，各是生机寓。
置身砧几旁[④]，呼天苦无路。
兹意渠所同，宁不轸群趣[⑤]。
那须介葛卢[⑥]，方解牺牛诉。
烹葵啖藜羹[⑦]，吾腹亦可饫[⑧]。
胡取恣炮炙，冥然不相顾。
一人戒饕餮[⑨]，万物息忧惧。
所抱区区心，讵止吐吾哺。
尚欲告哲人，罢此畋渔具[⑩]。
鳝哺与糖蟹，居士勿乃误。

［注释］

①此诗王士禛评点：“与东坡《岐亭》诗并传。”

②四生：佛家语。佛家按世界众生的出生方式不同分之为四类。一是胎生，如人类及哺乳动物；二是卵生，如禽鸟等；三是湿生，如虫依湿气受形；四是化生，无所依托，唯依业力而忽然现在，如诸天及劫初众生。

③恶叉聚：佛家语，梵语之音译，为印度之一种树果。此果是三粒同一个蒂，落地之后又共聚在一起，因称惑、业和苦三者之间的互相关连为恶叉聚。《楞严经》：“业种自然，如恶叉聚。”

④砧几：俎板也。王休《清清堂赋》："秋蝉吸林杪之露，苍蝇集砧几之腥。"

⑤轸：悲痛也。

⑥介葛卢：春秋介国之君也，能通牛语。《春秋·僖公二十九年》："介葛卢来。"注谓：介，东夷国也。在城阳黔陬县。葛卢，介君名。考者云，今山东胶县介亭，即古介国地。

⑦葵：蔬菜名。有锦葵、蜀葵、秋葵等，古代多指冬葵。《诗经·豳风·七月》："七月烹葵及菽。"藜羹：用藜的嫩苗所做的羹，比喻粗劣之食物。《墨子·非儒下》："孔某穷于蔡陈之间，藜羹不糂。"

⑧饫：吃饱之书面语。

⑨饕餮：传说中之贪食恶兽，以喻贪食者。

⑩畋渔具：打猎捕鱼之工具。

[评析]

此诗据《王考功年谱》当为康熙三年在狱中所作。岂但陈述佛家长斋素食，普爱众生之义，亦是身陷囹圄，万念俱灰，一心奉佛，祈祷释家保佑消灾。故西樵虽在狱中，又乞杭人戴苍写《长斋绣佛图》。

杞梁妻祠[①]

古来称善哭，必曰杞梁妻。
哀音感顽艳，畴能与之偕。
或云韩娥歌[②]，或云朝云篪[③]。
或云雍门琴[④]，一弹使人悲。
岂如颓城心，无情为之移。
琅玡王伯舆[⑤]，复是有情痴。
对君善哭者，不敢言累欷[⑥]。
踌躇唤奈何，寄怀于声诗。

[注释]

①此诗题下王士禛注有"长清"字样，意谓祠在长清。杞梁：春秋齐大夫，名殖，从庄公伐莒，行止莒，与华舟下斗，获甲首三百。庄公止之曰："子止，与子共齐国。"梁、舟曰："临敌涉难，止我以利，是污我行也。深入多杀，臣之事也。

齐国之利,非吾所知也。"遂进斗,坏军陷阵,三军不敢当。至莒城下,二人相期以必死。莒人曰:"子毋死,与子同莒国。"梁、舟曰:"去国归敌,非忠臣也。"遂进斗,杀二十七人而死。此事史籍多有记载。《孟子·告子下》:"华周(舟)、杞梁之妻,善哭其夫,而变国俗。"《列女传》谓杞梁妻,枕其夫之尸哭十日而城崩,已亦赴淄水而死。后世演变为孟姜女哭长城的故事。

②韩娥:古代韩国之善歌者。《列子·汤问》:"昔韩娥东之齐,匮粮,过雍门,鬻歌假食。即去,而余音绕梁欐,三日不绝。"

③朝云:后魏河间王琛所爱之婢女名。《洛阳伽蓝记》:"(河间王琛)妓女三百人,尽皆国色。有婢朝云,善吹篪,能为《团扇歌》、《垄上声》。琛为秦州刺史,诸羌外叛,屡讨之不降,琛令朝云假为贫妪,吹篪而乞。诸羌闻之,悉皆流涕……相率归降。秦民语曰:'快马健儿,不如老妪吹篪。'"

④雍门琴:雍门周之琴。雍门周,战国齐人,名周,又名子周,因居雍门,故称雍门周。《说苑·善说》:"雍门子周引琴而鼓之,徐动宫徵,微挥羽角,切终而成曲,孟尝君涕浪汗增,欷而就之曰:'先生之鼓琴,令文若破国亡邑之人也。'"

⑤琅玡:即琅邪,古郡名,在今山东胶县诸城一带。

⑥累欷:屡次欷歔也。《汉书·景十三王传》:"臣闻悲者不可为累欷。"

王士禛对此诗批点云:"古云悲者不可为累欷,未如此立言之妙。"

[评析]

此诗为诗人吊杞梁妻祠有感而发,叙昔日之善哭者,以表今日自心之哀伤。

徂徕①

晚步石桥上,南眺徂徕山。
委蛇露苍蔚②,悠然眉睫间。
余雪一以映,宛如好女颜。
缅昔孔裴辈,偕弄竹溪月③。
啸咏杂渔钓,风流亦清绝。
又闻石先生④,读书山之阳。
父老尚能言,遗韵何洋洋。
余既辞世网⑤,雅思侣猿鹤⑥。

逝将营一椽[7]，于兹永栖托。

眷言野踟蹰[8]，远烟生漠漠。

［注释］

①徂徕：山名，在今山东泰安东南四十里。《诗经·鲁颂·閟宫》："徂徕之松，新甫之柏。"所云"徂徕"即此。山又名尤来。多松柏，唐"竹溪六逸"曾游于此，宋石介以《易经》教授于此。山海拔一千余米，汶水流经徂徕之西。

②委蛇：也作"逶迤"，蜿蜒曲折之意。

③"缅昔"二句：谓缅怀昔日唐"竹溪六逸"游于此也。唐天宝间，孔巢父、李白、韩准（《旧唐书》作"韩沔"）、裴政、张叔明、陶沔六人，在徂徕山下竹溪结社隐居，诗酒流连，吟风弄月，时号"竹溪六逸"。孔、裴即指孔巢父与裴政。孔巢父，孔子后裔，字弱翁，少隐徂徕山，德宗时累迁御史大夫。

④石先生：石介（1005－1045）字守道，宋兖州奉符人。天圣八年进士，历郓州、南京推官。丁父母忧，耕徂徕山下，以《易》教人，鲁人称徂徕先生。入为国子监直讲。著有《徂徕集》二十卷。

⑤世网：指用来约束人的各种礼教规范。嵇康《答难养生论》："奉法循理，不绖世网。"《文选·陆机〈赴洛道中作〉》诗："借问子何之，世网婴我身。"

⑥侣猿鹤：与猿猴、仙鹤为伴，意即隐于山林。

⑦一椽：屋一间为一椽。朱熹《次张彦辅西原之作》诗："无处堪投迹，空山寄一椽。"

⑧眷言：回顾的样子。言，语助词，无实义。《文选·陆机〈赠尚书郎顾彦先〉》："眷言怀桑梓，无乃将为鱼。"

［评析］

此诗写诗人远眺徂徕山，蓊蔚苍郁，缅怀前贤，不禁油然而生脱尘出世、归隐山林之思。

新　甫[1]

徂徕既瑰玮[2]，新甫亦郁秀。

苍苍百里间，与岱相辐辏[3]。

拄颊望嵚崟[4]，复沓森蹴骤[5]。

朱霞耀晨岭，白云滃夕岫[6]。

辗转无定姿，晦明相荡漱[7]。

定有灵异栖[8]，或是仙人囿。
汉武此筑宫，未必方士谬[9]。
我行快瞻瞩，恨不蹑岩窦[10]。
为咏闷宫诗[11]，遥集破儒陋。

[注释]

①此诗题下原注："在新泰，汉武曾建宫于此，又名宫山。"新甫：山名。在今山东新泰西北，与莱芜相接。《新泰县志》："相传汉武封禅于此，见仙人迹，建离宫其上，故改名宫山，亦名小泰山。"《诗经·鲁颂·闷宫》："新甫之柏。"

②瑰玮：宏伟奇特也。《文选·何晏〈景福殿赋〉》："瑰玮以壮丽。"

③辐辏：谓归聚也，有如车辐之相聚于毂。

④嵚崟：谓山之高峻险拔。《文选·张衡〈思玄赋〉》："嘉曾氏之归耕兮，慕历阪之嵚崟。"

⑤复沓：谓重复呈现也，犹云纷至沓来。蹴骤：如一蹴而骤至。

⑥"朱霞"二句：写山早晚之云霞。晨起红霞照耀山岭，傍晚白云郁归于山岫。

⑦荡漱：犹云荡涤。

⑧灵异：谓灵异之物，如凤凰、麒麟之属。

⑨"汉武"二句：谓刘彻当年在此筑离宫，并非听信方士之误，实是此地灵秀之故。

⑩岩窦：谓岩穴岩洞也。

⑪闷宫：神庙也。谓《诗经·鲁颂·闷宫》。闷宫，取首句"闷官有侐"为题。《闷宫序》谓："闷宫，颂僖公能复周公之宇也。"

[评析]

此诗赞新甫云山佳胜，景色宜人，颇钟造化之神秀，表现了诗人寄情山水、啸傲烟霞的意趣。

羊氏墓[1]

我尝读往编，相者此望气。
掘之尚三公，不然且奇贵[2]。
羊公纯臣心，乃尔甘折臂。
粤昔在典午[3]，纲维半崩坠[4]。

处仲与元子[5]，其才亦小异。
敦既肆狂逞，温复幸非冀。
维彼陶士行[6]，雅非二子类。
八州寄已隆[7]，刺指定何意。
矧自操懿来，攘窃睨神器[8]。
授玺与抽戈，悠悠等儿戏。
叔子去人远，谅哉非一事。
即此相提衡[9]，讵曰功名士。

[注释]

①此诗题下原注："羊祜祖墓在新甫山阳，传记言徂徕山下非也。"诗后王士禛批点："稍涉议论，未妨合作。"羊氏墓：羊祜祖先之墓。羊祜（221－278）：晋泰山南城人，字叔子。武帝时累官尚书左仆射，都督荆州诸军马，镇襄阳，卒赠太傅，谥成。

②起首四句：谓《晋书·羊祜传》记有："有善相墓者，言祜祖墓所有帝王气，若凿之则无后，祜遂凿之。相者见曰：'犹出折臂三公。'而祜竟堕马折臂，位至公而无子。"

③粤：助词。用于句首，即发语词。典午：司马的隐语。典，掌管，和司同义；午，在十二生肖中属马。晋姓司马，典午即晋朝的代称。

④纲维：国家的政纲法纪。《史记·淮阴侯列传》："秦之纲绝而维弛。"

⑤处仲：王敦，字处仲，晋临沂人，尚武帝女襄城公主。拜驸马都尉，与从兄王导辅元帝镇江东，以平乱进征南大将军，拜侍中，为江州牧，镇武昌，恃功专权，率部叛，犯京师。明帝讨之，会病死，发其尸。元子：桓温，字元子，晋龙亢人，元帝时尚南康长公主，拜驸马都尉。明帝时伐蜀，进征西大将军，官至大司马，都督中外诸军事，封南郡公，加九锡。温权倾人主，阴谋篡夺，未成而卒。

⑥陶士行：陶侃，字士行，晋鄱阳人。早孤贫，举孝廉，为荆州长史。明帝时平乱有功，官至侍中、太尉，封长沙郡公，加都督交广宁七州军事，拜大将军，声威卓著。

⑦八州：谓全中国也。我国自古有九州之称。此乃以京师而言，谓八方之州也。唐诗"八州刺史思一战，三城守边却可图"中之"八州"即此意。

⑧神器：指帝王之位。此句指王敦、桓温皆有夺取帝位之心。

⑨提衡：权衡轻重，平心持正。《韩非子·有度》："贵贱不相逾，愚智提衡

而立，治之至也。”

［评析］

此诗写西樵经羊氏墓，缅怀历史人物，赞羊祜、陶侃而非王敦、桓温，表现了旧时代士大夫的正统观念。

射阳湖[①]

晨挂射阳帆，飒飒北风厉。
到耳但有声，黏天渺无际[②]。
转侧堤岸容，崩奔洲渚势。
白浪多起伏，青天足轩轾[③]。
去楫如电激[④]，来树若飙逝。
伫眙还目眩[⑤]，危坐尚心悸。
百里秦邮城[⑥]，转眴欻已至[⑦]。
不有风涛壮，讵谐眺瞩异[⑧]。

［注释］

①射阳湖：湖名，即古之射陂。在江苏宝应县东，淮安县东南，阜宁县南，盐城县西，四县沿湖田地均有灌溉之利，周围约一百七十公里。

②“黏天”句：谓湖光水色相接，茫茫无际。

③轩轾：车后重而前高后低谓轩，前重而前低后高称轾，引申为物之高低轻重。

④电激：谓阴阳相薄，激而为电。吕温《道州观野火》诗：“过处若彗扫，来时如电激。”《文选·陆云〈答兄平原〉》诗：“生若电激，没若川征。”

⑤伫眙：伫立而视也。左思《吴都赋》：“士女伫眙，商贾骈坒。”

⑥秦邮：谓江苏高邮也。秦时筑台置邮亭，故名。

⑦转眴：犹云眴转，目摇神迷，审视不明。《文选·班固〈西都赋〉》：“目眴转而意迷。”

⑧眺瞩：远望注视也。《晋书·桓温传》：“眺瞩中原。”

［评析］

此诗写帆船航行于射阳湖上，烟波缥渺，白浪滔天，船如箭发，百里骤至，写此以志大自然之壮观。

遗乐行太原王君席上作[①]

王君豪举多风格，明月壶觞夜留客[②]。
酒酣宛转出歌人，广帕缠头宫袖窄。
仙音法曲非人间[③]，按拍时时闻太息。
客疑太息应有因，垂泣向客为客陈：
"早年芳齿当三五[④]，藩邸豪华竞歌舞。
鹍弦不数段师弹[⑤]，清歌每逐花奴鼓[⑥]。
紫云异调少人闻[⑦]，来迟新破谁轻睹。
一从戎马起秦川，世事飘零剧可怜。
桃李久摧故宫路，松柏并阙西陵田。
公孙弟子穷无倚[⑧]，趁食羁歌老不死[⑨]。
忽忽回头二十年，羞垂白发华筵里。"
当筵闻此为拊膺，白衣苍狗信难凭[⑩]。
坐客虽非沈家令，断肠如遇郑中丞[⑪]。

［注释］

①此诗之后有王士禛评点："与绣岭宫前鹤发人同一凄恻。"

②"明月"句：谓夜间饮酒作乐款待客人。明月，指《明月吹》琴曲，用以代音乐。

③法曲：佛教或道教法会所奏的乐曲。原为西域各族民乐，传入中国与清商乐结合，形成隋代法曲。至唐玄宗喜爱法曲，选坐部伎子弟三百人在梨园学习，声有错误者，玄宗为之指正，号"皇帝梨园弟子"，是为法部。唐法曲有《破阵乐》、《霓裳羽衣》、《长生乐》等。

④三五：指三五相乘，如"三五明月夜"。此处指年龄。

⑤鹍弦：用鹍鸡筋制成的一种琵琶弦。《乐府杂录·琵琶》："开元中有贺怀智，其乐器以石为槽，鹍鸡筋作弦，用铁拨弹之。"苏轼《杜介熙熙堂》诗："遥想闭门投辖饮，鹍弦铁拨响如雷。"

⑥花奴：唐汝阳王李琎的小字。琎善击羯鼓，为玄宗所好。南卓《羯鼓录》："上性俊迈，酷不好琴。曾听弹琴，正弄未及毕，叱琴者出曰：'待诏出去。'谓内官，曰：'速召花奴，将羯鼓来，为我解秽。'"

⑦紫云：指仙曲《紫云回》也。《太真外传》："玄宗尝梦仙子十余辈，御卿云

而下，各执乐器悬奏之，曲度清越，真仙府之音。有一仙人曰：'此神仙《紫云回》，今传受陛下，为正始之音。'上喜而传受，寤后，余响犹在，旦，命玉笛习之，尽得其节奏也。"

⑧公孙弟子：谓公孙大娘之后继者。公孙大娘，唐教坊之妓。《明皇杂录》："时有公孙大娘者，善舞剑，能为《邻里曲》、《裴将军满堂势》、《西河剑器浑脱》，遗妍妙，皆冠绝于时。"

⑨趁食：因雇佣而获得食物。鬻歌：卖唱求生。

⑩白衣苍狗：犹云白云苍狗，谓世事变幻无常。张元干《瑞鹧鸪》词："白衣苍狗变浮云，千古功名一聚尘。"

⑪郑中丞：原注："郑中丞，唐时宫人流落者。"《乐府杂录》："梁厚本，有别墅在昭应县之西，正临河岸。垂钓之际，忽见一物浮过……令家僮接得……及发棺视之，乃一女郎……云是内弟子郑中丞，昨以忤旨，命内官缢杀，投于河中……厚本即纳为妻……后遇良夜，饮于花下，酒酣，不觉朗弹数曲。洎有黄门放鹞子过其门，私于墙外听之曰：'此郑中丞琵琶声也。'翌日，达上听，文宗……宣召，乃赦厚本罪，仍加锡赐焉。"

［评析］

此诗通过席间听曲，写出了一个老歌女的身世，诗人以不遇于时而激起了同情。

普庵堂吴道子水陆画轴歌[①]（有序）

平阳西偏普庵堂水陆社[②]，有吴生所画水陆百二十轴，社得名。以此姜子绮季为余言：明世宗朝，西河郡王城北有隙地[③]，传为废寺。遗址中间方数尺许，雨下不濡，雪甚不积，又中夜常见其光。王心异之，乃掘地以穷其怪，掘深五丈，得巨石函一，以铁绲二道束之[④]，发之又得锡函，其最中函以木。木函启而画轴见，乃希代之奇宝也。王甚珍焉。王薨，嗣王以乞挥使吕，吕又死，其家落，寺僧以恒直得之[⑤]，因创兰若藏焉[⑥]。则崇祯间事云。因姜子言，亟求观，得见三十轴，信奇笔，已遂作歌志之。

闻昔吴生图天宫，斐旻剑舞称豪雄[⑦]。

借发奇思动真宰[8],振笔万象纷来从。
又闻玄元庙壁叹杜老[9],解衣盘礴非草草[10]。
五圣千官貌奇杰[11],翠柏红梨映深宵[12]。
擅场当世曾无对,睥睨顾陆聊前辈[13]。
惜哉妙迹千年稀,寸缣直等天球贵[14]。
今秋绁马平水阳[15],那知奇物居然藏。
此画出见事亦贵,丰城宝剑同光铓[16]。
朱隐碧黮神理在,绢素古黯增苍茫[17]。
为臆捉笔百灵急[18],搜谲抉诡谁容匿[19]。
幢瓔冠玦天人仪[20],云烟龙鬼幽冥色。
会稽姜生为余说,乃得发箧观奇绝。
风尘踯躅难尽窥,安得穷年傍禅悦[21]。

[注释]

①吴道子:初名道子,玄宗为改道玄,时人尊称吴生,唐阳翟人,有“画圣”之誉,善山水、人物、鬼神、鸟兽、草木、台阁。玄宗思蜀道,诏吴生写嘉陵山水,一日而毕。水陆:佛家语。《释门正统》卷四:“又有所谓水陆者,取诸仙致食于流水,鬼致食于净地之义。亦因武帝(梁萧统)梦一神僧,告曰:‘六道四生受苦无量,何不作水陆普济群灵,诸功德中最为第一。’”

②平阳:地名,古尧帝之都,故治在今山西临汾境内。因其地处平水之阳,故称平阳。清时为平阳府。

③西河郡王:西河郡据《读史方舆纪要》,元朔四年以秦太原、云中郡地,析置西河郡,在山西西北部。

④铁绲:铁索、铁绳也。

⑤恒直:平常之价值。

⑥兰若:寺院。梵语“阿兰若”之省略。意思是空净闲静之处。《释氏要览上》:“兰若,梵云阿兰若,或言阿练若,唐言无诤。”杜甫《大觉高僧兰若》诗:“巫山不见庐山远,松林兰若秋风晚。”

⑦裴旻 :唐人,善剑舞。与李白之诗,张旭之草书,并称三绝。官龙华军使。

⑧真宰:谓造物主,并以指天。古人以天为万物的主宰,故称。白居易《和雨中花》诗:“真宰倒持生杀柄,闲物命长人短命。”

⑨玄元庙:玄元皇帝庙。唐高宗乾封元年追号老子为太上玄元皇帝,玄宗开元二十九年命两京及各州立玄元皇帝庙。在两京者称玄元宫,在诸州称紫极宫。《旧唐书·礼仪志四》:“开元二十九年正月己丑,诏两京及诸州各置玄元皇帝庙一所,并置崇玄学。”杜甫《冬日洛城北谒玄元皇帝庙》(原注,庙有吴道子画《五圣图》):“画手看前辈,吴生远擅场。森罗移地轴,妙绝动宫墙。五圣联龙衮,千官列雁行。”

⑩盘礴:两足前出箕坐,据持牢固的样子。白居易《有木诗》:“心蠹已空朽,根深尚盘礴。”

⑪五圣:天宝八年,明皇以符瑞相继,上高祖、太宗、高宗、中宗、睿宗谥号,又画像于老君庙壁。千官:言官之多也。《吕氏春秋·君守》:“大圣无事,而千官尽能。”王维《敕赐百官樱桃》诗:“芙蓉阙下会千官,紫禁朱楼出上兰。”白居易《早朝》诗:“双阙龙相对,千官雁一行。”

⑫“翠柏”句:用杜甫“翠柏深留景,红梨回得霜。”

⑬顾陆:谓顾恺之与陆探微。顾恺之(约345-409)字长康,小字虎头,晋陵无锡人,东晋画家,工诗书,精绘画,善人像、佛像、山水、禽兽,有山绝、画绝、痴绝之称。陆探微(?-485?),南朝宋吴人,画家,人物学顾恺之,造形秀骨清像,“顾陆”并称,号为密体。以别于张僧繇、吴道子之疏体。曹不兴、顾恺之、陆探微、张僧繇号称六朝四大家。

⑭天球:玉名。《尚书·顾命》:“大玉、夷玉、天球、河图在东序。”疏云:“天球,雍州所贡之玉,色如天者。”陆游《读书》诗:“天球及河图,千古所共秘。”

⑮绁马:拴系马也。屈原《离骚》:“朝吾将济于白水兮,登阆风而绁马。”

⑯丰城宝剑:《晋书·张华传》谓豫章丰城之地,埋有龙泉、太阿二名剑,故斗牛之间常有紫气。张华闻雷焕精通天文,荐焕为丰城令,“焕到县,掘狱屋基,入地四丈余,得一石函,光气非常,中有双剑,并刻题,一曰龙泉,一曰太阿,其夕,斗牛间不复见焉”。

⑰“朱隐”两句:意谓画上颜色虽已黯淡,但其绢素苍旧,更增古色古香。

⑱百灵:诸多神灵。《文选·班固〈东都赋〉》:“礼神祇,怀百灵。”陆机《太山吟》:“幽涂延万鬼,神房集百灵。”

⑲“搜谲”句:谓搜集觅择各种谲诡不经怪异之形态。

⑳“幢璎”句:谓仪仗冠戴饰以璎珞玉玦仪表堂堂,堪称天界中之人物。天人,佛家语,指天界中之生类。

㉑禅悦:佛家语。指进入禅定时所得精神上的愉悦。《维摩经·方便品》:“虽复饮食,而以禅悦为味。”

［评析］

此诗赞美为唐吴道子所绘水陆佛像图轴之精，反映了诗人的佛家思想。

长平坑歌[1]

虎狼之秦胡不仁，锐头小儿服振振[2]。
劫灰更促括也将[3]，一战赵垒成埃尘。
白骨岳积四十万，至今此地无青春。
丹河水绕发鸠麓[4]，指点当年赵兵衄。
土人往往坑旁耕，拾得残戈或断镞。
镞头长以寸，戈头长以尺。
持将磨向丹河沙，古血犹腥土花赤。
省冤谷接武安台[5]，南来遗迹仍崔嵬。
应共髑髅山下月[6]，夜深同对鬼磷哀。

［注释］

①长平：古城名。战国赵城邑。秦昭襄王四十七年，秦将白起大败赵军，坑埋赵投降兵卒四十余万于此。遗址在今山西高平西北王报村。坑卒之地旧称“杀谷”，唐玄宗过此更名为“省冤谷”。

②锐头小儿：犹云锐头儿，即尖头锐面之人，古来均以此种人为心术不正、诡计多端者。杜甫《遣兴》诗：“长陵锐头儿，出猎待明发。”

③括：赵括，战国赵人，赵奢之子，精通兵法。周赧王五十五年（前260），括率赵兵和秦将白起交战，括被射死，赵降卒四十余万被秦坑杀。

④丹河：又称丹水。发源于山西高水县的丹朱岭，流经晋城入河南省，在沁阳县注入沁河，称为大丹河，其东南又有支流称小丹河。

⑤武安台：谓武安君之楼台。秦将白起受封为武安君。又赵国名将李牧击秦军于宜安，大破秦军，受封武安君，食邑于武安，在今河南省武安市。

⑥髑髅山：谓以人头骨堆积成之山。

［评析］

此诗咏史，谴责了秦人之残忍暴戾，表达了对赵卒四十余万被坑杀之同情。

飞龙宫行[①]

临淄此地曾潜龙[②],倜傥颇有文皇风[③]。
夜半入宫星如雨,乾坤再辟成奇功[④]。
十有一祀帝业崇[⑤],耀武太原临河东[⑥]。
中经上党鸾雍雍[⑦],凝笳清跸临旧宫[⑧]。
眷言顾之拟沛丰[⑨],问疾赐酺欢无终[⑩]。
易以嘉号志所从,更闻金桥谣儿童,
羊头山翠当朝宗[⑪]。
勒兵三十万,旌旗千里重。
陈吴作绘燕公颂[⑫],潞州别驾堪豪雄。
乾符坤珍一十九[⑬],并与兹邸传无穷。
龙漦降庭蛇起陆[⑭],龙入蜀江作鱼服[⑮]。
雨黑延秋乌语哀[⑯],月明南内弦声促[⑰]。
阿荦凶狡阿环骄[⑱],何术豢龙同豢犊。
渔阳尘压沉香栏[⑲],匆乃遥为故宫戮。
噫吁嘻!飞龙宫,已寒烟,
三郎魂魄何来还[⑳]。

[注释]

①此诗题下原注:"唐元宗为潞州别驾,时龙潜,旧邸今府治。"王士禛评点:"俶傥奇伟。"元宗即玄宗,因避清圣祖玄烨之讳,改"玄"为"元"。唐玄宗:李隆基(685－762),李旦第三子,初封楚王,武后长寿二年改封临淄郡王。景龙四年留京,韦氏称制,玄宗起兵平乱,奉父睿宗即位,立为皇太子。延和元年,睿宗传位太子。玄宗在位四十五年,天宝十五年传位李亨。飞龙宫:据《旧唐书》记,开元十一年春正月"庚辰幸并州、潞州,宴父老,曲赦大辟罪已下,给复五年。别改其旧宅为飞龙宫"。

②潜龙:本指有大德而未为世用的圣贤,此处谓玄宗未接帝位之时。

③文皇:谓唐太宗李世民。罗隐《闻大驾巡幸》诗:"静思贵族谋身易,危觉文皇创业难。"《宋史·寇准传》:"朕得寇准,犹文皇之得魏征也。"

④“夜半”二句：据《新唐书》，唐景云元年六月庚子夜，李隆基率兵将万骑入宫平韦氏之乱，兴李唐王朝，建立功业。两句即指此。

⑤十有一祀：谓自其祖先西凉武昭王暠至唐睿宗，已历十一代。包括暠、歆、重耳、熙、天锡、虎、昞、渊、世民、治、旦十一人。

⑥“耀武”句：记唐高祖李渊隋大业十一年拜山西河东慰抚大使，大业十三年拜太原留守，屡建战功事。

⑦上党：本战国韩地，秦置上党郡，在今山西东南部，其地甚高，古有与天为党之说。其治，西汉在长子，东汉在壶关，晋在潞。北周置潞州郡，隋置上党县为郡治，即今长治县。鸾：通銮，指銮旗、銮舆，皆帝王出巡时的旗帜车驾。雍雍：和谐也。《礼记·少仪》：“鸾和之美，肃肃雍雍。”

⑧“凝笳”句：写玄宗驾临飞龙宫旧邸之壮观。凝笳，谓笳笛之声。古时军队行进，昼以旌旗旛麾为节，夜以金鼓笳笛为节。清跸，帝王出巡之道，禁止路人行走，称跸。故清跸乃指跸道清静。

⑨“眷言”句：回顾旧事，可与汉高祖事相比拟。沛丰，地名，在今江苏沛县，以代刘邦。《史记·高祖本纪》：“高祖，沛丰邑中阳里人。”

⑩赐酺：朝廷特许人民聚饮，谓之赐酺。唐开元十一年十一月戊寅，玄宗赐“天下酺三日，京城五日”。

⑪羊头山：山名，在上党壶关县。朝宗：谓诸侯朝见天子也。《周礼·春官·大宗伯》：诸侯朝于天子，“春见曰朝，夏见曰宗”。

⑫陈吴：楚之陈胜与吴广，秦末农民大起义之首倡者。燕公：为楚之名将项燕。《汉书·陈胜项籍传》谓陈吴起义“诈称公子扶苏、项燕，从民望也”。

⑬乾符坤珍：谓符瑞也。《后汉书·班固传》：“于是圣皇乃握乾符，阐坤珍。”原注：“乾符、坤珍，谓天地符瑞也。”《旧唐书·玄宗本纪》：“神龙元年，迁卫尉少卿。景龙二年四月，兼潞州别驾。十二月，加银青光禄大夫。州境有黄龙白日升天。尝出畋，有紫云在其上，后从者望而得之。前后符瑞凡一十九事。”

⑭“龙漦”句：指韦后临朝称制。龙漦，神龙的涎液，后世用以比喻祸国的女子。语本《国语·郑语》。骆宾王《代徐敬业讨武氏檄》：“龙漦帝后，识夏庭之遽衰。”

⑮鱼服：古人谓贫贱者之服。《文选·张衡〈东京赋〉》：“白龙鱼服，见困豫且。”谓白龙化为鱼，被豫且射中其目。

⑯延秋：唐宫门名。《雍录》：“唐禁苑，西北包汉长安故城未央宫，唐后改为通光殿，西出即延秋门。”

⑰南内:宫殿名。在今陕西长安东南,即唐之兴庆宫。《雍录》:"兴庆宫,在都城东南角,人主亦于此出政,故又号南内。"

⑱阿荦:即阿荦山,唐安禄山之名。安禄山:本名轧荦山,唐营州柳城胡人,随母改嫁,更姓安,名禄山。玄宗时屡迁,官平卢、范阳、河东三节度使,厚结杨贵妃,宠信有加。天宝十四年反,陷洛阳,入长安,称雄武皇帝,国号燕,建元圣武,公元757年为其子庆绪所杀。阿环:杨太真(719-756)小字玉环,唐蒲州永乐人,杨玄琰女,通音律,善歌舞,初为寿王妃,玄宗召入宫,始为女冠,号太真,后封贵妃。安史之乱时缢死于马嵬坡。

⑲渔阳:取白居易《长恨歌》"渔阳鼙鼓动地来"句意,指唐安史之乱。沉香栏:取李白《清平调》"沉香亭北倚栏干"句意,谓李隆基与杨太真之宴于沉香亭,迷恋于声色之中。

⑳三郎:指李隆基,以其排行第三。

[评析]

此诗《王考功年谱》谓作于清顺治十八年四月。从唐明皇之旧邸改建为飞龙宫引发出感悟,写出了玄宗一生由盛到衰的历史教训以警世。

春晓亭歌为杨菊庐同年赋①

中坐闻君言,指画见浠水②。
浠水却抱蕲城流③,玉台正俯浠干起④。
浠水沄沄清且长,玉台窈窕云岚光。
主人作亭玉台顶,坐令风物收蕲黄⑤。
风流更爱亭颜好,绿杨旧迹传坡老⑥。
为忆山椒抱膝时⑦,霁心恬目矜幽讨⑧。
比来三载客京华⑨,回首空山步屟赊⑩。
高斋昨夜梦山翠,晓起哦诗乌帽斜。
诗成传遍长安里,宛被山萝揽江芷⑪。
好事争为春晓吟,野人幽思纷难已。
玉芝石灶旧林扃⑫,咄咄乾坤一草亭。
何时共汝拂衣去,听彻春鹃吟翠屏。

［注释］

①据《明清进士题名碑录》，顺治十二年乙未科第三甲与王士禄同榜进士杨继经，清湖广蕲州人，疑即菊庐，录此备考。

②浠水：水名，源出湖北英山县霍山西麓，流罗田县、浠水县入长江。浠水县亦称蕲水县。

③蕲城：即蕲水县县城。《清史稿·地理志》："湖北黄州府领州一县七：黄冈、黄安、蕲水、罗田、麻城、广济、黄梅、蕲州。"

④玉台：传说中天帝之居所。《楚辞·王逸〈九思·伤时〉》："登太一兮玉台，使素女兮鼓簧。"诗中借指华丽之台。

⑤蕲黄：指湖北蕲春、黄冈一带。

⑥坡老：苏轼（1036－1101）字子瞻，别号东坡居士，宋眉州眉山人。曾贬官黄州团练副使，现湖北黄冈赤鼻矶仍留有东坡遗迹。其名作散文《赤壁赋》及词《念奴娇·赤壁怀古》均据此而作。

⑦抱膝：抱住膝盖，比喻心有所思。抱膝长啸，常以指隐士生活。《文选·刘琨〈扶风歌〉》："慷慨穷林中，抱膝独摧藏。"

⑧幽讨：犹云寻幽探胜。杜甫《赠李白》诗："李侯金闺彦，脱身事幽讨。"

⑨京华：谓京城，即今之北京市。

⑩步屧：悠然闲步之意。屧，底部中空的木板拖鞋。杜甫《遭田父泥饮美严中丞》诗："步屧随春风，村村自花柳。"赊：举步缓慢。

⑪"宛被"句：谓宛如身披山萝，采摘江芷，置身于山林湖海。

⑫玉芝：又名白芝，即芝草。以其色白，故称玉芝。

［评析］

此诗乃诗人客寓京华，为杨菊庐同年所藏之蕲黄山水图景而题，抒发了邀约同年拂衣而去，啸傲山林之志。写来如临真境，其清幽奇趣，引人入胜，不禁令人神往。

用坡公《过新息示乡人任师中》韵[1]

隐囊纱帽西樵子[2]，抱膝长年心似水。
高节颇希邴曼容[3]，长句稍师杜子美[4]。
采隐坐卧爱苍翠，偶仕支离厌金紫[5]。
望尘仆仆到眼倦，哺糟悠悠为颜泚[6]。

迟挂衣冠错莫铸⑦,却杂髡钳事尤鄙⑧。
甘荼如荠能自若⑨,对酒当歌亦聊尔。
卜居终归愚谷村,吊古还寻深井里。
寂寞无妨祇曲肱⑩,落拓何能便摇尾。

［注释］

①坡公:宋苏轼。《过新息示乡人任师中》原题作《过新息留示乡人任师中》,诗云:"昔年尝羡任夫子,卜居新息临淮水。怪君便尔忘故乡,稻熟鱼肥信清美。竹陂雁起天为黑,桐柏烟横山半紫。知君坐受儿女困,悔不先归弄清泚。尘埃我亦失收身,此行蹭蹬尤可鄙。寄食方将依白足,附书未免烦黄耳。往虽未及来有年,诏恩倘许归田里。却下关山入蔡州,为买乌犍三百尾。"

②隐囊:靠背软垫子。

③邴曼容:汉哀帝时人,名丹。居常养志修身,为官俸禄不肯超过六百石,过则自免去,故深著时望。

④杜子美:唐杜甫字子美。

⑤支离:《庄子》寓言中的人物,其人常辞不受功。金紫:汉丞相所用金印紫绶的简称,喻高官厚爵。

⑥颜泚:颜面出汗也。

⑦挂衣冠:犹云挂冠,辞去官职也。

⑧髡钳:古刑也。去发曰髡,以铁束颈曰钳。始于秦,汉文帝废肉刑,以髡钳代黥。南北朝皆有,唐以后渐废。

⑨甘荼如荠:以苦为甘也。用《诗经·邶风·谷风》:"谁谓荼苦,其甘如荠。"荼,苦菜也。

⑩曲肱:弯曲手臂以为枕。《论语·述而》:"饭蔬食饮水,曲肱而枕之,乐亦在其中矣。"

［评析］

此诗乃和东坡诗篇而作,表达了诗人不慕荣利,厌倦仕途,向往山林,优游自在的闲适心情。

徐顷真人歌

武夷之山幽且纡①,中有仙人氏以徐。
覆茅编槿穷岩居,不言不食长于于②。

不读黄庭内景书[3]，或则偵之偃空庐[4]。
貌如精思形如胥[5]，隐几丧我历居诸[6]。
一朝出户神蘧蘧[7]，蹴云履水如康衢[8]。
挥手蜿蜒合太虚[9]，幔亭玉女留仙居[10]。
嗟我老大犹次且[11]，豕虱择鬣日濡需[12]。
域进域退伤哉愚[13]，安能仰把青霞裾。
拊髀雀跃鸿蒙俱[14]，倒景一啸心颜舒。

［注释］

①武夷：山名。在福建崇安县南，北接仙霞岭，南接九连山，为国内著名风景区。山上多神话传说，相传为神人武夷君所居之处。其山绵亘百二十里，有三十六峰，三十七岩，一溪缭绕其间，分为九曲。

②于于：休闲自得的意思。《庄子·盗跖》："神农之世，卧则居居，起则于于。"

③黄庭内景：道经名。即《黄庭内景经》。黄庭，指脑中、心中、脾中，因道家观察五脏，特重中央，所以用"黄庭"取名。尚有《黄庭外景经》、《黄庭遁甲缘身经》、《上清黄庭养神经》等多种，全是道家谈论修身养性之经书。

④偃空庐：意谓仰面卧于空庐之中。

⑤"貌如"句：谓其形貌，有如思维敏捷、才智充沛之士。

⑥居诸：本为语助词，后人本《诗经·邶风·柏舟》"日居月诸，胡迭而微"而假称光阴为居诸。

⑦蘧蘧：受惊动的样子。语出《庄子·齐物论》："俄然觉，则蘧蘧然周也。"

⑧"蹴云"句：谓腾云驾雾，水上行走，犹行于康庄大道。

⑨太虚：玄虚寂寥之境。《庄子·知北游》："是以不过乎昆仑，不游乎太虚。"

⑩幔亭：张挂帐幕围成的亭子。旧传武夷君于八月十五日大会村人于武夷山上，置幔亭，化虹桥通山下。

⑪次且：犹云趑趄，欲行不前的样子。韩愈《送李愿归盘谷序》："足将进而趑趄，口将言而嗫嚅。"

⑫濡需：谓偷安须臾之顷，或曰矜夸之貌。濡，安也。语出《庄子·徐无鬼》："有濡需者。"

⑬域进域退：谓进退域域也。域域，浅狭之貌也。《鹖冠子·世兵》："众人

域域,迫于嗜欲。”

⑭鸿蒙:天地未开辟时浑沌的元气。《庄子·在宥》:“云将东游,过扶摇之枝,而适遭鸿蒙。”

[评析]

此诗歌颂道者徐顼真人,于武夷山上,遁世修炼养真,反映了诗人啸傲山林、飘然出世的思想。

义骡行(有序)[①]

义骡者,张子鹤洲之骡也。抵逋于人[②],堕其新主而逸归张子之厩,殆于新故之间有耿耿者焉。王子义之,作是诗也。

酒酣何所歌,听我歌义骡。
讵被金络饰,讵秣玉山禾[③]。
谅缘得御主人久,一心宁复知其他。
一朝辞主入华厩,所阙殊非刍与豆。
猴家供奉恋旧恩,此意谁云间禽兽[④]。
新主闲且都,冠貂衣丰狐。
虽然冠貂衣丰狐,故主恩义终难辜。
酸嘶决衔勒,弃之如飞凫[⑤]。
却归故厩守饥饿,呜呼此骡天下无。

[注释]

①此诗之后有王士禛评注:“更有义长班一首未录,存此以愧世之为褚渊、沈约者耳!”

②抵逋:抵押拖欠之租税。逋,拖欠,欠税。《汉书·昭帝纪》:“三年以前,逋更赋未入者,皆勿收。”

③“讵被”二句:谓义骡在新主人处曾装饰华美,食以上好粮秣。

④“猴家”二句:谓义骡之通灵有如猴之恋念旧主之恩,供奉虽好亦不能夺其志,此禽兽亦无异于人。

⑤飞凫:飞行之水鸟,以喻义骡逃归故主之迅疾。

[评析]

此诗赞骡子义不忘故主,以讽刺当世之人恋新弃旧,嫌贫爱富也。

雪中放歌

鸡鸣喔喔夜朦胧[1],披衣忽失明星朗。
客行结束为急装,冲车雪花大于掌。
琼田汗漫惑来蹊[2],玉树琳琅得奇赏。
仰视青天迷翠釜[3],回看大野横银榜[4]。
祇讶桃花不共飞,却疑羌笛无余响。
风流何必谢庄衣[5],萧疏自映王恭氅[6]。
野客骑驴压帽斜,健儿射虎寻踪往。
谢胡撒盐既凡鄙[7],韩愈散杯亦卤莽[8]。
冥搜白战君且休[9],试歌《黄竹》谁能两[10]。

[注释]

①朦胧:月色不明。《集韵》:"朦胧,月不明也。"

②琼田:大雪所履盖之田地。夏竦《雪后赠雪苑师》诗:"玉界琼田万顷平,一年光景一番平。"汗漫:广泛而无边际。《淮南子·道应训》:"吾与汗漫期于九垓之外,吾不可以久驻。"

③翠釜:翠色之釜。王绩《游北山赋》:"拭丹炉而调石髓,裛翠釜而出金精。"

④银榜:银制之榜也。《神异经》:"东方有宫,青石为墙,高三仞,左右阙高百尺,画以五色,门有银榜,青石碧镂,题曰'天地长男之宫'。"又《太平广记》亦记有银榜。诗借喻雪后景象。

⑤谢庄(421-466):字希逸,南朝宋阳夏人。七岁能属文,文帝异之,叹曰:"蓝田生玉,岂虚也哉!"后为随王诞后军谘议,领记室。元嘉二十九年(452)除太子中庶子。南平王铄献赤鹦鹉,遍召群臣为赋,袁淑文冠当时,作赋毕,示庄。及见庄赋,乃叹曰:"江东无我,卿当独秀,我若无卿,亦一时之杰。"遂隐其赋。历任吏部尚书、吴郡太守、金紫光禄大夫,卒谥宪。著有文集二十卷。

⑥王恭(? -398):字孝伯,晋太原晋阳人,少有美誉,清操过人。初任著作郎,累迁吏部郎,历建威将军。孝武时为前将军、兖青二州刺史。会稽王道子执政,恭每正色直言,为道子所忌。以讨王愉兵败被杀,临刑口诵佛经,无惧色,后追谥忠简。著有文集五卷。尝披鹤氅涉雪而行,人叹为神仙。

⑦谢胡：晋谢安之侄。撒盐：喻下雪也。《世说新语·言语》："谢太傅寒雪日内集，与儿女讲论文义。俄而雪骤，公欣然曰：'白雪纷纷何所似？'兄子胡儿曰：'撒盐空中差可拟。'兄女曰：'未若柳絮因风起。'公大笑乐。"凡鄙：凡庸鄙陋。《晋书·庾亮传》："亮上疏曰：'臣凡鄙小人，才不经世。"

⑧"韩愈"句：参阅《青琐高议·韩湘子记》，事谓愈拜刑部侍郎，朋僚宴贺，湘赴宴，劝愈弃官学道，呈愈诗有："解造逡巡酒，能开顷刻花。"湘以径寸葫芦酌酒遍饮座客，又以火缶载莲，顷刻开花，上有一联："云横秦岭家何在，雪拥蓝关马不前。"后愈经蓝关，大雪封道，始悟。

⑨白战：喻徒手相搏。宋欧阳修在颍州为守时，与客会饮赋雪诗，禁用"梨"、"梅"、"鹅"、"鹤"、"练"、"絮"等字。后苏轼继公为守，会雨雪，亦邀客赋诗，禁用体物语，称为白战。见苏轼《〈聚星堂雪〉诗引》。诗家以体物为工，废而不用，视同禁例，避熟就生，因难见巧，故称为禁体诗。

⑩《黄竹》：逸诗篇名。凡三章。《穆天子传》五："丙辰，天子游黄台之丘，猎于苹泽，有阴雨，天子乃休。日中大寒，北风雨雪，有冻人。天子作诗三章以哀民。词曰'我徂黄竹'。"《文选·谢惠连〈雪赋〉》："岐昌发咏于来思，姬满申歌于《黄竹》。"

［评析］

此诗咏雪，从写雪景入手，联系到古来与雪有关联的事物，歌颂高节清操，反映出诗人有脱尘拔俗、飘然出世之思。

奉和龚总宪恭送
大行皇帝梓宫移景山四首[①]

（一）

扆殿当晨启[②]，容车待午迁。
威仪凄警跸[③]，雨雪黯山川。
祇疑灵衣举[④]，仍悲武帐悬[⑤]。
可堪徂落日，未是梦龄年[⑥]。

（二）

垣凿辒辌入[⑦]，冈环御道通。

龙髯当苑渺，雉尾映林红。
不复看回驭，犹然想射熊[8]。
伤心陈七校[9]，寂寂属车空。

（三）

开代钟殊哲，冲龄抚瑞图[10]。
忧劳频罢贺，水旱每捐租。
宵旰风难继[11]，登咸理匪诬[12]。
苍梧兹地是[13]，云影望中孤。

（四）

陟降神灵近[14]，攀号率土情[15]。
长嘶立仗马，洒涕羽林兵。
帝道遗清晏[16]，王犹想震惊[17]。
明朝看访落[18]，继述在周成[19]。

［注释］

①龚总宪：龚鼎孳（1615－1673）字孝升，号芝麓，清安徽合肥人。明崇祯七年进士，授兵科给事中。李闯进京，受直指使职。入清初授吏科给事中，累官至礼部尚书，卒谥端毅。龚与钱谦益、吴伟业齐名，称江左三大家。著有《定山堂集》。总宪，清时对总督等的尊称。龚历任清刑、兵、礼及都察院等部院大臣。大行皇帝：称刚去世的皇帝为大行皇帝。《风俗通》："天子新崩，未有谥，故且称大行皇帝。"梓宫：天子的棺木。以梓木制成，故称。后亦以指陵墓。龚鼎孳原诗为《二月二日晓雪恭送世祖皇帝梓宫移景山泣纪四章》其一："丹极辰辉闷，玄宫甲帐迁。旌旗犹禁苑，缟素忽山川。礼乐千官望，威神八表悬。何繇慰尧母，贻燕万斯年。"其二（端敬皇后先移景山）："飞旐瑶池合，崇冈御气通。松云春日暗，椒寝泪犹红。共铸荆山鼎，谁当辇路熊。诸天纷羽节，早识万缘空。"其三："三灵歆翠幄，一统廓黄图。洒泣疏汤网，方春赐汉租。崇高心自下，巍焕史难诬。载笔儒臣事，应知创业孤。"其四："顾命群公在，艰难仍几情。英猷原率祖，远计为休兵。括羽三推罢，飞龙万马惊。当时叨法从，亲见武功成。"清世祖名福临（1638－1661）。

②扆殿：谓梓宫之屏障。

③警跸：天子出入时，在所经过的道路上清道警戒，称为警跸。

第二卷

④灵衣:神灵或死者穿着的衣裳。

⑤武帐:放置兵器的营帐,为帝王所用。《史记·汲郑列传》:"上尝坐武帐中。"释谓武帐,置有五兵之帐。

⑥梦龄:梦见加年龄。祝人长寿之词。《礼记·文王世子》:"梦帝与我九龄。"

⑦辒辌:丧车也。本为帝王或权臣之卧车,秦始皇在外崩,李斯秘之,置始皇辒辌车中,百官奏事如故。后专指丧车。

⑧射熊:射熊馆,汉之别馆名,在长杨宫中。诗中代指清宫。

⑨七校:汉代置中垒、屯骑、步兵、越骑、长水、射声、虎贲七校尉,简称七校。《汉书·刑法志》:"至武帝,平百粤,内增七校。"

⑩冲龄:犹云冲年,幼年也,多指天子而言。瑞图:祥瑞之图。杜甫《凤凰台》诗:"自天衔瑞图,飞下十二楼。图以奉至尊,凤以垂鸿猷。"此句谓清世祖幼年秉政。

⑪宵旰:宵衣旰食之省略,谓天未明即披衣起床,至傍晚始得进食,以喻勤于政事,无暇顾及寝食。杜甫《秋日夔府咏怀奉寄郑监李宾客诗》:"宵旰忧虞轸,黎元疾苦骈。"

⑫登咸:咸五登三之节缩语。谓德业同于五帝而超出三皇以上。《史记·司马相如列传》:"上咸五,下登三。"集解引韦昭曰:"咸同于五帝,登三王之上。"

⑬苍梧:山名。又称九疑,在湖南宁远东南,相传舜南巡,死于苍梧之野,见《礼记·檀弓上》。诗中以与清世祖陵墓相比。

⑭陟降:升降也。古人以为祖先、神灵往来于天人之间,故称上天和祖先的默佑为陟降。《诗经·大雅·文王》:"文王陟降,在帝左右。"

⑮率土:指境域以内,即全境。《诗经·小雅·北山》:"率土之滨,莫非王臣。"

⑯清晏:清平安宁。亦作"清宴"。《三国志·魏书·钟会传》:"拓平西夏,方隅清晏。"

⑰王犹:王者之治道也,与"王猷"同。犹,释谓谋,或谓道。《诗经·大雅·常武》:"王犹允塞,许方既来。"

⑱访落:《诗经·周颂》之篇名。序谓:"访落,嗣王谋于庙也。"按此诗当为成王初即政告庙、延访群臣之辞。

⑲周成:谓周公之辅成王也。周武王崩后,成王即位年幼,周公辅政,教以礼乐,勤政爱民,天下大治。清圣祖名玄晔(1654－1722),八岁即位,改元康熙。

末句王士禛评注："恰是结语。"

[评析]

此诗歌颂清世祖之业绩，并哀悼其不幸中道崩殂，以示其对清皇朝的效忠。

涿州城南送别荣洞门使闽，余之山右洞门道经维扬，言念舍弟遂有末章凡四首[1]

（一）

欲作经年别，先愁此路分。
倭迟同奉使[2]，太息各离群。
王屋通关驿[3]，仙霞入海云[4]。
名山吾有愿，为报武夷君[5]。

（二）

廿载无诸国[6]，犹深战伐忧。
烽传乌石夜[7]，汛警厦门秋[8]。
藩府新移镇[9]，降人几拜侯。
书生矜燕颔[10]，傥一借前筹。

（三）

五月荔支熟，红鲜映玉盘。
吴盐防饱啖[11]，齐客喜初餐。
橘实兼秋摘，榕阴更午寒。
陆郎夸使粤[12]，试较此中看[13]。

（四）

小弟江干去[14]，经年困折腰[15]。
袛应禁况瘁，谁与话逍遥。
几日开官阁，临风待使轺[16]。
相逢问游子，为指太行椒[17]。

[注释]

①涿州:地名,即今河北涿县,清时属直隶省顺天府。《清史稿·地理志一》:"直隶顺天府州五,涿州。"山右:山西省的旧称,因位于太行山之右而得名。维扬:谓江苏之扬州也。又作惟扬。刘希夷《江南曲》:"天际望维扬。"顺治十六年,王士禛谒选得扬州府推官。

②倭迟:历远之貌。《诗经·小雅·四牡》:"四牡,周道倭迟。"亦作"威迟"、"倭迤"、"倭蛇"。

③王屋:山名。一名天坛山,在山西阳城西南,为太行山支脉。其山三重,状如屋,故名。

④仙霞:岭名。仙霞岭为南岭山脉北段,在浙江、福建、江西交界处。主峰在江山县南,海拔1413米。浙江江山与福建浦城一带,风景最为优美。

⑤武夷君:神仙名。相传仙霞山脉武夷山即以武夷君命名。《列仙传》:"钱铿炼丹之所,铿二子,长曰武,次曰夷,因以名山。"朱熹序:"武夷之名,著于汉世。祀以乾鱼,不知果何神也。"此句有王士禛评注:"结佳。"

⑥诸国:谓旧时封建割据中各诸侯之国。详见《文献通考·封建考·春秋列国传授本末事迹》。

⑦乌石:山名,江西永新、德安,福建闽侯、莆田,广东普宁,均有此山名。其中闽侯乌石山与九仙山相对峙,上有张乐台、般若台、邻宵台诸胜。诗中当指福建乌石。

⑧厦门:在福建漳江口外厦门湾中,明末郑氏据此抗清,清收其地,设厦厅,属泉州府,今称厦门市。

⑨藩府:谓总督府。据《清史稿·疆臣年表》:"顺治十五年戊戌五月裁直隶总督,七月裁宣大总督,己未分设福建、浙江总督。"诗中藩府当指福建总督府。

⑩燕颔:指后汉班超,或谓班超式之人物。《后汉书·班超传》:"超问其状,相者指曰:'生燕颔虎颈,飞而食肉,此万里侯相也。'"燕颔虎颈,谓其颔如燕之颔,其颈如虎之颈。

⑪吴盐:即淮盐,为吾国制盐之最著名者。李白《梁园吟》:"玉盘杨梅为君设,吴盐如花皎白雪。"

⑫陆郎:指汉楚人陆贾,生于始皇时,有辩才,以客从高祖定天下,曾先后两次出使南越(又称南粤,今两广一带),招谕南越尉赵佗,定汉南疆,官拜太中大夫。

⑬"试较"句:此句为诗之第三章末,王士禛评注:"章法深于子美。"

⑭小弟：指季弟渔洋山人王士禛。

⑮折腰：用晋陶潜“不为五斗米折腰”意，言王士禛困于维扬推官事。

⑯“几日”两句：写诗人盼望季弟早日来京中央官署供职。阁，馆阁也。轺，轺传也。

⑰太行椒：太行山之顶。椒，山顶。《文选·谢庄〈月赋〉》：“菊散芳于山椒，雁流哀于江濑。”

[评析]

此诗前三章为赠别荣洞门使闽所作，表达了诗人惜别之情，寄予了深切的期望；末章从洞门道经维扬，想到宦游扬州的季弟贻上，表达了诗人兄弟手足情深。

夕憩柏井驿①

群峰留小隙，于此置孤邮。

过雨山楼暝，残阳涧树幽。

地连皋落近②，岚指故关稠③。

百里烟峦色，朝来慰薄游④。

[注释]

①柏井驿：驿名，在山西昔阳东北七十里与平定接界处，东去故关四十里，明置柏井驿于此，今称柏井镇。驿，古时沿官道设置驿站，专供传递文书者或来往官吏中途住宿、补给、换马的处所。

②皋落：地名，在山西垣县西，今为皋落堡。《左传·闵公二年》：“晋侯使太子申生伐东山皋落氏。”

③王士禛评注：“第六句入画。”

④薄游：以薄禄而仕宦也。《文选·谢灵运〈初去郡诗〉》：“毕娶类尚子，薄游似邴生。”

[评析]

此诗为夜宿柏井驿而作，赞赏山野孤邮，景色清幽，虽在宦游之中，亦可告慰。表现出诗人向往林泉、飘然出世的思想。

晓发平定[1]

睥睨碧霄边[2],征轺发晓天[3]。
郛依连阜势[4],门瞰下城烟。
穴土还成屋[5],耕山尽作田。
唐风勤且俭[6],遗俗到今然。

[注释]

①平定:县名,在今山西阳泉市南,昔阳县北。

②睥睨:斜视的样子,有轻视之意。首句意谓置身碧霄,傲视下方。

③征轺:驿站上用来传达公事或应官方征召的车子。

④"郛依"句:谓平定城郭与冈阜相依连。平定在太行山西侧,附近有娘子关,为太行山重要关口,山势连绵起伏。郛,城郭也。

⑤"穴土"句:谓挖土室而居,以洞穴为屋也。

⑥唐风:谓古帝尧陶唐氏之遗风也。鲍照《从过旧宫》诗:"卢令美何歇,唐风久不渝。"

[评析]

此诗写诗人朝发平定,于驿路上所见之景物,赞其民风古朴,颇有向往山林之思。

登太原城楼用钱起《复州南楼》韵[1]

晚纵登楼目,遥天带霁霞。
平临故宫黍[2],侧见小山花。
王气英雄尽[3],岩城保障赊。
云烟真过眼,何处揽空华[4]。

[注释]

①钱起(710? -780?)字仲文,唐吴兴人,天宝进士,曾任蓝田尉,官终考功郎中。大历十才子之一,诗与郎士元齐名,时云"前有沈、宋,后有钱、郎"。著有诗集十卷,名为《钱考功集》。名句为《湘灵鼓瑟》中之"曲终人不见,江上数峰青"。钱起《登复州南楼》:"孤树延春日,他山卷曙霞。客心湖上雁,归思日边花。行李迷方久,归期涉岁赊。故人云路隔,何处寄瑶华。"此诗王士禛评为"高老"。

②故宫黍：谓太原城西南晋祠一带，自周以来屡建宫殿，年久失修，不少沦为农田，因有“故宫黍”之说。

③“王气”句：唐高祖李渊，隋大业十三年为太原留守，五月起兵，武德元年五月甲子即皇帝位于太极殿。故此句意谓昔年帝王之气及辅佐唐王之英雄人物今已尽消。

④空华：佛家语，空中之华，又作“空花”。病眼者空中有花，其实无花，只是病眼所见。用以比喻妄心所计之诸相，并无实体。《心灯录》：“一翳在眼，空华乱坠。”

[评析]

此诗写诗人登太原城楼，回顾昔年唐王旧事，联系钱起登楼诗，感叹时光易逝，如过眼烟云，不禁有寂寞空虚之感。

镔铁院①

块尔留奇迹②，幽亭覆古苔。
气应千象纬③，地已绝尘埃。
知有藏锋用，无劳大冶开④。
风胡今已远⑤，珍重宝刀材。

[注释]

①此诗王士禛评点：“寄意深警，调复沉雄。”镔铁：精炼之铁。《正字通》：“赞宁言，镔铁出南宾县。一说出波斯国。”

②首句：谓世界唯独此院留此奇迹。

③象纬：象数谶纬，指日月五星。《拾遗记·殷汤》：“至师延，精述阴阳，晓明象纬，莫测其为人。”马祖常《壮游》诗：“井陉阨坤维，太行逼象纬。”

④大冶：谓冶炼铸造钢铁之工也。《史记·平准书》：“桑弘羊以计算用事，侍中。咸阳齐之大煮盐，孔仅南阳大冶，皆致生累千金。”

⑤风胡：即风胡子，春秋楚人，事昭王，善识剑。《吴越春秋》：“楚昭王卧而寤，得吴王湛卢之剑于床，昭王不知其故，乃召风胡子而问曰：‘寡人卧，觉而得宝剑，不知其名，是何剑也？’风胡子曰：‘此谓湛卢之剑。’”《新论·命相》：“善观察者，犹风胡之别刃，孙阳之相马。”

[评析]

此诗以镔铁难得，风胡识剑为喻，告诫在上者要善于识别真才实学，尊重人才。

和湛求挺岳《登双塔寺》韵[1]

数折青霄近，平看指白云[2]。
龙蟠千岭护，蚁动万家耘[3]。
北雪文殊境[4]，西风汉武汾[5]。
披襟仍纵目，意惬欲何云。

［注释］

①此诗题下注："在太原城东南。"双塔寺，原名永祚寺，因寺内双塔高耸，俗呼今名。明万历年间高僧福登奉敕建造。现存寺内主要建筑，全为砖构。大殿及东西配殿都是无量殿形制，用青砖雕以仿木结构建筑，雕工流练，富丽精巧，寺侧双高塔，名文宣，平面八角形，十三级，高54.7米，塔内有阶梯可登顶层，远眺太原，历历在目。出入太原先见双塔，故成太原标志。

②起首两句：写双塔之高耸入云，上凌霄汉。

③"龙蟠"两句：写从塔顶层鸟瞰下方，峰峦如龙，耕者如蚁。

④文殊：寺院名。在山西五台县东北中台灵鹫峰顶。因寺内供文殊像，又名殊像寺。始建于唐，元延祐，明成化、弘治、万历年间续有修建，寺内文殊阁佛坛宽大，文殊骑狮，高可九米。五台山有华北屋脊之称，四月解冻，九月积雪。

⑤汉武汾：汉武帝曾泛舟汾河。《文选·汉武帝〈秋风辞〉》："泛楼船兮济汾河，横中流兮扬素波。"

［评析］

此诗为登高远眺和友人之诗，纵目四顾，鸟瞰平野，抚今追昔，顿觉胸襟开阔，写出了他惬意的心情。

细　雨[1]

细雨催乡思，颓颜就晚醺[2]。
炊烟低近屋，杂树湿黏云。
远岫苍全失，虚堂静有闻[3]。
秋砧更无赖[4]，几处起纷纷。

[注释]

①此诗题下注有“文水作”。

②起首两句:谓客居细雨迷蒙,引起思乡之绪,以酒解思,不觉醉倒。

③虚堂:宽大而陈设很少的厅堂。朱熹《北山纪行》诗:“乔木无遗株,虚堂惟四壁。”

④无赖:无聊烦人。

[评析]

此诗写诗人客居,秋夜细雨,景色迷蒙,借酒浇愁,又听几处传来捣衣之声,百无聊赖,更增思乡之忧。

藕粉二首

(一)

仙粉珍云母①,何如此物奇。
色深连珀碗②,滑剧溜犀匙③。
功是神农晓④,方堪野客知。
故园陂泽接⑤,应足慰吾私。

(二)

要遣调和得,真疑肺腑更。
清凉同蔗液,风味压莼羹⑥。
或且夸延寿,吾能信解酲⑦。
何须五石散⑧,方觉益神明。

[注释]

①云母:谓云母月精也,皆芝草名。《山堂肆考》:“昔羊愔梦入洞府,有一物飞去,神人曰:‘此青云芝也。又有七明芝、九光芝、云母芝、月精芝、龙仙芝、万年芝、金兰芝。’”

②珀碗:琥珀所制之碗。

③犀匙:犀角所制之汤匙。

④神农:又称炎帝、烈山氏,相传教民造耒耜,从事农耕,又尝百草为医药治病,为农药之始祖。学者认为是远古公有制氏族社会的代表。

⑤陂泽:贮水池也。桓宽《盐铁论·贫富》:“夫寻常之污,不能溉陂泽;丘

皋之木，不能成宫室。”

⑥莼羹：莼菜烹制之汤羹也。莼菜，多年生水草，生江南湖沼浅水中，其茎如丝。晋张翰见秋风起，思吴中莼羹鲈脍，辞官归。后喻思乡。

⑦解酲：酲酒解醉也。

⑧五石散：药名。以紫石英、白石英、赤石脂、钟乳石、硫黄炼制而成。《史记·扁鹊仓公列传》记其名，魏晋间人好服用，服后全身发热，奔走散发，自谓强身益寿。

［评析］

此诗写食用藕粉之妙，反映了诗人生活朴素节俭，不慕奢华。颇有魏晋风度、飘然出世之思。

天宫寺[①]

由来耽古意，乘暇访天宫。
斜日旅葵叶[②]，荒阶苦竹丛[③]。
问僧迷旧迹，拈偈识宗风[④]。
惆怅销沉事，隋唐泡幻中[⑤]。

［注释］

①天宫寺：寺名，今地名，在河北定兴县东南。

②旅葵：野生植物名。阮瑀《失题》诗：“自知百年后，堂上生旅葵。”

③苦竹：植物名，有粗细两种，笋肉味苦，竹竿大者作钓竿，小者作笔杆。白居易《琵琶行》：“住近湓江地低湿，黄芦苦竹绕宅生。”

④此句下原注：“西廊有金大定间王山示禅女妙志禅疑歌，颇可观。”

⑤泡幻：谓空幻也。王禹偁《月波楼咏怀》诗：“身世喻泡幻，衣冠如赘瘤。”

［评析］

此诗写诗人寻访天宫古寺，只见斜阳野草，已是满目萧条冷落，世事沉浮，如梦幻泡影，表现出悲凉消沉的心情。

汾上杂诗四首[①]

（一）

登楼远岫出，云是白彪山。

自识峰峦秀,仍闻洞壑环。
倭迟牵物役[2],惆怅指仙关。
安得同幽侣,林中放白鹇[3]。

（二）

幽岩闻抱腹[4],古佛见空王[5]。
供给青衣出[6],经行白鹿将[7]。
玉毫犹仿佛[8],金字久销亡。
兼说回銮寺[9],遗基蔓草长。

（三）

异迹纷闻见,无嗟旅兴违。
畸人称萨客[10],仙女号麻衣[11]。
石室烟霞在[12],青云朝暮晖[13]。
尘埃怜俗骨,翘首望岩扉。

（四）

北山实际寺,传说境全幽。
穿竹通流水,悬崖结梵楼[14]。
谷中闻见静,人外岁时悠。
太息招寻阻,真惭谢客游[15]。

［注释］

①汾上:山西汾河侧畔。

②倭迟:回远之貌。《诗经·小雅·四牡》:"四牡,周道倭迟。"

③白鹇:鸟名。《禽经》:"白鹇,似山鸡而色白,行止闲暇。"

④抱腹:山名,借指隐者。五代道人郭无为隐抱腹山,自号抱腹山人。

⑤空王:佛家语,诸佛之通称。诸佛以空无一切邪执之故,故称空王。《园觉经》:"佛为万法之王,又曰空王。"

⑥青衣:古时帝王后妃的春服。

⑦白鹿:白色之鹿。古人以为白鹿是祥瑞之物。《宋书·符瑞志中》:"白鹿,王者明惠及下则至。"

⑧玉毫:佛家语。佛陀两眉之间的白色毫毛。张籍《题玉像堂》诗:"玉毫

不着世间尘，辉相分明十八身。”

⑨回銮寺：指唐大兴国寺遗址。因李世民曾銮驾回游此寺。李世民《谒并州大兴国寺》诗：“回銮游福地，极目玩芳辰。”

⑩畸人：谓不合世俗之人，后亦转称奇异之人。萨客：谓元萨都剌也。累官御史，后退隐结庐于安庆司空山太白台下以终。

⑪麻衣：谓麻衣道者之流。宋钱若水为举子时，于华山遇麻衣道者，熟视若水久之，徐曰：“急流中勇退人也。”后钱若水为枢密副使，年四十即致仕。

⑫石室：开岩石所凿成的洞窟，人迹罕至处所。

⑬青云：喻隐逸之处。《南史·衡阳元王道度传》：“身处朱门，而情游江海，形入紫闼，而意在青云。”

⑭梵楼：佛家之楼阁。

⑮谢客：谢灵运（385－433），小名客儿，陈郡阳夏人，谢玄之孙。晋时袭封康乐公，为琅邪王大司马行参军。刘毅以为记室参事，毅死，刘裕以为太尉参军。宋代晋位，迁太子左卫率。少帝时出为永嘉太守，性好山水，既不得志，遂肆意遨游，后以抗宋被诛。著有文集十九卷，诗集五十卷等，为南朝著名山水诗人。

［评析］

此诗写诗人优游晋中山水，意在逃世避俗，遁迹林泉，过隐居生活。

冷泉关道中[①]

驱车临晓发，野气望中清。
溪日青林豁，山烟白堠明[②]。
云峦随径换，保聚逐崖成[③]。
到此汾河水，依人觉有情[④]。

［注释］

①冷泉关：关名。在山西灵石北四十里，接介休县界，一名冷泉镇，因有冷泉故名。此地又称古川口，关外以北皆平原旷野，入关则左山右河，中道一轨，实为南北咽喉。

②白堠：白色之土堡也。张籍《送侯判官广州从军》诗：“驿舫过江分白堠，戍亭当岭见红幡。”

③保聚：聚众保守也。《左传·僖公二十六年》：“我敝邑用是不敢保聚。”

韩愈《元和圣德诗》:“腹败枝披,不敢保聚。”

④此句之后原注:“太原孝义皆截流而渡,至此则循河行矣。”

[评析]

此诗写诗人行进冷泉关道中所见景物及其眷峦山水野逸之情。

东乌岭

荒绝东乌道,蛇盘路百重①。
崩崖欹赤石②,堕岭轧黄松。
径仄猿声苦,林深虎气浓。
传闻停穆骏③,恍惚想遗踪④。

[注释]

①起首两句:写道路曲折、崎岖、荒凉。

②崩崖:山崖崩坍。

③穆骏:周穆王之八骏。晋太康二年从战国魏襄王墓中发现《穆天子传》,记有周穆王驾八骏西行的故事,全属神话志怪。

④此句后原注:“《穆天子传》所云钘铿,即此山也。”

[评析]

此诗写东乌岭的奇险,崩崖堕岭,猿啼虎啸,忆及神话中事,不禁有飘然出世之感。

黎　城①

黎城郊路杂,出没辨嵚崎②。
地介青羊崄③,山留赤狄祠④。
窑居随上下,石垦任参差。
渐是东辕道,无烦剧旅思⑤。

[注释]

①黎城:县名,在今山西长治东北。尧徙于耆,亦曰黎。汉为潞县地。北魏析置刈陵。隋改黎城。明清皆属潞安府。原注:“不减诸侯城,赤狄列嶂党青天。”

②嵚崎:山势高峻,险阻崎岖。王延寿《王孙赋》:“生深山之茂林,处崭岩之嵚崎。”

③青羊:山名。在山西省平顺县北,黎城县南,形势险阻。平顺旧名青羊里,盖以此山取名。

④赤狄:春秋时北方少数民族。狄,亦作"翟"。分赤狄、白狄。赤狄因穿红衣得名。居于今黎城县西,与晋人杂居,包括东山皋落氏、廧咎如、潞氏、甲氏、留吁、铎辰等部落,后为晋景公兼并。

⑤旅思:旅途中所引起的思虑,犹云客情。王勃《羁游饯别》诗:"宁觉山川远,悠悠旅思难。"

[评析]

此诗为诗人途经黎城所作,描绘了山势的高峻险阻,当地的风土人情,聊以解慰客中的羁旅之思。

松 叹

酷爱支离叟①,能令俗虑刊②。
籍康忘检束③,绮甪伟衣冠④。
秀发知黎庙⑤,苍茫忆潞坛。
那堪交臂下,失却百回看⑥。

[注释]

①支离叟:谓松也。元鲜于枢于废圃中所得怪松名。《词林纪事》:"鲜于伯机尝于废圃中得怪松一株,移植所居斋前,呼为支离叟。"

②刊:清除也。

③籍康:谓竹林七贤中之阮籍与嵇康。阮籍(210-263)字嗣宗,晋陈留尉氏人,少与嵇康等隐,为竹林之游。曾作咏怀诗八十余篇。嵇康(223-263)字叔夜,谯郡铚人,少隐,好老庄,善清谈,后被钟会谗害,临刑神色自若,援琴而歌,著有《嵇中散集》十卷。

④绮甪:东园公、甪里先生、绮里季、夏黄公为汉商山四皓。绮、甪,其中之二也,皆秦时避乱而入商雒深山。

⑤秀发:形容谷物茎高而成穗的样子。《诗经·大雅·生民》:"实发实秀,实坚实好。"此处借指松树。

⑥末两句:谓对途经之黎庙、潞坛之法,怎能失之交臂,不去细细观赏。

[评析]

此诗写出诗人酷爱松树,联及如松柏般坚贞高洁之士,表现了他的志在山林、洁身自好的清高思想。

偶然作

扰扰竟何益[1],幽栖役梦魂。

何时倦游子,归卧水南村。

长日把书卷,偶然垂钓缗[2]。

便应嗤厌次[3],据地只金门[4]。

[注释]

①扰扰:紊乱的样子。《列子·周穆王》:"存亡得失,哀乐好恶,扰扰万绪起矣。"

②钓缗:钓丝也。杜甫诗:"飘零且钓缗。"

③厌次:古县也。秦置,在今山东惠民东桑落墅。

④金门:金马门之略。《文选·扬雄〈解嘲〉》:"与群贤同行,历金门,上玉堂。"

[评析]

此诗为诗人倦游之作,企望归乡读书垂钓,也觉胜似金马玉堂,表现了他厌倦仕途的思想。

定州使院次许菊溪韵[1]

二年经过地,官柳辨垂条[2]。

气肃城烟迥,天空塔势高[3]。

尘容疲俯仰,秋梦惬渔樵。

坐羡摩天鹄[4],翩翩不可招。

[注释]

①此诗原注:"辛丑奉使山右过此。"又据《王考功年谱》:"五月奉使颁诏山西。"定州:州名。《清史稿·地理志》:"直隶,定州直隶州,领县二:曲阳、深泽。"辖境为今河北定州市、曲阳县、深泽县地。

②官柳:泛指种植在大道两旁的柳树。杜甫《西郊》诗:"市桥官柳细,江路野梅香。"

③"天空"句:此句所指之塔,当为开元寺塔。此塔又名瞭敌台。建成于北

宋至和二年，因地处宋金前沿，故北宋王朝利用此塔瞭望敌情。塔建于高台之上，平面呈八角形，十一层，高八十四米，是国内最高的砖塔。

④摩天鹄：谓可作摩天飞之黄鹄。摩天，高及于天也。李白《古风三十三》："吾观摩天飞，九万方未已。"

［评析］

此诗为诗人出使山西定州时作，有感于官事之羁绊，向往渔樵生活之自由自在，羡慕黄鹄之高飞无拘无束。

闻雁寄季弟二首[1]

（一）

八月金台下[2]，初闻一雁来。
似添窗烛冷，欲比峡猿哀[3]。
摇落兼庭树，飘萧下岸苔。
幽忧重感汝，申旦起裴回[4]。

（二）

碣石秋风路[5]，连翩望乍齐[6]。
夜弦愁袅袅，雨笛怨凄凄。
几日来天北，前途过竹西[7]。
凭谁嘱遥影，为寄数行啼。

［注释］

①季弟：指王士禛。

②金台：黄金所饰之台，为台之美称。王建《题江台驿》诗："水北金台路，年年行客稀。"

③峡猿：峡谷中之猿也。峡猿啼声哀，故《水经注·江水》谓："巴东三峡巫峡长，猿鸣三声泪沾裳。"

④申旦：通宵达旦。《楚辞·屈原〈九章·思美人〉》："申旦以舒中情兮，志沈菀而莫达。"裴回：留而不去也，犹云徘徊。

⑤"碣石"句：指当年曹操官渡之战，荡涤河北之路。曹操建安十二年北征乌桓凯旋后作《观沧海》中有"东临碣石"、"秋风萧瑟"等句。

⑥"连翩"句：写雁行列队飞行。

⑦“几日”两句：谓雁已经过北方数日，思其前途，亦已飞越扬州。时王士禛游宦扬州。竹西，古代扬州亭名。因唐人杜牧《题扬州禅智寺》诗有“谁知竹西路，歌吹是扬州”，赵嘏《山中寄卢简求》诗亦有：“竹西池上有花开，日日幽吟看又回”之句，后人乃在此处筑亭，因诗而取名“竹西亭”，亦称“歌吹亭”。

［评析］

此诗写诗人客居此地，遥见秋雁南飞，忆及季弟士禛游宦维扬，不胜悬念，乃作此诗，表现了西樵兄弟手足情深。

秋夜二首

（一）

老屋寒灯里，苍茫客思稠①。
哨声知下夜②，霜气欲凝秋。
蟋蟀依人近，蟾蜍泼眼愁③。
可怜小儿女，旅食亦悠悠④。

（二）

十年江海意，有似具茨迷⑤。
握粟空宜斥⑥，飘花只坠泥。
王章怜小女⑦，杨朴赖贤妻⑧。
何日相携去，长歌入会稽⑨。

［注释］

①客思：犹云乡思，客中对家乡的思念。谢朓《离夜》诗：“翻潮尚知恨，客思渺难裁。”

②下夜：原注：“北语谓巡更为下夜。”

③蟾蜍：俗名癞蛤蟆。传说月中有蟾蜍，故借指月。李白《古朗月行》：“蟾蜍蚀圆影，大明夜已残。”此句下原注：“时近中秋。”

④旅食：作客而寄食他乡。杜甫《奉赠韦左丞丈二十二》诗：“骑驴三十载，旅食京华春。”

⑤具茨：山名。在河南禹县北，今名泰隗山。《庄子·徐无鬼》：“黄帝将见大隗乎具茨之山。方明为御，昌寓骖乘，张若、謵朋前马，昆阍、滑稽后车，至于襄城之野，七圣皆迷，无所问途。”杜甫《夔府书怀四十韵》：“不必陪玄圃，超然

待具茨。”

⑥宜厈:谓可居于岩崖之下。

⑦王章:字仲卿,汉钜平人,少有文学,家贫,尝病卧牛衣中,成帝时为京兆尹,以弹外戚王凤,为凤所陷,系狱。其女年十二,夜号哭曰:“平日坐狱上,闻呼囚,数常至九,今八而止。我君素刚,先死者必我君也。”明日问之果死。

⑧杨朴:字契元,宋郑州人。少与毕士安同学,士安荐之太宗,以布衣召见,赋《莎衣》诗。辞官归。朴性癖,尝骑驴往来郑圃间。每欲作诗,即伏草间冥搜,得句则跃而出。著有《东里集》。

⑨长歌:谓曼声歌唱也。《文选·谢庄〈月赋〉》:“愬浩月而长歌。”会稽:山名,借指隐栖之处。

[评析]

此诗写诗人寒夜客中,时近中秋,闻秋虫鸣声,凄清孤寂,自感游宦十载,前途迷茫,盼望能早日与妻女相聚,归隐山林。

不寐[1]

即次疏星没,栖乌向晓翻[2]。
灯留终夜影,秋散一庭痕。
讵似虞卿少[3],悲从宋玉论[4]。
此中幽愤地,几许昔人魂[5]。

[注释]

①此诗王士禛评点:“千古悲愤。”

②起首两句:描绘天将拂晓。疏星,谓晨星也。晨星寥落,故云疏星。

③虞卿:战国人,又作虞庆、吴庆,游说之士,说赵孝成王合纵抗秦。赵王一见,赐黄金百镒,白璧一双。再见,拜为上卿,故号虞卿。

④宋玉:战国楚鄢人。《汉书·艺文志》谓:“《宋玉赋》十六篇。楚人,与唐勒并时,在屈原后也。”《楚辞·九辩》论者谓乃楚大夫宋玉悯屈原放逐而作,并述其志。《楚辞章句》、《古文苑》皆录其所著。

⑤末两句:原注云:“系舍在刑曹南偏,即前朝镇抚司地。”

[评析]

此诗为诗人被囚禁于狱中之作。诗人含冤受屈,忆古思今,彻夜不眠,不胜悲愤。

忆季弟

不恨风波恶，缘兹惬遂初[①]。
余龄依妇子，生计妥琴书[②]。
太祝瓜田兴[③]，征君栗里居[④]。
相期言说外，及尔赋归欤[⑤]。

[注释]

①起首两句：谓因不以含冤下狱为恨，故至今惬怀自如。

②“余龄”两句：谓余生当伴随妻子儿女，终日以琴书为乐。

③太祝：官名。殷置，为祝官之长。周礼属春官，掌六祝之辞，以祈福祥。秦汉六朝隋唐皆有此官。诗人借以自指。

④征君：隐士之美称。《后汉书·黄宪传》谓黄宪“天下号曰征君”。栗里：古地名，陶渊明之故居。当时属彭泽县地，在今江西九江西南，与紫双山相近，亦曰栗里原、栗里铺。《宋书·陶潜传》：“江州刺史王弘欲识之，不能致也。潜尝往庐山，弘令潜故人庞通之赍酒具，于半道栗里要之。”

⑤末句：谓欲追随陶潜赋《归去来辞》以隐。

[评析]

诗人寄意季弟王士禛，谓己虽含冤下狱，但惬怀自如，而有致仕返里，与家人团聚，琴书自乐，效陶渊明归隐田园之思。

喻老马[①]

缘尔步能缓，从吾岁几逾。
剧怜成暮齿[②]，应是怯修途[③]。
古寺春芜长，残阳老梦苏。
余年安饮龁[④]，慎莫怨羁孤[⑤]。

[注释]

①此诗王士禛评点：“遗簪之悲，令人感动，五六之工，又不须言。”

②剧怜：极其可怜。暮齿：晚年也。庾信《哀江南赋序》：“信年始二毛，既逢丧乱，藐是流离，至于暮齿。”

③修途：犹云修涂、修程。长途也。

④饮龁：谓马之饮水而龁草料。

⑤羁孤：只身羁留于外也。杜甫《杜鹃行》："虽同君臣有旧礼，骨肉满眼身羁孤。"

［评析］

此诗以老马为喻，自谓晚岁步履缓慢，怯于在官场中长途跋涉，孤身羁留于外，愿退出仕宦，安享余年。

宿山中田家

晚就田家宿，深山趣不同。
当窗纡鸟路[①]，傍舍筑牛宫[②]。
车马闲中阅，鸡豚岁暮丰[③]。
颜红新酿熟，溪话耐霜风[④]。

［注释］

①鸟路：鸟飞行之路线也。《文选·谢朓〈暂使下部夜发新林至京邑赠西府同僚〉》诗："风云有鸟路，江汉限无梁。"

②牛宫：养牛之所。原为战国时吴饲家畜之所。据《越绝书》，桑里东今舍西者，故吴所畜牛羊豕鸡也，名为牛宫，今以为园。陆龟蒙《祝牛宫辞序》："冬十月，耕牛为寒筑宫，纳而早之。"

③"鸡豚"句：谓岁底为欢度春节，杀鸡宰猪，比比皆是。

④末两句：写丰收后之喜悦景象。新酿之酒已熟，人们酒醉脸红，虽风霜扑面，仍在溪边相互畅谈年景。

［评析］

此诗不减孟襄阳田园诗之风味。堪称"语淡而味终不薄"，平白写来，田家乡土气息扑人，一派丰收庆新春的景象，引人入胜，名利皆忘，颇有桃花源之想。

羼提阁微雪忆贻上往真州[①]

快雪竹亭白，吟情稍欲道。
忽思青翰泊[②]，远向白沙洲[③]。
清盥爱江晓，孤灯闻夜流。

遥知惠连兴[4]，独咏意悠悠。

[注释]

①羼提：梵语音译，六度之一，有安忍、忍辱之意，谓堪苦难也。佛在昔修菩萨行，成满忍辱行时名羼提先生。又贻上亦曾号羼提居士。真州：即今江苏仪征。

②青翰：船也。刻鸟于船，涂以青色，故名。王勃《七夕赋》："征赤螭而架渚，漾青翰而乘潮。"

③白沙洲：地名。在江苏仪征南，南临长江，地多白沙，因名。

④惠连：谢惠连(397－433)，幼而聪慧，年十岁能属文，书画并妙，族兄灵运特赏之，每有篇章，对惠连即得佳句，其"池塘生春草"句，即为梦惠连而得。惠连著文集六卷。此处称惠连为赞誉王士禛之意。

[评析]

此诗为诗人遥忆季弟贻上而作，诗中表现了兄弟手足情深，并嘉誉其弟王士禛之文才超群。

留别黎小翼用襄阳《留别右丞》韵(补)[1]

落魄蓬蒿子[2]，仍寻旧隐归。

讵嗟京洛远[3]，所惜故交违。

关路垂鞭暮[4]，山城到雁稀。

知君相忆处，人海掩双扉。

[注释]

①此诗用唐人孟浩然《留别王维》(一作《留别王侍御维》)诗韵。孟诗曰："寂寂竟何待，朝朝空自归。欲寻芳草去，惜与故人违。当路谁相假？知音世所稀。只应守寂寞，还掩故园扉。"孟诗据《旧唐书·文苑传》载，孟浩然"年四十，来游京师，应进士不第，还襄阳"。临行赠诗王维，怨怼之中，韵味辛酸，感情真挚动人。

②蓬蒿子：犹云蓬蒿人，村野之人。李白《南陵别儿童入京》诗："仰天大笑出门去，我辈岂是蓬蒿人。"

③京洛：洛阳也。司空图《江行二首》："何时京洛路，马上见人烟。"

④关路：通关所之路也。徐陵《与柳仆射书》："河桥马度，宁非宋典之奸；关路鸡鸣，皆是田文之客。"

［评析］

此诗为临别赠黎小翼而作，其所以用唐人孟浩然《留别王维》诗韵，以其遭遇相似，思想共鸣，表现了依依惜别，友情难遣，知音难遇，辛酸悲凉，表达了归乡隐居的愿望。

奉和严给事《哭大行皇帝》二首[1]

（一）

直从在上想于昭，未道龙髯望已遥[2]。
六事犹传汤祷切[3]，五弦忽罢舜音调[4]。
弘谟自可垂千祀[5]，遗诏真堪痛百僚[6]。
共叹仓皇饶远虑，亲凭玉几策东朝[7]。

（二）

还忧圣母损眠餐[8]，兼惜寰区未治安[9]。
此际睿怀深悱恻，异时哲嗣想艰难[10]。
余恩一夕虚群狱[11]，俭德频年减大官[12]。
朝日彤墀犹卤簿[13]，春风空向禁庭阑[14]。

［注释］

①严给事：严沆（1617－1678）字子餐，号颢亭，清浙江余杭人。顺治十二年（1655）进士，改庶吉士，后授兵科给事中，旋历吏科、户科、刑科、礼科给事中，官至户部侍郎，总督仓场。善书画，山水近米家，又在倪黄之间，诗文为“西泠十子”之一。著有《皋园诗文集》四卷。

②“未道”句：暗指皇帝升天仙逝。龙髯，《史记·封禅书》：“黄帝采首山铜，铸鼎于荆山下。鼎既成，有龙垂胡髯，下迎黄帝。黄帝上骑，群臣后宫从上者七十余人，龙乃上去，余小臣不得上……”

③六事：谓六种事也。其所指不一。《公羊传》注云：“君亲之南郊，以六事谢过，自责曰：政不善欤？人失职欤？宫室崇欤？妇谒盛欤？苞苴行欤？谗夫昌欤？”《小学绀珠·治道类·六事》谓“政不节，使民疾，宫室荣，女谒盛，苞苴行，谗夫昌”。汤祷切：谓清世祖如商汤之忧国爱民。引句下原注云：“庚子夏步祷南郊。”

④五弦：五弦琴也。《礼记·乐记》：“昔舜作五弦之琴以歌南风。”《宋史·

乐志·五弦琴图说》:“琴为古乐,所有者皆宫商角徵羽正音,故以五弦散声配之。”

⑤弘谟:宏伟远大之规则。千祀:千年也。殷人谓年曰“祀”。《尔雅·释天》:“夏曰岁,商曰祀,周曰年,唐虞曰载。”

⑥遗诏:指清世祖于顺治十八年春崩于养心殿所立遗诏。诏书颇多忧国忧民自责之词。百僚:指群臣也。

⑦东朝:谓太子也。《文选·颜延之〈应诏宴曲水作〉》诗:“君彼东朝,金昭玉粹。”

⑧圣母:指皇太后,清世祖之母,孝庄文皇后博尔济吉特氏科尔沁贝勒塞桑女,崇德元年封永福宫庄妃,世祖即位,尊皇太后。

⑨“兼惜”句:谓更为痛惜者乃寰宇未治。世祖遗诏有“国治未臻,民生未遂”等句。

⑩哲嗣:哲人之后代。诗中指清皇朝之后嗣。

⑪“余恩”句:下原注云:“初七日大渐,诏赦罪人。”据《清史稿》载:“十八年春正月壬子,上不豫,丙辰大渐,赦死罪以下。丁巳,崩于养心殿。”

⑫“俭德”句:下原注云:“比年光禄,岁有节省。”

⑬卤簿:天子出巡之仪仗旌旗也。《六部成语》:“卤为仪仗,簿为旌旗。”

⑭禁庭阑:禁中庭院之阑。末句意谓世祖已崩,春风空自吹向禁庭之阑。

[评析]

此诗为诗人和严沆哭悼清世祖驾崩而作,赞扬了福临的励精图治,仁厚纯孝,忧国恤民,表现了士大夫对清室的忠贞。

定兴道中怀汪郎中钝翁杨评事菊庐[①]

连朝离思尚河梁[②],关路鸣鸡促使装[③]。
北望云山犹蓊蔼[④],西来亭堠渐苍凉[⑤]。
心悲零雨期方永,人体寒星去未央[⑥]。
评事郎中皆好在,何时笑接酒垆傍[⑦]。

[注释]

①此诗王士禛评点:“绝似昌谷风味。”定兴:今县名。在今河北保定市东北。汪郎中钝翁:汪琬,字苕文,号钝翁,晚号尧峰,又号玉遮山樵,清江苏长洲人。顺治十二年进士,授户部主事,屡迁刑部郎中。康熙十八年召试“博学鸿

儒”科，授一等，授翰林编修，纂修《明史》，以古文名，与魏禧、侯方域并称“三大家”，著有《尧峰诗文钞》等。评事：官名。汉置廷尉平，隋改为评事，掌平决刑狱，属大理寺，至清末废。

②尚河梁：走上离别之路。《说文通训定声》：“尚，假借为上。”河梁，谓送别之地。《文选·李陵〈与苏武诗〉》：“携手上河梁，游子暮何之。”黄滔《河梁诗》：“绣户新夫妇，河梁生别离。”

③关路：通关所之路也。《文选·沈约〈齐故安陆昭王碑文〉》：“北指崤、潼，平途不过七百；西接峣武，关路曾不盈千。”徐陵《与柳仆射书》：“河桥马度，宁非宋典之奸；关路鸡鸣，皆是田文之客。”

④罨蔼：烟光飘转笼罩。罨，掩盖。蔼，云集、飘动，通“霭”。

⑤亭堠：筑亭驻兵，以伺寇盗也。堠，记里之土台，十里双堠，五里只堠。瞭望台、烽火台亦称堠。

⑥未央：未半也。央，犹云中也。

⑦末两句：写出诗人期与友人汪钝翁、杨菊庐会饮，一叙离情。酒垆，卖酒之处。

[评析]

此诗写出诗人行经定兴道中，触景生情，怀念友人汪钝翁、杨菊庐，企盼来朝相会，共饮酒肆，以叙离情，显示了西樵与汪、杨之间的深厚友谊。

怀周量舍人使济南①

蓟门分手异郊垧②，关路风烟各杳冥。
董相宅边荒草合③，韩侯战处乱山青④。
仙人待尔华不注⑤，名士逢谁历下亭⑥。
惆怅明湖好光景⑦，菱歌渔唱不同听⑧。

[注释]

①周量：程可则（？ –1673）字周量，一字湟溱，号石臞，清广东南海人。顺治九年（1652）会试第一，以磨勘不得与殿试。十七年春应阁试，授内阁撰文中书，累迁郎中，出知广西桂林府，以敏干称，卒于官。可则以诗文名，为“岭南七子”之一，又与士禄、士禛等并称“海内八家”。著有《海日堂集》、《遥集楼草》、《萍花草》。舍人：周官名，清废，后世以为宫廷亲近之官。晋以来有中书舍人，

专掌诏诰制敕,权极重。时可则为内阁中书,故以舍人称之。

②蓟门:即蓟丘,在北京德胜门西北,今名土城关,为古蓟门遗址。

③董相:指汉董仲舒。汉武帝时董曾为江都相,后又任胶西王相。

④韩侯:指韩信,汉淮阴人,定赵齐后,立为齐王,灭项羽后又立为楚王,与张良、萧何并称"汉兴三杰",后被告谋反,高祖执之,贬为淮阴侯。

⑤华不注:山名,在山东济南东北,今称华山。《左传·成公二年》:"战于鞌,齐师败绩,逐之,三周华不注。"《春秋地理考实》谓:"不,音跗,与《诗》'鄂不韡韡'之'不'同,谓花蒂也。言此山孤秀,如华跗之著于水也。"《水经注》谓华不注山在历城东,孤峰特立。"不"字之下,原注"平"。

⑥历下亭:一称古历亭。在济南大明湖中小岛上,约建于北魏年间。唐天宝四年(745)诗人杜甫在济南与书法家北海太守李邕相会,留下了《陪李北海宴历下亭》诗。现大门楹联仍有清何绍基书的杜诗"海右此亭古,济南名士多"句。

⑦明湖:即大明湖,在济南旧城北部,现为大明湖公园所在地,湖面46.5公顷,湖水由珍珠泉等汇成,出小清河,流入渤海。环湖有铁公祠、小沧浪、辛稼轩纪念祠、南丰祠、汇波桥、汇波楼等名胜古迹。

⑧末句:寓意以不能与故人同游为憾。

[评析]

此诗写出了济南风土景物,人事变迁,表达了诗人怀念故友程可则出使济南之情。

赠开府白尚书①

太原形胜护中朝②,开府勋名日月昭。
亭障北临诸部近,山川南控两河遥③。
主恩殊赐加班剑④,军燕铙歌叶短箫⑤。
桴鼓不鸣铃索静⑥,庾楼清兴识公饶⑦。

[注释]

①开府:谓开建府署也。汉制唯三公得开府。至东汉,大将军、骠骑将军、车骑将军并得开府。晋代诸州刺史多以将军开府,都督军事,故后世亦称外省督抚为开府。白尚书:此处指山西总督白秉真。白于康熙元年至五年总督山西。尚书本指部院大臣,清时总督时有虚领尚书,并不入阁办事,而仍留原任。

②太原:今山西太原市。清季为山西省治。禹贡冀州之地。叔虞封唐,后

子夒改晋，唐初曰并州，五代后唐建西京，形势险要，为李渊、李世民起兵之地。

③两河：指晋水与汾水。

④班剑：汉制朝服带剑，晋代以木，谓之班剑。木剑无刃，假作剑形，画之以文，故曰班也。后世又以班剑为仪仗，由随从武士若干人佩之，天子以赐功臣。

⑤军燕：军中之宴饮。

⑥桴鼓：即枹鼓。桴，击鼓杖也。《文选·孙楚〈为石仲容与孙皓书〉》："桴鼓一震，而元凶折首。"桴鼓不鸣，以示战事平息，盗贼潜绝。铃索：系铃之索。《次续翰林志》："学士院深严，非本院人不可遽入，虽中使宣事及有文书，必先动铃索，立于门外，俟小判官出授讫，授院使，院使授学士。"苏轼《聚星堂雪》诗："归来尚喜更鼓永，晨起不待铃索掣。"

⑦庾楼：楼名，晋庾亮镇江州时所建，亦称庾公楼。陆游《入蜀记》："郡集于庾楼，楼正对庐山之双剑峰，北临大江，气象雄丽。自京口以西，登览之地多矣，无出庾楼右者。"此处以赞白公宴饮之楼。饶：富有也。

[评析]

此诗为赠答之诗，极赞山西总督白秉真之功高权重，威震山右，富贵而不失清雅。

第三卷

徐将军招同佟寿民廉宪饮金粟园①

郑驿邀宾选胜来，梁园潇洒接城隈②。

层层台势当林出③，面面岚光绕郭回④。

丹甑久残深院闭⑤，行厨遥映小山开⑥。

酒阑步屧探遗迹⑦，旧馆忘忧空绿苔⑧。

[注释]

①原注："园是故河东郡王别墅。"廉宪：对佟寿民官职的敬称。

②"郑驿"二句：以郑当时和梁孝王延引宾客的故事比喻徐将军邀请佟寿民与自己饮于金粟园。郑当时，字庄，西汉陈人。景帝时，为太子舍人，常置驿马于长安四郊，广延宾客，所交皆天下名士。见《汉书》本传。汉梁孝王刘武筑梁园（在今河南开封东南），为游乐延宾之处，当时名士如司马相如、枚乘、邹阳等皆为座上客。参阅《嘉庆一统志·开封府·古迹》。驿，指驿马。选胜，寻访、游览名胜之地。城隈，城角。

③"层层"句：原注："东偏有台五层，其上为文殊阁。"句谓金粟园中的层台当林而立。台势，层台的态势。

④岚光：山林的雾色。

⑤"丹甑"句：原注："西有丹药院。"句谓丹药院荒芜已久，院门关闭，道人所用的炊具也已残破。甑，瓦制的炊具。

⑥行厨：游览途中临时设置的烹饪处所。

⑦步屧：漫步。

⑧"旧馆"句：忘忧馆，在今河南商丘县。相传梁孝王曾游其中，聚集文士，

各使为赋。这里表达了对梁孝王事迹的追怀。

[评析]

此诗抒写了应邀会饮金粟园的情景。作者吟赏古迹,缅怀郑当时与梁孝王好客的故事,表达了对主人的感激之情,也寄寓了对古人爱士之风的向往。

悬瓮山范道士巢云洞中作[1]

洞开爽豁碧山东,幽草疏花映几丛。
侧柏拖岚疑欲雨[2],乱泉送响不关风[3]。
乍来便觉孤怀惬[4],久住应知世虑空[5]。
心愧华阳真隐逸[6],车音旆影日匆匆[7]。

[注释]

①悬瓮山:在今山西太原西南。山腹有巨石,状如瓮,因名。

②侧:旁边。岚:山林中的雾气。

③不关:不相干。这句说虽然无风,乱流之泉的响声也传送过来。

④孤怀:孤寂的情怀。惬:得到满足。

⑤世虑:世间的忧虑。

⑥华阳真隐逸:指顾况,字逋翁,唐苏州海盐(今属浙江)人。曾任著作郎、饶州司户参军。晚年隐居茅山(在今江苏句容东南),自号华阳真逸。有《华阳集》三卷。

⑦"车音"句:言每日匆匆忙忙乘车驱驰,为功名利禄而奔波。旆,旗帜。

[评析]

这首诗描绘了悬瓮山和巢云洞爽豁、清幽的景色,思慕古代隐逸之士,抒发了羁身宦途、辛苦奔波的忧闷之情。

北野邀游石壁山寺[1]

乱山层里象王家[2],乘兴幽寻路未赊[3]。
叠磵窅疑连洞壑[4],遥峰青不借烟霞[5]。
灵禽听法闻成果[6],静女题碑似散花[7]。
斜日横襟最高顶[8],并汾秋色浩无涯[9]。

［注释］

①原注："杜集《夜听许十一诵诗（爱而有）作》云：'许生五台宾，业白出石壁。'梦弼注曰：《高僧传》：'昙鸾住汾州石壁悬中寺。'即此。"石壁山，在今山西交城西北。昙鸾，北魏高僧。

②象王：最大的象，佛家比喻佛。《涅槃经》卷二三："是大涅槃，唯大象王能尽其底。大象王者，谓诸佛也。"

③幽寻：安闲地寻游。路未赊：不觉得路途遥远。赊，遥远。

④叠磵：层叠的山涧，磵同涧。窅：深远貌。

⑤"遥峰"句：远处的山峰不须凭借烟霞映衬，呈现出青翠的颜色。

⑥"灵禽"句：原注："寺传鸠、鸽二僧事云：昙鸾之弟子也。"灵禽，指鸠、鸽二僧。法，佛法。成果，指修成正果的学问。

⑦"静女"句：原注："寺有房璘妻高氏书《铁弥勒颂》。"静女，指高氏。散花，天女所散之花。《维摩诘经·观众生品》："时维摩诘室有一天女，见诸大人闻所说法，便现其身，即以天华散诸菩萨、大弟子上。"

⑧横襟：放纵襟怀。

⑨并汾：并州与汾州（今皆属山西）地区。

［评析］

作者描绘石壁山和悬中寺的胜景，缅思古代高僧的传说，寄寓了清逸疏朗的襟怀。

脽上后土祠①

千秋脽上尚遗祠，武帝雄风自一时。
法驾逶迤斋殿启②，灵坛飒沓羽旗披③。
礼成侍从随游盛④，情极君王感物悲⑤。
陈迹只今谁仿佛⑥？白云南雁望参差⑦。

［注释］

①王士禛评曰："三复《秋风辞》，益见第六句之妙。少陵诗'向来哀乐何其多'，足以相发。"《史记·封禅书》载：汉武帝元鼎四年（前113），立后土祠于汾阴脽丘（在今山西万荣）。《文选》卷四五载其所作《秋风辞》一首，序云：武帝行幸河东，祠后土，与群臣饮宴，乃作此辞。其辞曰："秋风起兮白云飞，草木黄落兮雁南归。兰有秀兮菊有芳，携佳人兮不能忘。泛楼船兮济汾河，横中流兮扬

素波，箫鼓鸣兮发棹歌。欢乐极兮哀情多，少壮几时兮奈老何！”王士禄此诗即追怀汉武帝祭祀后土及作辞之事。杜甫诗句见《渼陂行》。

②法驾：皇帝的车驾。斋殿：斋祀之殿。启：开。

③灵坛：祭祀之坛。飒沓：旗帜飘动貌。羽旗：以羽毛为饰的旗帜。披：翻舞。以上二句描绘汉武帝祭祀后土时的景象。

④礼成：祭祀的典礼完成。

⑤“情极”句：言汉武帝在极度欢乐之时，触景生情，又为人生的短暂而悲伤。用《秋风辞》中“欢乐极兮哀情多，少壮几时兮奈老何”二句之意。

⑥陈迹：指汉武帝祭祀后土的往事。

⑦“白云”句：遥望着白云和南飞之雁，仿佛又看到了《秋风辞》中所写的“秋风起兮白云飞，草木黄落兮雁南归”的景象。参差，犹仿佛。

[评析]

诗中缅怀汉武帝祭祀后土的盛况，用其《秋风辞》之意，抒写了对时光流逝、人生短暂的感慨。

姜绮季招游姑射山龙子祠[①]，饮清音亭

会稽才子妙天机[②]，暇日招携踏翠微[③]。
溪水居然成燕尾[④]，稻田转似学僧衣[⑤]。
荒墀松栝沾山霭[⑥]，坏壁丹青黯夕晖[⑦]。
漫拂古碑尘欲满[⑧]，须知幽赏自来稀[⑨]。

[注释]

①姜绮季：盖即姜廷翰，字绮季，清浙江山阴（今浙江绍兴）人。善画山水，工于诗文。姑射山：在今山西临汾西。

②会稽才子：指姜绮季。会稽，县名，今属浙江绍兴。妙天机：天资奇妙，深悟造化的奥秘。

③翠微：指青山。

④燕尾：盖即云巾，亦称燕尾巾。

⑤转：更。僧衣：即袈裟，绣有方格图案，状如稻田，故亦称稻田衣或水田衣。

⑥墀：台阶。栝：即桧树。

⑦丹青:图画。

⑧漫:遍。

⑨幽赏:趣味高雅的观赏。

[评析]

作者把姑射山的溪水和稻田比作燕尾巾和僧衣,在歌吟山景的同时,似乎寄托了对佛家清幽之境的钦慕。诗中又描绘了龙子祠的荒芜的景象,以"幽赏自来稀"之语表达了对祠中文物的惋惜,也透露出幽赏者(即自身)的孤寂之情。

潞公河亭[1]

潞公亭子古城头,斜日凭临豁远眸。
一水素波刚抱郭[2],千崖红叶恰当秋。
客来筇杖还新句[3],望里桐封但古丘[4]。
俯仰兼余幽赏在[5],风尘此地近沧洲[6]。

[注释]

①原注:"在翼城东城上,文潞公知翼城时建,东临浍水,后人改名潞公轩。"翼城,县名,今属山西。文潞公,即文彦博,字宽夫,宋汾州介休(今属山西)人。仁宗时,曾为翼城知县,后任宰相,封潞国公。《宋史》有传。

②一水:指浍水。刚:恰好。郭:外城。

③筇杖:竹杖。还:又。新句:新作的诗句。

④"望里"句:原注:"翼为叔虞故都。"《史记·晋世家》载:周成王与其弟叔虞戏,削桐叶为圭以与叔虞。曰:"以此封若。"后遂封叔虞于唐。唐城在翼城县西二十里。这句说眺望之中,周成王因桐叶赐封叔虞的唐城已不复存在,只剩下土丘了。

⑤俯仰:俯视仰观。喻时间之短暂。余:宽裕。幽赏:趣味高雅的观赏。

⑥风尘:指景色,气象。沧洲:临水之地,指隐者所居之处。南齐谢朓《之宣城郡出新林浦向板桥》诗:"既欢怀禄情,复协沧洲趣。"

[评析]

诗中以"一水素波"、"千崖红叶"和叔虞古都遗址描绘出翼城一带特有的风物和美丽的秋色,又把此地比作"沧洲",抒发了置身尘外的情趣。

泽州使院古松[①]

三株并是青牛质[②]，尤爱欹松亚复盘[③]。
入夜龙形殊益怪[④]，隔窗涛响不疑乾[⑤]。
人如僧憩心堪寂[⑥]，舞作胡旋势未安[⑦]。
韦偃毕宏那貌得[⑧]，秖须拭目百回看[⑨]。

[注释]

①王士禛评曰："五六警策。"泽州故治在今山西晋城。

②"三株"句：三株古松都是青牛的品质，言其长寿。古代传说谓千岁松树可化为青牛。《抱朴子·对俗》："千岁松树，四边披越，上杪不长，望而视之，有如偃盖，其中有物，或如青牛，或如青羊，或如青犬，或如青人，皆寿万岁。"《太平御览》卷九五三引《嵩高山记》："嵩高丘有大松树，或百岁千岁，其精变为青牛，或为伏龟，采食其实，得长生。"

③欹松：即枝条分披、形状如盖的古松。亚：通"压"，枝条低垂貌。盘：盘曲。

④龙形：树枝如龙的形状。

⑤涛：指松风。乾：盖指干枯。

⑥"人如"句：杜甫《戏为韦偃双松图歌》："松根胡僧憩寂寞。"为此句所本。憩，休息。

⑦胡旋：舞台，唐代由西域传入。舞者立于小圆球上，纵横腾踏，足不离球。见唐段安节《乐府杂录·俳优》。以上二句之意盖谓：在古松之下，人当如静息之僧那样保持清静的心境，如作胡旋之舞则不协合。

⑧韦偃、毕宏：皆唐代人，以善画山水松石而著称。参阅唐张彦远《历代名画记》。杜甫《戏为双松图歌》即为韦偃之画而作。貌：描摹。

⑨秖：只。

[评析]

诗中歌咏古松奇异的形象和声韵，认为只有心境清静的人才能和它相伴，从而赋予它高逸超俗的品格。

上　党[①]

雄藩上党古今名[②]，形胜居然未易京[③]。

南睨河山全觉下[4]，宵看星汉只疑平[5]。
义阳千载仍祠庙，夹寨当年剧战争[6]。
足底黑云天下脊[7]，几朝车马赤霄行[8]。

[注释]

①王士禛评曰："句句警策。"上党：即今山西长治市。

②雄藩：重镇。

③未易京：与京城无异。易，异。

④睨：望。下：低。

⑤星汉：银河。平：言与上党齐平。以上二句言上党地势之高。

⑥"夹寨"句：后梁开平元年(907)，太祖朱晃命亳州刺史李思安进军上党，筑重城，谓之夹寨，与晋王军队交战。此言其事。见《资治通鉴·后梁纪一》。

⑦天下脊：天下的脊梁。上党地势既高，又为重镇，故云。

⑧"几朝"句：几朝驱使车马，犹如在天上行走，亦言上党地势之高。赤霄，有红色云彩的天空。

[评析]

作者运用夸张的手法，描绘出上党高峻的地势；又通过历史的追忆，表现出它作为天下重镇的地位。

神头山谒李卫公祠[1]，次叶文庄韵

苍山深抱药师祠，驻马横鞭一揖之。
杖策文皇龙奋日[2]，献书西岳蠖蟠时[3]。
神归风雨宵声厉[4]，地僻云岚昼色迟[5]。
我慕人豪遗像在，披帷重为拂蛛丝。

[注释]

①李卫公：即李靖，本名药师，唐京兆三原(在今陕西三原东北)人。太宗时，任兵部尚书、尚书右仆射等职，屡建战功。著有《李卫公兵法》。新、旧《唐书》皆有传。

②杖策：执鞭驱马，指奔走效力。文皇：即唐太宗李世民。龙奋：昂扬奋发。

③西岳：华山。蠖蟠：虫盘曲而伏，比喻人隐居不仕。

④"神归"句：言李靖死后，神魂归附风雨，夜间发出猛烈的声音。

⑤"地僻"句：言李卫公祠处于僻山云雾之中，很晚才见阳光。云岚，云雾。

昼色，阳光。

［评析］

诗中追怀唐代开国功臣李靖的业绩，表达了对他的钦慕之情。

初冬馆陶道中咏衰柳[1]

酒垆花陌色蹉跎[2]，一往琅琊唤奈何[3]。
漫向舞余怜静婉[4]，秖疑病里对维摩[5]。
愔愔小雨连村暝[6]，哑哑寒乌傍夜多[7]。
恰是春风消息近[8]，烟姿好待拂鸣珂[9]。

［注释］

①馆陶：县名，今属河北省。

②酒垆：酒店中安置酒瓮的土台，这里借指酒店。花陌：开着花朵的田间小路。色蹉跎：盖言景色被错过了，即景色已经萧条。

③"一往"句：东晋桓温曾为琅邪太守，后为征讨大都督，自江陵北伐，行经金城，见昔日为琅邪太守时所种之柳皆已十围，慨然曰："木犹如此，人何以堪！"攀枝执条，泫然流涕。见《晋书》本传。此盖借用其事，表达了见衰柳而为人生易老而伤感的情绪。

④"漫向"句：言衰柳好像舞蹈之余的女子，使自己徒然哀怜其闲静婉丽的姿容。漫，徒然。

⑤秖：只。维摩：即维摩诘，佛名，与释迦牟尼同时。曾于病中向佛弟子舍利弗、弥勒、文殊师利等讲说大乘教义，其学说为《维摩诘所说经》。见南朝梁僧祐《出三藏记集·胡汉译经音义同异记》、《大唐西域记·吠舍厘国》。

⑥愔愔：安静貌。

⑦哑哑：象声词。寒乌：寒天的乌鸦。傍夜：夜晚将临时。

⑧"恰是"句：原注："腊月十五日立春。"

⑨"烟姿"句：言春天柳树如同烟霭的美景等待着贵人前来游赏。鸣珂，贵者马上所饰的玉器，行走则鸣，故称。

［评析］

诗中咏吟衰柳，寄寓了迟暮之感，并表达了对美好春光的憧憬。

赠龚芝麓总宪[1]

东山捉鼻意翛然[2],丘壑难忘道自坚[3]。
白傅亭池耽觅句[4],裴公蔬素爱栖禅[5]。
帝维独坐勋名在[6],时仰三君地望偏[7]。
求旧秪今殊未晚[8],曲江风度黑头年[9]。

[注释]

①龚芝麓:即龚鼎孳,字孝升,号芝麓,清合肥(今属安徽)人。明末,为李自成直指使。后降清,任左都御史,屡贬屡起,官至刑部尚书。为人放旷,工于诗文,与吴伟业、钱谦益并称江左三大家,有《定山堂集》。总宪:明清时左都御史的别称。

②“东山”句:《世说新语·排调》:“初,谢安在东山居,布衣时,兄弟已有富贵者,翕集家门,倾动人物。刘夫人戏谓安曰:‘大丈夫不当如此乎?’谢乃捉鼻曰:‘但恐不免耳。’”这里以谢安喻龚鼎孳,言其遭贬闲居之时,胸襟洒然,不屑于功名。捉鼻,以手捏鼻,表示轻视之意。翛然,洒脱貌。

③“丘壑”句:言龚鼎孳如谢安一样不忘丘壑,坚守其高逸的志趣。

④“白傅”句:像白居易那样在亭池边醉心地吟咏诗句。白居易,字乐天,唐太原人。曾任太子少傅,故称白傅,为我国古代著名诗人。新、旧《唐书》皆有传。

⑤“裴公”句:盖言龚鼎孳像裴度一样,只吃素食,喜爱隐居参禅。裴度,字中立,唐河东闻喜(今属山西)人。宪宗时为相,平定藩镇叛乱有功,封晋国公。度操守坚正,曾遭权臣排挤。晚年以宦官专权,辞官退居洛阳,建别墅,号绿野堂,与白居易、刘禹锡等悠游其中,不问世事。新、旧《唐书》皆有传。

⑥帝维:盖指维系王朝的重要职位。

⑦三君:三个受人敬仰的人物。如东汉陈蕃、窦武、刘淑与陈寔、陈纪、陈谌等都有“三君”之称。见《后汉书·党锢传》、《后汉书陈寔传》。这里比喻龚鼎孳。地望:地位名望。偏:表程度,犹言“深”。

⑧旧:旧臣。秪今:只今,如今。

⑨“曲江”句:言龚鼎孳还保持着年青时建立功名的豪迈气度。曲江,池名,在今陕西西安市东南。唐制,进士放榜后大宴于曲江亭,谓之曲江会。黑头:指少壮。

[评析]

诗中赞美了龚鼎孳的功勋声望与高逸的气度,希望他再度受到朝廷的重用。

题菌次吴船[1]

魏阙江湖迹未悬[2]，吴郎老屋字吴船。

床头书好开秋水，径尾花疑接辋川[3]。

剧梦欧群三泖外[4]，长歌渔父九门边[5]。

径当就汝闻吴咏[6]，领取烟波到醉眠。

［注释］

①王士禛评曰："巧处无访高老。"吴绮，字薗次，号丰南，清江都（故治在今江苏扬州）人。曾为中书舍人、兵部主事。后任湖州（今属浙江）知府，有惠政，时称"三风太守"，谓多风力，尚风节，饶风雅。去官，为春江花月社，诗词传诵于时。吴船：室名。

②"魏阙"句：言吴绮浪迹江湖，不在朝廷为官。这里揭示吴绮居室命名为"吴船"的含义。魏阙，古代宫廷外的阙门，为悬示法令之处。此代指朝廷。悬，系。

③"床头"二句：辋川，水名。唐代诗人王维晚年于蓝田（今属陕西）辋口得宋之问蓝田别墅，辋川环于舍下，风景秀美。维与道友裴迪浮舟往来，啸咏终日。见《旧唐书·文苑下·王维传》。二句谓吴绮床头之书能展现秋水的景色，小路末端的花朵好像连接着辋川，是说吴绮的居处与情趣堪与王维相比。

④剧：多。三泖：即泖湖，在今上海市松江西。

⑤九门：古有九门县，在今河北藁城西北。又有九门口，在今河北秦皇岛、抚宁一带。二处皆临川傍水，诗中所指未详。

⑥汝：你，指吴船。吴咏：吴地的歌谣。

［评析］

这首诗咏吴绮的居室，作者本着"吴船"命名的含义，赞美了主人寄身江湖、洒脱高逸的襟度，表达了与主人同醉烟波的志趣。

邺下怀古[1]

声名邺下古今留，百感苍茫揽辔收[2]。

白日远回铜雀影[3]，青天不尽浊漳流[4]。

望陵昵语曾谁记[⑤],飞盖清欢亦漫休[⑥]。

千载只应词赋在[⑦],还从健笔想曹刘[⑧]。

[注释]

①邺下:古都名。三国时,魏建邺都,与长安、谯、许昌、洛阳合称五都。故城在今河北临漳北。

②"百感"句:揽辔领略邺下苍茫的景色,追怀往古,百感交集。

③回:返照。铜雀:建安十五年(210)曹操建铜雀台于邺都,台高十丈,上有屋一百二十间,铸大铜雀置于楼顶,舒翼奋尾,势若飞动,因名其台为铜雀台。

④浊漳:河名,为漳河上游。

⑤望陵昵语:曹操死前曾遗命诸子曰:"吾死之后,葬于邺之西岗上……妾与伎人,皆著铜雀台……每月朝十五,辄向帐前作伎。汝等时登台,望吾西陵墓田。"即其语。见《乐府诗集》卷三一张正见《铜雀台》序引《邺都故事》。昵,亲切。

⑥飞盖:车盖飞动,言驱车游乐。漫休:枉然。

⑦词赋:指歌咏邺下的诗词歌赋。

⑧健笔:笔力雄健的作品。曹刘:曹操和刘备。

[评析]

诗中描绘邺下景物,缅思三国时代的英雄人物,为世事变迁而怅叹。

真州南郭送贻上之金陵[①]

覆觞醉惜断鸿飞[②],远约连床事竟违[③]。

迟我悠悠初共被,送君草草又沾衣[④]。

白沙风急愁无那[⑤],建业帆轻望易非[⑥]。

乖隔只今缘世网[⑦],何时同采故山薇[⑧]。

[注释]

①真州:唐为扬子县白沙地,五代唐为迎銮镇,后更名真州,亦称仪真,即今江苏仪征县。贻上:王士禛字。金陵:亦称建业、江宁,地当今之南京及江宁。《渔洋山人自撰年谱》卷上:"康熙二年癸卯(1663)……在扬州。伯兄以吏部考功员外郎典河南乡试……冬,伯兄便道觐省至扬。甫一夕,山人奉檄赴江宁充武闱同考试官。伯兄同舟,送至仪真别去,各有诗。"此诗盖作于其时。

②覆觞:倾倒酒杯,谓酣饮。断鸿:失群的孤雁。

③连床:并床而卧,言兄弟团聚,亲密相处。

④"迟我"二句:我很晚才能与弟弟安闲地共被而卧,又为匆匆送别而泪沾衣襟。

⑤白沙:即真州。无那:无奈。

⑥建业:即金陵。帆轻:谓行船疾速。望易非:不易望见。

⑦乖隔:分离。世网:世间事务的束缚。

⑧同采故山薇:言归返故乡,兄弟团聚。《诗·小雅》有《采薇》篇,表达戍边者思念家乡之情,此用其意。又:相传周武王灭商后,商孤竹君之子伯夷、叔齐耻食周粟,隐居首阳山,采薇而食,饿死山中。见《史记·伯夷列传》。这里盖亦用其事,寓有兄弟共同归隐故乡之意。

[评析]

诗中或借景物描绘,或直抒胸臆,抒发了羁身世网而兄弟分离的怅恨。又运用典故,含蓄地表达了归隐故乡、兄弟团聚的理想。

用坡公《狱中遗子由》韵,寄礼吉、贻上,兼示叔子二首①

(一)

漫云吹律解回春②,大患由来在有身③。
俯首方知尊狱吏,行吟转欲羡骚人④。
南天雁影空凝望,北寺秋声易怆神。
此事凭谁究端绪,茫茫应是夙生因⑤。

(二)

浓云压夜雨声凄,看尽残檠烛影低⑥。
身事悠悠同野马⑦,心魂虢虢怯荒鸡⑧。
经时缓急唯诸弟⑨,他日骈枝是病妻⑩。
更有北堂遥系念⑪,连宵梦到广陵西⑫。

[注释]

①坡公:即苏轼,字子瞻,宋眉州眉山(今四川眉山)人。神宗时,通判杭州,历知密州、徐州、湖州。后贬谪黄州,筑室于东坡,自号东坡居士。哲宗时,

为翰林学士,曾知杭州、颍州,官至礼部尚书。后谪惠州、琼州等地。诗文皆为名家,词开豪放一派。《宋史》有传。礼吉:王士禄弟士禧字。据王士禛《王考功年谱》,康熙二年(1663),王士禄迁司勋员外郎,主河南乡试。三年,以礼部指摘试文语句有疵,遂入狱。士禄于狱中取苏轼《西台诗案》及《狱中寄子由》诸诗,悉和之。

②"漫云"句:徒言阳气吹动律管,知道春天即将到来。这是作者身陷囹圄时所发的感慨。律,确定乐音高低的十二个律管。古人候气之法,以十二律与十二月相配,把葭莩灰置于律管中,某一月份到来,与之相应的律管中的葭莩灰便飞动起来,称为律中、律应或吹灰,此言吹律,义同。

③"大患"句:蒙受大祸患的原因,在于有着凡人的躯体。《老子》:"吾所以有大患者,为吾有身;及吾无身,吾有何患?"

④"俯首"二句:屈身俯首于狱中,才知道尊敬狱吏;迈步歌吟,反倒羡慕屈原那样的文人。言外之意是:身陷囹圄,还不如被放逐好。屈原,战国楚人。楚怀王时任左徒、三闾大夫。因主张联齐抗秦,遭权臣诬陷,被放逐,顷襄王时,又遭谗毁,谪于江南,后见楚国衰败,于五月五日投汨罗江而死。著有《离骚》等诗。《史记》有传。屈原《渔父》有"屈原既放,游于江潭,行吟泽畔"之语。

⑤夙生:前世。

⑥残檠:将燃尽的灯烛。檠,灯架,借指灯。

⑦野马:浮动的尘埃。

⑧虩虩:恐惧貌。荒鸡:半夜鸣叫的鸡。

⑨经时:多时。缓急:危急,此言危难相助。

⑩骈枝:骈,手或足二指并生。枝,手或足赘生之指。《庄子·骈拇》:"且夫骈于拇者,决之则泣;枝于手者,龁之则啼。"此盖用其意,言夫妻如同一体,忧患与共。

⑪北堂:古代为母亲所居之处,因而代指母亲。

⑫广陵:即扬州,故治在今江苏扬州东北。时作者季弟王士禛与母孙夫人同居扬州。

[评析]

这两首诗作于康熙三年入狱之时。作者借景物的描绘渲染出悲凉的气氛,抒发了遭受无妄之祸的悲愤。怅惘的情绪,表达了对亲人的思念。

读坡集《答满思复》诗偶感得三首[①]

（一）

黄犊为庐只半间[②]，林居幽事却班班[③]。
瓜畦抱瓮随晴雨[④]，萝径携琴足往还。
名灭子真甘谷口[⑤]，芝荣绮季卧商颜[⑥]。
闲来自讽田园作，桂树临风好独攀。

（二）

卒岁优游一壑间，孟诸樵钓足相班[⑦]。
听鹂每向长林往，射虎时冲暮雪还。
飒爽高原横远目，从容清镜阅衰颜。
也胜蜀道青天上[⑧]，云栈猿梯曲曲攀[⑨]。

（三）

漂摇踪迹暂人间，已是瞿昙弟子班[⑩]。
乍向岐涂挥手去，似从贫里拔身还。
耳中舍利非凡响[⑪]，榻上维摩是病颜[⑫]。
不为超然通色相[⑬]，曼殊无芾好谁攀[⑭]？

［注释］

①满思复：名中行，宋东阳（今属浙江）人。元丰末，为左司郎中，哲宗即位，命为起居郎，苏轼时为起居舍人。元祐元年，思复为直龙图阁，知明州。苏轼《次韵答满思复》："自甘茅屋老三间，岂意彤庭缀两班。纸落云烟供醉后，诗成珠玉看朝还。谁言载酒山无贺？记取啼乌巷有颜。但恐跛牂随赤骥，青云飞步不容攀。"抒写了无心功名，以诗酒自娱之情。

②"黄犊"句：相传东汉末人焦先，字孝然，避世乱，自造蜗牛庐（亦作瓜牛庐）于黄河之滨，隐居不仕，时人称为贤者。黄犊，即蜗牛之别称。见《三国志·魏书·管宁传》附《胡昭传》注。

③幽事：销声敛迹之事，指隐居的生活。班班：分明。

④"瓜畦"句：《庄子·天地》："子贡南游于楚，反于晋，过汉阴，见一丈人方将为圃畦，凿隧而入井，抱瓮而出灌，搰搰然用力甚多而见功寡。"此用其事，指

过着质朴的田园生活。

⑤“名灭”句：汉代郑子真隐居谷口（在今陕西礼泉东北）。成帝时，大将军王凤以礼聘之，子真不屈其志，耕于岩石之下，名震于京师。见《汉书·王贡两龚鲍传》。名灭，盖谓隐名埋姓。甘，情愿。

⑥“芝荣”句：汉初，东园公、绮里季、夏黄公、甪里先生隐居商山（在今陕西商县东），四人须眉皆白，故称四皓。高祖欲废太子，吕后用张良计，迎四皓以辅太子，高祖遂辍废太子之议。见《史记·留侯世家》。芝，香草名。荣，茂盛。芝荣，比喻道德高尚的贤者。绮季，即绮里季。商颜，地名，在今陕西大荔北。

⑦孟诸：古泽名，故地在今河南商丘东北。樵钩：砍柴的镰刀。班：配。

⑧蜀道：蜀地的道路。唐李白《蜀道难》：“蜀道之难，难于上青天。”

⑨云栈：高峻的栈道。猿梯：猿猴才能攀登的石阶，亦指险峻的山路。

⑩瞿昙：即释迦牟尼，佛教之创始人。

⑪舍利：佛骨。

⑫维摩：即维摩诘，佛名。与释迦牟尼同时。曾在病中为佛弟子讲说大乘教义。参阅南朝梁僧祐《胡汉译经音义同异记》及《大唐西域记·吠舍厘国》。

⑬色相：佛教指人或物呈现于外的现象。通色相，谓看透世间万物。

⑭曼殊：即文殊，菩萨名。

［评析］

诗中缅思古代隐者，赞美隐居的生活，表达了厌倦功名、摆脱尘世烦恼的思想。

用坡公次王定国韵

金门旧倦马卿游①，野思经时浩不收②。
喜剪蒿莱归蒋径③，好凭烟海俯齐州④。
千秋望古开青眼⑤，四十称翁未白头。
官罢身轻聊一快⑥，更无心拟畔牢愁⑦。

［注释］

①“金门”句：言昔日司马相如曾厌倦游宦。比喻自己厌弃仕途。金门，即金马门，汉武帝时铸铜马立其门外，故称。为宦者署门，东方朔、主父偃等曾待诏于此，后用为官署之代称。马卿，即司马相如，字长卿，汉成都人。景帝时，为武骑常侍，后去官游梁，为梁孝王客。梁孝王死，倦游而归。后饮于临邛富人卓

王孙家,以琴音挑其女卓文君,文君夜奔相如,同归成都。事见《史记》本传。

②野思:隐居的思绪。经时:多时。浩:浩渺。

③蒋径:盖指蒋山的路径。蒋山,即钟山,在今南京市东。

④齐州:指中国。

⑤开青眼:展目正视,表示看重。

⑥官罢:康熙三年(1664),作者因试文事入狱,当年十月获释,然犹免官,遂南下省亲。见王士禛《王考功年谱》。

⑦畔牢愁:《楚辞》篇名。汉扬雄本屈原《九章》中《惜诵》、《怀沙》等篇所作。旧说其内容是抒发与国君相离的悲愁之情。见《汉书·扬雄传》及颜师古注。

[评析]

此诗作于康熙三年免官之后。诗人登高览胜,遐思千古,抒发了"官罢身轻"的旷达怡乐之情。

赋得来年四十发苍苍[①]

来年四十发苍苍,归去为欢未可忘[②]。
齐物彭殇原一致[③],安心醉睡讵殊乡[④]?
逃禅绣佛长斋里[⑤],避世佳人锦瑟傍[⑥]。
闲棹澄湖时顾影[⑦],流光不向此中忙[⑧]。

[注释]

①王士禛评曰:"五六妙矣,合观尤妙。"

②归去:辞官隐居。晋陶潜《归去来兮辞》:"归去来兮,田园将芜胡不归?"

③"齐物"句:《庄子·齐物论》:"莫寿于殇子,而彭祖为夭。"此本其说,谓按照《齐物论》的说法,长寿与短命原本没有区别,即无所谓寿夭。彭,彭祖,传说中古代长寿的人,此指长寿。殇,夭折。

④"安心"句:安心沉醉而睡难道是不同的境界吗?言沉醉与清醒亦无区别。讵,难道。

⑤"逃禅"句:唐杜甫《饮中八仙歌》:"苏晋长斋绣佛前,醉中往往爱逃禅。"此化用其语。逃禅,遁世学佛。绣佛,用丝线绣成的佛像。长斋,长期素食。

⑥"避世"句:用唐杜甫《曲江对酒》诗"暂醉佳人锦瑟旁"句意,谓逃避世事,以声色自娱。锦瑟,饰有锦文之瑟。

⑦闲棹:悠闲地划船。

⑧流光:时光。

[评析]

康熙三年(1664),王士禄三十九岁,此诗盖作于其时。诗中感叹人生易老,表达了逃避世事、及时行乐的心情。

归 兴

郎署含香废啸歌[1],掉头归去兴如何?
野人心自怀鱼计[2],静者门宜着雀罗[3]。
十笏三桐元故隐[4],五湖一叶即恩波[5]。
旧游若问烟霞状[6],山径青春带女萝[7]。

[注释]

①郎署:指部中属官。啸歌:长啸歌吟。

②野人:乡野之人。鱼计:捕鱼的计划。

③静者:闲居之人。雀罗:捕雀的罗网。《史记·汲郑列传》太史公曰:"始翟公为廷尉,宾客阗门;及废,门外可设雀罗。"

④十笏:王士禄故居堂名。三桐:王士禄植于故居读书东堂的三株桐树。见王士禛《王考功年谱》。元:通"原"。故隐:旧时隐居之处。

⑤五湖一叶:春秋时,越国大夫范蠡助越王勾践灭吴,后携美女西施游五湖而去。见《史记·越王勾践世家》。此用其事,指功成身退,隐居江湖。一叶,指小船。恩波:指皇帝的恩泽。

⑥旧游:故交。烟霞:指隐居之处的山水美景。

⑦"山径"句:屈原《九歌·山鬼》:"若有人兮山之阿,被薜荔兮带女萝。"这句盖化用其诗,谓山径上有年青女神佩戴着女萝,即想象着自己隐居之处如《山鬼》中所描绘的仙境一样。女萝,地衣类植物。

[评析]

此诗盖作于康熙三年(1664)免官之后。作者讴歌隐居之处的美丽景色,表达了去官归隐时洒脱、愉悦的情怀。

再用坡公《遗子由》韵寄弟二首

（一）

故山归卧恰先春[①]，放废无烦更乞身[②]。
南郭子綦吾丧我[③]，东方曼倩彼何人[④]？
长年粝食同儿女[⑤]，夜雨高歌动鬼神。
已向释迦称弟子[⑥]，末班还许厕桓因[⑦]。

（二）

得也非欣失讵凄[⑧]？风尘一笑帽檐低[⑨]。
书翻郑圃嗤争鹿[⑩]，室类尸乡爱祝鸡[⑪]。
自有诗邮来小弟[⑫]，不妨耕馌累山妻[⑬]。
倚闾况是萦怀久[⑭]，归梦先吾到竹西[⑮]。

[注释]

①先春：春季将临之时。

②放废：放逐贬斥。乞身：请求辞官。这句说自己既遭贬斥，就无须再向皇帝请求退职了。

③"南郭"句：《庄子·齐物论》载：南郭子綦答颜成子游曰："今者吾丧我，汝知之乎？"吾丧我，得道之我忘记了俗世之我，即忘却名利，无欲无求，顺乎自然。

④东方曼倩：即东方朔，字曼倩，汉平原厌次（故城在今山东阳信东南）人。善诙谐，得武帝爱幸，任为常侍郎。朔尝言："如朔等，所谓避世于朝廷间者也。古之人，乃避世于深山中。"《史记》、《汉书》皆有传。以上二句表示赞赏南郭子綦之得道忘我，反对像东方朔那样混迹于官场。

⑤粝食：吃粗饭。

⑥释迦：即释迦牟尼，佛教始祖。

⑦末班：最后的行列。厕：加入。桓因：即释提桓因，佛教指诸天的天主，为释迦牟尼的弟子。

⑧讵：岂，难道。

⑨帽檐低：使帽檐低垂，以遮挡视线，指不关心世事。

⑩"书翻"句：《左传·僖公三十三年》载：秦国出兵欲攻打郑国，郑国知之。郑穆公派皇武子至客馆，向秦国大夫杞子与逢孙、杨孙致意曰："吾子淹久于敝邑，唯是脯资、饩牵竭矣，为吾子之将行也，郑之有原圃，犹秦之有具囿也。吾子

取其麋鹿，以闲敝邑，若何？”杞子等见事已败露，皆逃亡。此用其事，言翻阅《左传》一书，嗤笑秦国欲争夺郑圃之鹿，言外之意是耻笑为功利而争斗。郑圃，即原圃，郑国苑囿名。

⑪“室类”句：旧题汉刘向《列仙传》上：“祝鸡翁者，洛人也。居尸乡北山下，养鸡百余年。鸡有千余头，皆立名字，暮栖树上，昼放散之。欲引呼名，即依呼而至。”此用其事，谓自己的居室如同神仙的境界。尸乡，地名，在今河南偃师县西。祝鸡，呼唤鸡。

⑫诗邮：寄递的诗。来：勉励。小弟：即王士禛。

⑬耕馌：耕田和给耕者送饭。山妻：自称其妻的谦词。

⑭“倚闾”句：况且自己长期挂念着殷切盼望儿子归来的父母。《战国策·齐策六》：“王孙贾年十五，事闵王……其母曰：‘女朝出而晚来，则吾倚门而望；女暮出而不还，则吾倚闾而望。’”这里用倚闾比喻父母盼子归来的心情。

⑮竹西：亭名，在扬州府甘泉县北。王士禛任扬州府推官时，与父母同居。这句说梦中已先到扬州，与父母团聚。

[评析]

康熙三年（1664）三月，作者因试文事获罪入狱，十月，免官，遂南下省亲，十一月至扬州。这两诗当作于免官之后、抵达扬州之前。诗中表达了厌倦功名、忘却荣辱得失的襟情，并抒写了对隐居生活的向往与对亲人的思念。

送龙师叔司李广宁

明廷本计重长祥①，司法新除去乐浪②。
故国题书凭白雁，秋原校猎殪黄羊③。
关山吊古多军垒，丰沛歌风旧帝乡④。
遥识官闲无一事，好餐赤柰醉醴浆⑤。

[注释]

①明廷：古代帝王祭祀神灵、会见诸侯之处，此借指朝廷。本计：本来的打算。祥：幸福。

②司法：掌管刑法之官。除：委任。乐浪：地名。

③校猎：设栅栏以围猎野兽。殪：杀死。

④丰沛：沛县丰邑（今属江苏），为汉高祖刘邦故乡。

⑤赤奈:果名。奈,同“柰”。醺浆:酒。

[评析]

此诗为送行之作。诗中描绘异地风光和行者的生活景况,表达了对他的关切之情。

谈　禅[①]

老屋秋灯夜不眠,龙丘居士坐谈禅[②]。
散花落处谁无着[③],舂米筛来悟自圆[④]。
摩勒果形看宛尔[⑤],频伽鸟语听悠然[⑥]。
病夫愿力无多子[⑦],只索弥陀授一廛[⑧]。

[注释]

①谈禅:谈论佛理。题下原注:“已下四首和张鹤洲同年。”

②龙丘居士:宋陈慥号。慥字季常,少使酒好剑,曾与苏轼游 。稍壮,折节读书,终不遇。后隐居。《宋史》附《陈希亮传》。苏轼《寄吴德仁兼简陈季常》:“龙丘居士亦可怜,谈空说有夜不眠。”

③散花:佛教谓维摩诘说法时,其室有天女现身,散天花于诸菩萨及大弟子。花至诸菩萨,即皆堕落,至大弟子,便着其身而不落。见《维摩诘经·观众生品》。此句盖言人人皆可成为佛家弟子。

④圆:功德圆满。

⑤摩勒:同“弥勒”,佛名。果(luǒ):通“裸”。宛尔:笑貌。

⑥频伽:梵语“迦陵频伽”之省称,义为妙音鸟,佛经中的仙禽。

⑦愿力:佛教谓誓愿之力,此指本愿。

⑧索:须。弥陀:“阿弥陀佛”之省称,佛家净土宗奉为西方极乐世界的教主。廛:房屋。

[评析]

这首诗议论佛理,表达了对佛家所谓极乐世界的向往。

说　鬼[①]

齐谐有志谈堪助[②],韩子为原理不迷[③]。
秋柏实犹疑缓也,春风草尚认虞兮[④]。

无乎却自分明见，妄矣何劳子细稽[5]？
言丑果然须好愧，揶揄底事每端倪[6]？

[注释]

①王士禛评曰："游戏跌宕，极文人之致矣！"

②齐谐：古人名。一说为书名。此当为人名。《庄子·逍遥游》："齐谐者，志怪者也。"志，记述。

③韩子：即韩愈，有《原鬼》一文，见《韩昌黎集》卷十一。原，探究本原。

④"春风"句：相传项羽兵败垓下，其妾虞姬自刎，葬于雅州名山县，冢中生草，名虞美人草，闻《虞美人曲》则应板而舞。参见明张岱《夜航船·虞美人草》。虞，虞姬。

⑤子细：同"仔细"。

⑥"揶揄"句：《世说新语·任诞》"襄阳罗友有大韵"注引《晋阳秋》："出门于中路逢一鬼，大见揶揄，云：'我只见汝送人作郡，何以不见人送汝作郡？'"此用其事。揶揄，嘲弄。底事，何事。

[评析]

纵观此诗，从谈鬼中可以得知西樵虽亦尚佛，但儒家思想仍占主导地位，故于儒释之间，还是更倾向于韩昌黎的主张。

饮　酒

忧心兀兀只如惔[1]，何以销忧觉汝甘。
顾影陶潜神自适[2]，偷邻毕卓意尤耽[3]。
到脐侨置青州郡[4]，嗜汁思营绣佛龛[5]。
他日林间横醉眼[6]，须知天地总清酣[7]。

[注释]

①兀兀：不安貌。惔(tán)：火烧。

②"顾影"句：晋陶潜《饮酒》诗序有云："顾影独尽，忽焉复醉。"顾影，自顾其影，有矜傲之意。

③"偷邻"句：毕卓，字茂世，晋新蔡鲖阳（今属河南）人。太兴末，为吏部郎，常饮酒废职。邻舍酿熟，卓因醉夜至其瓮间盗饮之，为掌酒者所缚，明旦视之，乃毕吏部，遂释其缚，与宴于瓮侧，酣醉而去。事见《晋书》本传。耽，迷恋。

④"到脐"句：把青州郡别置于腹脐处，言美酒下脐。东晋大臣桓温有主

簿,善品酒,好者称为“青州从事”,恶者称为“平原督邮”。因好酒下脐,恶酒凝膈,而青州有齐郡,平原有鬲县,故从事言“到脐(齐)”,督邮言“在鬲上住”。见《世说新语·术解》。侨置:暂借别地重置州郡。

⑤“嗜汁”句:言苏晋只因嗜酒,才想营造绣佛龛。唐杜甫《饮中八仙歌》:“苏晋长斋绣佛前,醉中往往爱逃禅。”苏晋,唐雍州蓝田(今属陕西)人。善属文,时人比之王粲。玄宗时官至太子左庶子。新、旧《唐书》皆有传。绣佛,用彩丝绣成的佛像。

⑥横:纵目浏览。

⑦清酣:清爽。

［评析］

此诗咏酒,说明酒可销忧,使人心胸豁达疏朗,表达了作者爱酒的旨趣。

言　梦[1]

已能大梦觉邯郸[2],因想微缘未尽殚[3]。
昨向蝶园辞紫绶[4],今从蚁聚请黄冠[5]。
人非痴自无妨说[6],佛谓如应可类观[7]。
唊杵乘车纷怪事[8],此乡有朴亦全刓[9]。

［注释］

①王士禛评此诗曰:“慧业文人生天成佛,无所不可。”慧业,佛教谓生来具有的智慧业缘。生天,死后更生于天界。

②“已能”句:唐沈既济《枕中记》载:卢生于邯郸客店中遇道人吕翁,生自叹贫困,翁乃授之枕,生于梦中历尽荣华富贵,及醒,主人炊黄粱尚未熟。此用其事,言已悟荣华富贵皆如梦幻。

③微缘:微小的尘缘。殚:断绝。

④蝶园:《庄子·齐物论》:“昔者庄周梦为胡蝶,栩栩然胡蝶也。自喻适志与,不知周也。俄然觉,则蘧蘧然周也。”这里用蝶园比喻脱离尘世的幻境。辞紫绶:辞去官职。紫绶,用以系印的紫色丝带。

⑤蚁聚:聚集的蚁群。唐李公佐《南柯太守传》载:淳于棼家居广陵郡,曾饮酒于古槐之下,醉后梦入古槐穴,见有大槐安国。其王招淳于棼为驸马,任南柯太守,享尽荣华富贵。醒后见槐下有蚁穴,即梦中的槐安国与南柯郡。这里

用来比喻富贵荣辱变幻无常的梦境。请黄冠:追求得道成仙。黄冠,道士之冠。

⑥“人非”句:佛教谓痴人易惑,故于痴人面前不得说梦。见《五灯会元·道行禅师》。此言人既不痴,自无访说梦。

⑦“佛谓”句:佛的别名为“如来”,释迦牟尼的十种法号之一亦称“如来”。见《金刚经·威仪寂静分》、《成实论》。此言佛既可称“如”,而“如”有类同之义,故对一切事情应该比类而观。

⑧啖杵乘车:比喻不合情理之事。《世说新语·文学》:“未尝梦乘车入鼠穴,捣齑,啖铁杵,皆无想无因故也。”

⑨此乡:盖指梦境。朴:未经加工之木材。刓:雕刻。朴之刓,比喻人为物欲所惑而丧失本性。

[评析]

诗中寄寓了人生如梦、尘缘未断的感喟,表示要类观万物,返璞归真,摆脱尘世的束缚。

漫咏[①]

历尽邛崃九折迂[②],他时何计慰居诸[③]。
杜家儿解编鸡栅[④],鲍氏妻堪挽鹿车[⑤]。
触触谁能纷避忌[⑥]?悠悠雅拟溷樵渔[⑦]。
柴门斜对过溪路,看我翛然跨白驴[⑧]。

[注释]

①王士禛评曰:“结句自写照也。”据王士禛《王考功年谱》,康熙二年(1663),王士禄迁稽勋员外郎,奉命主河南乡试。三年三月,礼部指摘试文语句有疵,遂下狱。至十月三日太皇太后万寿节,事得昭雪,然犹免官,即日辞都,此诗即作于其时。

②“历尽”句:邛崃,山名,在今四川成都。九折,即九折阪,在邛崃山上,因道路曲折,故名。相传汉朝王阳为益州(今属四川)刺史,行至邛崃九折阪,畏其险阻,遂托病辞官。见《汉书·王尊传》。这里用其事,比喻自己历尽艰难曲折的道路。迂,曲折。

③居诸:《诗·邶风·柏舟》:“日居月诸,胡迭而微。”后遂以居诸为日月之代称,这里指光阴,年华。

④“杜家”句:杜甫有《催宗文树鸡栅》诗,宗文,其子。诗中写催促宗文于

宅旁编树鸡栅,以养鸡自怡。

⑤"鲍氏"句:《后汉书·列女传》载:渤海鲍宣妻,字少君。宣曾受业于少君之父,父奇其清苦,故以少君嫁之,妆奁甚丰。宣不悦,认为自己贫贱,不能当此厚礼。少君乃悉归嫁妆,更着短布裳,与宣共挽鹿车归乡里。鹿车,用人力推拉的小车。以上二句用杜家儿、鲍氏妻之事寄寓了厌倦功名、安贫乐道的情怀。

⑥"触触"句:北周熊安生将见徐之才与和士开,因之才父名"雄",士开父名"安",故自称"触触生",为人所哂。事见《北史》本传。触触,谓处处触犯。这句说谁能像熊安生那样处处避忌,无所触犯?表现了对世俗的鄙视。

⑦悠悠:安闲貌。雅:平素。溷:混同。樵渔:打柴的人和渔夫。

⑧翛然:超脱貌。

[评析]

诗中感叹光阴流逝和人生道路的艰难曲折,表达了安贫乐道、鄙弃功名世俗的情怀,向往着自然超脱的境界。

残宵①

残宵无寐百端萦②,愁绝秋衾窸窣声③。
络屋老煤千片落④,写窗寒月几棱明⑤。
接舆若见嘲应及⑥,负局相随计已成⑦。
屈指归期聊自慰,北风薰鼠故园情⑧。

[注释]

①王士禛注:"以末句妙,存之。"此诗亦作于康熙三年(1664)免官辞都之时。参见前首注①。

②百端:忧思纷杂。萦:萦绕。

③秋衾:秋天盖的被。窸窣:象声词。

④络:绕。老煤:积久的烟尘。

⑤写(xiè)窗:透过窗棂照下。

⑥"接舆"句:接舆,相传为春秋时楚国隐士,佯狂避世。因其迎孔子之车而歌,故名。《论语·微子》:"楚狂接舆歌而过孔子曰:'凤兮凤兮!何德之衰?往者不可谏,来者犹可追。已而,已而!今之从政者殆而!'"据旧注,这是劝孔子避乱隐居。此句言接舆若见自己为求功名而忧愁不寐,也应加以嘲讽了。

⑦"负局"句:旧题汉刘向《列仙传·负局者》:"负局先生者,不知何许人

也，语似燕、代间人，常负磨镜局，徇吴市中炫，磨镜一钱。因磨之……"负，背。局，镜箱。这句说自己已打算身背镜箱，跟随磨镜人而去，即遁世隐居。

⑧"北风"句：《诗·邶风·北风》："北风其凉，雨雪其雱。"又《豳风·七月》："穹窒熏鼠，塞向墐户。"这里引用"北风"、"熏鼠"，既点缀了深秋时节乡村的生活图景，也寄寓了思念家园之情。熏鼠，即用烟气熏走室内的老鼠。

[评析]

这首诗抒发了秋夜愁思和归隐的心情。作者通过景物的烘托和典故的运用，使感怀的表达蕴藉而深沉。末句引用《诗经》中的辞语，既描绘出深秋时节乡村的生活图景，也寄寓了故乡之思，愈显出构思的巧妙。

得季弟书，足其语成诗却寄（有序）

顷贻上书来，云："重阳行近，连日风雨。昨夜始闻雁声，不觉泪湿衾簟[①]，枕上用韦苏句[②]，得一联云：'绵绵夜雨伤神日，寂寂高斋听雁时[③]。'"云云。仆忧患以来[④]，时逾七月，虽抱幽忧之疾，未屑为楚囚之泣也[⑤]。乃读此语，不禁泪淫淫下矣[⑥]！雍门之琴，听者心伤；河上之歌，闻而涕陨。信有然乎[⑦]！因用其语成诗却寄，聊抒此怀，并慰其意云尔。

讵缘定力果能持[⑧]？大恐由来缦缦宜[⑨]。
念远虽然凋秃鬓[⑩]，遣愁幸未损通眉[⑪]。
绵绵夜雨伤神日，寂寂高斋听雁时。
读罢阿连凄绝句[⑫]，始知秋气信堪悲[⑬]！

[注释]

①衾簟：被和席。

②韦苏："苏"下盖脱"州"字。韦苏州，即韦应物，唐京兆长安（今陕西西安）人，历任滁州、江州、苏州刺史，世称韦苏州。

③"绵绵"二句：韦应物《闻雁》诗："淮南秋雨夜，高斋闻雁来。"王士禛所得一联由此化出。斋：房舍。

④忧患：指康熙三年（1664）三月因试文事而入狱。详见《漫咏》注①。

⑤"未屑"句：言不屑因身遭拘禁、处境窘迫而哭泣。《左传·成公九年》：

“晋侯观于军府,见钟仪,问之曰:‘南冠而絷者,谁也?’有司对曰:‘郑人所献楚囚也。’”本指被俘的楚国人,后借指身遭拘禁或处境窘迫之人。《世说新语·言语》:“周侯中坐而叹曰:‘风景不殊,正自有山河之异!’皆相视流泪。唯王丞相愀然变色曰:‘当共戮力王室,克复神州,何至作楚囚相对!’”

⑥淫淫:流泪貌。

⑦“雍门”五句:言雍门周的琴声和《河上歌》表达了深切的忧思,能使闻者伤感流泪,确实是这样的。这是王士禄处于忧患之时,读了王士禛书信和诗之后触发的感慨。汉刘向《说苑·善说》载:战国时,齐人雍门周以琴见孟尝君(田文)。孟尝君曰:“先生鼓琴亦能令文悲乎?”于是周引琴而鼓,孟尝君伤感而泣下,曰:“先生之鼓琴,令文立若破国亡邑之人也。”《吴越春秋·阖闾内传》:“子胥曰:‘……子不闻《河上歌》乎? 同病相怜,同忧相救。’”

⑧讵:岂。定力:佛教语,指坚定专一之心。持:保持本性,不为外物所动摇。

⑨大恐:大概。缦缦:指时日久远。宜:适当,无所偏失。以上二句盖言:难道是由于定力果真能保持本性吗? 恐怕是由于天长日久,才逐渐养成坚定专一的心志。

⑩念远:指思念远方的亲人。秃髩:头发脱落的鬓角。髩:同“鬓”。

⑪通眉:相连的双眉。

⑫阿连:南朝宋谢灵运称其族弟惠连为阿连。见《宋书·谢灵运传》。后因称弟为阿连,此指季弟王士禛。

⑬“始知”句:战国楚宋玉《九辩》:“悲哉秋之为气也。”此用其意。

[评析]

作者于康熙三年因试文事而获罪入狱,虽罹艰厄,而砥志砺节,襟抱不移。但读了季弟王士禛的诗文后,却为其深切的忧思而感动,通过这首诗表达了他满腔悲愤之情。

望岳二首[1]

(一)

扳华提嵩见总持[2],背齐襟鲁肃形仪[3]。
氤氲了指云霞异[4],亏蔽从知日月卑[5]。
封阅嬴刘时冉冉[6],观分秦越影离离[7]。

祇怜灵境频来往[8]，潦倒才成望岳诗。

（二）

行子驱车青岳阳[9]，欲行复止心旁皇[10]。

莲花桃花总缥渺[11]，亢父梁父皆微茫[12]。

应劭旧文语最古[13]，李斯巨篆书尤苍[14]。

安得振衣上绝顶，坐看海日升扶桑[15]。

［注释］

①岳：指东岳泰山。

②扳：引，拉。华：即西岳华山。嵩：即中岳嵩山。总持：统领。古代以泰山为诸山之尊，五岳之长，故云。

③背齐襟鲁：谓泰山背靠齐国，前临鲁国。襟，屏障于前，如同衣襟。

④氤氲：云霞浓盛貌。了：分明。

⑤亏蔽：亏缺，遮掩。这句说山峰为云霞所遮掩，从而知道泰山之高，日月之卑。

⑥封阅：古代帝王在泰山举行的祭祀天地的典礼。嬴刘：指秦、汉二代。冉冉：言时光渐逝。

⑦秦越：秦国与越国。离离：盖罗列貌。这句说观望泰山峰影罗列，把秦、越二国分隔开来。

⑧祇：只，仅。灵境：仙境，指泰山。

⑨行子：游子。阳：山之南为阳。

⑩旁皇：同"彷徨"，迟疑不决。

⑪缥渺：形容隐隐约约。

⑫亢父：古地名，战国时齐邑，故址在今山东济宁市南。梁父：山名，为泰山下的一座小山。古代帝王于泰山筑坛祭天，谓之封；在梁父山上辟场祭地，谓之禅。微茫：隐约。

⑬应劭：字仲远，汉汝南南顿（今属河南）人。灵帝时，曾任泰山太守。自幼笃学，博览多闻，著述繁夥，现存者有《汉官仪》、《风俗通义》等。《后汉书》有传。旧文：指应劭为泰山而撰写的文字。

⑭李斯：战国末楚国上蔡（今属河南）人。秦始皇时为丞相，曾制定郡县制，下禁书令，推行小篆，后为赵高诬陷，被杀。《史记》有传。巨篆：指李斯写于泰山上的篆文。李斯工于书法，相传秦时泰山、琅邪等刻石皆为其手书。苍：苍劲。

⑮扶桑:神木名,传说太阳出于其下。

[评析]

诗中赞美泰山的风光文物,且寄托了今古之思和个人身世的感叹。

羼提阁与季弟夜话作[①]

此来非梦转相关[②],秉烛从君认故颜。
池草每怜将梦杳[③],官梅今喜竞春还[④]。
陆家旧接东西屋,何氏终名大小山[⑤]。
几夜连床话丘壑[⑥],翛然兴满五湖间[⑦]。

[注释]

①王士禛《王考功年谱》云:康熙三年十月,王士禄免官辞都,南下省亲。十一月至扬州,与王士禛相见,继至广陵(今属江苏)。王士禛官署中有羼提阁,士禄居之,常与王士禛对床夜话。此诗当作于其时。

②转:反而。相关:言与梦境相似。

③"池草"句:常怜池草随着梦境杳渺难寻。这是表达对季弟王士禛的思念。将,伴随。

④"官梅"句:今喜官府中的梅花争春而复开。南朝梁何逊曾为扬州法曹,官舍中梅花盛开。逊常吟咏于梅下。后居洛,思忆梅花不已,因求再到扬州为官。参见宋吕祖谦《诗律武库·官梅诗兴》。此用其事,借以表达与季弟王士禛重逢时的欢悦心情。

⑤"陆家"二句:以陆机、陆云兄弟,何点、何胤兄弟比喻自己和季弟王士禛亲密相处、趣尚一致。陆机,字士衡,晋吴郡吴县(今属江苏)人。太康末年与弟云入洛阳,以文才著称于世。曾任平原内史、后将军、河北大都督等职。云字士龙,曾任清河内史。《晋书》有传。何点,字子皙,南朝庐江(今属安徽)人。博通群书,隐居不仕。胤字子季,仕齐为建安太守,历黄门侍郎、太子中庶子,官至中书令,后隐居,世称点、胤兄弟为"大山"、"小山"。《南史》有传。汉淮南王刘安招致文人,从事著述,以类相从,分别称为"大山"和"小山",犹《诗经》之有《大雅》与《小雅》。见汉王逸《楚辞章句·招隐士》。后用以指称同时有名的两兄弟。

⑥丘壑:指胸中学识。

⑦翛然：超脱貌。五湖：指太湖或太湖及附近四湖。

[评析]

此诗作于免官之后，而字里行间却洋溢着与季弟王士禛团聚时的愉悦之情。且以古代名士为况，抒发了洒然超逸的襟抱。

相逢行遇于道子作二首[①]

（一）

忽忽路旁遇，数语便分手。
秖益越乡心[②]，相逢复何有？

（二）

欲问故乡事，斯须那得悉[③]？
登车各回首，但恨车轮疾！

[注释]

①王士禛评曰："古。"

②秖：仅，只。越乡：远离家乡。

③斯须：很短的时间。悉：尽，一一询问。

[评析]

作者以质朴的语言描写了和于道子异乡相逢、匆匆话别的情景，抒发了对故乡的思念和羁旅之情。

水尽头

苍苍夕阳晚[①]，石路入深幽。
一道蝉声里[②]，山泉浸屐流[③]。

[注释]

①苍苍：形容暮色苍茫。

②一道：一片。

③屐：木屐，底有齿，穿之可以登山。

[评析]

这首诗描绘了夕照、石路、蝉声和山泉，渲染出一种幽静逸远的意境。

望京楼遗址

在昔完颜帝[①],为楼此望京。

只今基畔草[②],犹向凤凰城[③]。

[注释]

①完颜:金代帝王姓氏,凡九帝,历一百二十年。

②基:望京楼遗址墙基。

③凤凰城:指京城。因秦穆公之女弄玉,吹箫引凤,凤凰降于京城的故事,而指咸阳名丹凤城,后指京城为凤凰城。

[评析]

作者凭吊金代望京楼遗址,寄寓了古今兴衰的感慨。

获鹿道中望抱犊山[①]

茫茫怀古心,悠悠鹿泉路[②]。

不逢抱犊人,怅望青山暮。

[注释]

①获鹿:县名,亦名鹿泉县,今属河北。抱犊山:在河北获鹿县西。相传北魏时百姓遭遇战乱,抱犊上山(或云依山抱犊而死),故名。见《太平御览》卷四五引《隋图经》、《元和郡县志·恒州·获鹿县》。

②悠悠:遥远。

[评析]

诗中写青山暮色,路途悠悠,怅然怀古,笔下流露出落泊、孤寂的情绪。

苍颉故宅[①]

故迹已芜没,犹说轩辕史[②]。

文字胎纷纭,鬼哭宁徒尔[③]!

[注释]

①题下原注:“平阳城南。”王士禛评曰:“甲辰无妄之灾,此其谶耶?”甲辰,即康熙三年(1664)。无妄之灾,指因试文事而获罪入狱。谶,迷信者指预示吉

凶的言语、文字等。苍颉：相传为黄帝史官，汉字的创造者。

②轩辕史：即苍颉。黄帝亦称轩辕氏。史，即史官。

③"文字"二句：《淮南子·本经训》："昔者仓颉作书，而天雨粟，鬼夜哭。"高诱注："仓颉始视鸟迹之文造书契，则诈伪萌生；诈伪萌生，则去本趋末，弃耕作之业而务锥刀之利。天知其将饿，故为雨粟。鬼恐为书文所劾，故夜哭也。"此用其意，言文字的产生酝酿了世间的祸乱，鬼为之哭泣，难道是徒然的吗！胎，孕育，酝酿。宁，难道。徒尔，徒然。

[评析]

诗中缅怀苍颉，并感叹文字是世间的祸乱之由。康熙之时，虽注重笼络汉族知识分子，但为了加强思想统治，亦屡兴文字狱，诗人沉郁的感慨大概正是缘此而发。

萤[①]

幺麽一两点[②]，暗向天阶度[③]。
怪事是阿麽[④]，要尔充秋赋。

[注释]

①《渔洋诗话》："甲辰岁，西樵为《虫豸诗》二十首，盖有所感慨而作。余见之曰：'此卞彬《蚤虱赋》之流也。'"卞彬，南朝齐人，才操不群，文多指刺。读以下几首虫豸诗，均应参照卞诗意，方能悟。

②幺麽：微小貌。

③天阶：星名。《晋书·天文志上》："三台为天阶。"此当指星空。

④阿麽：隋炀帝小字。大业十二年，隋炀帝于景华宫征求萤火，得数斛，夜出游山，放之，光遍岩谷。事见《隋书·炀帝纪》。

[评析]

此诗由萤火虫联想到隋炀帝放萤夜游，以萤入赋等事，寄寓了怀古之幽思。

蝉[①]

腹与龟肠洁[②]，声兼清露遥[③]。
何缘尘垢里[④]，强著伴金貂[⑤]？

[注释]

①王士禛评曰:“妙。”

②“腹与”句:蝉腹与龟肠同样洁净。古人以蝉饮而不食,龟吸气而生,故以“蝉腹龟肠”喻人迫于饥饿,这里是比喻清贫。《南齐书·王僧虔传》载檀珪与僧虔书:“九流绳平,自不宜独苦一物,蝉腹龟肠,为日已久。”

③“声兼”句:蝉的鸣声与露水的清气相交融,传得很远,比喻人志节清高。兼,同。

④尘垢:尘世。

⑤强:勉强。著(zhuó):使,让。伴金貂:与金貂为伴,成为高官的冠饰。比喻跻身官场,与权贵相伴。古代显官的帽子,以黄金珰、蝉文为饰,插以貂尾,称为貂蝉。

[评析]

这首诗赞美蝉的高洁,为它陪伴金貂而嗟叹,寄寓了清高自守、不慕权贵的志趣。

蜻　蜓[1]

款款飞时见[2],林边复水湄[3]。
应缘浮薄相,得谥近狐狸[4]。

[注释]

①王士禛注:“蜻蜓一名狐黎。”

②款款:徐缓貌。

③湄:岸边。

④“应缘”二句:言蜻蜓又名狐黎,应该是因为它形象轻浮,所以落得一个与“狐狸”相近的称号。

[评析]

此诗借蜻蜓讽刺了某些行为轻浮的人。

蝶

早读漆园书,梦亦羡栩栩[1]。
魏收自轻薄,胡为波及汝[2]?

[注释]

①“早读”二句：言早年读《庄子》一书，也羡慕庄周梦为蝴蝶、欢快飞翔的境界。漆园，地名，为庄周做官之处。栩栩，欢快貌。《庄子·齐物论》：“昔者庄周梦为胡蝶，栩栩然胡蝶也。”

②“魏收”二句：言魏收自然轻薄，为什么要牵连蝴蝶呢？魏收，字伯起，北齐巨鹿下曲阳（在今河北定县）人，官至尚书右仆射。机警能文，与温子升、邢邵号为北朝三才子。因性情轻薄，又有“惊蛱蝶”之称。《北齐书》、《北史》皆有传。

[评析]

诗中歌颂蝴蝶，表达了对自由超脱境界的企慕。

蚁

赫赫南柯守，分符向此邦。
龟山看大猎，豪举信无双①。

[注释]

①“赫赫”四句：唐李公佐《南柯太守传》载：广陵郡淳于棼曾饮于古槐树下，沉醉而卧，梦入大槐安国。棼被招为驸马，奉王命大猎于国西灵龟山，又任南柯太守，荣耀显赫，盛极于时。后率师出征战败，公主亦死，棼过于奢侈，遭国王疑忌，被遣归。及醒，于古槐树下见大蚁穴，即梦中所历大槐安国都。南枝下有一穴，即南柯郡。西有一穴，中有腐龟壳，即灵龟山。棼顿悟人生如梦、富贵荣华终归虚幻，遂弃绝尘俗，潜心学道。此诗即根据这一故事写成。分符，分剖符节，王与大臣各执其半，作为信物。

[评析]

诗人从咏蚁出发，借南柯一梦的故事，寄寓了人生如梦之意。

蜘 蛛

共道输君独①，牵丝巧若神。
只应同吉网②，莫便诩经纶。

[注释]

①共道：同行。输：比不上。独：独处。

②吉网：古人认为蜘蛛的出现为喜事的征兆，称之为喜蛛，故此称其网为吉网。

③莫便：不应。诩：自夸。经纶：整理而成的丝缕。

［评析］

诗中赞美蜘蛛只身独处，牵丝巧妙。劝它只应与吉网同在，不要自夸结网之能。其寓意在于劝人独善其身，不必自诩其才而追求功名。

蜣 螂

蒙庄言道妙[①]，乃在溺与屎。
故知转丸时[②]，已具云霄理[③]。

［注释］

①蒙庄：即庄子。因庄子为蒙人，故称。道：指蜣螂之术。

②转丸：旋转粪成丸。《尔雅 · 释虫》："蛣蜣，蜣螂。"邢疏引庄子曰："蛣蜣之智在于转丸。"

③云霄：高空，比喻飞黄腾达。

［评析］

诗中写蜣螂的智术在于尿和屎之间，它在转动粪土成丸的时候，已经包含了飞黄腾达的道理。作者似以蜣螂转丸比喻某些小人狗苟蝇营、谋取爵禄的手段。

叩头虫[①]

手推故神物[②]，名流解望尘[③]。
将军揖客少[④]，莫讶叩头频。

［注释］

①王士禛评曰："不妨笑骂。"叩头虫：亦名磕头虫，以手按其身，其头能俯屈有声。

②手推：以手推按。故：本来。神物：神奇的虫类。

③"名流"句：使名流懂得谄媚地对待显贵之人。《晋书 · 潘岳传》："岳性轻躁，趋世利，与石崇等谄事贾谧，每候其出，与崇辄望尘而拜。"此用其事。名流，指潘岳、石崇等。

④将军：指贾谧。揖客：只作揖而不跪拜之客。揖客少即很少有人能与之

分庭抗礼,言其显贵骄横。

[评析]

作者形象地把谄媚趋利之徒比作叩头虫,对他们加以辛辣的嘲讽。

虱

汝腹能几许?衣中斗漫雄[①]。

还思虱父语,直有鲁连风[②]。

[注释]

①漫雄:群雄。

②"还思"二句:又想到虱父的一番言论,简直有鲁仲连那样为人排忧解难的风格。王士禛注:"虱父语见《符子》。"案:《太平御览》卷九五一引《符子》:"齐鲁争汶阳之田,鲁侯有忧色。鲁有隐者周丰往观焉,曰:'臣尝昼寝,愀然闻群虱之斗乎衣中,甘臣膏腴之肌,珍臣项脊之肤,相与树党争之,日夜不息,相杀者大半。虱父止之曰:"我与尔庐不过缝,所餐食不过容口,奚用窃乎交战为哉!"群虱止。今君以七百里地为君之城,亦以为足矣。而以汶阳数步之田,惑君之心,曾不如一虱之智,窃为君羞之。'鲁侯曰:'善。'"鲁连即鲁仲连,战国齐人,以为人排忧解难而著称。其事迹见《战国策·赵策三》及《史记》本传。

[评析]

这首诗似以群虱比喻争名夺利、损人利己之徒,讽刺了他们的贪婪和残忍。又把虱父比作鲁仲连,言外之意是嘲笑这些小人连虱父也不如。

蚤

尔躯既已轻,尔行复能跳。

无如汤沐频,有时亦相吊[①]。

[注释]

①"无如"二句:《淮南子·说林训》:"汤沐具而虮虱相吊。"此用其意。无如,无奈。汤沐,沐浴。相吊,互相表示哀悼。

[评析]

此诗似以跳蚤比喻损人利己的小人,表示了对他们的诅咒。

牛领虫

委贽大兰王[①],项领足意气[②]。
纵解认前身[③],讵羡转轮贵[④]?

[注释]

①委贽:奉送礼品以相见。贽,初见尊长时所送的礼品。大兰王:猪的别称。《事物异名录》卷三五:"《俳谐集》:'北燕伯使使者豪狶,册命大兰王。'按,谓猪也。"

②项领:肥大的颈部。意气:气概。

③前身:佛家语,即前生。

④"讵羡"句:王士禛注:"转轮王报尽为牛领虫。见佛书。"讵,岂。转轮,即转轮王,佛教中的天神。转轮王又称"转轮圣王",有宝轮,降伏四方,为护持佛法最有力之王,今借指威德最高之王。

[评析]

此诗语多犀利,讽刺世俗无耻之徒,窃居猪项牛领,自以为得计,殊不知自身已是佛家指为轮回之末,不以为耻,反以为荣,写来入木三分。

狗　蝇[①]

托体槃瓠族[②],豕虱略相类[③]。
狗苟而蝇营,名实竟双备[④]。

[注释]

①王士禛评曰:"咏虫诸绝句,极才人之致,是卞彬《蚤虱赋》之流。"卞彬,字士蔚,南齐济阴冤句(今属山东)人。曾任南康郡丞、绥建太守等。彬才操不群,文多指刺,尤善托喻虫豸,以讥世态。有《蚤虱赋》、《蜗虫赋》、《虾蟆赋》等。《南齐书》、《南史》皆有传。狗蝇:一种寄生于狗身上的昆虫。

②槃瓠族:狗的家族。槃瓠:指狗。晋干宝《搜神记》卷十四:"高辛氏有老妇人居于王宫,得耳疾历时。医为挑治,出顶虫,大如茧。妇人去后,置以瓠蓠,覆之以盘,俄尔顶虫乃化为犬,其文五色,因名'盘瓠'。"槃,通"盘"。

③豕虱：一种寄生于猪身上的昆虫。

④"狗苟"二句：言此虫既名"狗蝇"，又如狗一样苟且偷生，如苍蝇一样飞来飞去，可谓名实双备。

［评析］

此诗用狗蝇比喻那些不顾廉耻、投机钻营的人们，对其进行了辛辣的讽刺。

寄诸弟二首

把酒看花时，日日偕游憩。

莫似杜陵人[①]，遥遥想诸弟[②]。

又

渔具名非一，曾闻鲁望诗[③]。

一舟好归去，及此秋风时。

［注释］

①杜陵人：指杜甫，天宝年间曾客居长安，住在杜陵（在今陕西西安东南）附近，故称。

②"遥遥"句：杜甫处于动乱之世，且仕途坎坷，常年漂泊，有不少诗篇表达了对兄弟的思念之情。

③"渔具"二句：曾读陆龟蒙诗，知捕鱼的器具名称非止一种。陆龟蒙，字鲁望，号江湖散人，又号天随子，唐姑苏（今江苏苏州）人。隐居不仕，多所论著。有《渔具诗》十五首。《新唐书》有传。

［评析］

以上两首诗表达了对兄弟的思念，并忆陆龟蒙《渔具诗》，抒发了归隐的意趣。

演庄六首

牛马具四足，天于汝非靳。

络首而穿鼻，乌庸画壁问[①]？

又

夫既以形赘，则亦奚不有[②]？

况乃成支离，何怪柳生肘[3]？

又

一歌猛虎行[4]，使我心旁皇。
勿为学单豹[5]，好去事梁鸯[6]。

又

已与造物游，融心任大冶[7]。
阿侬即复痴[8]，何至怨飘瓦[9]？

又

箜篌曲未已，已叹狂夫狂[10]。
齐入而汩出，为君游吕梁[11]。

又

无形以为车，涉江去宛宛，
送者反自崖，君兮自此远[12]。

［注释］

①“牛马”四句：《庄子·秋水》：“北海若曰：‘牛马四足，是谓天；落马首，穿牛鼻，是谓人。’”言牛马具有四足，是上天所赋与的；以笼头络马之首，以绳索穿牛之鼻，是人间所为之事。旨在说明听天由命，无欲无争，才能达到至德之境而获得自由。这里盖用其意。靳，吝啬。非靳，言使其四足具备。乌，何。庸，用。

②“夫既”二句：既然已把形骸视为累赘，达到忘我的精神境界，那什么不能拥有呢？夫，表示要发议论的句首语气词。奚，什么。

③“况乃”二句：《庄子·至乐》：“支离叔与滑介叔观于冥伯之丘、昆仑之虚、黄帝之所休。俄而柳生其左肘，其意蹶蹶然恶之。支离叔曰：‘子恶之乎？’滑介叔曰：‘亡，予何恶！生者，假借也。假之而生生者，尘垢也。死生为昼夜，且吾与子观化而化及我，我又何恶焉！’”此用其事，言况且成为忘形之人，怎会对病痛感到惊异呢？支离，有忘形之义。柳，通“瘤”。

④猛虎行：乐府曲名。其古辞有“饥不从猛虎食，暮不从野雀栖”之语，故名。

⑤“勿为”句：不要像单豹那样只知遁世隐居、修心养性，而不顾自身的安危，终为猛虎所食。《庄子·达生》：“鲁有单豹者，岩居而水饮，不与民共利，行

年七十而犹有婴儿之色。不幸遇饿虎,饿虎杀而食之……豹养其内而虎食其外。”此用其事。

⑥“好去”句:应该学习梁鸯,熟悉虎的性情,故能使之驯服。《列子·黄帝》载:周宣王时,役人梁鸯善养禽兽,虽虎狼雕鹗之类,无不柔驯。其言养虎之法,认为顺之则喜,逆之则怒,喜怒无常,则必伤人。故应无所顺逆,达其性情,使其视己如同类,则猛虎可养。此用其事。

⑦“已与”二句:已经与创造万物的大自然同在,心神与之融合,一切顺乎自然。大冶,陶冶、化育万物的力量,即大自然。

⑧阿侬:自称之辞,犹言“我”。即:即使。

⑨“何至”句:言虽被飘落之瓦所击伤,又何至于怨恨?含意是保持内心平静,顺乎自然而无所怨恨。《庄子·达生》:“虽有忮心者,不怨飘瓦。”此用其意。

⑩“箜篌”二句:晋崔豹《古今注·音乐》:“《箜篌引》,朝鲜津卒霍里子高妻丽玉所作也。子高晨起刺船而棹,有一白首狂夫,被发提壶,乱流而渡,其妻随呼止之,不及,遂堕河水死。于是援箜篌而鼓之,作《公无渡河》之歌,声甚凄怆。曲终,自投河而死。霍里子高还,以其声语妻丽玉。玉伤之,乃引箜篌而写其声,闻者莫不堕泪饮泣焉。丽玉以其声传邻女丽容,名之曰《箜篌引》。”此用其事,言听《箜篌引》之曲未终,已为白发狂夫因狂妄送命而叹息。箜篌,弹拨乐器名。

⑪“齐人”二句:《庄子·达生》载:孔子观于吕梁(在今江苏铜山县东南),见泗水飞流直下,有一男子游于水中,孔子疑其欲寻死,使弟子拯之。其人游数百步而出,披发行歌于塘下。孔子感到惊奇,问曰:“蹈水有道乎?”其人答曰:“与齐俱入,与汩偕出,从水之道而不为私焉:此吾所以蹈之也。”言流水回旋而下时,则随之而入,涌荡而上时,则随之而出。顺应水流的规律,而不仅凭个人的想法行动,这就是游泳的道理。此用其事,表示要像游于吕梁的人那样,顺乎自然,而获得自由。齐,通“脐”,回旋而下的水,即旋涡,状如肚脐,故称。汩,涌起的水流。

⑫“无形”四句:《庄子·山木》载:市南宜僚为鲁侯说学道之术,劝他放弃权位,清心寡欲,以达“建德之国”(比喻有高尚道德的境界)。鲁侯曰:“彼其道远而险,又有江山,我无舟车。奈何?”市南宜僚曰:“君无形倨,无留居,以为君车。”又曰:“君其涉于江而浮于海,望之而不见其崖,愈往而不知其所穷。送君者皆自崖而反,君自此远矣!”意谓:不要因自己有权势而骄傲,不要留恋地位,以此作为求道的方法。向着理想的境地前进,大道辽阔无际。送你的人都自岸

边返回(即世间的人无法达到彼岸),而你却远离尘世,达到了具有高尚道德的境界。诗本其意而作。无形,忘却尘俗。车,比喻手段、方法。宛宛,形容道路曲折漫长。

[评析]

在以上六首诗中,作者本着庄子和列子的学说抒写了自己的处世哲理。第一首以牛马为喻,说明为人应该安天乐命,无欲无争。第二首认为只要达到“忘形”的境界,便能无所不有,也不会为肉体的痛苦所困扰。第三首以养虎为喻,说明应熟悉客观环境,顺其自然,才能保全自己,而不应偏执一端,只追求心性的修养而忘记了外界的险恶。第四首表达了顺乎自然、随遇而安、无怨无恨的思想。第五首为狂夫堕水丧命而感叹,表示要效法游于吕梁的人,做到顺乎自然而获得自由。第六首抒发了弃绝尘俗以追求至德之境的襟抱。

咏湘竹马鞭[1]

柯亭一何遇[2],拄频为尔嗟[3]。
讵有潇湘质,居然作马挝[4]!

[注释]

①湘竹:亦称湘妃竹,竹身有斑纹,传说舜帝死后,其二妃哭之,泪水染竹成斑,故称。见《初学记·竹》引晋张华《博物志》。

②“柯亭”句:相传东汉末年,蔡邕路过会稽柯亭(在今浙江绍兴西南),见屋旁有良竹,取以为笛,乐音奇妙,称为柯亭笛。见《后汉书·蔡邕传》“远迹吴会”注。此用其事,言柯亭竹多么得志。一何,多么。遇,得到赏识。

③为尔嗟:为湘妃竹的不得赏识而嗟叹。

④“讵有”二句:难道湘竹有着湘水那样美好的品质,居然只能成为马鞭吗!讵,岂。潇湘,指湘水。潇,形容其清深。马挝,即马鞭。

[评析]

这首诗根据柯亭竹和湘竹的传说写成。作者赞叹柯亭竹得遇知音,成为制笛的良材,又为湘竹不得赏识而感慨,含蓄地表达了对于贤者坎坷失意的不平之情。

阁夜闻鹤语季弟

牢落彭城意[1]，经时涕泗零。

心怜鹤柴响，还作对床听[2]。

［注释］

①“牢落”句：宋苏辙作《逍遥堂会宿二首》，表达了与兄苏轼相会于彭城(在今江苏铜山)逍遥堂时的心情。诗云：“逍遥堂后千寻木，长送中宵风雨声。误喜对床寻旧约，不知漂泊在彭城。秋来东阁凉如水，客去山公醉似泥。困卧北窗呼不起，风吹松竹雨凄凄。”此言自己的孤寂之情，如同苏辙诗中所写的一般。牢落，孤寂。

②对床：指兄弟相聚。宋苏轼《东府雨中别子由》：“对床定悠悠，夜雨空萧瑟。”

［评析］

这首诗表达了对季弟王士禛的思念和孤寂的情怀。

题张贞甫写真[1]

楚兰充佩间吴钩[2]，早岁轻为万里游。

晚被虎头窥老懒[3]，写君丘壑也风流[4]。

［注释］

①张贞甫：其人未详。写真：画像。

②楚兰充佩：《离骚》：“纫秋兰以为佩。”此用其意，比喻有高洁的品格。楚，古国名。兰，香草名，间：杂，指兼而佩之。吴钩：相传为春秋时吴王阖闾命人制造之兵器，状如剑而曲。这里泛指宝剑。

③虎头：晋顾恺之小字。恺之字长康，晋陵无锡(今属江苏)人。曾为桓温及殷仲堪参军。博学多才，善丹青，尤工写真。时人称其有三绝：才绝，画绝，痴绝。《晋书》有传。老懒：盖指张贞甫。

④写君丘壑：把张贞甫画于丘壑之中。顾恺之为谢鲲画像，将其画于山岩间，曰：“此子宜置丘壑中。”

［评析］

这是一首题画诗。作者以简括生动的笔触追忆了张贞甫早岁的生涯，并赞美了他高洁脱俗的品格。

读刘梦得《浪淘沙词》[①]，翻其意有寄[②]

归计春营夏转赊[③]，邮亭残月照衾斜[④]。

多时妒杀衔泥燕[⑤]，莫道狂夫不忆家[⑥]。

［注释］

①刘梦得：即刘禹锡，字梦得，唐彭城（故治在今江苏铜山县）人。贞元九年(793)进士。入朝为监察御史。参加王叔文政治革新运动，失败后，贬为朗州司马。太和中，历任礼部郎中、集贤院学士、太子宾客等。与白居易友善，诗文著称于时。新、旧《唐书》皆有传。其《浪淘沙词九首》之四云："鹦鹉洲头浪飐沙，青楼春望日将斜。衔泥燕子争归舍，独自狂夫不忆家。"作于大和初，抒写了自贬地返京途中的景色及欣慰之情。

②翻其意：即改变刘禹锡诗意。诗中"莫道狂夫不忆家"句，与刘诗意趣有别。

③"归计"句：言计算春季归返故乡，但如今夏日渐长，却未如愿。营，思虑。转，渐渐。赊，长久。

④邮亭：递送文书之人寄宿的馆舍。衾：被。

⑤"多时"句：言多时看着衔泥筑巢的燕子，引起思念家人的惆怅，因而十分嫉妒燕子。

⑥狂夫：萍踪浪迹之人。

［评析］

西樵在诗中于描绘旅途景色的同时，翻刘禹锡《浪淘沙词》意，抒发了对家人的思念。

妒女祠[①]

刘家风浪一津傍[②]，徒遣蛾眉毁艳装[③]。

解使金轮开道避[④]，斯人何减骆宾王[⑤]？

［注释］

①妒女祠：王士禛原注："平定。俗传是介之推妹。"平定，县名（今属山西）。介之推，亦称介推，春秋时晋国人。随晋文公出亡，及还，耻言爵禄，遂隐居。见《左传·僖公二十四年》及《史记·晋世家》。平定亦有妒女泉，祠在泉旁。旧题梁任昉《述异记》："并州妒女泉，妇人不得艳妆彩服至其地，必兴云

雨。一云是介推妹。"《元和郡县图志·河东道二·广阳县》:"泽发水,一名阜浆水,亦名妒女泉。源出县东北董卓垒东。今其泉初出,大如车轮,水色青碧。泉傍有祠,土人祀之,妇人袨服靓妆,必兴雷电,故曰妒女。"广阳即平定,属并州。

②刘家:盖即刘家津,渡口名。傍:靠近,谓妒女祠建于渡口旁边。

③遣:使。蛾眉:指姿色美丽的女子。

④"解使"句:言妒女能使武则天别开御道而避之。《旧唐书·高宗本纪》载:显庆五年(660),唐高宗与武后幸并州。《旧唐书·狄仁杰传》:"高宗将幸汾阳宫,以仁杰为知顿使。并州长史李冲玄以道出妒女祠,俗云盛服过者必致风雷之灾,乃发数万人别开御道。"盖即其事。金轮,指武则天。《旧唐书·则天皇后本纪》载:长寿二年(693),武则天加"金轮圣神皇帝"尊号。

⑤斯人:指妒女。减:不如。骆宾王:唐婺州义乌(今浙江义乌县)人,曾任长安主簿、侍御史、临海丞等职。光宅元年(684),徐敬业起兵讨伐武则天,骆宾王为之起草了《讨武曌檄》,声讨武则天之罪恶以晓谕四方。武则天读了檄文,为之惊叹。

[评析]

诗中描述了有关妒女祠的传闻与风俗,把妒女和著文声讨武则天的骆宾王相比,赞美她能使君王畏避,并隐含了对尊贵者的嘲讽。

孝义道中①

八月汾河秋气清,遥心无限为秋生②。
斜阳胜水南原望③,人道唐家六壁城④。

[注释]

①孝义:县名(今属山西)。

②遥心:寄向远方的情思。

③胜水:水名,亦称孝水,在孝义县西南。南原:南方的平原。

④六壁城:城名。北魏郦道元《水经注·文水》:"文水又东南流,与胜水合,水出西狐岐之山,东径六壁城南。魏朝旧置六壁于其下,防离石诸胡,因为大镇,太和中罢镇,仍置西河郡焉。"三国魏明帝时以六壁城为西河郡守(故址在今山西临汾西)。《旧唐书·高祖本纪》载:隋炀帝大业十三年(617),唐高祖为太原留守,起兵反隋,命太宗率兵夺取西河,建大将军府。诗中盖追念其事。

[评析]

诗中写凭吊六壁城的感受,表达了对往古英雄业绩的咏叹。

雨后晓望，见五龙山雪[①]

上党天低易作冬[②]，残秋宵雨乱寒钟[③]。

晓晴遥隔城头望，雪满龙山万树松。

[注释]

①五龙山：亦名上党山，在今山西长治东南。相传山上有五龙出现，因名。

②天低：天幕低垂，形容天色阴暗。作冬：呈现出冬天的气象。

③残秋：秋季将尽之时。宵雨：夜雨。

[评析]

诗人描绘了宵雨、寒钟、山雪等景物，渲染出上党残冬时节苍凉辽阔的气象。

邯 郸[①]

七雄遗事久蒿莱[②]，到眼空余落叶哀。

何处慨慷望终古[③]，短衣被酒上丛台[④]。

[注释]

①邯郸：战国时赵国首都，今属河北省。

②七雄：战国时秦、楚、燕、齐、韩、赵、魏等七个国家。蒿莱：野草，此谓被野草所埋没。

③终古：久远的年代。

④被酒：醉酒。丛台：战国时赵国所筑之台，在邯郸城内。

[评析]

诗中写登临丛台，凭览邯郸的萧瑟景象，缅怀战国七雄事迹，流露出古今盛衰之感慨。

过易水吊荆轲[①]

匕首晶光出地图，祖龙魄夺只惊呼[②]。

独应堪恨琴歌女[③]，解使君王拔鹿卢[④]。

[注释]

①易水：水名，在今河北省。荆轲：战国时卫国人。秦王嬴政伐诸侯，将及燕国，燕太子丹忧虑，问计于田光。田光荐荆轲，太子丹待为上卿，命其刺秦王。

荆轲行，至易水上，作歌曰："风萧萧兮易水寒，壮士一去兮不复还！"至秦，诈献燕国地图于秦王，因取图中匕首以刺之。秦王恐，绕柱而走，左右使其拔剑，刺伤荆轲。荆轲见事不成，倚柱而笑，斥骂秦王，遂被杀。见《史记·刺客列传》。

②祖龙：指秦始皇。祖，始。龙，人君。

③琴歌：乐府琴曲歌辞之一种。琴歌女，即演唱琴歌的女子。

④鹿卢：剑名。《史记·刺客列传·荆轲》"王负剑"司马贞索隐引《燕丹子》云：琴曲歌辞有"鹿卢之剑，可负自拔"之诗句。以上二句谓：可恨琴歌女有"鹿卢之剑，可负而拔"之歌辞，使秦王知道拔出剑来，斫伤荆轲，使其不能成功。

［评析］

这首诗抒发了凭吊易水的情思，作者缅怀荆轲，为其壮志未酬而感喟。

黄梁祠[①]

一棒通身汗下时[②]，此生不负此翁慈[③]。

纷纷鼠穴乘车问[④]，片枕何缘作导师[⑤]？

［注释］

①黄梁祠：《文苑英华》卷八三三载唐沈既济《枕中记》云：卢生于邯郸旅舍遇道士吕翁。生自叹贫困，吕翁乃授其枕，使入梦。生于梦中享尽荣华富贵，及醒，店家炊黄粱（即小米饭）尚未熟。后因以"黄粱梦"表达富贵荣华如同梦幻的思想。黄梁祠，当在邯郸，梁，通"粱"。

②一棒：古代佛教禅宗祖师接待初学者时，常当头一棒，提出问题，令其回答，以考验其悟性。这里借指得到佛理的启悟。通身汗下：形容从迷误中醒悟过来时警惧、痛快的样子。

③"此生"句：谓自己一生不会辜负吕翁慈善的启悟。

④鼠穴乘车：比喻沉溺于梦幻中的人们。《世说新语·文学》："未尝梦乘车入鼠穴，捣齑，啖铁杵，皆无想无因故也。"

⑤"片枕"句：是追逐名利之辈的疑问。

［评析］

诗中借"黄粱梦"的传说表达了对荣华富贵的鄙弃，讥讽了追名逐利的人们。

磁　州[1]

泫泫滏水浅深流[2]，脱甲山前稻叶秋。

斜日驱车殊未倦[3]，芙蕖香里入磁州[4]。

［注释］

①磁州：即今河北磁县。

②泫泫：形容水势浩荡。滏水：即今滏阳河，在河北省。

③殊：相当于“犹”。

④芙蕖：荷花。

［评析］

此诗抒写抵达磁州时的感受。诗人吟咏着奔流的河水、山前的稻香和飘香的荷花，流露出乐而忘倦的欢快心绪。

阻风望金山[1]，用坡公《金山梦中作》韵[2]

霜风吹面晓添裘[3]，怊怅烟波江上楼[4]。

何日妙高台畔去[5]，青天回眼看扬州[6]？

［注释］

①金山：山名，在今江苏镇江市西北。

②坡公：即苏轼，字子瞻，号东坡居士，宋眉州眉山（今属四川）人。嘉祐二年（1057）进士。官至礼部尚书。诗文著称于世，词开豪放一派。《宋史》有传。

③裘：皮衣。

④怊（chāo）怅：心绪惆怅。

⑤妙高台：亦称晒经台，在金山妙高峰上，为江南名胜之一，宋僧了元所建。参阅《嘉庆一统志·镇江府》。

⑥青天回眼：倚着青天回目而望，极言所处位置之高。

［评析］

作者于康熙二年（1663）至六年间屡游扬州（见王士禛《王考功年谱》），此诗当作于其时。诗中描绘长江的烟波风霜，盼望早日登临妙高台以凭览扬州风光，抒写了旅程受阻的惆怅心情。

秦邮舟夜留别盛珍[1]，示王元式

沙寒云重暮维舟，细雨萧萧对驿楼[2]。

莫惜红灯同一醉，回帆明日下扬州。

［注释］

①秦邮：即今江苏高邮。古称邗沟，秦时筑台置邮亭，因名。

②萧萧：同"潇潇"，雨声。驿楼：旅舍的楼房。

［评析］

此诗亦当作于康熙二年至六年间。诗中描写秦邮雨夜、舟中畅饮，表达了闲适愉悦的情怀。

宝应舟中[1]，得贻上金陵书[2]，感赋

东阁却来空旧约[3]，朔风忽去又离居。

可堪酒醒寒湖外[4]，凉雨遥开建业书[5]。

［注释］

①宝应：地名（今属江苏省）。

②贻上：即王士禛，字贻上，作者之弟。金陵：古地名，即今南京。

③东阁：东厢楼房。却：离别。空：徒然。

④可堪：哪堪，怎能忍受。

⑤建业：即今南京。三国时吴国自京口迁都于此，称建业。

［评析］

此诗亦当作于康熙二年至六年间。作者于旅途中得其弟士禛书信，有感于亲人分离、萍踪浪迹之生涯，因作此诗，抒发了羁情别绪。

与内子话故园作[1]

欲谢朝簪作野夫[2]，长镵短笠未全无[3]。

他时鸡犬将儿女[4]，便似移家壁上图[5]。

[注释]

①内子:对自己妻子的称谓。

②谢:除去。朝簪:朝臣插冠之具。谢朝簪,表示辞去朝中官职。野夫:山野农夫。

③镵:掘土的农具。笠:用竹或草编制的帽子,可御雨遮阳。

④将:与,共。

⑤壁上图:墙壁上的图画,比喻与尘俗隔绝的境界。

[评析]

诗中表达了对仕途的厌倦,向往着山野生活的情趣和天伦之乐。

寄 内[①]

十年悔不鹿门耕[②],入洛徒然大陆名[③]。

醉里遥遥望牛斗[④],南音一操百愁生[⑤]。

[注释]

①内:指妻子。

②鹿门:山名(在今湖北襄阳),旧名苏岭山。汉建武中,襄阳侯习郁立神祠于山,刻二石鹿,夹神道口,谓之鹿门庙,遂以庙名山。汉庞德公因厌弃世俗,与妻子登鹿门山,采药不返。唐代诗人孟浩然亦曾隐居此山。见《后汉书·逸民列传·庞公》及注引《襄阳记》、《旧唐书·文苑列传·孟浩然》。鹿门耕,指隐居不仕,耕耘山野。

③洛:即洛阳(今属河南省)。大陆:盖即广大陆地,与江海相对,指尘世。此句盖谓出来做官只是徒有虚名而已。

④牛斗:星名,即牛宿与斗宿。《太平御览》卷三四三载《雷焕别传》云:"晋司空张华夜见异气起牛斗,华问焕:'见之乎?'焕曰:'此谓宝剑气。'"后常以牛斗、剑气并称,喻人之豪气、才华或声望等。此句盖借牛斗寄托胸中高迈磊落之气与怀才不遇的情绪。

⑤南音:《左传·成公九年》载:郑人献楚国战俘钟仪于晋侯,晋侯使之操琴,奏南音。晋侯告范文子,文子称其"乐操土风,不忘旧也"。南音,即楚地乐曲。这里借指故乡的音乐。

[评析]

此诗运用典故与景物描绘,寄托了胸中磊落之气和怀才不遇之情,抒发了对乡土的思念。

无庵教子养生之术,戏答[①]

百年真乐只衔杯[②],阅世深时万虑灰[③]。
何必琼膏驻金骨[④],嵇康曾论养生来[⑤]。

[注释]

①王士禛评此诗曰:"痛哉,其言之也!"无庵:即黄隆,户部官。康熙二年(1663),士禄迁稽勋员外郎,主河南乡试。三年,以礼部查核试文,指文有疵,遂下狱。时黄隆与士禄同囚室。隆好服食导引之术,为士禄言之,因作此诗为答。见王士禛《王考功年谱》。

②衔杯:饮酒。

③万虑:一切俗念。灰:消沉。

④琼膏:传说中仙人的食物。《山海经·西山经》:"又西北四百二十里,曰峚山……其中多白玉,是有玉膏,其原沸沸汤汤。"郭璞注引《河南玉版》:"少室山,其上有白玉膏,一服即仙矣。"金骨:仙骨。

⑤"嵇康"句:嵇康,字叔夜,三国魏谯郡铚人。仕魏为中散大夫。敦崇老庄,工于诗文,精通音乐。与阮籍、山涛、向秀、阮咸、王戎、刘伶相友善,称"竹林七贤"。后为司马昭所杀。《晋书》有传。嵇康著有《养生论》(《文选》载卷五三),大旨论养生之术禀之自然,在于修神安心,清静寡欲,呼吸吐纳,导养得理。

[评析]

此诗作于康熙三年。作者以养生为主题,崇尚嵇康之说,表达了摒弃世俗、淡泊自怡的襟情。

出都戏作[①]

久怀箕颍愧逡巡[②],天与闲身伴钓缗[③]。
点检只余何彦德[④],故知相送合无人[⑤]。

[注释]

①王士禛评曰:"人自送丞相长史,男子张君嗣附之,疲倦欲死。政堪一笑耳,何足深讶?"案:《三国志·蜀书·张裔传》载:张裔,字君嗣,蜀郡成都(今属

四川)人。诸葛亮用为参军。亮出驻汉中,裔为留府长史。后诣亮谘事,送者数百,车乘盈路。张裔致书父母,有“人自敬丞相长史,男子张君嗣附之,疲倦欲死”之语,谓人们尊敬的只有丞相长史,我只是奉陪着,应酬宾客,疲倦得要死。王士禛用其事,谓世人皆趋炎附势,正堪一笑,何必诧异。政,通“正”。又:王士禛《王考功年谱》载:康熙三年(1664),士禄遭吏议,下狱,十月得雪,免官辞都。此诗盖抒写当时情景。

②箕颍:晋皇甫谧《高士传·许由》:“由于是遁而耕于中岳,颍水之阳,箕山之下。”此以“箕颍”指敛迹隐居。逡巡:迟疑徘徊。

③钓缗:钓鱼的丝线。

④“点检”句:南朝宋文帝刘义隆即位(424)后,何尚之迁尚书吏部郎。曾告假省亲,倾朝送别。及至郡,其父叔度问曰:“闻汝来此,倾朝相送,可有几客?”答曰:“殆数百人。”叔度答曰:“此是送吏部郎耳,非关何彦德也。昔殷浩亦尝作(疑当作‘往’)豫章定省,送别者甚众。及废徙东阳,船泊征虏亭积日,乃至亲旧无复相窥者。”事见《南史·何尚之传》。彦德,尚之字。此用其事,言查点一下,只是何尚之无人相送,人们所送的只是吏部郎而已。

⑤合:应该。此句承上文,言人们既然只是趋炎附势,所以知道当自己潦倒之际,应该没有人前来送别。

[评析]

作者免官辞都,无人相送,因思古人之言,表达了对世态炎凉的感慨。诗中还抒发了忘情荣辱、游心尘外的襟怀。

游仙词①

五岳三山尽作缘②,雨还风去便千年③。

独应莫问元都观,不见桃花也可怜④!

[注释]

①游仙:弃绝尘俗,游心仙境。古代描抒此类内容的诗歌多以“游仙”名之。

②作缘:结下缘分。

③“雨还”句:谓世事随风雨疾速流逝。

④“独应”二句:元都观,即玄都观,避清圣祖玄烨讳,故改“玄”为“元”。隋、唐道观名,故址在今陕西长安崇宁坊。唐刘禹锡曾两度遭贬,作《戏赠看花诸君子》、《再游玄都观》二诗,写其两游玄都观之情景。前篇有“玄都观里桃千

树，尽是刘郎去后栽”之句，后篇有“种桃道士归何处？前度刘郎今又来”之句。寄寓了遭贬的愤懑和对得势权贵的讥讽（事见《旧唐书》本传）。盖士禄亦遭贬黜，感慨身世，故借玄都观以寄意。二句意为：不要问玄都观中的桃花哪里去了，不见桃花也是可爱的！桃花，当喻得势者。可怜，可爱。

［评析］

此诗当为作者于康熙三年（1664）免官后所作。诗中用刘禹锡游玄都观诗意，寄寓了对官场的厌弃和托迹山水之情。

漂母祠[①]

曾闻濑上覆壶餐[②]，又见淮阴惜钓竿[③]。

意气千年总巾帼[④]，可知慷慨丈夫难？

［注释］

①漂母：漂洗衣物之老妇。

②濑上覆壶餐：春秋楚伍子胥之父、兄为楚平王杀害，子胥奔吴，乞食于濑水，有女子相助，恐露其踪迹，遂投水而死。子胥显贵后，访女家不得，因投百金于濑水，以示酬报。事见《吴越春秋·阖闾内传》。濑水，亦称溧水，在江苏溧阳县。覆壶，言倾其所有。

③淮阴惜钓竿：汉淮阴侯韩信曾钓于淮水，有漂母见信饥，与饭食。信喜，谓他日必有以重报。母怒曰：“大丈夫不能自食，吾哀王孙而进食，岂望报乎！”后信为楚王，召漂母，赐千金。事见《史记·淮阴侯列传》。惜钓竿，言珍惜漂母相助之义。

④总：统归。

［评析］

此诗因漂母祠而兴感，追怀伍子胥、韩信乞食之事，为有志之士的艰难坎坷而喟叹。

雨夜用子由韵作二绝句与季弟[1]

（一）

一灯欲卧闻窗响[2]，双屐君来踏砌泥[3]。

忽忆迎銮江上别[4]，江风含雨昼凄凄。

（二）

羼提阁外潇潇雨，十载难同最此声[5]。

珍重深宵窗烛影，他时应是忆芜城[6]。

［注释］

①王士禛评曰："极似颍滨《逍遥堂》作。弹指已三十五年矣。"子由：即苏辙，苏轼之弟，宋眉州眉山（今属四川）人。哲宗时历任翰林学士、门下侍郎等职。徽宗时辞官居许州（今属河南），号颍滨遗老。《宋史》有传。季弟：即王士禛。康熙二年（1663），作者迁稽勋员外郎，主河南乡试。三年以礼部查核试文，指为有疵，被下狱论罪。至十月三日太皇太后万寿节，事得昭雪，然犹免官。作者遂南下省亲，十一月至扬州，王士禛以舟迎之于秦邮，又至广陵（故城在今江苏江都），王士禛官署中有羼提阁，作者乐其深静，遂居之，夜则与王士禛对床而卧，自赋此二诗以赠之。见王士禛《王考功年谱》。

②窗响：谓风雨吹打窗户，发出声响。

③屐：木屐，底有齿，可行泥地。君：指王士禛。砌：台阶。

④迎銮江：当即扬子江。江以扬子津、扬子镇（今江苏仪征）得名，扬子镇亦名迎銮镇，故亦称江为迎銮江。

⑤"十载"句：言十载以来，难得与弟同闻此潇潇雨声。

⑥芜城：亦称广陵城，故城在今江苏江都。

［评析］

这两首诗是作者于康熙三年在扬州所作。诗中咏吟雨夜景物，抚今追昔，寄寓了对人生离合的感慨，表达了对兄弟的深情厚义。

瓶中腊梅

研山笔格静清昼[1]，拄颊相看情最长。

别着黄麟仙帔子[2]，前身合是杜兰香[3]。

[注释]

①研山：研，通"砚"。刻石为山，中凿为砚，称为砚山。笔格：笔架。

②别：另外，又。着(zhuó)：开放。黄麟仙帔子：指腊梅。

③合：应该。杜兰香：传说中的仙女名。见晋干宝《搜神记》卷一。

[评析]

诗人把腊梅比作仙子，描绘出它艳丽、生动的形象。又以研山笔格相映衬，渲染出幽雅清逸的气氛。

广陵春游曲四首[1]

玉兰蕊才如迸笋[2]，水仙作花亦未齐[3]。
输却几丛天竹子[4]，珊瑚颗颗向风低[5]。

又

红楼空复玉人箫，旧迹销沉廿四桥[6]。
残醉临风独怊怅[7]，远春无际水迢迢。

又

宝城北是上雷塘[8]，细草青青墓迹荒[9]。
莫笑锦帆隋炀帝[10]，李花杨叶两茫茫[11]。

又

第五之名自昔传[12]，铜瓶活火最宜煎[13]。
品泉人去经千载[14]，古井无波野寺前[15]。

[注释]

①王士禛注曰："正月三日同贻上出游作。《上浮集》。"案：王士禄于康熙三年(1664)免官南游，十一月至广陵，次年二月离去(见王士禛《王考功年谱》)。此诗盖作于康熙四年正月。

②迸笋：向四面生长的竹笋，形容玉兰花蕊。

③作花：开花。

④输却：输给，落于其后。天竹子：植物名，亦称南天竹。

⑤珊瑚：比喻天竹子所结之实。

⑥"红楼"二句：红楼，华丽的楼房。复，还，又。玉人，美人。销沉，消失。

廿四桥，即二十四桥，为古代江南名胜，在今江苏江都县。唐杜牧《寄扬州韩绰判官》诗："二十四桥明月夜，玉人何处教吹箫？"这里化用其语，言美人徒然还在红楼中吹箫，但二十四桥古代的景象已湮没不返了。

⑦怊怅：惆怅。

⑧宝城：指江都城。雷塘：地名，在江都城北。唐灭隋，将隋炀帝由吴公台改葬于此。事见《隋书·炀帝纪》。

⑨墓：指隋炀帝之墓。

⑩"莫笑"句：隋炀帝曾开通济渠，乘龙舟南幸江都，后被杀于行宫，事见《隋书·炀帝纪》。这句说不要嘲笑隋炀帝曾张挂锦帆游幸于江都，而后来国破身亡。

⑪李花、杨叶：代指唐王朝和隋王朝。

⑫第五之名：王士禛注："谓蜀冈第五泉也。"又评此诗曰："如此用，化腐为新。"案：古人煎茶，品评泉水之等级，其说不一。唐刘伯刍以扬子江南零水为第一，无锡惠山寺石泉水为第二，苏州虎丘寺石泉水为第三，丹阳观音寺泉水为第四，扬州大明寺泉水为第五，吴淞江水为第六，淮水为第七。见唐张又新《煎茶水记》。第五泉，盖即扬州大明寺泉。蜀冈，在今江苏江都西北。

⑬活火：有焰的炭火。古人认为煎茶须用活火。唐赵璘《因话录》卷二："李约性嗜茶，尝曰：'茶须缓火炙，活火煎。'"

⑭品泉人：品评泉水等级之人，盖指刘伯刍。

⑮野寺：荒凉的寺庙，当即大明寺。

［评析］

以上四首诗抒写了广陵春游时的情景。第一首咏花，作者描绘了迸蕊作花的玉兰和水仙，着意刻画了结实累累、先领春光的天竹子，表达了对春天的热爱。余三首分别写二十四桥、雷塘、第五泉，诗人览胜怀古，寄寓了对古今兴亡、世事变迁的感慨。

庭　梅[①]

索笑怜窗晓[②]，流光照砌春[③]。
那须江上见，宛似弄珠人[④]。

［注释］

①王士禛评曰："居然唐音。"

②索笑：言寻找开放的梅花，与之共乐。唐杜甫《舍弟观赴蓝田取妻子到江陵，喜寄三首》诗之二：“巡檐索共梅花笑，冷蕊疏枝半不禁。”怜：喜爱。

③流光：闪动的晨光。砌：台阶。

④“那(nǎ)须”二句：旧题汉刘向《列仙传》载：郑交甫曾游于江汉之滨，遇江妃二女，仙女以佩珠相赠。交甫行数十步，仙女与佩珠皆不见。此用其事，谓哪须江上相见，庭中的梅花宛如弄珠的仙女。

［评析］

作者用仙女比喻梅花，描绘出它清丽、飘逸的形象，并把读者带入美丽的神话世界。

金山妙高台同无言[1]

振衣蹑绝磴[2]，骋目临高台。
参差岩壁豁[3]，旷望江天开[4]。
双屐凌天风[5]，巾袷绝氛埃[6]。
俯视万里流，孤岛弥崔嵬[7]。
春潮涨浦屿[8]，九派浔阳来[9]。
东流下海门[10]，撞击闻惊雷。
夕阳澹西津[11]，城角声何哀[12]。
缅昔孙仲谋[13]，故是英雄才[14]。
紫髯没已久[15]，悲来孰为裁[16]？
玉局古仙人[17]，飘飖戏九垓[18]。
风流此中存，俛仰良悠哉！
缥缈望终古，鄙吝如推排[19]。
何有方子春[20]，刺舟云涛堆[21]。
裴回发长谣[22]，荒忽踏鼋能[23]。

［注释］

①妙高台：在今江苏镇江金山高峰上，宋僧了元所建，一名晒经台。可俯瞰长江，凭览焦山、京口（皆属今镇江市）、瓜洲（在今江苏邗江县南）、金陵（今南京），为江南名胜。无言：即孙默，字无言，休宁（今属安徽）人，为王士禄故交。

②振:提起。躡:登。绝磴:极高的石径。

③豁:阔朗貌。

④旷望:纵目远望。

⑤屐:木屐。底有齿,穿之可以登山。凌:乘。

⑥巾袷:衣冠。

⑦孤岛:指焦山,孤峙长江中,故称。弥:更加。崔嵬:高峻貌。

⑧浦屿:江滨和岛屿。

⑨九派浔阳:即浔阳江,是长江在江西九江市北的一段,因有九个支流,故称九派。

⑩海门:江河入海口。

⑪澹:暗淡。西津:地名。

⑫城角:城头传来的角声。角,乐器名。

⑬缅:缅怀。孙仲谋:即孙权,字仲谋,三国时吴国的建立者。

⑭故:本来。

⑮紫髯:相传孙权生紫髯,这里代指其人。

⑯裁:消除。

⑰玉局:棋盘。

⑱九垓:高空。

⑲鄙吝:鄙俗而患得患失的念头。以上二句言眺望缥缈的景物,缅怀终古,一切鄙俗的念头都茫然无存。

⑳方子春:俞伯牙的老师成连的老师,即俞伯牙的师祖。

㉑刺舟:撑船。

㉒裴回:同"徘徊"。长谣:长篇诗歌。

㉓荒忽:同"恍惚",仿佛。

[评析]

此诗当作于康熙三年至六年间(1664 - 1667)。作者登临金山妙高台,凭览江山胜景,缅怀千古风流人物,寄托了洒然脱俗的襟抱。

石　簰[①]

数笏支离巨浸中[②],峭帆劲鹘各天风[③]。

畸人此处堪埋骨[④],疑墓无劳辨郭公[⑤]。

[注释]

①王士禛注曰:“又名郭公墓。”

②笏:古代君臣朝会时所执的板子,这里比喻高狭的石壁。支离:分散。巨浸:大水。

③鹘:猛禽名。

④畸人:奇特之人。

⑤“疑墓”句:言无须怀疑并辩论是否郭公之墓。

[评析]

诗人描绘陡壁、巨流、峭帆与劲鹘,赞叹了郭公墓所在环境雄伟壮丽的景色,并寄寓了磊落高逸的襟情。

程昆仑招同韩如石文选、钱日庵太守、孙无言山人集万岁楼[①]

千寻江阁引诸峰[②],夕景登临策短筇[③]。
参佐风流如谢朓[④],楼台潇洒忆王恭[⑤]。
三年梦里西津雨,五夜灯前北固钟[⑥]。
明日芒鞋别君去[⑦],城中遥望白云重。

[注释]

①万岁楼:在黄鹤山(在今江苏镇江)上。参见《太平御览》卷四六《地部十一·黄鹤山》引《京口记》。

②千寻:古代以八尺为寻,此极言其高。江阁:当即万岁楼。引:连着。

③策:扶。筇:杖。

④参佐:属僚。谢朓:字玄晖,南齐陈郡阳夏(今河南太康)人。明帝时任宣城太守、尚书吏部郎等职。善草隶,并以山水风景诗著称于时。《南齐书》、《南史》皆有传。

⑤王恭:字孝伯。晋孝武帝时为前将军、兖青二州刺史,镇京口(今属江苏镇江)。性抗直,美姿仪,人或目之云:“濯濯如春月柳。”曾披鹤氅裘,涉雪而行,孟昶叹为神仙中人。《晋书》有传。

⑥北固:即北固山,在今江苏镇江市丹徒区。与金、焦二山并称京口三山。山上有北固楼。这句说五夜与友人集于万岁楼,听着北固山的钟声。

⑦芒鞋:草鞋,这句寓有感叹漂泊之意。

[评析]

此诗当为南游时所作。诗人绘写景色,咏怀往古风流人物,表现了潇洒的襟抱,也抒发了对友情的珍重和别离的惆怅。

鹤林寺口占[1]

寺门晓日引孤笻[2],黄鹤幽栖忆戴颙[3]。
客到不知风物改,逢人犹问十三松。

[注释]

①鹤林寺:在江苏镇江黄鹤山下。王士禛《王考功年谱》载:康熙四年(1665)二月,作者自广陵渡江往京口,登三山,访鹤林诸寺。此诗盖作于其时。

②笻:杖。

③幽栖:隐居。戴颙:字仲若,南朝宋谯郡铚县(今属安徽)人。初与兄勃隐居桐庐,勃死后,颙游历江浙一带,曾憩于黄鹤山,野服鼓琴,世人目为高士。《宋书》载《隐逸传》。

[评析]

诗人游览鹤林寺,缅怀古代幽隐高士,寄托了忘情尘俗的襟抱。末二句写风物已改,而游客尚寻觅故迹,流露出世事变迁的感慨。

林公泉

林公得泉处,竹溜僧厨通[1]。
闻说秋岩雨,传声满寺中。

[注释]

①竹溜:成行的竹子。僧厨:寺庙的厨房。

[评析]

作者于康熙四年(1665)曾自广陵渡江往京口,登三山,访诸寺,此诗或即作于其时。诗中描写了林公泉和寺院的景物。

如石邀游八公洞二首

(一)

樱桃花似雪,遥映夕阳幽[1]。

向背春山路[②]，萧疏蜡屐游[③]。
潭边逢鹿迹，竹杪见僧楼。
一道泉声细，随人几曲流。

（二）

遂就池边酌，壶觞破藓斑[④]。
老梅香覆席[⑤]，斜照远衔山。
人影竹中乱，鹤声松际闲。
无能恋余赏[⑥]，惆怅曳筇还[⑦]。

［注释］

①幽：暗淡。

②向背：山的南面和北面。

③萧疏：闲散貌。蜡屐：以蜡所涂的木屐，这里代指穿着蜡屐的人。

④藓斑：生于石上的苔藓斑纹。

⑤老梅：开放已久的梅花。覆：笼罩。

⑥无能：不能。余赏：尽兴地赏玩。

⑦筇：杖。

［评析］

这两首诗也是南游时的作品。诗人描绘了春山夕照、花竹流泉、鹿迹鹤鸣等景物，写出游人池边饮酒，曳杖而还的举止，意境淡远清疏，表现了诗人洒脱的襟怀和对山水的留恋。

自走马涧度柳溪桥观秋月潭石壁

游屐缘春江，参差复几緉[①]。
缓步江路斜，风前羡乌榜[②]。
未纵凭高目，先寻石桥赏。
青嶂削千仞，苔花大于掌[③]。
遗迹溯孙刘[④]，悠然独长想。

[注释]

①参差:大约。复:又。緉:双。以上二句言缘江游览日久,大约又穿坏了几双鞋。

②乌榜:指船。

③苔花:即苔藓。

④孙刘:即孙权和刘备,三国时吴国与蜀国的建立者。汉献帝建安十三年(208),曹操率兵南下,孙刘联合,于赤壁(今湖北武昌西赤矶山,一说今湖北蒲圻西北赤壁山)大破曹兵。事见《三国志·吴书·吴主传》、《资治通鉴·汉献帝建安十三年》注。

[评析]

此诗亦当为南游时所作。诗人观赏走马涧、柳溪桥、秋月潭一带风物,抒发了对往古英雄业绩的缅怀。

北固多景楼临眺放歌[①]

危楼飒爽临江开[②],襟江冠岭何崔嵬[③]。
振衣直上俯千仞,恍惚疑蹑金银台[④]。
朱方丽崎在襟带[⑤],陵峦胶葛纷烟埃[⑥]。
长山远势接天目[⑦],郁为京岘形奇傀[⑧]。
别岭入江此突兀[⑨],神龙昂首窥九垓[⑩]。
江流如练尽一晌[⑪],当樽髣髴堪流杯[⑫]。
高樯大舸过枕席[⑬],来凫去雁相沿洄[⑭]。
仙人播迁海山徙[⑮],二山终古洪涛堆[⑯]。
噫吁嚱[⑰]!北固之势真雄哉!
回眸惘然见万里[⑱],蓬莱方丈如浮杯[⑲]。
何止青霄鸟道五十里[⑳],了了下见芜城隈[㉑]。
中郎叹声已寂寞[㉒],萧公游处余苍苔[㉓]。
人生不饮亦胡待[㉔]?为我长江化酒归金罍[㉕]。
左拍浮丘右洪厓[㉖]。
玄晖微吟太白续[㉗],苏公大笑扬其颏[㉘]。

庶几陶写中心哀[29]。

古今缭绍不堪把[30]，大江赴海无西回[31]。

掉头长啸归去来[32]！

[注释]

①王士禛评曰："笔墨飞动。"北固：即北固山，在今江苏镇江丹徒北。多景楼：在北固山甘露寺内，宋郡守陈天麟所建，为唐代临江亭故址。

②飒爽：壮丽、高朗貌。

③襟江冠岭：以江为襟，以岭为冠，言可仰观峰岭，俯视长江。崔嵬：高峻貌。

④金银台：指仙人的居处。

⑤朱方：地名，治所在今江苏镇江丹徒东南。丽崎：壮丽、险峻的山。在襟带：言多景楼周围峰峦环绕，如同襟带。

⑥胶葛：错杂貌。纷：盛多。

⑦天目：即天目山，在今江苏泰州，山有双井相对，因名。这句说北固山向远处延伸，其势如天目山相连。

⑧郁：草木茂盛貌。京岘：山名，在今江苏镇江。原本二山，东为京山，西南为岘山。奇傀：奇异。

⑨"别岭"句：言北固山孤岭突兀，坐入江中，形势险峻。别，孤立。

⑩神龙昂首：形容北固山高峻的陡壁。九垓：高空。

⑪眴：同"瞬"，转目而视。一眴：犹言"一瞥"。

⑫髣髴：同"仿佛"。流杯：古代风俗，于三月上旬巳日（三月初三）聚饮于水滨，以驱不祥。后世仿行，于曲水旁宴集，置酒杯水上，杯流行停其前，即取杯而饮，称为流觞曲水。这句说在山上饮酒，俯视环绕的江水，仿佛可以流杯其中。

⑬樯：船桅。舸：船。这句说置身山水间，高樯大船皆如从枕席边经过。

⑭凫：野鸭。沿洄：来回游翔。沿，顺流而下。洄，逆流而上。

⑮播迁：迁移。

⑯洪涛堆：洪涛冲激土石堆聚而成。

⑰噫吁嚱：感叹词。

⑱惘然：安闲貌。

⑲蓬莱方丈：传说中的仙山。

⑳鸟道：只有飞鸟才能过的道路，指险峻的山路。

㉑了了：清晰。芜城：即广陵城，故城在今江苏江都。限：山水等弯曲之处。

㉒中郎：即荀羡，字令则，东晋颍川（今属河南）人。骠骑将军何充镇京口，请为参军。后拜北中郎将、徐州刺史，监徐、兖二州，扬州之晋陵诸军事。《晋书》附《荀崧传》。《世说新语·言语》："荀中郎在京口，登北固望海云。"

㉓萧公：盖指南朝梁武帝萧衍。萧衍曾游览北固山，上有小亭，登降甚狭，于是下辇步行。当时平乐侯萧正义为南徐州刺史，乃广其路，旁施栏杆，萧衍乘舆登览，曰："此岭不足须固守，然京口实乃壮观。"遂敕改"北顾"。事见《南史·梁宗室上·临川靖惠王宏传》附《萧正义传》。

㉔胡：何。

㉕金罍：酒杯。

㉖"左拍"句：晋郭璞《游仙诗》之三："左挹浮丘袖，右拍洪崖肩。"为此句所本。浮丘，即浮丘公，传说为黄帝时仙人。洪厓，同"洪崖"，即黄帝之臣伶伦，亦传说中仙人。这句说要追随浮丘公和洪厓而成仙。

㉗玄晖：即谢朓，字玄晖。太白：即李白，字太白。

㉘苏公：指苏轼。

㉙陶写（xiè）：陶冶，宣泄。写，通"泻"。

㉚缭绍：形容世事纷乱。把：把握。

㉛"大江"句：比喻时光流逝，世事变迁，永无休止，不可逆转。

㉜归去来：辞赋篇名，晋陶潜作，抒写了辞官归隐之情。

[评析]

此诗当作于康熙三年至六年间（1664－1667）。作者登北固山多景楼，览胜怀古，宣泄了坎坷失意的哀愤和托迹山水的襟怀。他以生动的语言渲染出北固山一带雄伟壮丽的景色，描绘出与神仙、古贤相伴的幻想境界，使读者如见其形，似闻其声，堪称"笔墨飞动"。

焦孝然祠[1]

河渚蜗牛隐[2]，何年更此居[3]。
洞留三诏迹[4]，人缅两京余[5]。
姓字名山借，风流异代纡[6]。
唯应严濑钓[7]，髣髴得相如[8]。

[注释]

①焦孝然祠:当在焦山(在今江苏镇江丹徒东)上。相传东汉焦先曾隐居此山,因名焦山。焦先,字孝然,东汉河东人。汉灵帝中平末年,避乱居扬州。献帝建安年间,西还居陕,关中乱,隐于河渚间,自造瓜牛庐居之,冬夏不着衣,卧不设席,不与人语,数日一食,延年历百,人或目为神仙。事见《三国志·魏书·管宁传》注引《魏略》、《高士传》及《魏氏春秋》。

②河渚:黄河岸边。蜗牛:即蜗牛庐,同“瓜牛庐”。焦先之舍为圆形,如同蜗牛,因名。这句说焦先自造蜗牛庐,隐居于河渚间。

③此居:指焦先隐居之处。

④三诏:盖指皇帝三次下令征召。

⑤缅:缅怀。两京:西汉都长安,东汉都洛阳,称两京,这里代指两汉。余:末。两京余,指两汉末年之人,即焦先。

⑥纾:流传。

⑦严濑钓:指垂钓于严濑的严光。严光,字子陵,东汉会稽余姚(今属浙江)人。少曾与汉光武帝刘秀同游学,有高名。秀称帝,光隐居不仕。秀派人征召,授以谏议大夫之职,光辞而不受,退隐于富春山,后人名其垂钓处为严陵濑,亦称严濑(在今浙江桐庐县南)。《后汉书》载《隐逸传》。

⑧髣髴:同“仿佛”。相如:相似。以上二句言唯应严光仿佛能与焦先相比。

[评析]

作者于康熙四年(1665)二月曾登三山(见王士禛《王考功年谱》),此诗当作于其时。诗人浏览焦孝然祠,缅怀焦先及严光隐遁不仕的高风,寄托了洒然物外的襟怀。

自雷轰石侧取道东南,上寻别峰庵

不尽探奇兴,还凭蜡屐催[①]。
春衣松际薄,山径竹间回[②]。
篱豁明江影[③],云深护讲台[④]。
香风落巾帢[⑤],翘首见岩梅。

[注释]

①蜡屐:以蜡所涂的木屐,底有齿,穿之有助于登山。

②回:迂回曲折。

③豁:疏朗貌。这句说疏朗的篱笆在江中的倒影很明晰。

④护:笼罩。讲台:僧人讲经说法之处。

⑤巾峆:头巾,帽子。这句说春风把花草的芳香吹到头巾上。

[评析]

这首诗也作于南游途中,作者游览雷轰石、别峰庵等地,描绘了初春时节的山光水色,寄托了淡远闲逸的情致。

同无言登焦山绝顶[①],呈古樵禅师二首

(一)

忽送凭高目,身疑着日旁。
天连京岘碧[②],云覆大沙苍。
千片远帆小,数声孤磬凉[③]。
泠然思御寇[④],烟路欲相将[⑤]。

(二)

竟日耽幽赏[⑥],淹留殊未还[⑦]。
苍茫对京口,杳霭辨圌山[⑧]。
吴楚携筇尽[⑨],风烟着屐艰。
那能随慧远[⑩],终岁卧林间。

[注释]

①焦山:在今江苏镇江丹徒东。作者于康熙四年(1665)二月曾登京口三山(见王士禛《王考功年谱》),此诗当作于其时。

②京岘:即京岘山,在今江苏镇江东。

③磬:佛寺中击打以集僧众的乐器。凉:悲凉。

④"泠然"句:思慕乘风而行的列子。泠然,轻妙貌。御寇,即列子,名御寇,战国郑人,古代有不少有关他的神话传说。《庄子·逍遥游》:"夫列子御风而行,泠然善也。"

⑤烟路:烟霞中的道路,指仙界的道路。相将:相随。

⑥耽:沉溺。幽赏:清闲高雅的赏玩。

⑦殊:相当于"犹"、"仍"。

⑧杳霭:深远貌。圌(chuí)山:山名,在今江苏镇江。

⑨携筇:指游历。筇,杖。

⑩慧远:东晋僧人,俗姓贾,雁门楼烦(今属山西)人。居庐山东林寺,与慧永、刘遗民、雷次宗等结白莲社,修净土之法。净土宗尊为祖师。见《高僧传·释慧远》。

[评析]

这两首诗抒写了游览焦山的感受。诗人留连山水胜景,喟叹尘世风烟,涉足多艰,引起对神仙境界的企慕。

焦山杂诗二首

(一)

春江壮波涛,天风送奇响。
山阁坐披襟[①],自顾青霞上。

(二)

千林无静柯[②],飒沓似山雨[③]。
相对寂无言,涛声乱人语[④]。

[注释]

①披:敞开。

②柯:树枝。

③飒沓:形容风吹树木发出的繁杂的声音。

④"相对"二句:言人语为涛声打乱,故相对静坐,寂默无言。

[评析]

诗中写登览焦山,披襟静坐,相对无言,只听到风动林木之声和涛声,从而衬托出澹然静虚的内心世界。

焦山古鼎歌(有序)[①]

焦山有古鼎一,圆腹,三足,云雷纹,高可尺六寸许,腹有铭。韩吏部如石为余言:鼎故京口某公家物。当分宜相枋国时[②],某公官于朝。分宜闻此鼎,欲之。某公不即献,因嫁祸焉[3]。鼎竟入严氏。严氏败，鼎复归江南，舍之焦山寺中。郡乘山志皆载山有周鼎一，而不详所自。作歌备掌故焉。

海云堂中暮相索，古鼎照人光驳荦[4]。
龙文独许吾丘知[5]，篆铭略辨周京作[6]。
宛同石鼓出陈仓[7]，那数铜狄传西洛[8]。
韩公摩娑指向余[9]，曾入秦家格天阁[10]。
云烟过眼已成虚，剑去珠还事堪愕[11]。
安陆飞龙亦英主[12]，玄修晚慕轩辕乐[13]。
一德何人曰相嵩，金铉只用青词博[14]。
朝廷仍收养士报[15]，杨沈蹇蹇如雕鹗[16]。
鼎铛有耳岂不闻[17]？耻向回风作秋箨[18]。
萼山先生厮养耳[19]，纷纷冠盖多酬酢[20]。
当时不鄙赵师羼[21]，于今谁怜贾秋壑？
从来铸鼎戒饕餮[22]，此物胡为亦遭攫！
山头尚有椒山诗[23]，三尺古碑墨光错[24]。
只字重于神禹金，犹向山林辟不若[25]。
老奴真欲愧欧阳[26]，廿载钤山空寂莫[27]。
培垒已拉冰山摧[28]，有铁谁能铸此错[29]？
裴回三叹轩几旁[30]，极目江天莽寥廓！

［注释］

①王士禛评曰："轶事可备故实，诗尤警绝。"《王考功年谱》载康熙四年(1665)二月登京口三山，"焦山有古鼎，故京口荐绅家物，嘉靖中尝为分宜相所得。分宜败，鼎归山中，自欧、刘、薛、赵以下诸公所集录金石文字，皆不见收。先生手自披剥，坐卧其下数日，辨其铭识，凡得七十八字，存疑八字，不可识者七字。乞新安程布衣穆倩(邃)摹绘为图，自赋长歌记之"。

②分宜：即严嵩，字惟中，一字介溪，明分宜(今属江西)人。弘治进士。嘉靖二十一年(1542)任武英殿大学士，入阁为相。专权弄势，排陷异己，败乱朝政，后被革职。《明史》有传。枋(bǐng)国，把持国政。枋，通"柄"。

③嫁祸：转移祸患。

④驳荦:色彩斑驳貌。

⑤龙文:龙形的花纹。吾丘:即吾丘寿王,字子赣,汉赵人。武帝时为东郡都尉、光禄大夫。汾阴得宝鼎,众以为周鼎,独寿王以为汉鼎。《汉书》有传。

⑥周京:周代京都。

⑦石鼓:鼓形之石,上刻籀文,称为石鼓文。旧说或谓周代所制,或以为秦代之物,近人考证定为秦刻。原石现存北京故宫博物院。陈仓:地名,即今陕西宝鸡。

⑧铜狄:铜铸之人。古代多置于宫庙间。《史记·秦始皇本纪》载:秦始皇收天下兵器,聚之咸阳(故址在今陕西长安东之渭城故城),铸金人十二,重各千石。旧题汉刘歆《西京杂记》卷三谓咸阳宫有铜人十二,坐皆高三尺。西洛:盖指洛水以西,即咸阳。

⑨韩公:即韩如石。

⑩格天阁:秦桧阁名。秦桧,字会之,宋江宁(今属南京)人。绍兴年间为相,排斥抗金将领,为投降派代表人物。《宋史》本传载,绍兴十五年(1145),宋高宗为秦桧之阁题名为"一德格天"。

⑪剑去珠还:比喻宝物失而复得。《晋书·张华传》载:雷焕得龙泉、太阿二剑,一送张华,一自佩。焕死后,其子带剑经过延平津,剑忽从腰中飞出掉入水中,化为龙。《后汉书·孟尝传》载:汉合浦郡海中出珠宝,先时郡守多贪秽,极力搜刮,致使珍珠徙往别处。后孟尝为太守,不事采求,徙珠复还。

⑫安陆飞龙:指明世宗朱厚熜。即位前,封于安陆(今属湖北)。见《明史·世宗本纪》。

⑬"玄修"句:言明世宗后来学道求仙,羡慕长生不老。参见《明史·严嵩传》。玄修,修道。轩辕,即黄帝,道家以为初祖。

⑭"一德"二句:谓严嵩只凭撰写青词而博得世宗宠信,目为同心同德之臣,授以宰相之职。金铉,举鼎之具,比喻宰辅大臣。青词,道教中用以祈祷天神的表章,因用硃笔写于青藤纸上,故称。明世宗崇信道教,自戴香叶冠,并制沉水香冠赐执政大臣夏言等人。夏言不奉诏,世宗怒。而严嵩则于进见时戴其冠,并撰写青词,以顺旨邀宠。后倾陷夏言,将其贬逐,入阁为相。事见《明史·严嵩传》。

⑮养士:供养正义之士。

⑯"杨沈"句:言杨继盛、沈炼皆忠直雄健之士,能仗义执言,弹劾严嵩误国之罪。杨继盛,字仲芳,号椒山,明直隶容城(今属河北)人。世宗时任兵部员外郎等职。因弹劾严嵩十大罪状,下狱受酷刑,被杀。沈炼,字纯甫,明会稽人。

世宗时为锦衣卫经历，上疏劾严嵩十大罪，谪居保安（在今陕西延安），后被严嵩党羽诬以谋乱之罪，遂遭杀害。《明史》皆有传。蹇蹇，通“謇謇”，忠直貌。雕鹗，皆善飞猛禽，比喻人才力雄健。

⑰铛（chēng）：釜类器具。

⑱回风：回旋的风。秋箨：秋天凋落的竹皮。这句比喻鼎铛耻为权相任意摆弄。

⑲蓴山先生：原注：“嵩奴严年，士大夫呼蓴山先生。”厮养：奴仆。耳：罢了。

⑳冠盖：官吏的礼帽与车盖，借指官吏。酬酢：交往应酬。

㉑当时：犹言“当年”、“当初”。赵师羼（zé）：字从善，宋宗室。宁宗时，韩侂胄执政，师羼附之。侂胄曾饮于南园，过山庄，视竹篱茅舍，谓师羼曰：“此真田舍间气象，但欠犬吠鸡鸣耳。”俄顷即闻犬吠于草木间，视之乃师羼，侂胄大笑久之，遂任命师羼为工部尚书，知临安府。《宋史》载《宗室传》。

㉒饕餮：传说中的一种凶恶贪食的猛兽，这里指贪残。古代多铸其形于钟鼎彝器，以示警戒。《吕氏春秋·先识》：“周鼎著饕餮，有首无身，食人未咽，害及其身，以言报更也。”

㉓椒山：即杨继盛。原注：“山顶有椒山过访唐应德诗刻。”

㉔错：光彩错杂。

㉕“只字”二句：言古鼎每字比夏禹时代的金还要贵重，仍在山林为人们驱除不祥。辟，通“避”。不若，不善，不祥。《左传·宣公三年》：“昔夏之方有德也，远方图物，贡金九牧，铸鼎象物，百物而为之备，使民知神、奸。故民入川泽、山林，不逢不若。”

㉖欧阳：原注：“嵩妻也。”

㉗钤山：指严嵩，有钤山堂。

㉘“培垒”句：比喻人事既往，没有留下痕迹。培垒，小土丘。拉，摧毁。

㉙“有铁”句：言难以确证严嵩夺鼎害人之罪。

㉚裴回：同“徘徊”。轩：有窗的长廊。几：几案。

［评析］

这首诗叙写了关于焦山古鼎的一段轶闻。作者在咏物叙事的同时，发表了对严嵩等历史人物的议论，表达了对误国权相和趋炎附势之徒的愤恨，赞美了刚直不阿的良臣，字里行间透露出强烈的感情。

题再起上人不动船

解嗤藏壑舟①，机锋当自有②。
尔船既不动③，岸定还移否④？

［注释］

①“解嗤”句：理解《庄子》中嗤笑藏舟于壑的道理。《庄子·大宗师》：“夫藏舟于壑，藏山于泽，谓之固矣。然而夜半有力者负之而走，昧者不知也。藏小大有宜，犹有所遁。若夫藏天下于天下而不得所遁，是恒物之大情也。”含义为：人患得患失，其实是徒劳无益的。只有顺应自然，同化于天道，才能达到无得无失的境界。

②机锋：深刻睿智的哲理，指顺应自然等道理。

③尔：你。

④定：究竟。以上二句说，你的船已经不动了，但岸究竟会不会移动呢？含义是天地万物总是会变动的，这不是任何人所能制约的。

［评析］

此诗为不动船而题，作者本着《庄子》中有关“藏舟于壑”的一段议论，表达了顺应自然、超脱无为的思想。

同如石诸公夕饮松寥阁双桐下作

晚步松寥山，还坐松寥阁。
澄江澹人情①，心魂憩寂寞②。
斜阳林水声，时向窗中落。
韩公餐霞流③，幽居妙栖托④。
偕我春山游，清啸时间作⑤。
爱此夕山幽，复就桐下酌。
桐叶碧未齐⑥，新荣已堪乐⑦。
苔石亦清映⑧，青天复寥廓。
南望地肺山⑨，仙馆寄幽壑。
何时招吾子⑩，同跨华阳鹤⑪？

[注释]

①“澄江”句:澄澈的江水使人心情恬静。澹,恬静。

②“心魂”句:寂静的景物使人心神得到休息,憩,休息。

③韩公:即韩如石。餐霞流:以云霞、流泉为餐,言寄身山水,不同流俗。

④幽居妙栖:清静安乐的居所。

⑤清啸:清越曼长的声音。时间(jiàn):时而。

⑥碧未齐:尚未全绿。

⑦新荣:新花。

⑧苔石:长着苔藓的石头。清映:光泽清亮。

⑨地肺山:亦名句曲山、茅山、己山,在今江苏句容东南。相传汉代茅盈与弟固、衷得道于此,世称三茅君。道家以此山为第八洞宫,称金坛华阳之洞天。又传南朝梁陶弘景曾隐居于此。见《云笈七籤·洞天福地》、《梁书·处士传·陶弘景》、《太平御览》卷六六一《道部三·真人下》引《茅君传》。

⑩吾子:对他人的亲昵之称,此指韩如石。

⑪“同跨”句:言一同跨鹤飞往地肺山,修道成仙。

[评析]

此诗当为南游时所作。诗人描写了松寥山清幽的景色,表达了闲适逸远的心境。又南望地肺山,追思神仙与古代隐者的事迹,油然而生遁世之意。

瓜洲江口却寄昆仑①

晋家要秩丹阳尹②,萧氏宸游北顾楼③。
此地江山殊竞爽④,使君诗笔最深遒⑤。
闲凭青嶂舒孤眺⑥,醉喝沧波使倒流⑦。
却忆月华良宴夕⑧,春帆回首思悠悠。

[注释]

①瓜洲:在今江苏邗江南,地当大运河入长江处,与镇江市相对。江口:长江渡口。却:回,还。昆仑:即程康庄,字坦如,一字昆仑,清武乡人。

②“晋家”句:言晋代以丹阳(在今江苏,地处瓜洲以南)为重镇,设有丹阳尹这一要职。秩,职位。尹,官名。

③“萧氏”句:言梁武帝萧衍曾游览北顾楼(在北固山上)。宸游,帝王的巡游。

④殊竞爽：都十分美好。殊，甚。竞爽，争胜。

⑤使君：对州郡长官的尊称，盖指程康庄。深遒：深沉遒劲。

⑥青嶂：苍青色的山峰。孤眺：独自远望。

⑦"醉喝"句：意为欲使江波倒流，载着自己迅速回到友人身边。

⑧月华：原注："山名。"良宴：盛美的宴会。

［评析］

此诗也是南游期间的作品。诗人游览瓜洲，赞咏秀美的江山，并表达了对友人思念之情。

坡公断碑在蜀冈上方[1]，硕公许为料理[2]，有诗见及，赋答

青山处处老坡诗，衰草寒烟与护之。

究竟何人收拾得？断碑属累了元师[3]。

［注释］

①坡公：即苏轼。蜀冈：在今江苏江都西北，绵亘四十余里。上方：寺名，为禅智寺故址。

②硕公：王士禛《王考功年谱》载，康熙四年（1665），作者在扬州，曾往京口，登三山，访鹤林诸寺。有灵隐僧人硕揆，住禅智寺，与作者以诗词赠答，时人比于苏轼、了元故事。硕公即硕揆。料理：指整理断碑文字。

③属（zhǔ）累：嘱托，烦劳。了元：号佛印，宋代僧人，住金山寺，善诗，与苏轼为友。事见《续传灯录·了元禅师》。这里盖借指硕公。

［评析］

硕公应允为作者整理蜀冈上东坡断碑的文字，因作此诗以致谢。诗中表达了作者对东坡遗诗的珍惜。

上方为禅智故址，再有此作，求硕公答偈[1]

禅智山光好墓田，老夫于此契真禅[2]。

知公说偈如翻水[3]，肯否从中下一诠[4]？

［注释］

①硕公：即硕揆。参见前首注。偈：佛经中的颂词，梵语“偈佗”的简称。多用三言、四言、五言、六言、七言乃至多言为句，以四句为一偈。

②契：领悟。真禅：纯真的佛理。禅，梵语“禅那”之省，意为静思息虑。

③翻水：翻腾的水，比喻言辞充满智慧，富于变化。

④诠：解释。这里指对佛经义理的正确解释。

［评析］

此诗作于康熙四年（1665。参见前首注②）。作者赞美禅智山光，向硕揆求偈问诠，表现了他寄趣山水、从佛经中求得精神解脱的愿望。

丹徒镇雨泊[1]

昨听篷声瓜渚头[2]，春波处处有淹留[3]。

江云挟雨压帆黑，丹徒镇前还泊舟。

［注释］

①丹徒镇：在今江苏丹徒东南。

②篷声：风鼓动船帆的声音。瓜渚：即瓜洲，在今江苏邗江南。

③“春波”句：言江上处处风光美好，使人留连不已。

［评析］

此诗当作于南游时，抒写了自瓜洲扬帆东游和丹徒遇雨泊舟的情景。

发丹阳至吕城作[1]

曲阿朝解缆[2]，津堠转微风[3]。

秦凿遗迹失[4]，吴波此路通[5]。

午阴团岸竹[6]，新绿换春枫。

太息余村垒[7]，名犹属阿蒙[8]。

［注释］

①丹阳：县名，在今江苏。吕城：地名。在今江苏丹阳东五十里，相传为三国吴吕蒙所筑。参阅《读史方舆纪要·镇江府·丹阳县》。

②曲阿:即丹阳县。战国为云阳邑,秦始皇以其地有天子气,凿北冈以败其势,截直道使阿曲,因名曲阿,唐天宝元年(742)改为丹阳县。参阅《读史方舆纪要·镇江府·丹阳县》。

③津堠:渡口的里程碑。这句说从渡口东下,风势变化,刮起了微风。

④"秦凿"句:言已见不到秦始皇开凿北冈的痕迹。

⑤吴波:吴地的江河。

⑥团:包围,笼罩。

⑦太息:叹息。余:剩下的。村垒:村中的壁垒。

⑧阿蒙:即吕蒙,字子明,三国吴富陂(今属安徽)人。孙权时拜偏将军,任寻阳令。以军中多务,无暇读书,受孙权勉励,笃志力学。后鲁肃访蒙,与之议论,常为所屈。肃拊蒙背曰:"吾谓大弟但有武略耳,至于今者,学识英博,非复吴下阿蒙。"见《三国志·吕蒙传》注引《江表传》。

[评析]

作者游赏自丹阳至吕城间风物,凭吊前代遗迹,抒发了怀古之思。

奔牛[1]

细麦缘风岸,寒罾对水楼[2]。

橹声杂津鼓[3],斜日过奔牛。

[注释]

①奔牛:地名,在今江苏武进西三十里,濒临大运河。传说茅山出金牛,奔至此,故名。见《读史方舆纪要·常州府》。

②罾:渔网。水楼:水边的楼房。

③津鼓:渡口的鼓声。

[评析]

作者乘舟南游,途经奔牛。诗中通过细麦、寒罾、水楼、橹声、津鼓等景物的点染,描绘出江南水乡的景色。

梁溪[1]

五噫歌里羡幽栖[2],每望东南忆会稽[3]。

数曲清波山一面,今朝身在伯鸾溪[4]。

[注释]

①王士禛评曰:"画手赋心。"梁溪:水名,在今江苏无锡县西。源出慧山,流入太湖。相传古溪狭窄,梁大同中疏浚之,故名。又传东汉梁鸿居此,因名。见《嘉庆一统志·常州府》。梁鸿,字伯鸾,东汉扶风平陵(在今陕西)人。家贫好学,尚节介。娶同县孟氏女,名光,字德曜。居有顷,与妻共入霸陵山中,以耕织为业。过京师,作《五噫之歌》。后因避祸,与妻居齐鲁之间,又到吴地。鸿为人舂米,每归,妻为备饭,举案齐眉。东家闻之,以为非同俗流。鸿死后,东家为求葬地于要离冢旁。后世传颂,目为清高有节之士。《后汉书》载《逸民传》。

②五噫歌:其词曰:"陟彼北芒兮,噫!顾览帝京兮,噫!宫室崔嵬兮,噫!人之劬劳兮,噫!辽辽未央兮,噫!"有讥讽统治者之奢侈、同情人民疾苦之意,故章帝闻而非之。见《后汉书》本传。幽栖:幽静的居处,当指梁鸿在梁溪畔所居之处。

③会稽:郡名,治所在江苏吴县,地当今江苏东南部及浙江西部,梁溪在其境内。以上二句言平昔十分仰慕梁鸿的事迹。

④伯鸾溪:即梁溪。

[评析]

此诗亦作于南游时。诗中描绘了梁溪美丽的山水,表达了对梁鸿的仰慕,寄托了清高脱俗的襟情。

晚泊慧山作[①]

方舟下梁溪[②],春帆意超越[③]。
瞻瞩顿超旷[④],清兴于焉发[⑤]。
落日望慧山,苍绿映毛骨[⑥]。
天与松林暝,星映菱塘白[⑦]。
渔榔远淅沥[⑧],跳波暗塴渚[⑨]。
桥火辨枉渚[⑩],禅灯指山脊[⑪]。
晚泊山塘幽[⑫],濛濛揽遥碧[⑬]。
往兴随宵钟[⑭],来情伫朝扆[⑮]。

[注释]

①慧山:又作"惠山"。在今江苏无锡西。相传西域僧人慧照居此,因名。上有九峰,下有九涧,景色佳丽。第一峰白石坞下有慧山泉,古人称天下第二泉。参阅《太平寰宇记·常州府》、《嘉庆一统志·常州府》。

②方舟:两船相并。梁溪:见前首注①。

③超越:形容心神高逸。

④瞻瞩:观望。顿:顿时。超旷:形容精神逸远、开朗。

⑤清兴:超脱、高雅的情致。于焉:于是。

⑥毛骨:指植物的枝叶和干。

⑦菱塘:长着菱角的池塘。

⑧渔榔:渔人驱赶鱼的工具。淅沥:象声词,形容渔榔发出的轻微而不断的声音。

⑨跳波:言鱼在水波上跳跃。堋漷(bèng huò):波浪冲激声。

⑩桥火:桥上的灯火。枉渚:盖地名。水中的小块陆地为渚。

⑪禅灯:佛寺中点燃的灯。

⑫山塘:山中水塘。幽:幽暗。

⑬濛濛:迷茫貌。揽:收拢,此指尽览。遥碧:远空。

⑭"往兴"句:言伴随着夜里的钟声,又激起往日的兴致。

⑮"来情"句:言来到慧山的愉悦心情使自己清晨伫足,不愿离去。

[评析]

作者由梁溪乘舟到慧山,夜泊山塘。他以生动的笔触描绘了星空下的山水景物,抒发了高逸、欣悦的情怀。

慧山四首[①]

暮泊望山火,朝游破山烟。
寒松透初旭[②],春候杂凄妍[③]。
寺门敞清晓,古殿崇台悬[④]。
台下金莲池[⑤],灵迹自昔传[⑥]。
言产千叶华[⑦],服之追偓佺[⑧]。
双朴具画理[⑨],骨比青铜坚。
韶姿发春绿[⑩],拏攫荒池边[⑪]。

即此惬心赏，何必在幽偏[12]？

又

摄衣遵绝磴[13]，台阁参差生[14]，
绛节祠玉虚[15]，龙驾骖茅盈[16]。
绝顶见千里，空翠侵襟缨[17]。
白鸟去吴会[18]，余氛澄太清[19]。
万顷具区波[20]，使我双眼明。
琐屑千渎溪[21]，行潦纷纵横[22]。
夙读《枕中记》[23]，无惭西神名[24]。
美彼梅里人[25]，野服来蛮荆[26]。

又

下寻亭上泉[27]，清响闻琳球[28]。
陆生逝千载[29]，一泓还此留。
西折春申硐[30]，参差清瑶流[31]。
颇闻秋雨时，山瀑如龙湫[32]。
硐侧多林园，濠濮良易求[33]。
曲渚引修廊[34]，森木错丹楼[35]。
何必春云阴，始怜松桂幽[36]。

又

公垂读书台，髣髴有遗迹[37]。
更觅听松庵[38]，坡陀指萧槭[39]。
长松独磊落[40]，矫矫挺千尺[41]。
色黏青霞重，势逼高天迫[42]。
白日居然凉，苍鼠纷腾掷[43]。
高人王仲山[44]，当年曾卜宅[45]。
苕苕缅遗风[46]，悠悠愧浮客[47]。
安得栖名山[48]，消此几两屐[49]。

［注释］

①慧山:见前首注①。

②初旭:清晨的阳光。

③春候:春天的景象。凄妍:凄凉和妍丽。

④“古殿”句:古殿好像悬挂于高台之上,言其所处地势险峻。崇,高。

⑤金莲:荷花。

⑥灵迹:神仙的事迹。

⑦千叶华:花瓣很多的荷花。华,“花”的古字。

⑧偓佺:传说中的仙人,与尧同时。于槐山采药,好食松实,形体生毛,方目,善飞行。曾以松子遗尧,尧不暇服。时人受服者,年寿皆至二三百岁。见汉刘向《列仙传》。

⑨“双朴”句:原注:“池侧二朴树,形制奇古。”画理,图画一样的纹理。

⑩韶姿:美好的姿态。

⑪拏(ná)攫:形容树枝遒劲伸屈,如同动物舞爪搏击的样子。

⑫幽偏:深隐偏僻的地方。

⑬绝磴:陡峭的石径。

⑭台阁:亭台楼阁。参差:高低不齐貌。生:后缀,相当于“样子”。

⑮绛节:红色的符节。盖言朝廷使者所持。祠:祭祀。玉虚:神仙所居之处。

⑯龙驾:用龙驾着的车。骖:乘坐。茅盈:相传为汉代隐士,与弟固、衷居茅山(在今江苏句容东南),得道成仙。参见《同如石诸公夕饮松寥阁双桐下作》注⑨。

⑰空翠:碧空与青山澄朗的光色。侵:浸润。襟缨:衣襟和冠带。

⑱白鸟:白羽之鸟,当指仙鹤。吴会:地名,在今江苏东南部及浙江西部。

⑲余氛:遗留的尘埃。太清:天空。以上二句盖言仙人乘鹤飞往吴会,使慧山上空澄朗无尘。

⑳具区:湖名,即太湖。

㉑琐屑:繁多。渎:沟渠。

㉒行潦:流水。

㉓《枕中记》:唐沈既济撰。述卢生于邯郸旅舍遇道人吕翁,生自叹贫穷,翁乃授其枕,使入梦。生于梦中历尽荣华富贵,及醒,主人炊黄粱尚未熟。后世借此寄寓功名富贵终成虚幻之意。

㉔西神:即西神山,慧山之别称。

㉕梅里:地名。亦称泰伯城。周太王子泰伯居此。故城在今江苏无锡东南。参阅《史记·吴太伯世家》唐张守节正义。

㉖野服:村野之人的衣服。蛮荆:古代对楚国的别称,楚国曾拥有今江苏之地,这里特指江苏南部。

㉗亭上泉:指慧山泉。

㉘琳球:皆玉名,这里比喻清脆的泉水声。

㉙陆生:即陆羽,字鸿渐。一名疾,字季疵。唐复州竟陵(故城在今湖北天门西北)人。上元初,隐于苕溪,自称桑苧翁,闭门著书。久之,诏拜太子文学,徙太常寺太祝,不就职。以嗜茶著称,有《茶经》三篇。其品第泉水等级,以慧山泉为第二泉。见《新唐书》本传及唐张又新《煎茶水记》。

㉚春申磵:慧山涧名。亦称黄公涧。战国楚考烈王封春申君黄歇于江东,以此涧为饮马之处,故名。

㉛参差:近似,仿佛。清瑶:清澈的美玉。

㉜龙湫:龙潭,指深渊。这句说山瀑倾泻,积水如深渊。

㉝濠濮:《世说新语·言语》:"简文入华林园,顾谓左右曰:'会心处,不必在远。翳然林水,便自有濠、濮间想也。'"刘孝标注:"濠、濮,二水名也。"这里借指娱情养性的游乐之处。

㉞曲渚:曲折的水涯。引:延伸。修:长。

㉟森木:茂盛的树木。错:交错。丹楼:红色的楼房。

㊱怜:爱。

㊲髣髴:意谓依稀可辨。

㊳听松庵:在慧山寺左桃花坞下。明洪武年间,僧人普真居此,植松其中,因名。

㊴坡陀:指地势起伏不平的山冈。萧槭:景物萧条之处。

㊵磊落:高大貌。

㊶矫矫:形容不同凡类。

㊷迫:近。

㊸苍鼠:盖为松鼠类动物。腾掷:跳跃。

㊹王仲山:盖即王问,字子裕,明无锡人。嘉靖进士,官至广东按察使佥事。善画山水人物及花鸟。后辞官归隐,以学行称,学者称为仲山先生。

㊺卜宅:择宅而居。

㊻苕苕:远貌。这里形容岁月之远。

㊼悠悠:忧思貌。浮客:客居他乡之人,指自己。

㊽栖:居住。

㊾消:耗费。两:双。屐:木屐,底有齿,穿之可以登山。

[评析]

这四首诗抒写了登览慧山的情景。作者吟咏山水胜景,抒发了愉悦开朗的襟情。又寻觅古迹,缅思古代高士及神仙的事迹,表达了摒绝尘俗、寄身山水的志趣。

五人墓[①]

有明熹宗年,涓人丛狐鼠[②]。
儿孙引公卿[③],风靡半朝宁[④]。
私觌少揖客[⑤],封章竞好语[⑥]。
慷慨启杨左[⑦],黾勉相支柱[⑧]。
遂成白马祸[⑨],英贤悼沦胥[⑩]。
周侯与钩党[⑪],缇骑越淮楚[⑫]。
乌虖丁都护[⑬],相视奈何汝?
五人倡高义,咄嗟奋心膂[⑭]。
壮哉段公笏,伟矣蔺生柱[⑮]。
松杉想英灵,石门暗神雨[⑯]。
载咏临江歌[⑰],奄奄叹彪虎[⑱]。

[注释]

①五人墓:在今江苏苏州虎丘山旁。明熹宗时,宦官魏忠贤专断国政,网罗爪牙,屡兴冤狱,陷害忠良。时有吴县人周顺昌,字景文,曾任福州推官、文选员外郎,后辞官归乡。因忤逆魏忠贤,遂遭诬陷,于天启六年(1626)被捕入狱,受酷刑死。顺昌素好德,吴人感之,闻逮者至县,为之塞道号冤。市民颜佩韦、马杰、沈扬、杨念如、周文元率众奋击官役,皆被诛。吴人感其义,合葬于虎丘山旁,题曰"五人之墓"。事见《明史·周顺昌传》。

②涓人:指宦官。丛:聚集。

③儿孙:指魏忠贤党羽。魏氏广植爪牙,有"五虎"、"五彪"、"七狗"、"十孩儿"、"四十孙"之称。见《明史》本传。引:提拔。

④朝宁(zhù):朝廷。

⑤私觌：私下会见。揖客：以礼相待之客。这句说魏忠贤之流私下结交的多是非礼苟进之徒。

⑥封章：密封的奏章。这句说魏忠贤之流秘密奏事，举荐私党，多是华而不实的言辞。

⑦启：开始。杨左：杨涟与左光斗。涟字文孺，明湖广应山（今属湖北）人。官至左副都御史。天启四年（1624）上疏弹劾魏忠贤二十四大罪，次年，魏忠贤制造汪文言案，诬陷杨、左为同党，将其害死于狱中。左光斗字遗直，明安庆桐城（今属安徽）人。天启四年，拜左佥都御史。杨涟弹劾魏忠贤，光斗与其谋，并亲劾魏氏三十二条当斩罪，与杨涟同时被害。《明史》皆有传。

⑧黾勉：努力。

⑨白马祸：三国魏齐王曹芳嘉平元年（249），兖州刺史令狐愚与太尉王凌谋迎楚王曹彪都许昌，事败，彪自杀，妃及诸子皆免为庶人，官属受株连者皆以知情无辅导之罪被诛。事见《三国志·魏书·楚王彪传》。此用其事，比喻魏忠贤制造冤狱，株连无辜，陷害忠良。曹彪曾封为白马王，故称。

⑩沦胥：因受牵连而遭到迫害。

⑪周侯：周密窥察。侯，当作“候”。钩党：牵连为同党。此言魏忠贤迫害异己的手段。

⑫缇骑：本为秦、汉时维护京师治安的军队，因服橘红色，乘马，故称。后用为逮捕犯人之官役的通称。此指奉魏忠贤之命逮捕周顺昌的东厂差役。

⑬乌虖：同“呜呼”，感叹词。丁都护：亦作“丁督护”，名旿，南朝宋时人。《宋书·乐志一》载：宋高祖时，彭城内史徐逵之为鲁轨所杀，高祖命府内直督护丁旿收殓殡葬之。逵之妻呼旿问殓葬之事，每问，辄叹曰：“丁督护！”其声哀切。后人遂以“丁督护”为名谱写为歌曲，流传于吴地。

⑭咄嗟：怒斥，感叹。心膂：心力。

⑮“壮哉”二句：以段秀实以笏击贼、蔺相如持璧击柱之喻，赞美颜佩韦等五人保护忠良、奋击官役的壮举。段秀实，字成公，唐汧阳（今属陕西）人。德宗时，召为司农卿。朱泚反，秀实阳与合，伺机以象笏击之，遂遇害。新、旧《唐书》皆有传。蔺相如，战国时赵国大臣。赵惠文王时，秦王许以十五城易赵之和氏璧，实欲诈取之。相如奉命带璧入秦，见秦王无意偿赵城，乃当庭力争，持璧欲击柱，秦王不敢相强，遂完璧归赵。事见《史记》本传。

⑯石门：在今江苏无锡。

⑰载咏：咏唱。载，词缀。

⑱奄奄：气息微弱貌。彪虎：当指“五彪”、“五虎”等魏氏爪牙。

[评析]

这首诗抒写了凭吊五人墓的感慨。作者追怀往古,鞭挞了结党营私、陷害忠良的权臣,讴歌了不惧权贵、舍身报国的诤臣义士,寄托了自己的忠鲠之情和坎坷失意的愤懑。

第四卷

吴江怀顾茂伦吴闻玮[①]

夹浦桥边水接天[②],吴帆十幅挂风圆。
相思不到垂虹路[③],湛湛枫江春可怜[④]。

［注释］

①顾茂伦:顾有孝(1619－1689),字茂伦,江苏吴江人。生于明神宗万历四十七年,卒于清圣祖康熙二十八年。诸生。康熙十七年举博学鸿儒科不就,居钓雪滩,以选诗为事,家贫好客。所交皆高尚士,与徐介白、俞无殊、周安节为莫逆交。著有《雪滩钓叟集》与《唐诗英华》。

②夹浦:水名,在江苏吴江北与吴县之南,当二县交界处,东接吴淞江,西当太湖之鲇鱼口,形势冲要。《读史方舆纪要·苏州府·吴江县·运河》:"又引而西北曰北塘河,亦曰古塘河,凡二十里至夹浦,入长洲县界。"

③垂虹:桥名。在江苏吴江东,本名利往桥,宋庆历间,构亭其上,名曰垂虹亭,因亦名桥曰垂虹桥,凡七十二洞,俗名长桥。《读史方舆纪要·苏州府·吴江县》:"长桥在县东二里,一名利往桥。"米芾有"垂虹秋色满江南"句。

④湛湛:江水浸润貌。《楚辞·宋玉〈招魂〉》:"湛湛江水兮,上有枫。"枫江:植有枫树之江。骆宾王《赠李八骑曹序》:"水树含春,宛似枫江之上。"唐崔信明后有著名诗句"枫落吴江冷"。郑世翼遇信明江中,得此句而愿闻众篇,及见众篇,览未终而去。故后有好句亦称"枫落吴江"。

［评析］

此诗为怀念吴江故旧而作。全诗寄情于景,读之令人向往。

读孟襄阳诗有作[①]

鱼鸟云沙见楚天[②],清诗句句果堪传。

一从时世矜高唱,谁识襄阳孟浩然[③]?

[注释]

①孟襄阳:孟浩然(689－740),唐襄州襄阳(今属湖北)人。早年隐居鹿门山。年四十,游长安,应进士不第。后为荆州从事,患疽卒。曾游历东南各地,诗与王维齐名,称为“王孟”。其诗清淡,长于写景,多反映隐逸生活。有《孟浩然集》。

②鱼鸟:鱼与鸟。常以写隐逸之情。《隋书·隐逸传》:“狎玩鱼鸟,左右琴书。”嵇康《绝交书》:“游山泽,观鱼鸟,心甚乐之。”云沙:云与沙。常以指远处。岑参《临洮泛舟诗》:“云沙万里地,孤负一书生。”杜甫《画鹘行》:“缅思云沙际,自有烟雾质。”

③王士禛注此诗云:“安得迦叶寂子一辈上根人,与参微言。”

[评析]

诗人读孟浩然诗,与孟浩然的思想产生共鸣,仰慕孟浩然的清高隐逸之情,作此诗以歌颂之。

吴江道中

采采吴江路[①],蓬蓬晓望妍[②]。

白帆遥似雪,渌水净于天[③]。

名爱松陵古[④],人希甫里贤[⑤]。

垂虹亭子好[⑥],咫尺隔春烟[⑦]。

[注释]

①采采:犹云萋萋。《诗经·秦风·蒹葭》:“蒹葭萋萋。”采采、萋萋、苍苍,其意皆谓盛也。

②蓬蓬:盛貌。《诗经·小雅·采菽》:“维柞之枝,其叶蓬蓬。”以上两句,皆赞吴江路上,草木繁盛妍丽。

③渌水:澄清之水也。《文选·张衡〈东京赋〉》:“于东则洪池清蘌,渌水澹澹。”以上两句写吴江明净清澈。

④松陵:生长有松树之陵。唐皮日休《松江早春》诗:“松陵清净雪消初,见底新安恐未如。”皮日休与陆龟蒙唱和之诗名《松陵集》。成集者陆龟蒙,题集

者皮日休。时崔璞为苏州刺史，辟皮日休为从事，共为唱和。

⑤甫里：地名，今江苏苏州角直镇。陆龟蒙（？－881）字鲁望，唐姑苏（今江苏苏州）人。后隐居甫里，自号江湖散人，甫里先生，又号天随子。诗以写景咏物居多，著有《甫里集》等。

⑥垂虹亭：亭子名，宋庆历间建。

⑦春烟：谓春日之烟柳雨雾。

[评析]

此诗写吴江路中之景色妍丽，联想到唐代名贤陆龟蒙浪迹江湖，清高自爱，隐居吴中，不胜慨叹，表达了作者对林下生活的向往。

禾中作二首[①]

（一）

挂席东南日[②]，裴回问水乡[③]。
山连秦驻远[④]，溪溯越来长[⑤]。
皂帽江花映[⑥]，青帘杜若香[⑦]。
落帆亭畔路[⑧]，吟眺意苍凉。

（二）

江城还槜李[⑨]，望古一踟蹰。
老寺裴休宅[⑩]，春沙范蠡湖[⑪]。
远烟明渚鸟，斜日冷樯乌[⑫]。
太息东流水[⑬]，年年浸绿芜[⑭]。

[注释]

①此诗王士禛评点："言言清绮。"禾：今浙江嘉兴之简称。嘉兴五代时为秀州治。《至元嘉禾志》："宋政和七年（1117）八月二十二日改秀州为嘉禾郡。""元至元十三年（1276）改为嘉兴府，至元十四年（1277）改为嘉兴路总管府，领府一，县三，司一。"后人简称为"禾"。

②挂席：谓舟行扬帆也。《文选·谢灵运〈游赤石进帆海〉》："扬帆采石华，挂席拾海月。"孟浩然《寻张五诗》："挂席樵风便，开轩琴月孤。"

③裴回：同"徘徊"，往返回旋。

④此句中所指之山，应是由拳山。《寰宇记》谓由拳山在县，始皇见其山上

出王气,使诸囚凿此山,囚倦并走,因号为囚倦山,置囚倦县。《水经》亦云,始皇改为囚倦,亦曰田卷。西汉属会稽郡,东汉属吴郡。三国吴黄龙三年(231),由拳野稻自生,改为禾兴,志瑞也。赤乌五年(242),改为嘉兴。

⑤此句中所指之溪当为长水。长水,春秋时即有此名,经桐乡县诸河流至海宁县硖石镇,入嘉兴段转称长水。全长19.15公里,水注入嘉兴市南湖。

⑥江花:江边之花也。韩翃《送客知鄂州》诗:"江口千家带楚云,江花乱点雪纷纷。"白居易《忆江南》:"日出江花红胜火,春来江水绿如蓝。"此江花指苕溪之花。苕水秋时两岸苕花漂浮水面,其白如雪,苕溪之名以此。水有两源,俱出天目山,一出山南,流至吴兴为东苕,一出山北,至吴兴与东苕合。东苕吴兴段亦称雪溪。

⑦杜若:香草名,生林野阴地,多年生草木,高一二尺,夏日开白花。楚地山中时有,山人亦称良姜,又名杜蘅、杜莲、若之。

⑧落帆亭:在运河嘉兴段杉青闸畔。杉青闸是大运河上著名的水闸,宋时有官吏管理,建有官舍。落帆亭是官舍旁的一名胜,取船过闸落帆之意。

⑨槜李:地名。《史记·越王勾践世家》:"吴师败于槜李。"《集解》:"杜预曰:吴郡嘉兴县南有槜李城。"嘉兴市有槜李亭旧址。许瑶光《嘉兴府志》谓"在本觉寺,越败吴于此,县治西南二十七里,即吴越战地,后人立亭以志,久而倾圮。宣德七年僧志嵩重建。"

⑩裴休:字公美,擢进士第,举贤良方正异等。唐大中时以兵部侍郎进同中书门下平章事。多惠政,革除积弊,改进江淮漕运。大和后漕运米归仓仅四十万斛,居三年增至百二十万斛。秉政五载,罢为节度使,卒。

⑪范蠡:春秋越人,字少伯,与文种同事勾践,深谋二十余年灭吴,功成身退。《史记·货殖列传》:"范蠡既雪会稽之耻,乃喟然叹曰:'计然之策七,越用其五,而得意,既已施于国,吾欲用之家。'乃乘扁舟,浮于江湖,变名易姓,适齐为鸱夷子皮,之陶为朱公。"人谓范蠡泛游江湖,又传范载西施游五湖。五湖即今之太湖,在江浙交界之处,南下嘉兴所经之湖。范蠡湖指太湖,范泛舟所游之湖。

⑫冷樯:谓寂寞冷落之桅樯。此句写黄昏时乌鸦栖于寂寞冷落之桅樯之上。

⑬太息:犹嗟叹。《楚辞·离骚》:"长太息以掩涕兮。"此句谓见东流之逝水,太息时光消逝之快。

⑭绿芜:绿色杂草。此句影射时世变迁。

[评析]

此诗描绘了嘉兴风光，慨叹禾中史事，深感世事变迁，光阴易逝。写来凄清孤绝，高雅绮丽，耐人寻味，发人深省。

晚过东塔寺二十韵[1]

兰若萧梁古，风流想六朝[2]。
化城围渌水[3]，孤塔上青霄。
珠阁浮林影[4]，金园绝市嚣[5]。
依幡看刹近[6]，缘响趁钟遥。
树偃时遮磵，途纡屡过桥。
到门苔滑滑，入寺竹翛翛[7]。
古碣何年失[8]，尘襟此际消。
皴痕回侧柏，暮色隐甘蕉。
长史遗坟在[9]，诸天法界标[10]。
跨波通石径，对砌敞松寮[11]。
居士才还辩[12]，头陀偈定超[13]。
禅灯龙象黯[14]，佛日鼓鱼销[15]。
洗钵诚微尚，长斋况久要[16]。
劫波巾拟解[17]，屈眴服思邀[18]。
便好从初地，相依结一瓢[19]。
沧洲仍有役[20]，白社见无聊[21]。
怖鸽栖将稳[22]，樯乌待尚迢[23]。
前期须岁月，客意响风飙[24]。
支许应非忝，宗雷傥见招。
裴回未能去[25]，仙梵晚萧萧[26]。

[注释]

①东塔寺：在今浙江嘉兴境内。二十韵：指此诗句两句押一韵，共押二十韵。

②兰若：佛家语，指佛寺。唐杜甫《谒真谛寺禅师》诗："兰若山高处，烟霞嶂几重。"萧梁：南朝时的梁朝，因皇室姓萧，故称。六朝：先后建都于建康（今南京）的吴、东晋、宋、齐、梁、陈六个王朝。因均建都于南方，故亦称南朝。南朝多禅院，杜牧有"南朝四百八十寺，多少楼台烟雨中"句。起首两句，写东塔寺年代之久远。

③化城：佛家语，谓一时幻化的城郭，后以称寺院。唐王维《登辨觉寺》诗："竹径从初地，莲峰出化城。"渌水：谓清池。

④珠阁：珠饰之楼阁，以指楼阁之精美。李白有"玉楼珠阁不独栖"句。

⑤金园：谓园林之珍贵。

⑥幡：旗帜。《古乐府·孔雀东南飞》："青雀白鹄舫，四角龙子幡。"僧寺在高竿上悬挂旗幡，故寺院泛称幡刹。

⑦翛翛：象声词，犹云萧萧。南齐谢朓《谢宣城集·冬日晚郡事隙》："飒飒满池荷，翛翛荫窗竹。"

⑧碣：圆顶的碑石。

⑨长史遗坟：王士禛原注："朱买臣墓。"朱买臣（？－前115），字翁子，吴人。汉武帝时，因严助推荐，拜为中大夫。时东越数反覆，拜为会稽太守，与横海将军韩说等击破东越。后坐法失官，复为丞相长史，与御史大夫张汤不和，告其阴事，致汤自杀，自己亦被诛。《汉书》卷六四有传。今嘉兴市多有朱买臣遗迹。

⑩法界：佛家语，有多种意义，通常泛指各种事物的现象和本质。

⑪松寮：以松木搭架之僧舍。寮：僧舍。

⑫居士：谓有道艺之处士。佛家称在家修行之俗家弟子为居士。

⑬头陀：佛家语，指僧人。《文选·王简栖〈头陀寺碑文〉》李善注："天竺言头陀，此言斗薮，斗薮烦恼，故曰头陀。"

⑭禅灯：寺庙灯火。唐贾岛《送慈恩寺霄韵法师谒太原李司空》诗："清磬先寒角，禅灯彻晓烽。"龙象：佛家语，称诸阿罗汉中，修行勇猛有最大力者。水行龙力最大，陆行象力最大，故以龙象相称。

⑮佛日：对佛的敬称。佛教徒以为佛之法力广大，普济众生，如日之普照大地，故以日为喻。《观无量寿经》："唯愿佛日教我，观于清静业处。"鼓鱼：谓法器也。销：指销声。

⑯长斋：佛家语，指终年吃素。晋葛洪《抱朴子·杂应》："又乘跻须长斋，绝荤菜，断血食。"《南史·刘虬传》："虬精信释氏，衣粗布，礼佛长斋。"

⑰劫波：梵语，其义为一段时间。

⑱屈眴(shùn):布名。佛教称为大细布,缉木棉花心织成,色青黑,相传达摩所传的袈裟即用此布缝成。

⑲一瓢:《论语·雍也》:"一箪食,一瓢饮,在陋巷,人不堪其忧,回也不改其乐。"这是孔子赞美颜回的安贫乐道。后人以一箪一瓢形容生活之清苦。

⑳沧州:滨水的地方,古称隐士所居处。南齐谢朓《之宣城出新林浦向板桥》:"既欢怀禄情,复协沧州趣。"

㉑白社:在河南偃师,曾为隐士所居,后遂借指隐士或隐士居处。

㉒怖鸽:受惊之鸽,语出《涅槃经》卷二八、《大智度论》卷一一。原指鸽子被鹰追逐,飞向佛旁,佛以身影遮蔽鸽身,鸽乃不怖。后在诗文中常用作穷无所归的典故。南朝梁简文帝《谢赐钱启》:"方使怖鸽获安,穷鱼永乐。"唐孟浩然《夜泊庐江,闻故人在东林寺,以诗寄之》:"石镜山精怯,禅枝怖鸽栖。"

㉓樯乌:船桅杆上的乌形风向仪,也用以比喻飘忽不定的生活。

㉔风飙:旋风。《文选·王粲〈杂诗〉》:"风飙扬尘起,白日忽已冥。"

㉕裴回:同"徘徊",往返回旋。

㉖仙梵:诵经之声。清黄鹭来《秋晓行陡山值雨访李庚初炼师》诗:"斋宫仙梵静,花殿幽香闭。"

[评析]

此诗描写了江南东塔寺古刹的风景佳丽,清静幽雅,反映出诗人厌倦功名利禄,辞离世俗社会,超脱尘世的佛家思想。

石门县①

落日石门路,语溪明夕波。
女墙才几尺②,一半入藤萝③。

[注释]

①此诗王士禛评点:"画出。"石门县:旧县名,全国有多处。诗文中石门,当指清嘉兴府所属石门县。清康熙元年改明崇德县为石门县,故治在今浙江嘉兴桐乡崇福镇。《清史稿·地理志》:"浙江嘉兴府,县七,石门。民国复改为崇德。"1958年崇德又并入桐乡县,现属桐乡市。

②女墙:墙上短垣,亦曰睥睨。《释名·释宫室》:"城上垣曰睥睨……亦曰女墙。"韦庄《天井关诗》:"太行山上云深处,谁向云中筑女墙。"度诗意,女墙当指城墙。

③末句:谓城墙半被藤萝遮掩。

［评析］

石门为清时江南水乡小县，此诗寥寥数语，波光绿荫，夕阳短垣，描绘自然，得其实景写照，故王士禛以“画出”两字评点。

冷泉亭①

蜡屐恣行游②，意惬时植杖③。
翼然寺门亭④，俯此清溪上。
溪侧蟠灵峰⑤，奇绝冠群嶂。
天禄与辟邪⑥，蹲卧纷殊状。
神工薄雕刻⑦，瑰诡罗偃仰⑧。
孕结理难格⑨，移掇事讵妄⑩。
幽怀既无阻，长吟聊一放⑪。
更解双尘缨⑫，翛然濯春涨⑬。

［注释］

①冷泉亭：在浙江杭州西湖灵隐寺前飞来峰下，唐元英建亭其上，颜其额曰冷泉亭。《湖山胜概》：“‘冷泉’二字，乃白乐天书，‘亭’字乃东坡续书。”白居易《冷泉亭记》：“由寺观冷泉亭为甲。”

②蜡屐：涂蜡之屐。李商隐《奉寄安国大师兼简子蒙》：“岩光分蜡屐，涧响入铜瓶。”张登《送王主簿游南海》诗：“过山乘蜡屐，涉海附楼船。”“蜡屐”一作“穿屐”。

③植杖：犹云倚杖。《论语·微子》：“植其杖而芸。”江永《群经补义》：“今人耘田，必扶杖乃能用足，则植杖正所以耘，犹云拄杖也。”

④翼然：鸟两翼广张之貌。欧阳修《醉翁亭记》：“峰回路转，有亭翼然临于泉上者，醉翁亭也。”

⑤灵峰：山名，在浙江杭州西湖畔。介于桃园岭与秦亭山之间，有灵峰寺，晋建。又，飞来峰一名灵鹫峰。

⑥天禄：兽名。《古玉图谱》：“汉多以为雕刻之饰。图为天禄书镇，汉器也。”辟邪：亦为兽名。《后汉书·孝灵帝纪》“天禄”注：“邓州南阳县北有宗资碑，旁有两石兽，镌其膊一曰‘天禄’，一曰‘辟邪’。据此，即天禄、辟邪并兽名也。”《印章图谱》：“广平侯印辟邪纽。”

⑦神工：神奇之功诣也。神工鬼斧，皆言技艺之精巧，赖鬼神相助，非人力

所能为。

⑧瓌诡:奇异也。《文心雕龙·辨骚》:"《远游》、《天问》,瓌诡而惠巧。"曾巩《道山亭记》:"瓌诡殊绝之状。"

⑨孕结:孕育连结,不可分割。

⑩"移掇"句下原注:"尹仲明《飞来峰》诗:'何假提掇迷西东?'"

⑪长吟:音调缓且长之吟哦,常以抒悲壮之情。

⑫尘缨:世俗之事也。《文选·孔稚圭〈北山移文〉》:"昔闻投簪逸海岸,今见解兰缚尘缨。"王维《别綦毋潜》诗:"荷蓧几时还,尘缨待君洗。"

⑬春涨:春水日涨也。苏轼《次韵王定国南迁回见寄》:"相逢为我话留滞,桃花春涨孤舟起。"

[评析]

此诗写飞来峰下冷泉亭四周之景色,抒发了诗人醉心大自然,拔尘脱俗,退归林泉的隐逸思想。

天　竺[1]

南循灵鹫路[2],幽探意弥适。
奇峰拂岝崿[3],阴洞出踢踖。
乍欣天宇豁[4],复悦修篁密[5]。
杂芳吐涧滑[6],层构隐山脊。
笋舆穿寺入[7],藤杖支苔圻。
香林既窈窕,珠泉亦娩婳[8]。
康乐传遐踪[9],远游有遗迹。
路并清溪转,门向石梁辟。
岩留千岁名,石秘三生魄。
烟霞信蓊蔼[10],溪谷剧纷赜[11]。
目玩劳俯仰,心赏酬络绎。
灵境造遂深,诸天迥不隔。
登楼万象入,陟巘层霄迫。
返景幻紫翠,架壑倚金碧。

蔚哉禅老窟[12]，奥矣仙真宅[13]。
畹晚春向暮[14]，萧瑟日方夕。
未能遂幽栖，长吟愧逋客[15]。

［注释］

①天竺：在浙江杭州灵隐寺南面山中。分上天竺、中天竺、下天竺三处。上天竺的法喜寺创建于五代，中天竺的法净寺创建于隋代，下天竺的法镜寺创建于东晋。天竺原是佛教著名的寺院群，现规划改建为风景庭园，游人往来不绝于途。

②灵鹫：山名，即杭州西湖畔灵隐寺前之飞来峰，位于灵隐山之东南。《舆地志》："晋咸和中，西僧慧理登此山，叹曰：'此是中天竺国灵鹫山之小岭，不知何年飞来？'因号其峰曰'飞来'，亦名'灵鹫'。"

③岝㟧：山高貌。㟧，同崿。《文选·左思〈吴都赋〉》："虽有石林之岝崿，请攘臂而靡之。"

④天宇：谓天空也。陶潜《辛丑岁七月赴假还江陵夜行涂口》："昭昭天宇阔，皛皛川上平。"张九龄《西江夜行》："悠悠天宇旷，切切故乡情。"

⑤修篁：长竹也。修，长也。篁，丛生之竹。

⑥涧湄：山涧之畔。《诗经·魏风·伐檀》："坎坎伐轮兮，置之河之漘兮。"

⑦笋舆：亦称竹舆、编舆，简称笋。杨万里《寒食雨中同舍约游天竺，得十六绝句呈陆务观》："笋舆冲雨复冲泥，一径深深只觉迟。"

⑧婉孌：幽姿娴静。《文选·宋玉〈洛神赋〉》："既婉孌于幽静兮，又婆娑乎人间。"

⑨康乐：谢灵运(385－433)，小名客儿，晋陈郡阳夏人，谢玄之孙，袭封康乐。宋受禅，降为侯，少帝时出为永嘉太守。性好山水，每游辄题咏，后有言其叛，弃广州。谢为山水诗鼻祖，著有《谢康乐集》。

⑩蓊蔼：郁茂貌。张华《朽杜赋》："朱夏当关，蓊霭肃森。"《文选·潘岳〈闲居赋〉》："竹林蓊霭，灵果参差。"霭，通"蔼"。

⑪纷赜：纷郁幽深也。

⑫禅老窟：谓佛家断绝尘缘，参禅藏身之处。

⑬仙真宅：谓道家隔绝世俗修真养性之所。

⑭畹晚：日将暮也。《文选·陆机〈叹逝赋〉》："老畹晚以将及。"《文选·潘岳〈怀旧赋〉》："日畹晚而将暮。"

⑮逋客：避世之隐者也。《文选·孔稚圭〈北山移文〉》："请回俗士驾，为君

谢逋客。”

［评析］

此诗描写杭州天竺风景清幽静谧，为佛家参修禅理之所，诗人置身其间，心醉神迷，反映出他拔尘出俗，隐居避世之心。

西湖竹枝词十首[①]

（一）

冶游风景未全迷，不羡襄阳有大堤[②]。
山似裙腰骄翡翠，水如奁镜压玻璃。

（二）

三月湖莼滑似苔[③]，嫩荷中抱水晶胎。
季鹰亦是三吴客[④]，作底秋风始忆来。

（三）

日夕湖头霁景闲，渲青浮碧斗弯环。
朝来水雾浓含雨，失却雷峰一带山[⑤]。

（四）

渡头向晓聚兰桡，胜日春风粉黛饶。
相唤茅家埠边去，纷纷摇过第三桥。

（五）

画船日日镜中行，雨细风微浪不生。
解道波平不忍唾，划波双桨太无情。

（六）

儿家住近傍湖村，岁岁门前验水痕。
莫怪今年湖水阔，春来长遍浪头温[⑥]。

（七）

春雨濛濛不肯晴，连朝水气接云平。
斜阳忽送青山出，一倍岚光泼眼明[⑦]。

（八）

三弦细细按吴腔，风雨湖船尽掩窗。
何似湖楼望游艇，乱凫零雁几双双。

（九）

湖南入夏萍满塘，塘上桑阴青覆墙。
村里半粘红帖子⑧，人家一月为蚕忙⑨。

（十）

湖畔十三娇女儿，新声还较啭莺迟。
何当良夜随侬去，明月满船歌竹枝⑩。

[注释]

①竹枝词：乐府名，亦名巴渝词。唐刘禹锡依巴渝民歌剪制之诗体，为专咏民间琐事之七绝诗体。《乐府诗集·竹枝》："竹枝本出于巴渝。唐贞元中，刘禹锡在沅湘，以俚歌鄙陋，乃依骚人《九歌》作《竹枝》新词九章。"刘禹锡在《竹枝词引》中亦谓："昔屈原居沅湘间，其民迎神，词多鄙陋，乃为作《九歌》……故余亦作《竹枝》九篇。"

②襄阳：指孟浩然（689－740），湖北襄阳人，人称孟襄阳，早年隐鹿门山，年四十游长安，应进士试不第，曾游东南各地，多写山水田园，为著名隐逸诗人。

③湖莼：湖中之莼菜。莼菜，水草名，属睡莲科，嫩叶可供食用，味鲜美。

④季鹰：张翰字季鹰，晋吴郡吴人，生活于魏甘露至晋太兴年间，有清才，善属文。《晋书·文苑·张翰传》："因见秋风起，乃思吴中菰菜、莼羹、鲈鱼脍，曰：'人生贵得适志，何能羁宦数千里，以要名爵乎？'遂命驾而归。"

⑤雷峰：峰名。在杭州西湖南南屏山净慈寺前，旧有郡人雷氏居此，因名。雷峰又称中峰，寺前有雷峰塔，为五代时吴越王钱俶妃黄氏所建，故又称黄妃塔。

⑥浪头温：原注："浪头温，湖中草名。俗云，此草多则湖水大。"

⑦"一倍"句：句下原注："此与'朝来水雾浓含雨，失却雷峰一带山'各尽阴晴之妙。"

⑧红帖子：指蚕农在养蚕季节张贴之上书吉祥语句的红纸，以保蚕茧丰收。

⑨"人家"句：下原注："方盦山极喜此作。"方盦山，方文（1612－1669），字尔止，清诗人。

⑩此诗末有王士禛评注云："《西湖竹枝》凡二十首，略存其半，妙处不减铁

崖。”铁崖，杨维祯(1296－1370)，字廉夫，一号铁笛道人，元泰定进士，诗文俊逸，独擅一时，称为“铁崖体”，著有《铁崖古乐府》等多种诗文集。

[评析]

此诗以江南民歌竹枝词的形式，描绘了杭州西湖的湖光山色，风景秀丽宜人，并写出了当地的风土人情，表现出浓重的乡土色彩和生活气息。

孤山[1]

春风不见巢居阁[2]，渌水犹围放鹤亭[3]。
叉手斜阳思处士[4]，梅花寥落暮山青[5]。

[注释]

①孤山：孤峙在杭州西湖的里湖与外湖之间，故名孤山。又因多梅花，一名梅屿。海拔38米，地广约20公顷。这里是风景胜地，也是西湖文物荟萃之处。北宋林逋曾隐于此。古人有诗曰：“人间蓬莱是孤山，有梅花处好凭栏。”

②巢居：营巢而居也。谢灵运《山居赋》：“古巢居穴处曰岩栖。”

③放鹤亭：在孤山北麓。亭乃元代人为纪念北宋隐逸诗人林逋而建，近年又重修。亭外植梅，为湖上赏梅胜地。

④处士：隐居不仕之士，指北宋林逋。

⑤末句：谓梅花寥落时节已是春满乾坤，满山皆呈绿色。

[评析]

此诗围绕北宋处士林逋，描写了杭州西湖孤山之胜景，虽寥寥数笔，着墨不多，但尽得其佳处，并反映出诗人的高雅志趣。

林和靖墓[1]

孤坟留屿背[2]，俯仰一情深。
眷属空梅鹤[3]，风流想研簪[4]。
石苔荒积雨，春竹老层阴。
拂拭遗碑在，清徽感至今[5]。

[注释]

①林和靖：林逋(967－1028)，字君复，北宋杭州钱塘人，少孤力学，恬淡好

古，结庐孤山，二十年足不履城市。宋真宗闻其名，赐粟帛，并诏告府县存恤之。逋自为墓于庐侧，临终作诗，有“茂陵他日求遗稿，犹喜曾无封禅书”之句。及卒，仁宗赐谥“和靖先生”。逋不娶无子，所居植梅蓄鹤，人因谓“梅妻鹤子”。著有诗集三卷。

②孤坟：指林和靖墓，墓在孤山，亦即梅屿之上。故有“留屿背”之语。

③“眷属”句：谓林逋之眷属，只有“梅妻鹤子”而已。

④研簪：原注：“杨琏真迦发墓，唯端研一枚，玉簪一枝。”杨琏真迦，元僧，元世祖用为江南释教总统。据陶南村《辍耕录》考定，戊寅年(1278)，帅徒发宋陵。钱塘、绍兴两地发墓一百一所。

⑤清徽：谓清高之气节也。《晋书·宗室传论》：“安平风度宏邈，器宇高雅……清徽至范，为晋宗英。”谢朓《休沐重还丹阳道中》诗：“同我劳何事，沾沐仰清徽。”

[评析]

此诗为凭吊北宋隐逸诗人林逋而作，表现了诗人对林和靖高风亮节之深切仰慕。

菊香墓(有序)

墓在孤山四贤祠左，不审何许人。碑上“女郎菊香墓”字隐隐可辨。夕烟春草，凄艳移人，武林诸词人多咏之①，比同荔裳诸公来游②，驰黄属赋③，因题二十字。

昨过西陵路④，苍茫吊夕曛⑤。

余魂销未尽，重赋菊香坟。

[注释]

①武林：本为山名，在浙江杭州西，杭州以此别称武林。

②荔裳：宋琬(1614－1674)，号荔裳，别署二乡亭主人，清山东莱阳人。顺治四年进士，授户部主事，迁浙江宁绍道台，官至四川按察使，为“燕台七子”之一，王士禛以施闰章相况，号“南施北宋”。著有《安雅堂集》。

③驰黄：毛先舒(1620－1688)，字稚黄，清浙江仁和人，诸生，又名骙，字驰黄，父殁弃诸生，年十八著《白榆堂诗》。后从陈子龙游，为“西泠十子”之一。又与毛奇龄、毛际可齐名，时人语云“浙中三毛，文中三豪”。著有《东苑诗文钞》等多种。

④西陵：地名。浙江萧山之西兴镇，古称西陵，萧山现属杭州市。

⑤夕曛:谓落日之余晖也。《文选·谢灵运〈晚出西射堂诗〉》:“晓霜枫叶丹,夕曛岚气阴。”

[评析]

诗人经西湖孤山,于夕阳春草时节,古墓之前,伤叹女郎菊香之早殇。

夏日同铁崖、荔裳、无言湖舫泛月分赋二首[①]

(一)

烟波吟眺夕,小驻泊遥汀。
乍白衔山月[②],微红隔渚亭[③]。
游如长卿倦[④],狂岂次公醒[⑤]。
入夜觞行急[⑥],清歌莫蹔停[⑦]。

(二)

堕珥遗簪夜[⑧],微云映碧流。
红槽吴地酒[⑨],青翰越人舟[⑩]。
发短身仍健,参横兴未休[⑪]。
但听白纻曲[⑫],那羡赤松游[⑬]。

[注释]

①铁崖:清人中字铁崖者有蒯嘉珍、史贻直及溆浦铁崖山人谌梅,录以备考。荔裳:清宋琬,见本书《菊香墓》注②。无言:孙默,字无言,号桴菴(浮庵子),客寓广陵,贫而好客,其归黄山,海内多赠以诗文,书室名笛松阁,著有《笛松阁集》。

②“乍白”句:写月出东山之状。

③“微红”句:写日落湖面晚霞夕照。

④“游如”句:谓司马相如之倦于游宦也。《史记·司马相如列传》:“今文君已失身于司马长卿,长卿故倦游,虽贫,其人材足依也。”倦游,郭璞曰:“厌游宦也。”

⑤“狂岂”句:谓岂只汉盖宽饶之狂。次公,汉盖宽饶之字。《汉书·盖宽饶传》:“宽饶不行,许伯请之,乃往,从西阶上,东乡特坐。许伯自酌曰:‘盖君

后至。'宽饶曰：'无多酌我，我乃酒狂。'丞相魏侯笑曰：'次公醒而狂，何必酒也。'"苏轼《赠孙莘老七绝诗》："无多酌我次公狂。"

⑥觞行：进酒也。觞，酒器也。《韵会》："觞，酒卮总名。"

⑦蹔：不久也。与"暂"通。《集韵》："暂，《说文》：'不久也。'通作'蹔'。"

⑧堕珥：垂坠之耳饰也。遗簪：谓失落之簪也。《史记·滑稽列传·淳于髡》："若乃州闾之会，男女杂坐，行酒稽留，六博投壶，相引为曹，握手无罚，目眙不禁，前有堕珥，后有遗簪，髡窃乐此，饮可八斗而醉二参。"

⑨红槽：红糟也。糟，本作"槽"。红糟，红色之酒糟也。陆游《冬夜与溥庵主说川食戏作诗》："未论索饼与饡饭，最爱红糟并缹粥。"

⑩青翰：船也。刻鸟于船，涂以青色，故名。王勃《七夕赋》："征赤螭而驾渚，漾青翰而乘潮。"

⑪参横：参宿横空，形容深夜。曹植《善哉行》："月没参横，北斗阑干。"苏轼《六月二十日夜渡海诗》："参横斗转欲三更，苦雨终风也解晴。"

⑫白纻：乐府歌曲名，为吴之舞曲，即白纻舞歌。《乐府解题》："古词盛称舞者之美，宜及芳时为乐。其誉白纻曰：'质如轻云色如银，制以为袍余作巾。白以光躯巾拂尘。'按旧史称：'白纻，吴地所出。白纻舞本吴舞也。'"《旧唐书·音乐志》："梁武帝令约改其辞。其《四时白纻》之歌……今中原有《白纻曲》，辞旨与此全殊。"

⑬赤松：古仙人名，赤松子也。传为神农时雨师，能入火自烧。《楚辞·远游》："闻赤松之清尘兮。"郭璞《游仙诗》："赤松临上游。"

［评析］

此诗写湖上与挚友泛舟夜游，开怀畅饮，无拘无束，出尘拔俗，极尽诗酒之乐。

毛驰黄虞景明遥和湖舫泛月之作赋答[①]

贯得余杭酒，麻姑爪倩搔[②]。

千秋谁复见，一日足为豪。

湖月牵孤舫，春星照二毛[③]。

良辰兼胜侣[④]，肯负懒鱼膏[⑤]。

［注释］

①毛驰黄：毛先舒。见本书《菊香墓》注③。虞景明：虞黄昊，字景明，清浙

江钱塘人，康熙五年举人。生卒年不详。十岁即善属文，与丁澎等共称“西泠十子”，工于五言古体诗，与毛先舒齐名。

②麻姑爪：谓可搔背痒也。《神仙传》：“汉孝桓帝时，神仙王远，字方平，降于蔡经家……麻姑鸟爪，蔡经见之，心中念言，背大痒时，得此爪以爬背，当佳。方平已知经心中所念，即使人牵经鞭之。”杜牧《读韩杜集诗》：“杜诗韩集愁来读，似倩麻姑痒处搔。”

③春星：谓春夜之星宿也。杜甫《夜宴左氏庄诗》：“暗水流花径，春星带草堂。”二毛：鬓发斑白者。二毛谓白毛黑毛也，即斑白。苏轼《八月七日初入赣过惶恐滩》：“七千里外二毛人，十八滩头一叶身。”

④胜侣：犹言良伴。《南史·何尚之传》：“园有卞忠贞冢，点植花于冢侧，每饮必举酒酹之，招携胜侣，乃名德桑门，清言赋咏，优游自得。”

⑤懒鱼：江豚又名懒妇鱼，录以备考。

［评析］

此诗为酬答友人毛驰黄、虞景明之和诗而作，诗中补记了昔日湖舫泛月之豪兴盛事，优游之乐。

雨后访张祖望不遇①

日午草堂静，蜻蜓戏药栏②。
过墙山一尺，映户竹千竿。
童子能供饮，床书可任摊③。
无人具宾主，客亦不须冠。

［注释］

①张祖望：张丹（1619－？），初名纲孙，字祖望，号秦亭，又号竹隐君。清浙江钱塘人。生于明神宗万历四十七年，卒年不详。与毛先舒、丁澎、陆圻等并称“西泠十子”。性淡泊，喜游览深溪邃谷，不避险阻。丹为诗悲凉沉远，其五言古诗，尤为朱彝尊所赏识。著有《秦亭诗集》十二卷，并有《从野堂集》传世。

②药栏：花药之栏槛也。杜甫《宾至》诗：“乘兴还来看药栏。”钱起《石门暮春》：“溪云杂雨来茅屋，山雀将雏到药栏。”

③床书：谓架上之书也。凡安置器物者或荐居物下者，多谓之床。

［评析］

此诗写诗人寻山间竹林深处之隐者不遇，描绘了山居之幽雅僻静，及主人之逃世避俗，以读书自乐。

紫云洞歌[①]

锟铻割云鬼夜哭[②]，坠向空山结灵屋。
紫光晔晔蒸神砂[③]，覆釜峆岈压坤轴[④]。
倒悬两笏支崩骞，互启双门纳光煜。
我来正当赤驭翔[⑤]，踏藓扪苔失炎燠[⑥]。
飒沓居然灵异栖，幽深恐有蛟龙伏。
垂垂玉乳金壶倾[⑦]，神瀵天浆恣渗漉[⑧]。
饭泥定可敌商芝，煮石何须然楚竹[⑨]。
公和自昔爱幽栖[⑩]，叔夜由来少仙福[⑪]。
振衣回策萦心魂[⑫]，长啸逌然响林木[⑬]。

［注释］

①紫云洞：河南、湖南、湖北均有山以紫云为名，录以备考。

②锟铻：剑名。《列子·汤问》："周穆王大征西戎。西献锟铻之剑，火浣之布。其剑长尺有咫，炼钢赤刃，用之切玉，如切泥焉。"

③晔晔：光盛貌。白居易《读史》诗："春华何晔晔，园中发桃李。"神砂：神座砂也。丹砂之一种，传说服之能延年益寿。《本草》解曰，砂凡百种，有神座砂不经丹灶，服之即可益寿延年。

④峆岈：山深貌。梁元帝《玄览赋》："峆岈豁开，背原面野。"坤轴：地轴也。杜甫《后苦寒行》："杀气南行动坤轴。"

⑤赤驭：谓名马赤兔也。《后汉书·吕布传》："布常御良马，号曰赤兔。"

⑥炎燠：热甚也。谓燠热炎炎也。谢朓《出夏馆》诗："麦候始清和，凉雨销炎燠。"白居易《曲江早秋》诗："方喜炎燠销，复嗟时节换。"

⑦玉乳：石钟乳也。白玉蟾真人《曲肱诗》："往昔逍遥在太华，朝餐玉乳看琼花。"

⑧神瀵：水名。《列子·汤问》："当国之中有山，山名壶领，状若甔甀，顶有口，状若员环，名曰滋穴。有水涌出，名曰神瀵，臭过兰椒，味过醪醴。"天浆：谓天上所饮甘美之浆液也。韩愈《调张籍》诗："刺手拔鲸牙，举瓢酌天浆。"

⑨"饭泥"两句：皆指紫云洞乃仙境，仙人食此地之泥土和岩石，其效用如服灵芝。刘向《列仙传》："白石先生者，中黄道人弟子也，常煮白石为粮，因就

白石山居,亦食脯,饮酒,食谷,日行四百里,容貌不衰。"

⑩公和:指三国魏汲郡共人,字公和。无家属,居北山土窟中,好读《易》,弹一弦琴。文帝使阮籍往观,与语不应。

⑪叔夜:指三国魏谯郡铚人嵇康,字叔夜,丰姿俊逸,博览多通,好老庄导气养性之术,著《养生篇》,善鼓琴,工书画,为竹林七贤之一,后为司马昭所杀。

⑫振衣:意谓脱尽尘俗,志趣高尚也。《文选·左思〈咏史〉》:"振衣千仞冈,濯足万里流。"《文选·潘岳〈西征赋〉》:"尔乃端策拂茵,弹冠振衣。"回策:回马也。

⑬逌然:自得貌。《列子·力命》:"终身逌然,不知荣辱之在彼也,在我也。"

[评析]

此诗描绘并赞颂了紫云洞的清雅幽静,超尘脱俗,恍如洞天福地,反映了作者对林下生活的向往。

韬 光[1]

经时慕幽胜[2],斯辰遂独往[3]。
出寺尽修竹,绿阴接深广。
细路蟠中林,笋舆破森爽[4]。
竹溜引遥泉,高下递清响。
渐入并回溪,泠泠惬幽赏[5]。
是时值炎夏,风雨转莽苍[6]。
大抵寒翠积,时露天宇朗[7]。
行深得悬磴,挂岭亦纡枉[8]。
藤杖支七尺,芒鞵系一緉[9]。
历阶步屡歇,登峰境弥敞[10]。
凭高纵遐眺,万象罗俯仰[11]。
江光曳匹练,湖波俨盆盎。
豁然望八极[12],青天信无党[13]。
便欲招鸾鹤[14],永言谢尘鞅[15]。

[注释]

①此诗王士禛评点云:“沧溟列嶂,党青天,奇矣!翻案语,益奇!”韬光:谓敛藏光采也。亦用为怀才而深自敛抑之义。梁昭明太子《陶靖节集序》:“圣人韬光,贤人遁世。”唐时有僧名韬光,蜀人。代宗时居杭州灵隐山,郡守白居易与为诗友,曾题其堂曰法安。今浙江杭州西湖北高峰下有韬光寺,亦曰韬光庵,即其遗址。

②经时:平常之时。经,常也。

③斯辰:犹云此时也。

④笋舆:竹舆也。亦称编舆,简称笋。杨万里《寒食雨中,同舍人约游天竺,得十六绝句呈陆务观》:“笋舆冲雨复冲泥,一径深深只觉迟。”森爽:肃爽貌。白居易《和酬郑侍御东阳春闷放怀追越游见寄》诗:“劲气爽森竹竿竦,妍文焕烂芙蓉披。”

⑤泠泠:水声。《文选·陆机〈招隐诗〉》:“山溜何泠泠,飞泉漱鸣玉。”

⑥莽苍:草野之色。《庄子·逍遥游》:“适莽苍者,三飡而返,腹犹果然。”又莽苍解作寒状。《集韵》:“莽,莽苍,寒状。”诗中有从炎热转为清凉之意。

⑦天宇:天空也。张九龄《西江夜行》:“悠悠天宇旷,切切故乡情。”

⑧纡枉:犹云纡回曲折也。枉,曲也。

⑨芒鞵 :即草鞋,亦称芒履。陈师道《和颜生同游南山》:“竹杖芒鞋取次行,琳琅触目路人惊。”一緉:谓两股绳也。系一緉,指草鞋为两绳系于脚上,以防脱落。

⑩“历阶”两句:写登高时屡屡歇息,抵达顶峰,胸襟豁然开朗。

⑪万象:谓万物也。谢灵运《从京口北固应诏》:“皇心美阳泽,万象咸光昭。”

⑫八极:八方之极远处也。

⑬无党:无可相比也。此句意谓行之山巅始信青天之高无可相比也。

⑭鸾鹤:鸾鸟与仙鹤,皆为传说中神人驾驭升天之禽。

⑮尘鞅:谓羁绊于尘俗之事也。白居易《登香炉峰顶》:“纷吾何屑屑,未能脱尘鞅。”

[评析]

此诗写杭州西湖畔韬光寺上北高峰之幽深高峻,由上而下,逐层深入,描景状物,写来引人入胜,读之使人心向往之。

三生石[①]

葛洪川畔事分明[②],烟棹瞿塘话旧盟[③]。

未免有情还到此，斜阳惝怳忆三生[④]。

[注释]

①三生石：在浙江杭州天竺寺后山，《甘泽谣》："李谏议源……唯与圆观为忘年交……自荆江上峡……见妇人数人，锦裆负瓮而汲……圆观曰：'其中孕妇姓王者，是某托身之所……'谓公曰：'……更后十二年，中秋月夜，杭州天竺寺外，与公相见之期。'……是夕，圆观亡而孕妇产矣。……后十二年秋八月，直指余杭，赴其所约……有牧竖歌《竹枝词》者……乃观也……歌曰：'三生石上旧精魂，赏月吟风不要论。惭愧情人远相访，此身虽异性长存。'"贯休《酬张相公见寄诗》："感通未合三生石，骚雅欢擎九转金。"

②葛洪：晋句容人。字稚川，玄侄孙，世称小葛仙翁，自号抱朴子。少好学，尤好神仙导养之法，受炼丹术于玄弟子郑隐。元帝辟为丞相掾，以平贼功，赐关内侯。闻交趾出丹砂，携子侄赴罗浮山炼丹，丹成尸解，著有《抱朴子》等。

③瞿塘：亦作瞿唐，峡名，三峡之一。在重庆奉节长江中，两岸峻壁高峙，江水怒激，峡口滟滪滩，矗立江心，势甚险恶，为全蜀门户。诗中指"荆江上峡"之盟。

④惝怳：心神不安貌。《楚辞·远游》："步徙倚而遥思兮，怊惝怳而乖怀。"

[评析]

诗人游杭州天竺三生石，忆及昔年李源的一段掌故，不胜慨叹，反映了作者宿命论的思想。

湖心亭大风雨歌吴香为叶子肃席上作[①]

湖楼梦破朝徘徊，吴君叶君折简摧[②]。
欲以胜游荡羁思[③]，金樽兰浆容趋陪[④]。
一醉湖亭好风日，四山静绿如春苔[⑤]。
忽忽殷雷起山脊，黑云压槛声焞焞[⑥]。
夔牛鼓震日月死[⑦]，驱山铎掣陵峦摧[⑧]。
急雨注射激万弩，层波黝黝争喧豗[⑨]。
回风云旗飒出没，鼋鼍鼓沫江妃哀[⑩]。
恍如轩辕张乐洞庭野[⑪]，蛟龙杂遝缠樽罍[⑫]。
又如神禹行水过桐柏[⑬]，巫支腾踔群灵猜[⑭]。

山胁乍穿怒涛涌[15]，危桥欲圻神鞭回。
须臾势过万态息，翠屏玉鉴亭亭开[16]。
湘灵鼓瑟九疑静[17]，李謩吹笛清风来[18]。
我醉湖山亦已屡，大抵好女临妆台。
久对令人少志意，兹来壮观真奇哉。
山川情状出明晦，丈夫意气生风雷[19]。
歌成长啸兴未已，更呼山月浮深杯[20]。

[注释]

①此诗王士禛评注："本杜《渼陂行》来，放翁得意之作，无以逾此。"

②折简：亦作"折柬"，谓裁纸作书也。折简而召，言不劳重命也。诗中有自谦之意。

③羁思：羁旅之愁思。谢惠连《燕歌行》："飞霜被野雁南征，念君客游羁思盈。"

④金樽：黄金之酒樽，借作酒樽之美称。李白《将进酒》诗："人生得意须尽欢，莫使金樽空对月。"兰桨：兰木所造之船桡，用作船桨之美称。苏轼《前赤壁赋》："扣舷而歌之，歌曰：'桂棹兮兰桨，击空明兮溯流光。'"

⑤春苔：犹春藓也。宋之问《太平公主山池赋》："秋叶飞兮散红树，春苔生兮覆绿泉。"

⑥焞焞：盛大貌。《诗经·小雅·采芑》："戎车啴啴，啴啴焞焞，如霆如雷。"

⑦夔牛：兽名。《山海经·中山经》："岷山，其兽多犀象，多夔牛。"又注谓："今蜀山中有大牛，重数千斤，名为夔牛，即《尔雅》所谓'魏'。"按："魏"，高大之义，牛高大，故以"魏"名之。

⑧铎：大铃也。古宣教政令时，用以警众者，文事用木铎，武事用金铎。《周礼·地官·鼓人》："以金铎通鼓。"注谓："铎，大铃也，振之以通鼓。"以上两句皆用以喻雷雨之声大。

⑨喧豗：哄闹声。李白《蜀道难》："飞湍瀑流争喧豗，砯崖转石万壑雷。"

⑩鼋鼍：鼋，大鳖也，俗称癞头鼋。鼍，一名鼍龙，俗称猪婆龙，或称扬子鳄，爬行动物，皮坚可蒙鼓。江妃：扬子江神女之名，一作江斐。《列仙传》："江妃二女，游于江滨，逢郑交甫，遂解佩与之，交甫受佩而去，数十步，怀中无佩，女亦不见。"

⑪轩辕:即黄帝。古史记黄帝,少典之子,姓公孙,居轩辕之丘,故号轩辕氏。又居姬水,因改姓姬。国于有熊,故亦称有熊氏。《史记·五帝本纪》:“黄帝者,少典之子,姓公孙,名曰轩辕。”

⑫樽罍:酒樽也。罍为画云雷之樽。皮日休《初冬偶作寄南阳润卿》:“寓居无事入清冬,虽设樽罍酒半空。”

⑬神禹:谓夏禹也。《史记·夏本纪》:“夏禹,名曰文命。禹之父曰鲧,鲧之父曰帝颛顼,颛顼之父曰昌意,昌意之父曰黄帝。禹者,黄帝之玄孙而颛顼之孙也。”

⑭巫支:巫支祁也,淮水之神。

⑮山胁:犹云山腰。

⑯翠屏玉鉴:喻指湖光山色也。

⑰湘灵鼓瑟:诗篇名。谓湘水之神灵鼓瑟也。唐钱起作。《唐诗记事·钱起》:“天宝十年《省试湘灵鼓瑟》诗云:‘善鼓云和瑟,常闻帝子灵。冯夷徒自舞,楚客不堪听。苦调凄金石,清音入杳冥。苍梧来怨慕,白芷动芳馨。流水传潇浦,悲风过洞庭。曲终人不见,江上数峰青。’起从乡荐居江湖,客舍闻吟于庭中曰:‘曲终人不见,江上数峰青。’视之无所见矣。明年崔玮《试湘灵鼓瑟》诗,起即用为末句,人以为鬼谣。”九疑:山名,又名苍梧山。虞舜葬处。山在湖南宁远。其山半在苍梧,半在零陵,山有九峰,形势相似,故名九疑山。

⑱李謩:唐朝开元年间吹笛手,事迹见《太平广记》卷二〇四。

⑲“山川”两句:谓山河之情状变化往往出于晦明之间,男儿之意志勇气常常发于风雷之时。

⑳末句:谓入晚呼山月共饮,罚酒大杯。浮,借为“罚”。浮深杯,罚一大杯酒也。

[评析]

此诗记与友人在湖心亭宴饮,遇湖上雷雨,描写了风云骤变,山雨欲来之势,由晴而阴,由雷而雨,风停雨歇,湖山别有一番风味,表现出诗人意气风发,情怀豪迈的气度。

第一桥观荷赋得水花晚色静

微风翼轻舟,悠然逐清景。

弥柑第一桥[①],西辔顿高岭。

是时荷正敷[②],参差乱斜影。

凉波合阴翠，晚香发虚静。
披襟意已适，流玩兴弥永③。
沿缘非异县④，烟波俨千顷。
庶几陶岘游⑤，何须鉴湖请⑥。

[注释]

①弭棹：停楫也。弭，止也。棹，楫也。意谓船停靠岸也。

②敷：开舒也。

③弥永：长久也。

④异县：原注："杜诗：'芰荷入异县。'"

⑤陶岘：唐人，一作陶现，潜后裔。开元中家昆山，雅好游览。治三舟：一自载，一置宾客，一贮饮馔。日与孟云卿辈幽探山水，必穷其胜。自号麋鹿野人，吴越之士号为水仙。浪迹三十余年，归老于家。通八音，撰《乐录》八章。

⑥鉴湖：湖名，在浙江绍兴南，亦名镜湖、长湖、太湖、庆湖。唐开元中，秘书监贺知章求以湖为放生池，诏赐镜湖一曲，因亦名贺监湖。

[评析]

此诗写泛舟湖上，烟波千顷。桥畔赏荷，清香翠阴，令人心醉神怡，有脱尘出世之感。表现出诗人寄情自然，优游自乐的襟怀。

烟雨楼眺望①

孤屿回波匝，危楼纵眺长②。
烟城团静绿，水屋淡斜阳③。
秋入玄蝉切④，天空白鸟翔。
南帆忆宵引⑤，极目但青苍。

[注释]

①此诗题下自注："是日立秋。"烟雨楼：楼名，在今浙江嘉兴南湖湖心岛上。始建于五代(940前后)。是吴节度使广陵王钱元璙在湖滨筑台，作为登眺之所，取唐人杜牧"南朝四百八十寺，多少楼台烟雨中"诗意名楼。宋建炎中楼废，嘉定间吏部尚书王希吕又在旧址建楼。元末毁于兵火。明嘉靖二十八年(1549)，嘉兴知县赵瀛又仿烟雨楼旧制，建楼于湖心。四面临水，水木清华，晨烟暮雨，向称胜景，万历十年(1582)，知府龚勉又在此增筑亭榭，南面筑台为钓

鳌矶。

②起首两句：谓湖心岛为波涛环绕，烟雨楼高耸岛上，纵目远眺，尽收眼底。

③"烟城"两句：极为精练，写出静穆之嘉兴城隐于烟雾缭绕绿荫掩映之中，白屋傍水则处于淡淡的夕阳斜照之中。

④玄蝉：蝉也。蝉又名玄虫。《事物异名录·昆虫·蝉》："《谢华启秀》：'玄虫，蝉也。见《曹子建集》。'"

⑤宵引：用唐太宗《三层阁上置音声》诗意："绮筵移暮景，紫阁引宵烟。"谓身在烟霞心系紫阁。

［评析］

此诗写出嘉兴烟雨楼胜景，一派江南水乡风光，置身烟霞，于静穆自然之中，引发出无限遐思。

杂忆诗二首

（一）

湖心亭北指君家，暗约回桡访若耶①。
最忆酒阑风雨急，亲迎桃叶一舟斜②。

（二）

船头明月坐深宵，茉莉风凉碧汉遥③。
最忆流辉照双影，沈郎清瘦谢娘娇④。

［注释］

①若耶：溪名，在浙江绍兴若耶山下。其水注入镜湖，一名浣纱溪，相传为西施浣纱之处。

②桃叶：晋王献之妾之名，亦为渡津名，乃晋王献之送爱妾桃叶处，其地在江苏南京秦淮、青溪合流处。献之尝临渡作歌赠之，其词云："桃叶复桃叶，渡江不用楫。但渡无所苦，我自迎接汝。"

③碧汉：碧天河汉，合言之也。徐夤《鹊》："碧汉填河织女回。"

④沈郎：谓梁之沈约也。沈以清瘦著称。沈腰潘鬓，形容姿态之美也。谢娘：谓妓女也。徐渭《南词叙录》："谢娘本谓文女，如谢道蕴是也，今以指妓。"

［评析］

此诗为回忆当年携妓优游湖上之情趣。

虎丘再阅彭十羡门壁间诗题后[①]

岭梅江草迹参差[②]，拂壁空思半醉时。
幸不巡墙兼绕柱，春风曾此读君诗[③]。

［注释］

①虎丘：山名，又名海涌山。在江苏苏州阊门外山塘街，距城约七华里。春秋晚期，吴王夫差葬其父阖闾于此。相传葬后三日，“有白虎踞其上，故名虎丘”。一说为“丘如蹲虎，以形名”。东晋时司徒王珣与其弟司空王珉在此建别墅，后舍宅为寺，名虎丘山寺。清康熙时称虎阜山寺。羡门：墓门也。《吴越春秋》：“乃舞白鹤于吴市中，令万民随而观之，还使男女与鹤俱入羡门，因发机以掩之。”《西京杂记》：“羡门盖冢中之门。”

②岭梅：原指大庾岭之梅，亦指岭上之梅。杜甫《秋日荆南述怀》诗：“秋水漫湘竹，阴风过岭梅。”王昌龄《送高三之桂林》诗：“岭上梅花侵雪暗，归时还拂桂花香。”江草：江边之草。韦庄《台城》诗：“江雨霏霏江草齐，六朝如梦鸟空啼。”

③春风：谓春季也。白居易《长恨歌》：“春风桃李花开日。”

［评析］

此诗为游苏州虎丘，再度阅彭十诗，有感而作，慨叹时光消逝之快。

和唐女郎光威裒韵[①]

风流情事记曾耽，那待当胸举手三。
炉气乍欣匀夕帐[②]，酒痕酷爱压春衫[③]。
鸳裯不拟还孤宿[④]，凤绶谁能放共衔[⑤]。
傥许驾鸾须逐汝[⑥]，便辞拾翠也过男[⑦]。
唤为小小居元近[⑧]，比似盈盈貌不惭[⑨]。
髻向灵蛇偷变幻[⑩]，语同新燕斗呢喃[⑪]。
亲迎屡把官奴楫[⑫]，斜插知怜祭酒簪[⑬]。
香腻绿云双臂滑[⑭]，梦迟红日一窗含。
欢余幽怨时时觉，别数离情细细谙。
樗桂重轻随意易[⑮]，芝芙谶兆待心参[⑯]。

朝云影自能萦宋[17]，夜月人谁可并甘[18]。
红豆秋来堪采撷[19]，为君重赋忆江南[20]。

[注释]

①光威裒:《全唐诗》考为:“光、威、裒，姊妹三人，失其姓。联句:朱楼影直日当午，玉树阴低月已三。(光)腻粉暗销银镂合，错刀闲翦泥金衫。(威)绣床怕引乌龙吠，锦字愁教青鸟衔。(裒)百味炼来怜益母，千花开处斗宜男。(光)鸳鸯有伴谁能羡，鹦鹉无言我自惭。(威)浪喜游峰飞扑扑，佯惊孤燕语喃喃。(裒)偏怜爱数蟏蛸掌，每忆光抽玳瑁簪。(光)烟洞几年悲尚在，星桥一夕帐空含。(威)窗前时节羞虚掷，世上风流笑苦谙。(裒)独结香绡偷饷送，暗垂檀袖学通参。(光)须知化石心难定，却是为云分易甘。(威)看见风光零落尽，弦声犹逐望江南。(裒)”此诗用其原韵相和。

②“炉气”句:谓炉火已旺，入晚床帐之间已充满温暖。

③春衫:春衣也。春，情也，男女之情感。元稹《六年春遣怀》诗云:“春衫无复旧裁缝。”

④鸳裯:犹云鸳被、鸳衾也。夫妇共眠之被也。裯，单被也。《诗经·召南·小星》:“抱衾与裯。”衾、裯皆为被名。

⑤凤绶:仕女所佩戴之绶带。

⑥驾鸾:乘鸾鸟升空也。

⑦拾翠:春游采拾花草也。杜甫《秋兴》诗云:“佳人拾翠春相问。”

⑧小小:妓女名，苏小小之类。白居易《杨柳枝》诗:“若解多情寻小小，绿杨深处是苏家。”

⑨盈盈:美好貌。亦体态轻盈貌。《古诗十九首》:“盈盈一水间，脉脉不得语。”注谓:“盈盈，端丽貌。脉脉，自矜持貌。”是指姣好之女也。

⑩“髻向”句:谓髻之发型不断变化式样。古有灵蛇髻发型。《琅嬛记》:“甄后既入魏宫，宫庭有一绿蛇，每日后梳妆，则盘结一髻形于后前。后因效而作髻，巧夺天工，故后髻每日不同，号为灵蛇髻。”

⑪新燕:春时初来之燕。《古乐府》:“新燕弄初调，杜鹃竞晨鸣。”

⑫官奴:官署之家奴也。

⑬祭酒:古礼凡大宴飨，必宾中之年长者一人先举酒以祭，故祭酒为尊敬之称。

⑭绿云:喻美人发多如云而黑也。黑色之有光彩者似浓绿，故云。杜牧《阿房宫赋》:“绿云扰扰，梳晓鬟也。”

⑮樗桂:樗,恶木也,今谓臭椿树,其叶臭。桂,俗名木樨,其花香飘十里,可酿酒,糖渍可食。

⑯芝芙:赵明诚娶妇前之谶语中词也。《琅嬛记》:"赵明诚幼时,其父将为择妇,明诚昼寝,梦诵一书,觉来惟忆三句:'言与司合,安上已脱,芝芙草拔。'以告其父。其父为解曰:汝待得能文词妇也。'言与司合,是词字;安上已脱,是女字;芝芙草拔,是之夫二字。非谓汝为词女之夫乎?'后李翁以女妻之,即易安也。"

⑰朝云:曲名,乐府清商曲辞,《江南弄》七曲之一,梁武帝、沈约均有曲辞,其曲名取宋玉《高唐赋》巫山神女之语。赋中谓楚襄王梦一神女自荐枕席,自谓:"妾在巫山之阳,高丘之阻,旦为朝云,暮为行雨,朝朝暮暮,阳台之下。"后谓男女契合也。

⑱夜月:夜间之月,常以写清怨。杜甫《秋兴》诗:"织女机丝虚夜月,石鲸鳞甲动秋风。"

⑲红豆:植物名,产岭南,俗称相思子,大如豌豆,赤如珊瑚。王维《相思子》诗:"红豆生南国,春来发几枝。愿君多采撷,此物最相思。"

⑳忆江南:词牌名,又名《望江南》、《谢秋娘》、《江南好》、《春去也》、《望江南》、《梦江南》、《梦江口》、《梦仙游》等,皆用词中名句。白居易《望江南》:"江南好,风景旧曾谙。日出江花红胜火,春来江水绿如蓝,能不忆江南?"

[评析]

此诗借和唐人诗句,以写男女之情爱。

忆西湖

湖头浪迹记吾曾,烟棹轻回意不胜。
隔水院墙红冉冉①,过桥楼槛碧层层②。
孔鸾得伴眠朝阁③,凫雁亲人识夜灯④。
叔子岘山何处是⑤?千年狂魄昵西陵⑥。

[注释]

①冉冉:动貌。红冉冉,谓红光闪动也。

②碧层层:谓层层青色也。当指碧瓦。

③孔鸾:孔雀与鸾鸟也。《文选·司马相如〈子虚赋〉》:"鹓雏孔鸾。"

④凫雁:凫,水鸟也;雁,阳鸟也。今谓凫雁指野鸭与大雁也。《诗经·郑

风·女曰鸡鸣》:“弋凫与雁。”

⑤叔子岘山:谓羊祜及祜所登之襄阳岘山也。《晋书·羊祜传》:“祜,字叔子,泰山南城人也。”陆游《多景楼词》:“叔子独千载,名与汉江流。”岘山,山名,在今襄阳。《晋书·羊祜传》:“祜与邓润甫登岘山,垂涕曰:‘自有宇宙,便有此山。’因立碑,后人名堕泪碑。”

⑥西陵:古国名,昔黄帝娶嫘祖于西陵。又湖名,在今之浙江萧山,现属杭州市。录此二义备考。

[评析]

此诗回顾昔年曾游西子湖上,荡舟烟波,岸上红墙碧瓦,赏心悦目,何等欢乐。然又忆及晋代名臣羊祜,建功襄阳,遨游岘山,受到万民爱戴,流芳百世,不胜感慨。

题龚半千画为周栎园侍郎①

石门积雨黯层峦②,鸦路苍苍万木攒。
为忆秋风吹老屋,孤情著意写荒寒。

[注释]

①龚半千:龚贤(1618–1689),又名岂贤,字半千,号野逸,又号紫上人。清江苏昆山人,寄寓南京。明亡,隐于清凉山。善画山水,为“金陵八家”之首,工诗文,有《香草堂集》。周栎园:周亮工(1612–1672),字缄斋,号栎园,清河南祥符人。明崇祯十三年进士,官御史。李自成陷京师,亮工南奔,从福王于江宁。多铎下江南,亮工降,授两淮盐运使,累擢福建左布政使,迁户部右侍郎。后被劾,再起补山东青州海防道,调江南粮道,坐事论绞,遇赦,寻卒。学者称栎下先生。著有《赖古堂诗钞》等。

②石门:谓两石突起,其状如门。杜甫《题张氏隐居》诗:“涧道余寒历冰雪,石门斜日到林丘。”

[评析]

此诗题龚贤所作之“万木荒寒图”,写出画中山峦黯淡,万木苍凉,苦雨秋风,一片荒凉景象。

金岭驿晓阴①

不雨连三月,春云喜乍屯。

麦痕回叆叇[2],花气发温馨[3]。

落落看天意[4],愔愔静旅魂[5]。

滂沱能此日,敢惜泥行轩[6]。

[注释]

①金岭驿:即金岭镇,在今山东淄博境内胶济铁路线上。

②叆叇:云暗貌。

③温馨:犹云温馨。

④落落:疏寂貌。《文选·左思〈咏史诗〉》:“落落穷巷士。”《文选·陆机〈叹逝赋〉》:“亲落落而日稀,友靡靡而愈索。”

⑤愔愔:深静貌。陆游《十一月四日夜半枕上口占》:“小室愔愔夜向分,幽人残睡带残醺。”

⑥滂沱:雨盛貌。白居易《虾蟆》诗:“六月七月交,时雨正滂沱。”

[评析]

春日连月不雨,诗人行经金岭驿道中,忽遇晓阴,虽在旅途,心中系念农事,切盼大雨早临。想见诗人之以国计民生为重。

临朐道中[1]

由来春草系归思[2],可是河梁独往时[3]。

惆怅东风故相恼[4],迢迢绿过冶官祠[5]。

[注释]

①临朐:今山东临朐。

②春草:春日初生之草,常以念光阴之易逝。朱熹《偶成》诗:“少年易老学难成,一寸光阴不可轻。未觉池塘春草梦,阶前梧叶已秋声。”

③河梁:谓跨河之桥,常以指送别之地。《文选·李陵〈与苏武诗〉》:“携手上河梁,游子暮何之?”

④东风:春风也。《礼记·月令》:“孟春之月,东风解冻。”

⑤冶官祠:在山东临朐老龙湾。据郦道元《水经注》载,此处原有冶官祠,为古代冶官所在地,传春秋时吴越间人欧冶子曾铸剑于此。老龙湾水面四十余亩,深数丈,清澈见底,为著名风景区。

[评析]

此诗为行经临朐道中所作,面对春风绿过冶官祠,触动了游子思乡归里之忱。

露筋祠①

露筋祠畔路，来去泊舟频。
帷掩蘋蘩寂②，门开荠麦春③。
回风云漠漠，枉渚水粼粼④。
隔岁题诗处，依稀络网尘。

［注释］

①露筋祠：祠名，在江苏高邮南。《高邮州志》：“唐时有女子，不详其姓氏，或西郑荷花，又曰萧氏，又曰全节娥。旧志云，烈女与嫂行郊外，日暮，嫂挽女投宿田舍，女不从，乃露坐草中，时秋蚊方殷，弱质不胜，嗣旦血竭露筋而死，后人因号露筋女，为立祠，以敬祀之。”清袁枚《随园随笔》卷一一对此质疑。清查慎行有诗云：“旧是鹿筋梁，何时祀女郎？”王士禛有《过露筋祠》诗：“翠羽明珰尚俨然，湖云祠树碧于烟。行人系缆月初堕，门外野风开白莲。”后人途经每有凭吊。

②蘋蘩：蘋，水草；蘩，白蒿。皆为草名。可用作食物，也可供祭礼或婚礼用。因皆为贱草，故亦转喻粗劣之供物。刘商《赋得射雉歌送杨协律表弟赴婚期》：“手奉蘋蘩喜盛门，心知礼义感君恩。”白居易《井底引银瓶》诗：“聘则为妻奔是妾，不堪主祀奉蘋蘩。”

③荠麦：荠菜与麦。《西京杂记》：“建巳之月为纯阳，荠麦枯，由阴杀也。建亥之月为纯阴，荠麦始生，由阳升也。”苏轼《访张山人得山中字》诗：“荠麦余春雪，樱桃落晚风。”

④枉渚：枉，曲也。枉渚，迂回之洲渚也。

［评析］

此诗为途经露筋祠凭吊露筋女所作，表现了诗人对昔日妇女贞节观崇扬之情。

顾云美八分书歌①

斯翁变体古文邈②，斟酌其间八分作。
中郎以还攻者稀③，直数开元顾文学④。

于今苗裔仍东吴，短薄祠边旧栖托。
我从笔阵推波澜，远绳乃祖真无怍。
为言向来大有人，蹑汉追唐归宋郭。
妙迹鄙人惜少见，余子纷纷资力薄。
乞君回笔书堂颜⑤，鹄跱龙拏腕中落⑥。
当年海内无干戈，留都文物尤峨峨⑦。
不独槐市盛弦诵⑧，兼复桃叶繇笙歌⑨。
入看祭酒解散髻⑩，出醉美人金叵罗⑪。
雅负辨眼工小字，诗成自写无偏颇。
尔时负贩重风雅⑫，人传片楮兼金多⑬。
仙人昨过蔡经宅，清浅茫茫不堪索。
虫刻居然非壮夫，萧条谁问韩陵石⑭。
儒衣僧帽顾阿瑛⑮，老向江湖作逋客⑯。
醉书自署头陀苓，掷笔时时感今昔。
此书珍重感君深，归来高揭南荣阴⑰。
卧看渴骥奔泉势⑱，如见冥鸿避弋心⑲。

[注释]

①顾云美：原注："顾名苓。"顾苓，明末清初篆刻家，字云美，别号浊斋居士，江苏吴县人。自辟塔影园，隐于虎丘。工诗文，善书。行楷学赵孟頫。与郑箕邻居，二人相交甚得，喜探究古文字，对汉碑考证，尤有心得，能阐微辨赝。篆刻师秦汉印，不求形似，能得其神；仿宋元朱文，工整厚实，颇见功力。在吴中颇有影响。著有《塔影园稿》。八分：即隶书。魏晋至唐代，楷书也称隶书，原先有波磔的隶书，则被称为八分。南朝宋王愔称："次仲始以古书方广，少波势，建初中以隶草作楷法，字方八分，言有楷模。"《唐六典》称："四曰八分，谓《石经》碑碣所用。"清代刘熙载谓："小篆，秦篆也；八分，汉隶也。秦和小篆之名，汉无八分之名，名之者皆后人也。后人以籀篆为大，故小秦篆，以正书为隶，故八分汉隶耳。"近人考证：因隶字草创为新隶书（楷书），对于旧隶字须给予异名或升格，加以区别，故称"八分"，指其是八成的雅体或古体。

②斯翁：原注："斯翁，李阳冰语。"李阳冰，唐代文字学家，书法家，精于小篆，笔法出于秦《峄山刻石》，圆淳瘦劲，结构婉畅灵动，为秦篆一大变革，对后

世颇有影响。李白有诗赞云:“落笔洒篆文,崩云使人惊。吐辞又炳焕,五色罗华星。”阳冰自称:“斯翁(李斯)之后,直至小生。曹喜、蔡邕不足言也。”

③中郎:蔡邕,东汉文学家、书法家。字伯喈,陈留园人。工篆隶,尤以隶书著称,结构严整,点划周到,体法多变,骨气洞达,爽爽有神,熹平四年与堂谿典等写定六经文字,部分由邕书丹于石,镌刻后立于太学门外,世称“熹平石经”。观者塞道。并创飞白书体。因官汉左中郎将,故人称蔡中郎,著有《蔡中郎集》,已佚,后人有辑本传世。

④顾文学:指唐顾况,字逋翁,唐苏州人,生于开元年间。长于歌诗,工书画。柳浑辅政,征况为校书郎,隐居以终。文学,官名。唐时太子诸王置文学,掌校典籍,侍奉文章。

⑤堂颜:指堂上之匾额。

⑥鹄跱:鹄立。陈造《题钦主器时所作登瀛图》诗:“水墨落纸分毫厘,心融笔忘天运机。鸾翔鹄峙(跱,同峙)俨在目,更用褚亮摛辞为。”龙拏:谓其形状如龙之拏物也,多形容山势。

⑦留都:迁都后谓旧都曰留都,如明代称南京为留部。

⑧槐市:汉代长安城东常满仓北之市场名。以其地种槐数百行,故名。武元衡《酬谈校书长安秋夜对月寄诸故旧》诗:“蓬山高价传新韵,槐市芳年挹盛名。”常以借指帝京。

⑨桃叶:渡津名。晋王献之送爱妾桃叶处,在江苏南京秦淮、青溪合流处,后人名其渡曰桃叶。

⑩祭酒:官名,尊敬之称也。《后汉书·百官志》:“博士祭酒一人,六百石,本仆射,中兴转为祭酒。”

⑪金叵罗:酒杯名。《书言故事·酒杯类·金叵罗》:“李白诗:‘葡萄酒,金叵罗,吴姬十五细马驮。’”

⑫负贩:行商之人,负货物而贩卖也。《说苑·复思》:“负贩于南阳。”

⑬片楮:片纸也。张翥《题赵文敏公木石》诗:“吴兴笔法妙天下,人藏片楮无遗者。”

⑭韩陵石:韩陵片石也。为梁庾信称赞温子升《韩陵山寺碑》文之语也。《朝野佥载》:“梁庾信从南朝初至北方,文士多轻之,信将《枯树赋》以示之,于后无敢言者。时温子升作《韩陵山寺碑》,信读而写其本。南人问信曰:‘北方文士何如?’信曰:‘惟有韩陵山一片石堪共语,薛道衡、卢思道少解把笔。自余驴鸣犬吠,聒耳而已。’”

⑮顾阿瑛:顾德辉(1310－1369),字仲瑛,别名阿瑛,又名瑛、完朴,自称金

粟道人。元昆山人，举茂才，署会稽教谕，不就，隐嘉兴之合溪。年三十折节读书，富收藏书画彝鼎，工书画，精行楷，善山水，喜吟咏，著有诗集《玉山璞稿》，才情妙绝，尝自制并书《金粟道人顾君墓志铭》。

⑯逋客：避世之隐者。南朝齐孔稚珪《北山移文》："请回俗士驾，为君谢逋客。"《山堂肆考》："逋客，避世之隐者也。"

⑰南荣：指南面之屋，《史记》索隐引应劭云："南荣，屋檐两头如翼也，故郑玄云荣，屋檐也。高诱云，飞荣似鸟舒翼，是也。"唐太宗《赋得夏首启节》诗："北阙三春晚，南荣九夏初。"

⑱渴骥奔泉：谓口渴之骏马奔向水泉。《新唐书·徐浩传》："尝书四十二幅屏，八体皆备……如怒猊抉石，渴骥奔泉。"元袁桷《凝雪石》诗："痴蟆端食月，渴骥欲奔泉。"

⑲冥鸿：谓高飞之鸿也，以喻避世之高士。《法言·问明》："鸿飞冥冥，弋人何篡焉。"白居易《范阳张公墓志铭》："骏足逸翮，天骥冥鸿。"

［评析］

此诗以七言古体畅叙自秦李斯作篆以来，蔡伯喈、李阳冰等篆隶能手，历代书法名家如云，着重写出顾氏同宗代代相传，人才辈出，其书画成就颇为卓著，以赞顾云美八分书之精美绝伦，其书体之骏逸，有如渴骥奔泉，冥鸿高飞，令人叹为观止。

宝镫怨二首
为李云田周姬作[①]

（一）

门栽武昌柳[②]，槃脍武昌鱼[③]。

妾是武昌女，只爱武昌居[④]。

（二）

侬子胜阿侯[⑤]，侬心异桃叶[⑥]。

郎若来相迎，折却篙与楫[⑦]。

［注释］

①此诗王士禛评点："宛然齐梁乐府。"

②武昌柳：指柳。《晋书·陶侃传》："尝课诸营种柳，都尉夏施盗官柳植之

于己门。侃后见,驻车问曰:‘此是武昌西门前柳,何因盗来此种?’施惶怖谢罪。”后泛称杨柳为“武昌柳”。唐孟浩然《溯江至武昌》诗:“行看武昌柳,仿佛映楼台。”

③武昌鱼:为武昌附近所产团头鲂。《三国志·吴书·陆凯传》载吴主孙皓拟从建业迁都武昌,丞相陆凯上疏引童谣“宁饮建业水,不食武昌鱼”以进谏。

④“妾是”两句:暗含褒扬姬妾体态轻柔、举止自重之意。宋周邦彦《如梦令·思情》词有:“初暖绮罗轻,腰胜武昌官柳。”唐刘禹锡《有所嗟》诗中亦有“武昌春柳似腰肢”句。后句以恋念故居,道出不见异思迁之高尚情愫。

⑤侬:人称代词,古时常用作女子自称。阿侯:美女莫愁之子之名。《龙辅女红余志》:“欲知菡萏色,但请看芙蓉。欲知莫愁美,但看阿侯容。”此句以姬之子之美貌胜过莫愁之子阿侯来反衬姬之美貌。

⑥桃叶:晋王献之爱妾名。亦借指爱妾或所爱恋之女子。《乐府诗集·清商曲辞二》载有献之《桃叶歌》。《隋书·五行志》记陈时江南盛歌王献之《桃叶》诗云:“桃叶复桃叶,渡江不用楫。但渡无所苦,我自迎接汝。”

⑦篙:撑船之竿。楫:划船之桨,短者称楫,长者称棹。末句暗合《桃叶》诗句,谓不必以篙楫相迎。

[评析]

此两首当为赠秦淮歌妓之作。诗中赞歌姬体态之轻柔,情义之深重。

赠韩生二首[①]

(一)

政平如水先皇日[②],行乐时时牴戏传。
江上逢君道遗事,断肠如遇李龟年[③]。

(二)

谑语纵横许入诗,舍人侍宴柏梁时[④]。
武皇没后天无笑[⑤],说著宫车只泪垂[⑥]。

[注释]

①本诗原注:“善平话,尝供奉世祖皇帝。”王士禛评点:“二首可入本事诗也。”平话,亦作评话,即说书,以口语敷演故事,专重说,宋时最盛行,至今不衰。供奉,此处特指侍奉帝王。世祖皇帝,即清世祖爱新觉罗·福临,在位十八年,

年号顺治。

②先皇:亦称先帝,指已去世之帝王。作此诗时世祖已作古。

③李龟年:唐代乐工。善奏羯鼓、觱篥,又能作曲,尤擅歌唱,唐开元时负盛名,安史乱后流落江南,每遇良辰美景,歌罢,座中闻者莫不掩泣。

④舍人:周礼有舍人掌宫中之政,战国至汉初,凡王公贵族的侍从宾客,亲近左右,通称舍人。因韩生曾入侍清世祖,故用以指之。柏梁:指柏梁宴,泛称御宴及朝廷宴会。唐韦应物《送雷监赴阙庭》诗:“长陪柏梁宴,日向丹墀趋。”

⑤武皇:本指汉武帝,后亦泛指崇尚武功之皇帝,或谥号中有“武”字者均可称“武皇”。《清史稿》:“世祖葬孝陵,累上尊谥曰体天隆运定统建极英睿钦文显武大德弘功至仁纯孝章皇帝。”

⑥宫车:帝王后妃等所乘坐的车辆,因常借指帝后。元萨都剌《宫词》:“深夜宫车出建章,紫衣小队两三行。”

[评析]

此诗赞艺人韩生善说平话,并叙其早年供奉内廷,入侍清世祖,颇受恩宠,晚岁流落江湖,与诗人江上相逢,抚今追昔,不胜悲凉,因赠诗以记其事。

夏日即事

懒惰真成托圣朝①,孤踪雅称侣渔樵②。
词人自爱名三变③,海鸟何心乐九韶④。
雀啄落花晨簌簌,萤流深竹夜萧萧⑤。
子牟莫漫劳心甚,大有鹓鸾在赤霄⑥。

[注释]

①圣朝:当代朝廷之尊称。唐岑参《寄左省杜拾遗》诗:“圣朝无阙事,自觉谏书稀。”

②侣渔樵:与渔大樵者结为伴侣,诗中用宋苏轼《前赤壁赋》“吾与子渔樵于江渚之上,侣鱼虾而友麋鹿”之意。

③三变:指北宋词人柳永,初名三变,字耆卿,福建崇安人。三变语出《论语·子张》“君子有三变”。宋仁宗时柳三变颇有词名,但因《鹤冲天》词中有“忍把浮名,换了浅斟低唱”句,仁宗以其不要浮名,“且去填词”,而落榜。柳永则更为落拓,自许“奉旨填词柳三变”,后至景祐元年才登进士第,官至屯田员

外郎，一生不得意，但词的成就极大，昔人有云："诗当学杜，词当学柳。"永存有词《乐章集》九卷。

④九韶：亦作"九招"，舜时乐曲之名。《史记·五帝本纪》："四海之内咸戴帝舜之功，于是禹乃兴'九招'之乐。"

⑤"雀啄"两句：摹写夏日朝夕隐居山野生活之宁静悠闲。

⑥鹓鸾：鹓鸾两鸟，皆为凤凰之属，转以为朝官之行列也。唐高适《东平旅游，奉赠薛太守二十四韵》："鹓鸾粉署起，鹰隼柏台秋。"赤霄：有赤色云气之天空。唐高适《同群公秋登琴台》诗："万象归白帝，平川横赤霄。"

［评析］

诗人自叙夏日幽居，朝夕与鸟雀飞萤相处，描摹林下悠闲自得、宁静安谧的景象。并以历史人物相喻，反映出仕途失意的心情。

寓园闲居

晨雨阶墀霁①，消摇散履綦②。
碧分新旧竹，红间浅深葵③。
菜把园官绝④，壶踪市掾知⑤。
嵇康耽晚起⑥，寂寞正相宜。

［注释］

①阶墀：阶，登堂之道，升级而上；墀，阶前之地，亦以指阶。阶墀，合以指阶上。唐白居易《秋怀》诗："月出照北堂，光华满阶墀。"

②履綦：履下之饰，鞋口之带。《汉书·外戚传·孝成班倢伃》："俯视兮丹墀，思君兮履綦。"孟康曰："丹墀，赤地也。"师古曰："綦，履下饰也。言视殿上之地，则想君履綦之迹也。"

③葵：菜名，别名冬葵，又名冬葵子，叶青而花赤，常植于园圃。唐董思恭《咏露》诗："芦渚花初白，葵园叶尚青。"

④园官：谓主理园圃者。唐杜甫《园官送菜》诗序："园官送菜把。"

⑤市掾：战国齐置，汉因袭之，市之属官，职司市集商贾交易，襄助市官。《史记·田单列传》："单为临淄市掾。"《后汉书·费长房传》："费长房者，汝南人也。曾为市掾。"

⑥嵇康(223－262)：字叔夜，谯郡铚人。"竹林七贤"之一。《晋书·嵇康传》称其"龙章凤姿，天质自然，恬静寡欲，含垢匿瑕"，"弹琴咏诗，自足于怀"，

颇有奇才,好老庄之学,为钟会谗杀。

[评析]

诗人自叙寓园闲居生活,赞扬了魏晋风度,反映出其在闲散旷达之中蕴含仕途失意而苦闷的心情。

张束岩同年使粤西还过广陵见访并托讯刘公㦷程周量荣洞门诸故人[①]

倦游卧芜城[②],却扫遂吾懒。
过从亦复稀,僻径积苍藓。
竭来博望查[③],言自西粤返[④]。
高轩为我回,俯仰荷恳款[⑤]。
侧闻桂林郡[⑥],胜迹难具选。
为言七星岩[⑦],蜡屐得深践[⑧]。
奇峰列斗杓[⑨],一往见幽缅。
洞深龙迹蟠,水激峡涛悍。
气寒沁毛骨,石怪罗钟甗。
归舟望南岳[⑩],九面湘帆转。
挥手谢朱鸟[⑪],回睨思茧茧[⑫]。
灵境交臂违[⑬],烟霞分何浅[⑭]。
我慕苍梧云[⑮],悠悠隔汉沔[⑯]。
见子抵掌谈,零滴入吾眼[⑰]。
京洛故人在[⑱],寄语苦怀远[⑲]。
屈指但数公,官曹并冗散[⑳]。
为言江海人[㉑],襟情日疏诞。

[注释]

①张束岩:张鼎彝字束岩,清顺治九年进士。同年:清代优拔贡及乡会试俱捷者称同年。《国史补》:"得第谓之前进士,互相推敬谓之先辈,俱捷谓之同

年，有司谓之座主。”广陵：故郡名，故城在江苏扬州江都，后常以指江苏扬州，时王西樵客寓扬州士禛处。刘公㦷：刘体仁字公㦷，顺治十二年进士，工诗文，与王士禛等合称“十才子”。程周量：程可则字周量，顺治九年会试第一，以诗文名，为“岭南七子”之一，又与宋琬、施闰章、王士禄、王士禛、汪琬、沈荃、曹尔堪连日为文酒欢，号称“海内八大家”。

②芜城：指江苏广陵。《清一统志》：“广陵城，自汉魏以迄晋、宋，其名相沿。因竟陵王诞之乱，城邑荒芜，故曰芜城。”

③朅来：发语词，与聿来同，一说去来也。《正字通》：“朅，发语词，朅来犹聿来，今诗家以朅来为去来。”博望：县名，汉属南阳郡，汉武帝封张骞博望侯，诗中以博望侯张骞通西域喻指张束岩使粤西。

④西粤：地名，今广西。与广东为东粤相对而言。《故事成语考·地舆》：“东粤、西粤，乃广东、广西之域也。”题中所称“粤西”，均指广西。

⑤俯仰：下俯及上仰，谓人身之屈伸也。常以俯仰之间喻时间之短促。悬款：谓恳切真诚也。唐韩愈《为裴相公让官表》：“无任悬款之至。”元许衡诗有“作诗叙悬款”句。

⑥桂林郡：郡名，秦置，在今广西境内，诗中借指广西桂林市。

⑦七星岩：岩山名。在广东肇庆北，七峰峻拔，中峰有一可容百人之大岩穴，叹为奇观。明王圻《三才图会·七星岩图考》：“七星岩，在肇庆府城北，其峰峋嶙葱郁，森列苍布，如陨石丽地错落。”宋康海星《七星岩》诗有“天坠北斗精”句。另广西桂林有岩洞名“七星岩”，唐以来即为游览胜地。宋张孝祥《游千山观》诗：“朝游七星岩，暮上千山观。”从全诗看，虽是叙广西，但对七星岩描摹，多为肇庆七星岩之景象。

⑧蜡屐：涂蜡之屐。唐张登《送王主簿游南海》诗：“过山乘蜡屐，涉海附楼船。”

⑨斗杓：斗柄也。谓北斗七星自第五至第七之三星，其余之四星则称斗魁，合而称北斗。

⑩南岳：五岳之一，即衡山，在今湖南长沙湘南县境内。

⑪朱鸟：朱雀也，即赤色之鸟雀，传为南方之神。

⑫茧茧：声气微细，犹云绵绵。《礼记·玉藻》：“言容茧茧。”注：“茧茧，声气微也。”疏：“茧茧，犹绵绵，声气微细茧茧然。”此句诗中意谓回首相望，情思绵绵不绝。

⑬灵境：谓有神妙气氛之境地，或指奉祀神佛场所。

⑭烟霞：借指山水之景色。南朝梁江淹《杂诗》序：“待罪三载，究识烟霞之

状。”

⑮苍梧：郡名，在广西境内，汉元鼎六年始置郡，治设于苍梧县。

⑯汉沔：汉水与其上流之沔水。《三国志·蜀书·诸葛亮传》：“荆州北据汉沔，利尽南海，东连吴会，西通巴蜀，此用武之国。”

⑰零漓：零水与漓水，零水亦称零溪，在湖南慈利东，北流入漓水。隋时零陵改称慈利。漓水，亦称漓江、桂江。《水经注·漓水》记“汉灭南越，出零陵，下漓水”即此。

⑱京洛：洛阳也。西晋陆机有“京洛多风尘”句。此处用唐张谓《同王征君洞庭有怀》诗“故人京洛满，何日复同游”句意。

⑲苦怀：苦思也。唐刘禹锡《答柳子厚书》：“相思之苦怀，胶结赘聚。”

⑳官曹：官厅也，亦为官吏之总称。唐刘禹锡《和仆射牛相公春日闲坐见怀》诗：“官曹崇重难频入，第宅清闲且独行。”

㉑江海人：谓不仕闲居而在野之人。《庄子·让王》：“身在江海之上，心居乎魏阙之下。”

［评析］

此诗是西樵罢官闲居扬州其弟王士禛处，同年张束岩出使广西还过广陵相访而作，诗中既写出了诗人对美好的自然风光、桂林的山水景物的渴望，又表现了他流寓江湖对斯文故友的思念之忧。

雨不绝①

剧雨连三日②，江云接短茅。
荷倾珠只续，竹重翠逾交③。
垂霤如悬瀑④，鸣墀讵辨坳。
蛟龙虽自喜，秖恐二仪殽⑤。

［注释］

①王士禛评点：“结似少陵。”少陵，唐杜甫，

②剧雨：犹云大雨，暴烈极甚之雨。唐韩愈《衢州徐偃王庙碑》：“州无怪风剧雨，民不夭厉，谷果完实。”

③“荷倾”两句：写雨打荷叶竹枝之景象，水珠滚滚，湿竹低垂。

④垂霤：房檐下流之雨水。

⑤二仪：谓天地也。晋成公绥《天地赋》：“何阴阳之难测，伟二仪之参阔。”

二仪殽，以指阴阳混乱，晴雨失调。

［评析］

此诗写连日大雨滂沱，天地变色，居处竹树低垂，水瀑流溅，反映了诗人仕途失意的郁结之情。

绝句二首[①]

（一）

记得佳辰吊汨罗[②]，客怀长昼费销磨[③]。

竭来夕院愁如洗，为听兰娘一曲歌[④]。

（二）

经过二十四桥频，无复吹箫见玉人[⑤]。

腰采风前红一抹，依稀留得广陵春[⑥]。

［注释］

①此绝句，王士禛评点曰深得“唐人三昧”。

②汨罗：汨水与罗水相交处称汨罗江，发源于岳阳，流于湖南境内，相传战国楚臣屈原自投汨罗以死，即此。故佳节当指五月五日端午节，后人为纪念屈原重五投江，人哀其死，且命舟楫以拯之，沿其俗为龙舟竞渡，且以粽子投水。《续齐谐记·五花丝粽》：“屈原五月五日投汨罗江，楚人哀之，至此日以竹筒子贮米，投水以祭之。”《荆楚岁时记》、《岁时广记》皆记其事。

③“客怀”句：谓永昼抑郁，无以自遣。长昼，言心中郁闷，更觉昼日之长。

④兰娘：谓驾游艇之船娘，兼善歌唱小曲。兰，誉其清雅脱俗。

⑤“经过”两句：用唐人杜牧《寄扬州韩绰判官》诗：“二十四桥明月夜，玉人何处教吹箫。”二十四桥，在今扬州市，传说较多。《方舆胜览》谓二十四桥隋代已有，后存废难考，清李斗《扬州画舫录》谓即吴家砖桥，又名红叶桥。此桥以杜牧绝句著称。

⑥广陵：即今之扬州。战国楚置广陵邑，东汉称广陵郡，隋改扬州，炀帝以避讳改江都郡，唐复名广陵郡，明、清均称扬州府。广陵春，指广陵春色。

［评析］

此诗为西樵寄寓扬州所作。顺治十七年（1660）西樵弟王士禛任扬州推官。康熙三年（1664）西樵因科场事下狱，十月三日获释，旋南下，十一月抵扬州。客居寂寞惆怅，缅怀前代诗人屈原、杜牧不遇于时,作两绝句以抒抑郁情怀。

七夕立秋[①]

栖乌渺渺月悠悠,井干新凉一叶投[②]。
期是黄姑还卜夜[③],节当白帝恰迎秋[④]。
孤踪已惮成都问,九辩徒增郢路愁[⑤]。
羁旅又逢天廓落[⑥],明河那为浣离忧[⑦]。

[注释]

①七夕:农历七月七日旧谓之七夕,相传是夕牛郎织女二星在天河相会。自汉以来,民俗有妇女结彩缕,设瓜果,穿七孔针以乞巧。晋庾肩吾《奉使江州舟中七夕》诗:"九江逢七夕,初弦值早秋。"立秋:农历二十四节气之一,大都在公历八月八日或九日。

②井干:井上所设之栏杆,又名井桁、井栏。《庄子·秋水》:"出跳梁乎井干之上。"一叶:《文录》谓:"唐人有诗云:'山僧不解数甲子,一叶落知天下秋。'"

③黄姑:即牵牛星,一名河鼓。《荆楚岁时记》:"黄姑,牵牛星,一曰河鼓。"梁武帝《东飞伯劳歌》:"东飞伯劳西飞燕,黄姑织女时相见。"唐赵彦昭应制诗:"青女三秋节,黄姑七夕期。"

④白帝:旧说五天帝之一,居西方,主少昊氏之神。《新唐书·礼乐志》:"立秋祀白帝,以少昊氏配。"

⑤九辩:本夏乐名。诗中指《楚辞》篇名《九辩》,宋玉作。汉王逸序:"辩者,变也。谓陈道德以变说君也。……宋玉者,屈原弟子也。闵惜其师忠而放逐,故作《九辩》以述其志。"郢:春秋楚之国都,在今湖北江陵。屈原放逐后,仍时刻思念楚国。诗人于此借以自况。

⑥羁旅:羁寄外地之旅客,羁旅之臣。《史记·陈杞世家》:"羁旅之臣,幸得免负担。"诗人此时亦正寄居异乡,亦自指也。

⑦明河:即银河。《山堂肆考》:"天河,一名绛河,曰明河,曰银河,曰银潢,曰斜汉,曰金汉,曰星河,曰倾河,言天汉将晓而欲倾也。"唐宋之问《明河篇》:"明河可望不可亲,愿得乘槎一问津。"离忧:遭遇忧愁。《史记·屈原列传》:"离骚者,犹离忧也。"诗人无限忧思发而为诗,欲罢而不能,虽明河之水亦无法洗涤干净。

[评析]

此诗为抒发忧思而作，此时虽河南乡试所兴之文字狱已免除，但客居异地，仍抑郁不欢，无以释怀，秋夜遥望星月，念及楚臣屈原，不禁更增无限惆怅。

东吴野人[1]

心知吴处士[2]，未厌古人风。
裋褐逃尘外[3]，柴门闭卤中[4]。
露凉深警鹤[5]，秋老急吟虫[6]。
此际抽思好，新诗定不穷。

[注释]

①东吴野人：赵衷，字原初，别号东吴野人，金元间吴江人（一说嘉兴人）。世代业医，善画白描人物，山水花卉无所不能，兼能篆隶，其传世作有白描兰亭图，《书史会要》、《石渠宝笈》、《唐五代宋元名画选》皆有所录。

②处士：未仕或不仕之士。《汉书》：“秦既称帝，患周之败，以为起于处士横议。”注：“（处士）谓不官于朝而居家者也。”

③裋褐：褐布竖裁为劳役之衣，短而且狭也。《汉书·货殖传》：“贫者裋褐不完。”指所穿为粗劣之服。

④“柴门”句：王士禛评点：“第四句用《汉书》老笔。”柴门，杜门谢客也。《后汉书·杨震传》：“于是柴门绝宾客。”《晋书·儒林传赞》：“清贞守道，抗志柴门。”

⑤露凉：夜露秋凉也。《风土记》：“鹤性警，至八月白露降，流于草叶，滴滴有声，即高鸣相警，徙所宿处，虑有变害也。”

⑥“秋老”句：谓深秋季节，秋虫鸣声更急。比喻诗人吟咏之兴致更高。

[评析]

此诗表现了诗人仰慕逃世避俗之山野隐者，向往清闲幽居、朴素宁静的生活。

柬汪舟次时归自白下[1]

汪生秣陵去[2]，怀古意迢迢。

远岫仍双阙[3]，寒江失六朝[4]。
筝堂余涕泪[5]，笛步想招邀[6]。
恨不同携手，狂吟共酒瓢[7]。

［注释］

①汪舟次：汪楫字舟次，一作次舟，号悔斋，安徽休宁人，寄籍江苏江都，生于明熹宗天启六年（1626），卒于清圣祖康熙二十八年。康熙十八年荐应“博学鸿儒”，试列一等。历迁福建布政使，召至京，得疾卒于途。楫工诗，与孙枝蔚、吴嘉纪齐名，著有《悔斋正续集》及《观海集》。白下：即今南京市。旧城在江苏江宁西北，一名白石陂。晋咸和三年陶侃讨苏峻，筑白石壘于此，唐武德时改金陵为白下，移治白下故城。今人沿用为南京别称。

②秣陵：古地名。在今南京市境内。始置于秦，历汉晋以迄南朝宋，俱仍之，惟治所屡有变革，至隋废。

③双阙：宫门两侧之楼观也。唐太宗《赋秋日悬清光赐房玄龄》诗：“参差丽双阙，照耀满重闱。”亦以喻山石，《水经注》：“两石对峙，相去一里，小大略均，似双阙，名曰韶石。”

④六朝：吴、东晋、宋、齐、梁、陈先后建都于建康，合称六朝。建康即今之南京市。寒江指冬日之长江，常有雾起。故唐人有“烟笼寒水月笼沙”句。

⑤筝堂：弹筝之堂。筝，古五弦施于竹，如筑，秦蒙恬改为十二弦，变形如瑟，易竹以木，唐以后加为十三弦。旧时妓女多有弹筝者，称筝妓。

⑥笛步：吹笛而行也。《桃花扇·余韵》：“力士签名搜笛步，龟年协律奉椒房。”

⑦酒瓢：盛酒之瓢也。唐姚合《酬田卿书斋即事见寄》诗：“不是相寻懒，烦君举酒瓢。”

［评析］

诗人客居广陵，闻故人江都汪楫自白下归来，欣喜欲狂，去柬相邀，恨不立时携手促膝，相与共饮，畅叙旧情，同抒衷肠，表达了西樵与舟次深挚的友谊。

闻友人言林茂之先生尚未能葬[1]

多寿林那子，风尘道漫尊。
暮年双眼暗，儿日一钱存。

死阙黔娄谥[2]，生悲杜甫魂[3]。
桐棺还地上[4]，何处故人恩[5]？

[注释]

①王士禛评此诗曰："用事甚切。"

②"死阙"句：黔娄为战国时齐国隐士，家贫穷，而不慕富贵。黔娄死后，曾子往吊，问何以为谥，黔娄妻曰："以'康'为谥。"曾子认为黔娄一生贫穷，不应谥为"康"，其妻曰："昔先生，君尝欲授之政，以为国相，辞而不为，是有余贵也。君尝赐之粟三十钟，先生辞而不受，是有余富也。彼先生者，甘天下之淡味，安天下之卑位，不戚戚于贫贱，不忻忻于富贵，求仁得仁，求义得义，其谥为'康'，不亦宜乎？"事见汉刘向《列女传》卷二。此用其事，言林茂之一生只是贫穷，未曾受到赏识和恩惠，所以不能如黔娄那样谥作"康"。阙，同"缺"。

③杜甫魂：盖指杜甫诗中感时伤乱、忧国忧民的精神。

④桐棺：桐木之棺，指质料朴素的棺木。

⑤"何处"句：言何处故人施恩，为死者置办了桐棺。

[评析]

诗中缅怀林茂之平淡、贫苦的一生，对他的坎坷不遇寄以深切的同情。

秋　梅

梧桐凋未半，惊见拆庭梅[1]。
红白真相映，冬春只漫猜[2]。
岁时虽荏苒[3]，冰雪足徘徊。
太息幽修质[4]，匆匆竟一开。

[注释]

①拆：通"坼"，绽开。

②"红白"二句：言面对美丽的庭梅，只能随意猜想是在冬季，还是在春天。

③荏苒：渐逝。

④太息：叹息。幽修：幽静美好。

[评析]

诗中赞美初开的秋梅幽静美丽的形象，并为它开花短暂而感叹，寄寓了对美好时光的恋惜之情。

吴尔世招同穆倩无言饮

秋光寂历静阶苔[1],墙角春花满树开。
绝似空山萧瑟里,红蕖珠衱丽人来[2]。

[注释]

①寂历:寂静。

②红蕖:红色的荷花,盖比喻美人。珠衱:饰以珠玉的裙带,为美人的服饰。

[评析]

诗中描绘花景,抒发了疏旷怡悦的情怀。

同宋荔裳曹顾庵小集葭园得安字

桦烛当樽夜不寒[1],兴豪一任酒杯宽。
欢场似解回双鬓[2],妙舞何当试七盘[3]。
醉里狂堪追杜牧[4],放来书免报任安[5]。
听歌且与销银漏[6],莫讶明星到晓残[7]。

[注释]

①桦烛:用桦树皮所制的烛。

②欢场:寻欢作乐的处所。

③七盘:古乐舞名。《通典》卷一四五《乐五》:"槃舞,汉曲,至晋加之以杯,谓之《世宁舞》也。张衡《舞赋》云:'历七槃而纵蹑。'王粲《七释》云:'七槃陈于广庭。'"槃,同"盘"。

④杜牧:字牧之,唐京兆万年(今陕西西安)人。太和二年(828)进士。历任校书郎、监察御史、司勋员外郎、中书舍人等职。工于诗文,尤以诗著称。新、旧《唐书》有传。

⑤"放来"句:汉武帝时,任安写信给司马迁,希望他以"推贤进士"为务,司马迁写了《报任安书》以答之。此用其事,意谓放浪之人不必谈论进贤之事。放,放浪形迹。

⑥销:消磨。银漏:即刻漏,古代计时器,此代指时光。

⑦原注:"夜听冒辟疆家歌儿度曲。"

[评析]

诗中描写了与友人饮酒作乐时的欢悦情景,流露出厌倦仕途和追求闲逸生活的心情。

广陵秋日杂兴次韵雪洲给谏七首

（一）

不悟来从树，晴窗杂雨声[1]。
鹤宵当露警[2]，雁晓戛霜鸣[3]。
廓落催羁思[4]，萧条类物情[5]。
马蹄秋水意，还拟问庄生[6]。

（二）

三秋卧莱海[7]，遥兴洗云涛[8]。
杜甫诗能健[9]，张融赋最豪[10]。
漏销鹦鹉斝[11]，霜冷鹈鹕刀[12]。
却忆衡门静[13]，狂歌惬缊袍[14]。

（三）

秋梦曾京国，南心复几宵[15]。
宫云随宦冷[16]，官阁忆人遥[17]。
易地仍传鲤[18]，经时欲敝貂。
徒怜如意舞，昨岁共听潮[19]。

（四）

才服陈思健，金门结契深[20]。
几年玄鬓变[21]，九日黑窑吟[22]。
飘泊同双泪，蹉跎各片心。
残秋城北谳，喜复接清音[23]。

（五）

揽胜西辕日[24]，深秋并冀来[25]。
中条遥翠湧[26]，王屋乱青开[27]。
诗赋飞龙壮，书传旅雁哀。
西陵惠连咏[28]，几向此中回[29]。

（六）

记拥夷门传[30]，论文大国风。
春蚕三夜响[31]，秋烛万条红。
岳影掀髯外，河声卷旆中[32]。
飘零惊岁晚，愁听竹西鸿[33]。

（七）

丛桂零寒蕊，芙蓉落晚花。
此时还作客，何计缓思家？
晷渐荒阶短[34]，霜堪旅鬓加[35]。
池塘传妙咏，揽撷得春华[36]。

［注释］

①"不悟"二句：言晴窗外好像有雨声，不知是由树叶抖动传来的声响。

②"鹤宵"句：言鹤在夜间的露水中站立着，好像警戒一样。

③戛：击。戛霜鸣，盖形容鸣声苍凉。

④廓落：空旷寂静。羁思：羁旅的愁思。

⑤"萧条"句：言萧条的秋色引起人类似的感情。

⑥"马蹄"二句：言还打算向庄子请教马蹄和秋水所蕴含的哲理。《庄子》中有《马蹄》、《秋水》二篇，旨在说明保持人类纯朴自然的本性和顺应自然、听天由命等道理。

⑦"三秋"句：原注："丙申以后，在莱子凡三载。"案：作者于顺治十三年至十六年间(1656－1659)在莱州(今属山东)任府学教授。见王士禛《王考功年谱》。莱海，即莱州。

⑧遥兴：逸远的兴致。

⑨健：指笔力雄健。

⑩张融：字思光，南齐吴郡(今属江苏)人。官至太子中庶子、司徒左长史。曾浮海至交州，于海中作《海赋》，文辞诡激，见称于时。《南齐书》有传。

⑪漏：刻漏，古代计时器，此代指时光。销：消磨。鹦鹉斝：酒杯名。

⑫鹈鹕刀：刀名。或以鹈鹕膏所涂之刀。鹈鹕，鸟名，其膏脂涂于刀剑之上，可以防锈。

⑬衡门：横木为门，比喻简陋的居处。《诗·陈风·衡门》："衡门之下，可以栖迟。"后借指隐者的居处。

⑭惬:惬意,满足。缊袍;以乱麻衬于其中的袍子,贫者所服。《论语·子罕》:"衣敝缊袍,与衣狐貉者立,而不耻者,其由也与。"

⑮"秋梦"二句:言自己在京师,季弟王士禛在扬州,彼此相互思念。

⑯"宫云"句:形容自己在京师做官时的孤寂况味。

⑰"官阁"句:言季弟王士禛远在扬州官阁思念着自己。

⑱易地:互换所居之地。康熙四年(1665),作者在扬州,而其季弟王士禛在京师,任礼部主客司主事。见王士禛《渔洋山人自撰年谱》。传鲤:传递书信。

⑲昨岁:即康熙三年。原注:"庚子(按即顺治十七年,为公元1660年)以来,余在京师,贻上官维扬。今秋(按即康熙四年)余客维扬,贻上又官京师。独去秋同在此两月耳。"

⑳金门:金马门之省称,代指官署。结契:交谊。

㉑玄鬓:黑色的鬓发。

㉒黑窑:即黑窑厂,地名。

㉓原注:"庚子同顾庵黑窑厂登高,今年秋杪复聚于此。"讌,宴饮。

㉔西辕:指山西官署。

㉕并冀:略指山西、河北及河南部分地区。

㉖中条:山名,在山西永济东南。

㉗王屋:山名,在山西阳城、垣曲两县间。

㉘惠连:即谢惠连,南朝宋阳夏(今河南太康)人。元嘉中,为司徒彭城王义康法曹行参军。工于诗文,与其族兄谢灵运并称"大小谢"。《宋书》、《南史》皆有传。惠连著有《西陵遇风献康乐一首》,见《文选》卷二五。

㉙此中:指自己所作的诗中。回:回旋。原注:"辛丑秋,奉使山右,于潞安赋《飞龙宫行》,寄贻上于维扬。贻上《怀人六十绝句》中所云'哲兄拥传太行东,题诗万字飞龙宫',记此事也。"案:辛丑,即顺治十八年(1661)。潞安,府名,在今山西。飞龙宫,在潞安府,为唐明皇即位前所居之宫。

㉚"记拥"句:回忆奉朝廷之命前往河南主持乡试,事在康熙二年(1663),时作者为稽勋员外郎。见王士禛《王考功年谱》。拥传,持节。夷门,山名,在河南开封县。

㉛"春蚕"句:比喻考生三夜书写应试文章。

㉜旆:旗帜。

㉝"飘零"二句:言被免官之后,客居扬州,见岁暮景色而惊心,听着竹西亭的鸿雁鸣声而引起愁绪。原注:"癸卯(按即康熙二年)秋比士中州。"

㉞晷:日影。

㉟霜:比喻白发。

㊱揽撷:揽取。春华:美好的时光。

[评析]

以上七首诗是作者于康熙四年客居扬州时所作。诗中绘景寓怀,抚今追昔,表达了对已往岁月的思念,对亲友深厚的情义。诗中既流露出坎坷失意的怅恨,也表现出摈弃功名、安天乐命的意趣。

蔬枰诗赠宋射陵[1]

玉女壶宁妄?仙人博漫疑[2]。

不然篱畔意,讵与橘中期[3]?

黑白曾何定[4],玄黄剧可悲[5]。

外间劫总急,老子不须知[6]。

[注释]

①枰:棋盘。王渔洋评此诗曰:"结妙。"

②博:通"簙",棋戏。

③讵:岂。橘中:古称象棋游戏为橘中乐。唐牛僧孺《幽怪录》:"巴邛人橘园,霜后两橘大如三斗盎。剖开,有二老叟相对象戏,谈笑自若……一叟曰:'橘中之乐不减商山,但不得深根固蒂,为愚人摘下耳。'"

④黑白:指围棋子。

⑤玄黄:《易·坤》:"龙战于野,其血玄黄。"玄黄,指血的颜色,后借指争斗、战乱。此用借义。以上二句以弈棋为况,言人间的纷争犹如棋局,变幻莫定,令人悲伤。剧,非常。

⑥"外间"二句:《水经注·渠水》:"(阮简)为开封令,县侧有劫贼,外白甚急数。简方围棋长啸。吏云:'劫急。'简曰:'局上有劫,亦甚急。'"此盖用其事,言人间争斗犹如棋戏,无须关心。劫,围棋术语,指双方互相围吃、争夺位数的一种手段。此借指争夺。

[评析]

此诗以弈棋为况,表达了人间纷争犹如棋戏、无须关心的思想。

春夜雨中，赋得“灯前细雨檐花落”，柬散木孝威

云压春城夜雨零，林声窗影坐冥冥[①]。
早梅暗浥堪时落[②]，寒笛遥传咽乍听。
芳岁解教何逊惜[③]，深杯肯放郑虔醒[④]？
冲泥惆怅襟期隔[⑤]，与和新诗寄草亭。

[注释]

①冥冥：深思貌。

②浥：温润。

③何逊：字仲言，南朝梁东海郯(今属山东)人。官至尚书水部郎。诗文著称于时。《梁书》、《南史》皆有传。

④郑虔：字弱齐，唐荥阳(今属河南)人。天宝初，为协律郎，后迁广文馆博士、水部郎中、台州司户参军等职。《新唐书》载《文艺传》。

⑤襟期：期许。

[评析]

诗中描写春夜雨景，表达了对美好时光的珍惜和对友人的思念。

红桥作[①]

纷纷世态无劳说，落落闲心独不灰[②]。
似觉江鸥转相识[③]，野桥频见此翁来。

[注释]

①红桥：桥名，在今江苏扬州。

②落落：超脱貌。

③江鸥：江中水鸟名。原注：“刘长卿诗：‘江鸥不相识。’”

[评析]

此诗抒写了游览扬州红桥时的感受，表达了与江鸥相伴、忘记尘世纷扰的闲逸之情。

广陵清明曲二首[①]

（一）

风满晴空足路蹊[②]，莫将辛苦竞高低。
扬子桥边九层塔[③]，朝来不共纸鸢齐[④]。

（二）

莫道春郊乐未央[⑤]，夜来鬼火尚青苍。
凄凉不独吴台路[⑥]，曾是陈家旧战场[⑦]。

[注释]

①王士禛评此诗曰："即前作'掣绦能自上，应是鄙风鸢'意。"

②蹊：小路。

③扬子桥：在今江苏江都县南，为古代重要津渡。

④纸鸢：即风筝。

⑤未央：未尽。

⑥吴台：即吴公台，南朝宋沈庆之所筑弩台，后陈将吴明彻攻打北齐敬子猷，增筑之以射城内，故名吴公台，在今江苏扬州市北。

⑦陈家：即南朝陈。

[评析]

这两首诗作于扬州，抒写了清明节时的情景。第一首由野地的鬼火和吴公台而联想到古代战场，寄托了怀古之思。第二首写游赏春光，忘记了辛苦，扬子桥边放起的风筝比九层塔还要高，表达了开朗喜悦的情绪。

听白璧双琵琶

四弦谁破夕烟昏[①]？恰是香山老裔孙[②]。
国手那推贺怀智？妙音直压康昆仑。
移时寂历鸣沙雁[③]，一摘崩腾断峡猿[④]。
不是狂奴能作达[⑤]，此中应有泪千痕。

[注释]

①四弦：指琵琶的弦。古时琵琶有四弦、六弦之别。

②香山：即白居易，字乐天，唐太原（今属山西）人。贞元十六年（800）进

士。历任左拾遗、江州司马、杭苏二州刺史、太子少傅等职。晚年居洛阳香山，号香山居士。为唐代著名诗人。著有《琵琶行》。新、旧《唐书》有传。裔孙：远代孙子。

③移时：经过一段时间。寂历：寂静。

④摘：一种弹奏技法。崩腾：激荡。断：盖指鸣声间断。以上二句以沙雁、峡猿的鸣声形容琵琶的乐音。

⑤狂奴：狂妄无知的奴仆。作达：行为放达。

[评析]

诗中描述了白璧双演奏琵琶的高超技艺。

末丽词①

冰雪为容玉作胎，柔情合傍琐窗隈②。

香从清梦回时觉，花向美人头上开③。

[注释]

①末丽：同“茉莉”，花名。王士禛评此诗曰：“末七字绝妙好词。”

②琐窗：窗棂刻有连锁图案的窗户。

③“花向”句：原注：“金陵闺阁摘末丽，皆以蕊簪后方开。”

[评析]

这首诗描绘茉莉花的洁白芬芳及金陵女子簪花的风俗。一、二句用比喻和拟人的手法写出花的洁白和柔姿。第三句写由清梦而感到花香，第四句以花和美人相映衬，构思巧妙而富有表现力。

送吴仁趾之白门①

君到秦淮问狭斜②，桃根桃叶事空赊③。

廿年长板桥头路，开向秋风只菜花。

[注释]

①白门：即金陵（南京）。

②秦淮：河名，在今南京。狭斜：狭小的街巷，多为娼妓居处。

③桃根桃叶：晋王献之有妾名桃叶，其妹名桃根。相传王献之曾在秦淮河畔作歌以送桃叶，曰：“桃叶复桃叶，度江不用楫。但度无所苦，我自迎接汝。”后称其歌曰《桃叶歌》，称其渡口曰桃叶渡。赊：久远。

［评析］

诗中由秦淮河触起对桃叶、桃根传闻的追思，寄托了世事变迁的感慨。

秋夜二首[1]

（一）

薄云轻露月，危叶暗辞秋[2]。
耿耿书窗火，茫茫独夜愁。
离居思弟妹，歧路感朋游。
负手寒星里[3]，谁能不白头？

（二）

秋树层层响，秋河的的遥[4]。
无萤流暗竹，剩月洒寒蕉[5]。
作客惊年矢[6]，思家向斗杓[7]。
愁中桑落熟[8]，凭仗百壶浇。

［注释］

①王士禛评曰："二首楚人《九辨》之遗。"

②危叶：高处的树叶。

③负手：背着手。

④秋河：天河。的的：明亮。

⑤剩月：残月。

⑥年矢：犹言光阴似箭。原注："陆机诗：'年往信劲矢。'"

⑦"思家"句：盖言思家之时，以酒浇愁。斗杓，即北斗。屈原《九歌·东君》："援北斗兮酌桂浆。"

⑧桑落：酒名。《水经注·河水》："民有姓刘名堕者，宿擅工酿，采挹河流，酿成芳酎，悬食同枯枝之年，排于桑落之辰，故酒得其名矣。"

［评析］

这两首诗是悲秋之作，诗人运用咏物抒怀的表现手法，描写了萧瑟的秋夜景色，抒发了自己客居他乡、思念亲人的愁绪和对时光流逝的感慨。

陈山农有送余北归之作，时山农亦有洞庭潇湘之游，爰赋斯篇，用酬来美

言归当落木，汝亦向湘沅[1]。
南北舟车异，川涂风露繁。
遥分洞庭月，不共楚山猿[2]。
歧路已如此，前期那可论？
为思理孤棹[3]，几处揽芳荪[4]。
天向巴陵阔[5]，波连梦泽翻[6]。
井仍传柳毅[7]，台定问轩辕[8]。
林橘红霜岸，晴烟碧水村。
笛闻龙女馆[9]，蘋荐大夫魂[10]。
更道长沙接，黄陵故迹存[11]。
苍梧云不断[12]，斑竹泪多痕[13]。
好继文山去[14]，题诗古庙门。

[注释]

①湘沅:湘江和沅水,在今湖南省。以上二句言深秋时节,自己将北归,陈山农则前往湘沅一带游览。

②“遥分”二句:言别离后,自己只能在遥远的北方与山农分享洞庭湖的月色,而不能共听楚地山间的猿鸣。

③为思:为陈山农想象着。

④芳荪:香草名。

⑤巴陵:郡名,故治在今湖南岳阳。

⑥梦泽:即云梦泽,古泽名,在今湖南、湖北境内。

⑦柳毅:神话传说中的人物,帮助洞庭龙女摆脱夫家的虐待,后来与之结为夫妻。见唐李朝威《柳毅传》。

⑧轩辕:即黄帝,传说中的远古帝王。

⑨龙女:神话传说中龙王的女儿。

⑩蘋:水草。荐:垫。大夫:指屈原,战国楚人。楚怀王时任左徒、三闾大

夫，主张联齐抗秦。怀王、顷襄王时，屡遭谗毁，曾被放逐于沅、湘间。后投汨罗江而死。《史记》有传。

⑪黄陵：山名，在湖南湘阴北，洞庭湖畔，相传舜二妃墓在其上。山上有黄陵庙。

⑫苍梧：山名，亦称九疑。相传舜葬于苍梧之野。在今湖南宁远。

⑬斑竹：亦称湘妃竹。相传舜南巡不返，葬于苍梧。其二妃娥皇、女英思帝泪下，滴竹成斑。

⑭文山：即李群玉，字文山，唐澧州（今属湖南）人。性情旷逸，以吟咏自适。曾任弘文馆校书郎。写有《黄陵庙》诗，咏湘妃事。

[评析]

诗中叙写了别离的怅恨，又描绘了湘沅一带优美的景色和古迹，寄托了疏朗旷逸的情怀。

楼夜和杜公《秋笛》[①]

漠漠天垂槛[②]，飕飕风动衣[③]。
谁家遥奏笛？孤客正思归。
陇坂寒波咽[④]，关山片月微，
那堪凄断里[⑤]，霜雁一行飞。

[注释]

①杜公：即杜甫。其《秋笛》诗云："清商欲尽奏，奏苦血沾衣。他日伤心极，征人白骨归。相逢恐恨过，故作发声微。不见秋云动，悲风稍稍飞。"

②漠漠：昏暗貌。槛：楼房上的栏杆。这句说楼栏外夜幕已经降临。

③飕飕：微风吹拂的样子。

④陇坂：即陇山，在今陕西陇县至甘肃平凉一带。这句和"关山"一句，盖为作者闻笛声而想象到的景色。

⑤凄断：犹凄绝，指十分凄凉的笛声。

[评析]

诗中描写苍凉的秋夜景色和笛声，寄托了孤寂思归的心情。

杜辍耕赠簟[①]

卷送蕲州竹簟良[②]，琉璃八尺射眸黄[③]。

忽愁凉吹清茅屋，预拟炎曦拂石床[④]。
长物王恭知定少[⑤]，新诗韩愈愧难方[⑥]。
只应他日幽林里，持梦湘波楚塞长[⑦]。

［注释］

①杜镃耕：原注："茶村子。"按：杜茶村，即杜睿，字于皇，号茶村。明季诸生，入清隐居金陵，有《变雅堂集》。簟：竹席。

②蕲州：即今湖北蕲春，自古以盛产竹席而闻名。

③琉璃：宝石名，这里比喻润泽的竹簟。

④"忽愁"二句：忽然为竹席的凉气使茅屋清冷而发愁，故预先估计将有炎热的阳光照拂石床。此以夸张的手法形容竹席的凉爽。炎曦，炎热的阳光。

⑤"长物"句：晋代王恭曾自会稽至都，其友王忱访之。见恭所坐六尺簟，以为尚有余，因求之。恭即以所坐者送之，既无余席，便坐荐上。忱闻而大惊，恭曰："吾平生无长物。"见《晋书·王恭传》。此用其事，言竹席之稀少而可贵。

⑥韩愈：字退之，唐邓州南阳（今属河南）人。贞元年间为监察御史，宪宗时为刑部侍郎，贬潮州刺史。穆宗时为国子监祭酒，转兵部、吏部侍郎。工于诗文，古文为后世所宗。新、旧《唐书》皆有传。方：比方，形容。

⑦湘波：湘水的波涛。楚塞：楚地的边塞。

［评析］

诗中以比喻、夸张的手法赞美了蕲州竹簟的润泽清凉，表达了对友人馈赠之谊的感激之情。

孝威有《霜降日芜城别西樵》之作[①]，次韵奉答

密竹凋梧夜气沉，离居魂断故园砧[②]。
天寒鸿雁声偏苦，岁晚风云势易阴。
黄菊况逢人又别[③]，白衣虚拟酒同斟[④]。
诗来把向秋灯侧，捻鼻中宵几度吟[⑤]。

［注释］

①芜城：即广陵故城，在今江苏江都。

②砧：捣衣石。此句言独居他乡，听捣衣声而思念故园，为之哀伤。

③"黄菊"句:言已是菊花开放的秋季,况且人又分别,更令人伤感。

④"白衣"句:徒然打算共同隐居饮酒。白衣,犹布衣,当指辞官隐居。

⑤捻鼻:盖言因心酸而流涕。

[评析]

此诗盖作于扬州。诗中描绘秋景,抒发了离情别绪和故园之思。

皎皎篇为陈烈妇海氏作[①]

和玉蕴奇质[②],在石亦有辉。
女子抱贞操,岂为贫贱移?
我闻《女贞歌》[③],复闻《黄鹄词》[④]。
皎皎烈妇怀,千载如相期[⑤]。
烈妇生何许?家世彭城栖[⑥]。
烈妇死何许?毘陵河水湄[⑦]。
妇是小家女,嫁与飘蓬儿[⑧]。
飘蓬任转徙,自恨多瓌姿[⑨]。
我帨讵可感[⑩]?多露慎自持[⑪]。
嗟彼鬼蜮心[⑫],狡逾狐与狸。
女贞有孤性[⑬],松柏亦不依[⑭]。
黄鹄托一雄,不逐贤雄飞[⑮]。
毕命朱丝绳[⑯],永绝磷与缁[⑰]。
峻节凛秋霜,玉肤凌炎曦[⑱]。
观者千万人,啧啧皆叹咨[⑲]。
女也有陶婴,圣者有伯夷[⑳]。
致命在一朝,永为百世规[㉑]。

[注释]

①王士禛评此诗曰:"人琴清英,宛然古辞。"

②和玉:即和氏璧。春秋时,楚人卞和于荆山中得玉璞,先后献给楚厉王、武王,王皆以为欺诈,截其双足。楚文王即位,卞和抱璞哭于荆山下,文王使人

剖璞，果得美玉，因称和氏璧。见《韩非子·和氏》。

③《女贞歌》：盖即晋苏彦《女贞颂》。

④《黄鹄词》：古乐府吴声歌曲。《列女传·鲁寡陶婴》载：陶婴少寡，守节不嫁，作歌云："黄鹄之早寡兮七年不双，鹓颈独宿兮不与众同。"因名其曲为《黄鹄曲》。

⑤"皎皎"二句：言陈烈妇纯洁的胸怀，千载之下，如同与《女贞歌》、《黄鹄词》中所歌唱的贞节相期约一般。

⑥彭城：故治在今江苏铜山。

⑦毘陵：即今江苏常州。

⑧飘蓬儿：行迹不定之人。

⑨瓌姿：美丽的姿容。

⑩"我帨"句：《诗·召南·野有死麕》："无感我帨兮。"旧说谓男子无礼而贞女斥之之辞。此用其意，言己有贞节，不可侵侮。帨，佩巾。讵，岂。感，通"撼"，触动。

⑪"多露"句：《诗·召南·行露》："厌浥行露，岂不夙夜，谓行多露。"疏："似行人之惧露，喻贞女之畏礼。"此用其意，言自己谨慎自持，而不失礼污身。

⑫鬼蜮：比喻企图欺侮烈女的恶人。

⑬女贞：植物名，枝叶青翠，经冬不凋，比喻有节操的女子。孤性：专一的品格。

⑭"松柏"句：比喻烈女不苟且依附他人。

⑮"黄鹄"二句：《列女传·鲁寡陶婴》载陶婴之歌曰："虽有贤雄兮，终不重行。"此用其意，言黄鹄托身一雄，即使有很好的雄鸟，也不随之而飞，表示决不改嫁。

⑯"毕命"句：言以朱丝绳自缢而死。

⑰"永绝"句：永远不会使名节受到损害。《论语·阳货》："不曰坚乎？磨而不磷；不曰白乎？涅而不缁。"磷，磨损。缁，染黑。

⑱炎曦：火热的阳光。

⑲叹咨：叹息。

⑳伯夷：商代孤竹君之子。周灭商，伯夷与弟叔齐耻食周粟，隐居首阳山，采薇而食，后来饿死山中。

㉑规：典范。

［评析］

诗中歌咏了陈烈妇坚贞不移、以死殉节的事迹，反映了封建社会对妇女的迫害，但也宣扬了封建士大夫从一而终的节烈观。

宵行至秦邮，时涨水未落，即事有感[1]

严程连昼夜[2]，急橹剧乘凌[3]。
逆月看奔堞[4]，涵星指縋罾[5]。
鱼龙纷偃蹇[6]，鸿雁孰哀矜[7]？
万井怀襄里[8]，生涯羡最能[9]。

[注释]

①王士禛评曰："杜诗有《最能行》，如长年三老也。"按：杜甫《拨闷》诗："长年三老遥怜汝，棙柂开头捷有神。"长年，指篙师。三老，指舵工。秦邮，即今江苏高邮。

②严程：时间紧迫的行程。

③剧：疾速。乘凌：翻腾。

④逆月：迎着月光。奔堞：迅速驰过的城上的矮墙。

⑤"涵星"句：指看含着星光的河水中悬下的渔网。罾，渔网。

⑥偃蹇：游翔自如貌。

⑦孰：谁。哀矜：哀怜。

⑧怀襄："怀山襄陵"之省，形容水势浩大。《书·尧典》："汤汤洪水方割，荡荡怀山襄陵。"传："怀，包；襄，上也。"

⑨最能：即最能行，如篙师、舵工之流。

[评析]

自康熙三年(1664)十月至康熙六年十月，作者两度游扬州，此诗当作于其间。诗中描写了乘舟疾行、夜赴秦邮的情景，表达了对不惧惊涛骇浪的篙师舵工的羡慕。

十笏草堂成[1]

几载堂传十笏名，把茅今日计才成[2]。
徐看竹石随心置，已觉轩窗泼眼明[3]。
江海回头余汗漫[4]，图书垂老许纵横[5]。

差应不愧维摩室[6]，妙喜真须一手擎[7]。

［注释］

①十笏草堂：王士禄书斋名，营于康熙七年（1668）。见王士禛《王考功年谱》。

②把茅：持茅，言以茅草营建房屋。

③泼眼：耀眼。

④江海：比喻官场。回头：言回首往昔。汗漫：漫无边际。

⑤纵横：任意披览。

⑥差：差不多。维摩：佛名，即维摩诘，与释迦牟尼同时，曾于病中为佛弟子讲说大乘教义。见南朝梁僧祐《出三藏记集·胡汉译经音义同异记》。

⑦妙喜：佛教传说中的国名，为维摩诘前世所殁之处。见《维摩诘经·见阿閦佛品》。

［评析］

诗中抒发了十笏草堂建成的喜悦心情，并表示要从此脱离宦海，读书隐居，以养其志。

过湄园有感

寒溪颓照西城角[1]，门掩繁华事事空。

惟有坞桃将涧柳[2]，回红换碧廿年中。

［注释］

①颓照：夕照。

②坞：四周高中间凹之地。将：和，同。

［评析］

此诗表达了景色如昔而世事已非的感叹。

雨后，康臣、峨嵋、蛟门、石林四舍人招同青屿、荔裳、顾庵、愚山、陶季、绎堂、石臞、舍弟阮亭夜集，得声字

玉露下盈盈[1]，微凉巾舄轻[2]。

上衣纷月色[3]，隐壁渐虫声。

酒耐千觞劝[4],人怀五岳情。

三花芒屩底[5],妒杀谢宣城[6]。

[注释]

①玉露:指露水。盈盈:盛貌。

②巾:头巾。舄:底部又加木底的鞋,穿之可行泥湿之地。

③纷:盛。

④耐:经得住。

⑤芒屩:草鞋。

⑥谢宣城:即谢朓,字玄晖,南齐陈郡阳夏(今属河南)人。曾任宣城太守、尚书吏部郎等职。以山水风景诗著称。《南齐书》、《南史》皆有传。原注:"愚山将有嵩少之游。"按:施闰章,字尚白,号愚山。宣城(今属安徽)人。顺治进士,授刑部主事。康熙中,纂修《明史》,进侍读。工于诗,有《学余堂诗文集》。

[评析]

此诗抒写了与友人月夜聚饮的逸兴。

为许生题画

青山重叠渌波清[1],照眼春帆个个轻。

忽忆频年玩烟水,柂楼晚饭越中行[2]。

[注释]

①渌波:清澈的波浪。

②柂楼:盖指有叠层的游船。越:越地,包括今江苏、安徽、江西、浙江部分地区。以上二句盖回忆康熙三年至六年间(1664-1667)南游时情景。

[评析]

此诗盖作于康熙六年以后,作者观赏许生的画而追忆南游时的情景,表达了对越地山水的思念。

送施愚山游嵩山[1]

名山日有慕,拄笏清秋天[2]。

夫子别我归[3],言出梁宋间。

逝将蹑嵩高[4],流观伊洛川[5]。

宛矣二室青[6]，缥缈当我前。
天井蕴玉浆[7]，金芝秀层巅[8]。
君身有仙骨[9]，济胜良非难[10]。
麝香定相引，真境无幽偏。
有时青炎生，天地窥自然。
题诗留少林[11]，晔若三花鲜。
我欲携手去，苦为尘网牵。
寄语浮丘公[12]，把袖倘有缘。
他年乘白鹤，相寻凌紫烟[13]。

［注释］

①施愚山：见《雨后康臣峨嵋……夜集得声字》注⑥。嵩山：五岳之一，即中岳，在今河南登封北。东为太室山，西为少室山。又名嵩高、嵩少。

②拄笏：《世说新语·简傲》："王子猷作桓车骑参军，桓谓王曰：'卿在府久，比当相料理。'初不答，直高视，以手版拄颊云：'西山朝来，致有爽气。'"此用其事，言为官者有闲情雅致。笏，即手版。

③夫子：即施愚山。

④逝：通"誓"。或为助词。《诗·魏风·硕鼠》："逝将去女，适彼乐土。"蹑：登。

⑤伊洛：伊河与洛河。以上三句叙述施愚山与作者临别时所言。

⑥宛：仿佛。二室：即太室、少室。

⑦天井：四周为山而中间低凹的地方。玉浆：传说中仙人的饮料。旧题晋陶潜《搜神后记》："嵩高山北有大穴，莫测其深，百姓岁时游观。晋初，尝有一人误堕穴中……又有草屋，中有二人对坐围棋，局下有一杯白饮。坠者告以饥渴，棋者曰：'可饮此。'遂饮之，气力十倍……乃出蜀中。归洛下，问张华，华曰：'此仙馆大夫，所饮者玉浆也……'"

⑧金芝：仙草名。

⑨君：作者称施愚山。

⑩济：到达。胜：景物美好之地。

⑪少林：即少林寺，在少室山北麓。

⑫浮丘公：传说中仙人。《文选·晋郭璞〈游仙诗〉》："左挹浮丘袖，右拍洪崖肩。"注："《列仙传》曰：浮丘公接王子乔以上嵩高山。"

⑬紫烟:祥瑞的烟云,指神仙所居之处。

[评析]

诗中描写了嵩山奇丽的景色,表达了对神仙境界的向往。

赠张篑山学士[1]

铜龙晓色破层阴[2],羡尔批鳞意独深[3]。
言听便为天下福,计违不负一生心。
他时舄奕看青史[4],此日辉光烛翰林[5]。
我亦握兰东省客[6],浮沉徒愧二毛侵[7]。

[注释]

①张篑山:即张贞生,字篑山,一字干臣,庐陵(今属江西)人。顺治进士,官至侍讲学士。康熙十年(1671),王士禄为吏部考功司员外郎,赋此诗以赠张贞生。见王士禛《王考功年谱》。

②铜龙:即刻漏,古代计时器。因铸铜为龙首,水由龙口吐出,故称。

③批鳞:触动龙喉下之逆鳞,喻触怒君王。康熙十年,副使沈荃蒙冤降职,上疏自理,张贞生亦为进言,后得复官。见王士禛《王考功年谱》。批鳞,指其进言之事。

④舄奕:连续不断。此句言张贞生的事迹将永远流传于史册。

⑤烛:照耀。翰林:即翰林院。

⑥握兰:盖指掌握选拔人才之职。兰,比喻优秀人才。东省:盖指中央行政机构。

⑦二毛:斑白的头发。侵:渐进,逐渐增多。

[评析]

这首诗赞美了张贞生忠直敢言的品德,并为自己浮沉宦海、虚度年华而惭愧。

九日梁园以"秋菊有佳色"为韵[1],人赋五章[2]

(一)

清兴不可已,胜侣群相求[3]。

谓能当佳辰，负此斗酒不[4]？
高天洗然净，清映寒塘流。
葭炎与斜阳[5]，并作梁园秋。

（二）

虚亭亦丽崎[6]，层楼俯水屋[7]。
攀踏凌商飙[8]，超然惬心目。
弟兄半离居[9]，鸿雁纷相逐。
遥忆草堂前，定开几丛菊。

（三）

开林耀金华[10]，服之永年寿。
莫将岳岳姿[11]，譬彼蒲与柳[12]。
采采篱下英[13]，泛泛樽中酒[14]。
菊以制穨龄[15]，此语昔人有。

（四）

山水畅幽抱[16]，尘埃无好怀。
此中耳目清，矧与数子偕[17]。
侧身望西山，秋气高千崖。
褰裳固莫从[18]，寓目聊云佳。

（五）

秋风既凄紧，秋兴无终极。
酒酣罢鸣琴，负手送高翼[19]。
美彼冥冥者[20]，可望不可即。
惭持醉后颜，还比茱萸色[21]。

[注释]

①九日：指农历九月九日，即重阳节。梁园：汉梁孝王刘武所建，为游乐之处，在今河南开封东南。

②原注："同赋者：高侍郎念东，宋观察荔裳，程耀州昆仑，沈侍讲绎堂，程职方石腥，陈学士说岩，谢舍人方山，王方伯襄璞，给事北山，户部阮亭。"

③胜侣：美好的伴侣。

④负：辜负。不：同“否”。

⑤葭炎：葭，芦苇。炎，当作“菼”，草名，似苇而小。

⑥虚亭：空亭。丽崎：奇丽。崎，形容建筑样式抑扬曲折。

⑦水屋：建于水中的房屋。

⑧商飙：秋风。

⑨半：平素。

⑩金华：金花。

⑪岳岳：卓异不群貌。

⑫蒲：草名。

⑬采采：茂盛的样子。篱下英：即菊花。英，花。晋陶潜《饮酒》诗之五：“采菊东篱下，悠然见南山。”

⑭泛泛：满溢貌。

⑮“菊以”句：谓菊花可以遏止人的衰老。晋陶潜《九日闲居》诗：“酒能祛百虑，菊解制颓龄。”颓龄，衰老之年。穨，同“颓”。

⑯幽抱：郁结的情怀。

⑰矧：何况。

⑱“褰裳”句：盖言无从涉水以到达西山。《诗·郑风·褰裳》：“子惠思我，褰裳涉溱。”褰裳，提起衣裳。此盖借指涉水。

⑲负手：背着手。高翼：高飞的鸟。

⑳冥冥：汉扬雄《法言·问明》：“鸿飞冥冥，弋人何篡焉。”冥冥，高远貌。此盖借指高飞的鸿雁。

㉑茱萸：植物名，有山茱萸、吴茱萸、食茱萸三种，果实为红色。古代风俗，于重阳节佩戴茱萸，认为可避灾邪。

［评析］

以上五首诗叙写了重阳节时与朋友游览梁园的情景。诗中描写了梁园一带优美的秋色，抒发了舒畅闲逸的襟怀，也流露羁身官场而不得自由的感喟和对兄弟的思念。

送姜铁夫之怀庆谒太守①

秋晚覃怀路②，清霜散客襟。

河流千里曲，山势入陉深③。

驿路寒梅树，人家修竹林。

到逢贤地主，应重马卿琴[4]。

［注释］

①姜铁夫：盖即姜梗，字铁夫，号桐柏，清会稽（今浙江绍兴）人。工于诗文。怀庆：府名，故治在今河南沁阳。

②覃怀：在今河南武陟，旧怀庆府地。

③陉：盖地名，在今河南沁阳西北。

④马卿琴：马卿，即司马相如，字长卿，汉成都（今属四川）人。初游梁，为梁孝王宾客。后往临邛。富人卓王孙宴请临邛令与司马相如。席间，临邛令以相如善奏琴，因请奏之，于是相如为奏一二曲。汉武帝时，因献赋被召为郎，后拜中郎将。《史记》、《汉书》皆有传。此以马卿琴比喻非凡的才华。

［评析］

诗中描绘晚秋景物，烘托出行人旅途之艰辛与志趣之高远，并祝愿姜铁夫得到怀庆太守的赏识。

读张锡公《粤行日记》，得二绝句却寄

（一）

莫诩金吾与丽华[1]，宦游须向岭南夸[2]。
郁孤台上青天望[3]，峤外山罗万虎牙[4]。

（二）

尔棹归舟江月明，枫林淅沥夜江声[5]。
浈阳峡口啼猿急[6]，何限天涯谪宦情。

［注释］

①“莫诩”句：《后汉书·皇后纪·光烈阴皇后》：“光烈阴皇后讳丽华，南阳新野人。初，光武适新野，闻后美，心悦之。后至长安，见执金吾车骑甚盛，因叹曰：‘仕宦当作执金吾，娶妻当得阴丽华。’”此用其事，言执金吾与阴丽华也不值得夸奖。诩，夸。金吾，即执金吾，官名。

②岭南：五岭以南，包括广东、广西地区。

③郁孤台：山名，亦称贺兰山，在今江西赣县西南。宋代郡守曾筑二台，南为郁孤，北为望阙。

④峤外:即岭南。峤,尖峭高耸的山峰。虎牙:盖比喻锐而高的山峰。

⑤淅沥:风声。

⑥浈阳:县名,在浈水之北,故名。故城在今广东英德东。

[评析]

诗中对岭南地区的山水景物作了生动的描绘。

香山寺二首[①]

(一)

遥遥望丹楼,亭亭出绝巘[②]。
仙人五城居,居然在吾眼。
心知香山寺,多年旷游衍[③]。
陈迹落苍茫[④],幽径足回转。
乔木赊新荣[⑤],冻泉迟初暖。
拾级及来青,遐眺重一展。
楼观填重城[⑥],细碎罗盎甗[⑦]。
山根丘墓多[⑧],依稀北邙阪[⑨]。
感此惜乐游,谁能逐轩冕[⑩]?

(二)

息足精庐间[⑪],花宫昼寥寥[⑫]。
余雪映修竹,斜阳明山椒[⑬]。
梵声起初夜[⑭],霁景捐微霄[⑮]。
仰视星月逼,始觉春山高。
回风响碉松[⑯],历历琴竽调[⑰]。
尘绝境自幽,虑释神弥超。
云卧事仍睽[⑱],无乃愧久要[⑲]。
何当辞垢氛[⑳],筮彼天山爻。

[注释]

①香山寺:为香山名胜之一,在今北京市西北。

②亭亭:高耸貌。绝巘:陡峭的山峰。

③旷:耽误。游衍:游乐。

④陈迹:古迹。

⑤乔木:高大的树木。赊:迟缓。新荣:初开的花。

⑥重城:大城市。

⑦盎:盆类器具。甗:古代炊具。此皆比喻楼观。

⑧丘墓:坟墓。

⑨北邙:山名,在今河南洛阳市东北。汉魏以来,王公贵族多葬于此。阪,山坡。

⑩轩冕:高官的轩车与冕服,此指官爵。

⑪精庐:佛寺。

⑫花宫:即佛寺。相传佛说法处天雨众花,故称。寥寥:寂静。

⑬山椒:植物名。

⑭梵声:诵经声。

⑮霁景:雪后晴朗的景色。捐:献出。微霄:幽渺的天空。

⑯磵:山涧。

⑰历历:分明。琴竽:皆乐器名,比喻风吹松树的声响。调:演奏。

⑱云卧:卧于云间,指隐居。睽:违。

⑲无乃:岂非。要:约束,言被官场所束缚。原注:"余向游香山诗有'长兹卧云壁'之句。"

⑳垢氛:污浊的尘俗之气。

[评析]

作者描绘了香山清幽的景色和名胜古迹,表达了摆脱尘俗束缚而寄趣山水的心愿。

自香山往新法海寺①

香山指法海②,五里各山窔③。
策杖遵萦纡④,春阴净乌帽⑤。
幸缘蹊路迷⑥,得穷丘壑妙。
修溪宛龙蜕⑦,乱石或龟暴⑧。
青碧发自然⑨,参差见天巧⑩。
微径一以折⑪,初地居然造⑫。

前临俯平冈，回望合奔峭[13]。
皛皛裂帛湖[14]，依依入遐眺。
经始章皇年[15]，新构蒙故号[16]。
叹彼住山人[17]，瓶拂亦窈窕[18]。
入室谈四禅[19]，出门忆三笑[20]。
幽寻方自今[21]，挥手谢烟峤[22]。

［注释］

①香山：在今北京市西北郊，为古道场，多名胜古迹。

②法海：即法海寺。

③穾：山高貌。

④萦纡：曲折的山路。

⑤春阴：春天山中清幽的气息。乌帽：闲居时所戴的头巾。

⑥蹊路：小路。

⑦修：长。宛：好像。龙蜕：龙所脱的皮。

⑧龟暴：龟在晒背。

⑨青碧：青绿的山。发自然：出于自然。

⑩参差：山峰高低不齐。天巧：自然造化的巧妙。

⑪一以折：稍有曲折。

⑫初地：原地。造：到。

⑬合：聚拢。奔峭：形容山势峭拔，状如奔驰。

⑭皛皛：光明洁净貌。

⑮经始：开始营建，谓始建法海寺。章皇：清世祖福临，即顺治皇帝，谥曰章。

⑯新构：重新建造。蒙：承受。故号：原来的名称。

⑰住山人：居住在山中之人。

⑱瓶拂：汲水之瓶与击禾之具。拂，击禾脱粒之具，亦名连枷。窈窕：清幽。

⑲四禅：佛教谓色界诸天分为四禅天，初禅为大梵天，二禅为光音天，三禅为遍净天，四禅为色究竟天。此句谓与山居之人谈论四禅天的道理。

⑳三笑：相传晋朝陶潜、惠远与陆修静曾于庐山共话，大笑而别（见宋陈舜俞《庐山记》）。此盖指其事。

㉑幽寻：寻觅清幽之地。

㉒谢：辞别。

［评析］

此诗描写了自香山往新法海寺途中的景色与感受，寄托了清逸磊落的襟怀。

晚至卧佛寺，遂游退谷①

夕阳半春山，山麓招提静②。
入门娑罗树③，古柯散斜影④。
古佛疲津梁，游子发深省。
妙香悦初花⑤，至理味清茗⑥。
忽忽思退谷，契阔岁月永⑦。
散朗近幽意，萧摵乃真境⑧。
相望跬步间⑨，谁能待朝景⑩？
石路阅蜿蜒，竹风扇凉冷。
遂造赤松亭，咫尺见诸岭。
崖松势盘拏⑪，遥望露肩顶⑫。
阴翠落前峰，余雪被荒町⑬。
更欲穷幽深，溪西暮烟暝。

［注释］

①卧佛寺：在北京西郊西山之上。退谷：在卧佛寺旁樱桃沟。康熙十一年(1672)，作者居京师，为吏部考功司员外郎。正月，曾与宋荔裳、谢方山等游西山，入退谷(见王士禛《王考功年谱》)，此诗盖作于其时。

②招提：梵语，为"拓提"之误，指寺院。

③娑罗树：树名。佛教传说释迦牟尼于拘尸那城娑罗树下涅槃。

④柯：枝。

⑤妙香：奇妙的香气。

⑥清茗：茶的清香。

⑦契阔：离别。

⑧萧摵：寂静。

⑨跬步：半步，犹今之一步。《司马法》："一举足曰跬，跬三尺。两举足曰步，步六尺。"

⑩朝景：早晨的阳光。以上二句盖言退谷与卧佛寺相距甚近，故不等太阳升起，便开始游览。

⑪盘拏：盘曲，如同伸爪攫拿的样子。

⑫肩顶：比喻松树上端的枝干。

⑬荒町：荒凉的土地。

［评析］

诗中描绘卧佛寺和退谷的景色，渲染出清幽寂寥的意境，寄托了退隐之志。

凌晨自退谷循溪行，寻水尽头，不至而返

夕游返卧佛，朝游仍退谷。
退谷门向山，蹊路辟其足[1]。
遥寻曳短筇[2]，峰峰上朝旭。
缅山展遐眺[3]，缘溪散幽躅[4]。
溪势足回穴[5]，溪石多历录[6]。
大或状囷几[7]，小乃象圭幞[8]。
石罅山泉流[9]，乍见还乍伏。
清响空人心[10]，琅琅逾琴筑。
洼处汇游鱼，溪苔湛新绿。
稍进境弥幽，灵异非一族[11]。
便欲穷溪源，谁能惮深曲？

［注释］

①蹊路：小路。辟：开辟。足：山脚。

②筇：杖。

③缅：远。

④幽躅：清静安闲的步履。

⑤回穴：纡曲貌。

⑥历录：色彩鲜明貌。

⑦囷：圆形谷仓。几：几案。

⑧圭:古代帝王、诸侯所持的玉制礼器,上尖下方。幞:即幞头,头巾。

⑨罅:缝隙。

⑩空:使之静虚。

⑪灵异:指神奇的景物。族:类。

[评析]

此诗与前者作于同时。作者描述了退谷清幽灵异的景色和沿溪寻源的情趣,寄托了隐居山水的意绪。

故明景帝陵[1]

景皇决策仗于公[2],定变支危社稷功。
南内已殊渊圣没[3],绝沟何意鲁昭同[4]?
玉鱼杀礼虚幽寝[5],苍鼠惊人窜败丛。
莫向空山纷感慨,十三陵树各悲风[6]。

[注释]

①王士禛评曰:"诗史。"明景帝:名祁钰,宣宗次子。英宗即位后,封为郕王。正统十四年(1499),发生土木之变,英宗被瓦剌俘去。皇太后命郕王监国,后即位,尊英宗为太上皇。用于谦为兵部尚书,杀权宦王振,减免田租,加强军备,抗击瓦剌。景泰八年(1457),英宗发动夺门之变,夺回帝位,废景帝仍为郕王,死后,以亲王礼葬于西山。成化十一年(1475),复皇帝之号,追谥景帝。见《明史·景帝纪》。

②景皇:即明景帝。于公:即于谦,字廷益,浙江钱塘(今杭州)人。永乐进士。任监察御史,河南、山西巡抚等职。正统十四年土木之变后,为兵部尚书,拥立景帝,整顿军队,抗击瓦剌,以功加少保。景泰八年,英宗复位,他以"谋逆罪"被杀。万历间,追谥忠肃。《明史》有传。

③南内:指帝王所居之处。渊圣:盖指景帝。

④"绝沟"句:言景帝死后,不以皇帝之礼安葬,其墓地与皇帝陵墓隔开,这种遭遇和鲁昭公相同。鲁昭,即鲁昭公,春秋时鲁国君主。即位二十五年(前517),三家伐之,昭公出奔齐。后如晋求入,晋受季氏赂,处昭公于乾侯(在今河北成安东南),后即死于乾侯。定公元年(前509),葬昭公于阚(鲁诸公墓地名,在今山东汶上西南),季孙恶昭公,欲以沟隔开昭公与先君的墓,即不以国君之礼安葬。事见《左传·昭公二十五年》至《定公元年》。

⑤“玉鱼”句：原注：“以王礼葬。”按：玉鱼，玉刻之鱼，古代用为殉葬之物，又为饰物。宋元丰年间造玉鱼，赐嘉、歧二王，后遂以玉鱼指有关亲王的礼制。杀礼，降低礼仪。虚，空，无。幽寝，盖指帝王陵墓的正殿，为祭祀之处。虚幽寝，谓不能作为帝王在寝殿享受祭祀。

⑥十三陵：明成祖、仁宗、宣宗、英宗、宪宗、孝宗、武宗、世宗、穆宗、神宗、光宗、熹宗、怀宗等十三个皇帝陵墓之统称。在今北京昌平北天寿山。

[评析]

诗中赞扬了明景帝在位期间定变支危的功绩，对其后来被废黜的遭遇则深表同情。又通过景帝陵荒凉景象的描写，寄托了世事变迁的感慨。

玉泉山下作①

策杖逾崇冈，飘飘天风俱②。
崇冈何逶迤，下枕裂帛湖。
湖水散漫流，非潭复非渠。
东注环紫宫③，汇为太液潴④。
春野无纤尘，波影澄衣裾。
澹沲不可名⑤，绿净如欲无。
行藻漾空明⑥，色逾翡翠殊⑦。
潜光耀金沙⑧，跳沫浮明珠⑨。
泛泛鸳与鸯⑩，猎猎菰与蒲⑪。
五步一徘徊，十步一踟蹰。
回首发浩歌，余兴空萦纡。

[注释]

①王士禛评此诗曰：“古隽出于乐府。”玉泉山：在北京市西北。玉泉出山下，注入昆明湖，山以泉得名。为北京名胜之一。

②飘飘：风吹貌。

③紫宫：即紫禁城，在北京市旧皇城中。

④太液潴：即太液池，由玉泉所汇而成，今称北海、中南海。

⑤澹沲：形容景色明净。

⑥行藻：浮动的水草。空明：清澈的水。

⑦殊：奇特。

⑧潜光：照入水中的阳光。

⑨跳沫：水中跳跃浮动的泡沫。

⑩泛泛：浮游貌。

⑪猎猎：形容风吹动时发出的声音。菰：欲称茭白，植物名。蒲：草名。

[评析]

此诗当作于康熙十年至十一年间(1671－1672)，时作者在京师，为吏部考功司员外郎。诗中对北京玉泉山、裂帛湖、太液池等名胜的美景加以生动的描绘，表达了流连忘返的兴致。

五日金鱼池歌①

面面凉风散午炎，按歌纤手玉掺掺②。
吴娘爱唱扬州曲③，不数当时刮骨盐④。

[注释]

①自此首以下共五首，康熙手抄本王士禛批点时无，后补入，故刊本有此首者皆在题下注一“补”字。

②按歌：击打节拍唱歌。《文选·宋玉〈招魂〉》：“陈钟按鼓，造新歌些。”纤手：女子柔美的手。《文选·古诗十九首》之二：“娥娥红粉妆，纤纤出素手。”《玉台新咏·董娇娆》诗：“纤手折其枝，花落何飘飏。”掺掺：纤细貌。

③吴娘：吴地美女。犹言吴娃、吴姬。白居易《对酒自勉》诗：“夜舞吴娘袖，春歌蛮子词。”扬州曲：扬州歌女中流行的曲调。因杜牧有“十年一觉扬州梦”句，故多指歌妓所唱之曲。

④不数：数不到。刮骨盐：曲调名，盐即“引”。唐权德舆《权载之集九·杂兴》诗：“含羞敛态劝君住，更奏新声刮骨盐。”三、四两句意谓，吴地歌女所唱之扬州曲调，胜过当年唐时的新声“刮骨盐”了。

[评析]

此诗写夏日乘凉，于扬州歌厅聆听吴地歌女的曼妙演唱，表达了诗人闲适的心情。

五日雨[①]

葵花榴花开满庭，小山积雨莓苔青[②]。

刘伶坟上酒不到[③]，笑杀三闾矜独醒[④]。

［注释］

①此首王士禛批点手抄本缺。五日，指旧历五月五日。

②一、二两句写江南五月葵花、石榴花盛开，连日阴雨，山石长满苔藓，一片青绿。

③刘伶：字伯伦，晋沛国人，与阮籍、嵇康等友好，世称“竹林七贤”。伶纵酒放达，乘车携酒，家人相随，说“死后即埋我”。著《酒德颂》，自称“惟酒是务，焉知其余”。唐李贺《将进酒》：“劝君终日酩酊醉，酒不到刘伶坟上土。”西樵此句即用李贺诗意。

④三闾：楚三闾大夫屈原。《楚辞·渔父》中述屈原被放逐后行吟于泽畔，自谓“众人皆醉，唯我独醒”。西樵诗中笑屈原“矜独醒”，是愤世之语。

［评析］

此诗亦寄寓扬州所作，写江南五月黄梅季节，阴雨连绵，虽山庭葵花、石榴花盛开，也无心欣赏，面对窗前山石积水，一片绿苔，借酒浇愁，自伤不遇于时，不免引起愤世嫉俗之慨。

捣衣曲[①]

月凉明夕院，风切散清砧[②]。

暗下闺人泪，遥伤久客心[③]。

秋河随漏转[④]，碛路与霜深[⑤]。

愁绝班姬赋[⑥]，寒城一片音。

［注释］

①此诗手抄本缺。取意李白乐府吴声曲调《子夜歌》中之秋歌：“长安一片月，万户捣衣声。秋风吹不尽，总是玉关情。何日平胡虏？良人罢远征！”写闺人秋夜思念征人。

②砧：捣衣石。旧时洗衣服，将衣置于砧上，用杵击打。清砧：洗衣时在砧上击打发出之声。

③“暗下”二句：闺人，指妻子，犹云内人。闺，内室也，女人居处。客，指客

居外地之良人。西樵曾客居扬州季弟士禛之寓所。三、四两句托言妻子在家思念在外久居的丈夫。

④秋河：天河也。南朝齐谢玄晖诗《暂使下都夜发新林至京邑赠西河同僚》："秋河曙耿耿，寒渚夜苍苍。"漏：古计时器。《说文》："漏，以铜受水，刻节，昼夜百刻。"引申为时刻。

⑤碛路：碛，水中沙石也。常指边塞不生草木之沙石也。此五、六两句取意岑参边寒诗《碛西头送李判官入京》："寻河愁地尽，过碛觉天低。"

⑥班姬：指汉成帝妃子班倢伃，班失其名，倢伃是汉后妃名。她善诗赋，曾有集通行，今只存《自悼赋》、《捣素赋》两篇，《怨歌行》一首，其文辞衰怨愁绝。

［评析］

此诗假托闺中人月夜捣衣，思念关山路隔远戍塞外的征夫，抒发了诗人自己的离情别绪，道出了客居之苦。

九日同黄复仲、程穆倩登高作[①]

闻说洪河漏[②]，遥添白鹭涛[③]。
荡胸思利涉，纵目惬凭高[④]。
临水开《庄子》，餐英续楚骚[⑤]。
更垂龙伯钓[⑥]，一掣会连鳌[⑦]。

［注释］

①此诗手抄本缺，题下王士禛原注："时河决水涨 。"

②洪河：大河。漏：泄水。洪河漏，谓大河决漏水泄。

③白鹭：鸟名。全身羽毛雪白，嘴及脚黑色，常于水中觅食。唐王维《积雨辋川庄作》："漠漠水田飞白鹭，阴阴夏木啭黄鹂。"白鹭涛，谓河水下泄，一片汪洋，引来白鹭在水中随涛俯仰起伏。

④"荡胸"二句：利涉，顺利渡河。《北史·魏纪一》："冰草相结若浮桥，众军利涉。"后或称舟为"利涉"。三、四两句写诗人登高瞩目远眺，遐思万千。

⑤五、六两句的意思是：诗人凭临河水，想到《庄子·秋水》中所述的庄子在水边上和惠子谈论游鱼的快乐，颇有哲理，发人深思；诗人又咬着花朵想起了世事纷纭，要续写屈原的《离骚》。

⑥龙伯：古代神话中巨人国的人。巨人之国即龙伯之国。其人长数十丈，不盈数步而及于五山之所，一钓而连六鳌。《列子·汤问》记其事。

⑦鳌:传说中所述海中之大龟。屈原《天问》:“鳌戴山抃,何以安之?”

[评析]

诗人登高遥望,河水决口,抚今追昔,一时思绪万千,既想起了庄子的清静无为,又不忘屈原的忧国爱民,反映了他的退居林泉和报国伤时的矛盾心情。

草堂杂咏三首[①]

(一)

短篱初放白蔷薇,露萼凌风趁晓晖。

浅碧蜻蜓黄蛱蝶[②],去来也似泥芳菲[③]。

(二)

白花红花纷映户,东影西影频移阶。

偶思历乱听新响[④],恰是南山山雨来。

(三)

晴日孤云袅袅斜[⑤],下帘清昼读南华[⑥]。

朅来静极喧能入[⑦],鸟啄闲阶枸杞花。

[注释]

①此诗抄本无。

②蛱蝶:蝴蝶之一,亦以称蝴蝶。晋崔豹《古今注·鱼虫》:“蛱蝶,一名野蛾,一名风蝶。”唐杜甫《曲江》之二:“穿花蛱蝶深深见,点水蜻蜓款款飞。”

③芳菲:花草,亦以指花草芳香。南朝齐谢朓《休沐重还丹阳道中》诗:“赖此盈樽酌,含景望芳菲。”

④历乱:凌乱。南朝宋鲍照《鲍氏集·绍古辞之七》:“忧来无行伍,历乱如覃葛。”

⑤袅袅:柔弱摇曳的样子。

⑥南华:《南华经》,也叫《南华真经》,《庄子》的别名。

⑦朅:助词。张相《诗词曲语辞汇释》引宋王安石《祭刁博士绎文》:“朅来扬州,辅佐元侯。”

[评析]

此诗三首写诗人闲居草堂,虽面对大好春光,花香鸟语,也无心欣赏，只求清静，透露了他超尘脱俗的遐思。

读吴孟举寻畅楼诗奉柬[1]

坚眠莫讶狂夫懒[2]，雪作春城十日泥。
好友乍稀双屐过，幽寻那得一樽携[3]。
竭来诗卷堪遮眼，遂有吟情起杖藜[4]。
为报头风今已愈[5]，君才真与古人齐。

［注释］

①吴孟举：名之振，孟举其字，浙江石门人，生于明崇祯十三年（1640），卒于清康熙五十六年。康熙贡生，官中书科中书。家有名园曰黄叶山庄，因自号黄叶山农。诗近宋人，尤工七言，选有《宋诗钞》一百六卷及王西樵等海内八家诗。

②坚眠：坚，安心；坚眠谓安然入睡。

③三、四两句谓像孟举般可以移樽就教的知己好友不可多得。

④五、六句写读孟举之诗也引起了自己的诗兴。竭来，见上首诗之注。杖藜：持藜茎为杖，泛指策杖而行。唐杜甫《漫兴九绝》："肠断春江欲尽头，杖藜徐步立芳洲。"

⑤头风：头痛病。唐元稹《酬李六醉后见寄口号》诗："顿愈头风疾，因吟口号诗。"

［评析］

此诗为西樵读挚友吴孟举的诗作而写的赠答诗，诗中表达了王吴之间的深厚友谊，盛赞吴孟举作诗的才华。

附　录

刻考功选集序　王士禛(渔洋)

先兄考功,平生诗不减二千余篇。已刻者,曰《表余堂集》,曰《十笏堂集》,曰《辛甲集》,曰《上浮集》。海内耆宿论之详矣。杜于皇以为"扫绝依傍,期于亲见古人"。孙豹人以为"取法少陵,稍出入于康乐、东坡之间"。汪苕文以为"幽闲澹肆,极其性情之所之,而夷然一归于正"。尤展成以为"如深山道人,草衣木食,而神色丰腴,非食肉之相"。林铁崖以为"登临瞩望,多豪隽非常之词,时逃于贝叶,时逃于绮语"。毛驰黄以为"磅礴在中,郁纡在外,皆忠爱悱恻之所激发"。盖诸公之论云然。而先生尝题襄阳诗曰:"鱼鸟云沙见楚天,清诗句句果堪传。一从时世矜高唱,谁识襄阳孟浩然。"其微旨所寄如此。予往撰《感旧集》既援《箧中》、《中州》二集附录季川、敏之两元之例;以先生诗终卷,今二十五年,适刻东痴、萧亭二家诗于京师,乃复择先生诗什之二三,次为四卷,并刻以传。仍取诸公品藻之语,略为序述,以俟论定。或曰:"子独无言可乎?"曰:"不敢也。"无已,则举坡公所云"出新意于法度之中,寄妙理于豪放之外"以评是诗,其亦无溢美尔矣。资政大夫、经筵讲官、都察院掌左都御史弟士禛谨序。

十笏草堂诗钞小传　郑方坤

王士禄，字子底，自号西樵山人，举顺治乙未进士。为人清介有守，自少以文章知名。尤工于诗，与弟东亭、阮亭并驰声艺苑。海内闻人缟纻论交，时号“三王”。既登第，就莱州府教授，寻迁国子助教，擢吏部考功员外郎。癸卯典河南试，旋以磨勘罹吏议下狱，锻炼久之，无所得。得昭雪，则跳身之吴越，偕诸名士为六桥、三竺之游。银甲弹筝，金鱼换酒，泛月坐花，逾时忘返，识者叹为神仙中人焉。嗣仍以原官补用。逾年，闻母讣，昼夜擗踊投地，绝而复苏，勺水溢米不入口者数日。既奔丧归，中夜悲号，卒以哀毁成疾，枕席皆斑斑血渍也。盖距太夫人小祥未二旬而殁。亲知哀其以孝死也，私谥节孝先生云。西樵少颖悟，率诸弟读书家塾。授以诗法，诸弟渐次成名，而阮亭尤称白眉，竟以诗雄坛坫，海内翕然宗之。闽人林古度论次其集，推季木为先河，谓家学门风，渊源有自。然季木赡而肆，踔厉风发，固自别有门庭，且时代较远。而西樵尝题孟襄阳诗曰：“鱼鸟云沙见楚天，清诗句句果堪传。一从时世矜高唱，谁识襄阳孟浩然。”足征其微旨所寄，渔洋诗格，正复不离其宗。筚路蓝缕，哲昆宾首庸焉。此如东汉配天之世，固归光武；而倾身结客，实齐武王之首发其端也。西樵性简易豪宕，作香奁诗，自序云：“情至之语，风雅扫地，然不过使我于宣尼庑下无分耳。”盖其托兴如此。当磨勘之狱解，扁舟南下，阮亭时为维扬司李，迎于秦邮，相见持之而泣。西樵都不及患难时事，直取一巨编置前曰：“弟视吾诗境地较前差进否？”人叹其放达。生平撰著最夥。阮亭取坡公语评其诗曰：“出新意于法度之中，寄妙理于豪放之外。”推古论今，其亦无溢美尔矣。世成目为定评云。

清代诗坛名家对西樵诗评价摘录

朱彝尊（竹垞）曰：“先生诗空明超远，初诵之若浅易，讽咏数过而旨愈深。其文修畅芊蔚,羽翼经传,盖言出乎肺腑而辞无雕绘。至告母文三篇,哀动顽艳,尤卓然可传无疑也。”

朱鹤龄(长孺)曰:“西樵先生生于鳞之乡而又承季木公之家学,其为诗也,抗坠抑扬,含情悱恻,盖深有得于骚人之旨。若其澹而多风,怨而不激,艳而能雅,咀百氏之英华,而汰其疵纇。”

杜于皇(浚)曰:“济南王氏兄弟……扫绝依傍,期于亲见古人,以为师法而又各极其性情之所至,不事拘泥摹仿,所贵自然神似。盖长公似陶,少公似谢,在唐人中,少公精致似摩诘,长公闲远似浩然。”

林茂之(古度)曰:“子底集中无篇不奇,‘去矣行’一诗,尤见雅志。”

邓孝威(汉仪)曰:“西樵游一地,必尽写此地之胜,堪驾子美柳州。”

又曰:“广陵客舍与西樵论诗,言沧溟黄榆马鞍诸诗雄奇瑰丽,足压千古。今人漫相訾议,实夜郎不知汉大也。西樵深以仆言为然。读西樵‘上党’诸篇,固不意济南复生此杰。”

陈伯玑(允衡)曰:“艳诗类多无情之辞,填塞人名花鸟……西樵香奁体,心灵骨秀,不假雕饰,故为独步。”

又曰:“胡元瑞谓题画自杜诸篇外,唐无继者。介甫《画虎图》,东坡《烟江叠嶂图》,皆有可观,而骨力变化,远非杜比,惟空同吴伟、林良等六诗,模写精绝,豪宕纵横,几欲与杜并驱。此千古只眼之论。读考功《吴道子画歌》,当知未易下笔。”

雷伯吁(士俊)曰:“西樵诗冲和澹泊,阮亭诗雄杰瑰奇。”

赵赤霞(士冕)曰:“子底清英秀上,有俯视一切之气,而坎然善下,故其为诗,芜音累气,远谢笔端,澹婉澄鲜,如秋水自澜,晴雪时舞,至于征奇佐雅,则又蒸栗截肪,烂然满目,可宝不可名焉。近体家法辋川,情词之美,上错齐梁。五七言郁激俊宕,兼资李杜而杼轴日新,自成大雅,谓不雄视百代,得乎?”

孙豹人(枝蔚)曰:“西樵诗音节风格大概取法少陵,稍出入于谢灵运、苏子瞻之间”。

汪苕文(琬)曰:"王博士《忆莱杂诗》,有'潮势汨三韩'句,形容颇极雄阔。或疑'汨'字无来历,予曰亦子美'吴楚东南坼'之类耳,'坼'字'汨'字皆以独造见奇"。

又曰:"予往王推官许数询博士新诗,推官援笔书五言数联如:'关路垂鞭暮,山城到雁稀;鹤下松巢暝,人归沙路低。清沙骑马路,微雨过桥人;玄鹤有时至,沧波忽渺然。秋水苕溪碧,春山顾渚清。'语俱澹隽,在天宝大历间。"

又曰:"二王好香奁诗,每唱和至数十首。刘比部寓书,辄问讯博士曰,王六不致堕韩冬郎云雾否,此虽慧业,然并此不作可也。"(按博士香奁诗自序云:"情至之语,风雅扫地,然不过使我于宣尼庑下俎豆无分耳。"盖其托兴如此。)

又曰:"子底所作,幽闲澹肆,极其性情之所之,而夷然一归于正。"

又曰:"王六方任博士语客云,昔刘原父戏呼梅圣俞为梅都官司,梅便作色而愠,某则不然,但使有诗数百首,得称迪功集比于徐祯卿足矣。"

俞无殊(南史)曰:"西樵诗其源出于二谢,故秀情绵邈,气韵欲流。至《普庵堂》、《紫云洞》诸作,又与少陵并驾争先。西樵昆季同荔裳、周量诸公后先倡和,不减嘉靖七子,方之琅玡。二王西樵固不愧元美,而阮亭视敬美则超乘而上之,呜呼盛哉!"

金孝章(俊明)曰:"陶公乞食欲冥报相贻,少陵于人一饮一饭辄潦倒,叙置追颂不已,使斯人至此亦足感矣,然必人品如二公而后可,不则便为卑鄙者借径。西樵作《反乞食》,辞旨峻洁,非反陶公,盖为世之托饥驱者坊耳。高风孤韵已见一斑,斯正陶公之流亚与。"

计甫草(东)《广说铃》曰:"济南二王,诗海内靡然从风,无待予言。予特爱二王平生奖拔寒俊,搜罗耆旧,一往虚怀乐善之致,非今日自命为君宗者所能及。无论他郡,即阮亭官广陵数年,识汪舟次于诸生,汪季用于童子,交王筑夫、雷伯吁于老布衣,凡经一顾者,皆成谈士。后西樵久客广陵,又与王雷诸老绸缪款曲有若贫交,至今江淮间相为美谈。"

又曰："甲辰秋冬间，西樵事已渐白，阮亭尚不御酒肉，面有涕泪痕。同人言：'二王兄弟友爱似眉山二苏。'予以语顾茂伦曰：'此二王诗之原地。'"

又曰："予同年王子侧，居西樵、阮亭间，才堪颉颃。予与邓孝威、宗鹤问诸公，偕子侧游苕、霅山水间，子侧诗援笔辄成，多见警拔，同人每相太息，曰：济南二王才故奇，亦以蚤贵，声誉先布，子侧才何尝肯作蜂腰哉。"

又曰："阮亭推毂阿兄，每见友人诗有佳者，辄拟似西樵某作。予《过豫让桥》诗极嗟赏，曰：'绝似吾兄《过磁州绝句》。'因口吟笔同屈翁山过鲁仲连台费道人出峡诗，合为一幅，贻字。"

许竹隐（虬）曰："西樵游历最多，故其摹景独富，藏奇横于简老之中，一本心得，不问畦篱，是诚唐人所难，又无论唐以下。"

尤悔庵（侗）曰："王司勋诗如深山道人，草衣木食而神色丰腴，非食肉之相。其香奁体则如贵主还宫，自然蛾眉无脂痕粉迹。"

又曰："《十笏草堂集》中和清逸，至游金焦北固，更出奇荡，此乃得江山之助。"

又曰："新城二王诗，西樵神清，阮亭骨秀，比之容止，大王则衍之瑶林琼树，小王则恭之濯濯春月柳也。尝举似，吴江顾茂伦以为知言。"

姜铁夫（梗）曰："考功游心物表，同符伟长，垂组飘缨，寄焉而已。林居七载，语绝骚怨。薄游江左，英词玮句，播于东南。"

又曰："古体五言颇有古音，土门、井陉、寄子侧诸篇并为高作。七言鱼龙百变，豪健非常，如普庵堂水陆、焦山鼎、湖心亭大风雨诸作是其极则也。五七律音旨闲逸，不乏警奇绝句。"

后记

王渔洋编的《考功集选》,二十年前流传的藏本极少,仅见山东省图书馆、山东省博物馆、桓台王渔洋纪念馆三处藏本,均有所残缺或模糊不清。经互校后合成今日问世之作。

《考功集选评注》一书,由国家教委和山东省古籍整理领导小组列为山东省古籍整理项目,山东省教育厅科研处具体领导,山东艺术学院古籍整理研究室负责整理。1997 年,该项目的审校工作完成,1998 年列入济南出版社的《历下名士丛书》的出版计划。但由于出版经费尚未划拨到位、项目负责人因事出国等原因,该书的出版工作中断,直至 2012 年重续出版工作。可惜,钱仲联为本书的题签、于希宁为新城四王的题诗的手迹年久流失,迄今尚未找到。但对于本书的出版,二老若泉下有知,必当含笑。

本书评析部分限于手头缺乏更多的参考资料,故分析较简略。倘有不当之处,尚希海内外各方不吝赐教。

李德埙

2013 年 11 月 18 日

图书在版编目(CIP)数据

考功集选评注 / 李德埙,张志民主编. —济南:齐鲁书社,2014.10

ISBN 978-7-5333-3017-0

Ⅰ. ①考… Ⅱ. ①李…②张… Ⅲ. ①古典诗歌—诗歌研究—中国—清代 Ⅳ. ①I207.22

中国版本图书馆 CIP 数据核字(2013)第 262846 号

考功集选评注

李德埙 张志民 主编

主管单位	山东出版传媒股份有限公司
出版发行	齊魯書社
社　　址	济南市英雄山路 189 号
邮　　编	250002
网　　址	www.qlss.com.cn
电子邮箱	qilupress@126.com
营销中心	(0531)82098521　82098519
印　　刷	济南森众印务有限公司
开　　本	480mm×640mm　1/16
印　　张	21.25
插　　页	4
字　　数	306 千
版　　次	2014 年 10 月第 1 版
印　　次	2014 年 10 月第 1 次印刷
标准书号	ISBN 978-7-5333-3017-0
定　　价	**88.00 元**